女将军与长公主

网络原名《女将军和长公主》

请君莫笑 著

飞星愿以卑贱之躯
誓死守卫边疆

请君莫笑

图书在版编目（CIP）数据

女将军与长公主 / 请君莫笑著． -- 北京 ： 北京燕
山出版社，2022.5
　　ISBN 978-7-5402-6519-9

　　Ⅰ．①女… Ⅱ．①请… Ⅲ．①长篇小说－中国－当代
Ⅳ．① I247.5

　　中国版本图书馆 CIP 数据核字（2022）第 078050 号

女将军与长公主

作　　者：请君莫笑

出 品 人：余　言

责任编辑：李　涛　王月佳

特约编辑：伍奕兴

封面设计：黄　梅

出版发行：北京燕山出版社有限公司

地　　址：北京市丰台区东铁匠营苇子坑 138 号 C 座

邮政编码：100079

电　　话：（010）65240430

印　　刷：长沙鸿发印务实业有限公司

开　　本：710 mm×1000 mm　1/16

印　　张：20

字　　数：350 千字

版　　次：2022 年 5 月第 1 版

印　　次：2022 年 5 月第 1 次印刷

书　　号：ISBN 978-7-5402-6519-9

定　　价：52.00 元

世人皆道飞将军
巾帼何曾输须眉

中军置酒饮归客
胡琴琵琶与羌笛

忠诚小狼狗
女 将 军
—— X ——
心机黑莲花
长 公 主

目 录

目 录

第一章 马革裹尸又何惧

血，染红了脚下的土地，染红了村里的小溪。

遍地都是尸体，每一具尸体的脸都是林挽月熟悉的。村中的围墙已经倒塌，半座村庄沦为焦土，空气中弥漫着浓浓的血腥味。

林挽月找到了爹的尸体，爹的手中还紧紧地握着家里挑水的扁担，紧到十四岁的林挽月用尽了全力都不能把扁担从爹的手中抽出来，最后不得已，只能将扁担、爹、娘和弟弟一起埋葬。

娘的尸体是林挽月在村里土路边找到的，娘还在紧紧地抱着十四岁的弟弟，身体却被刺穿了，和弟弟一起被一根长矛穿在了一起。

林挽月第一次听到兵器和身体摩擦的声音，便是她用尽全力将长矛从弟弟和娘的身体里拉出来的时候……

"啊！"林挽月大口大口地喘着粗气，惊叫一声后从木板床上坐了起来，四周是此起彼伏的鼾声，唯独挨着林挽月的林宇被林挽月的惊呼声吵醒，迷迷糊糊地揉了揉眼对林挽月说："星哥，又做噩梦了？"然后，林宇呢喃着翻身睡去，仿佛早已司空见惯。

林挽月大口大口地喘着粗气，紧了紧已经被汗水浸湿但是自己几乎不会脱下的粗布衫，两年了，爹娘还有弟弟已经被匈奴人杀死了，可是她依旧会时不时地做着那天的梦，她从不会厌恶这个无休止的梦魇，甚至每到夜幕降临她反而有些期待早点儿入睡，因为这是她唯一可以见到爹娘还有弟弟的时候了。

林挽月重重地呼出一口气，从硬木板铺成的通铺上起身，走出了这间十五人的军用帐篷。

"什么人？"林挽月走出帐篷的一瞬间便被守卫发现，现下正是战时，风声鹤唳，容不得一丝含糊。

"报告！步兵乙营三伍士兵林飞星！"林挽月熟练地报出了自己的所属队伍，对面的巡逻士兵松了一口气，握着长戟提着盾牌仔细检查过林挽月的名牌之后，转身走了。

圆月当空，惨白惨白的月光笼罩着整个军营。

长年的征战已经使得这块地方渺无人烟，离国和匈奴在这漫长的边境线上拉锯已经有三年之久，胜负参半。

这片土地经过匈奴和离国的交替统治后早已经成了一片焦土，别说是庄稼，就连生命力最顽强的杂草都拱不透这片被鲜血浸软又被马蹄踏实了的土地。

这里没有林挽月儿时熟悉的虫鸣，整个军营除了隐隐传来的大片鼾声之外，再无其他。

林挽月看着天上的月亮出神，记忆再次回到梦境最终定格的地方。

在离国边境一个名唤婵娟村的小村庄里，有这样的一家四口：父亲是村里唯一的教书先生，是除了村长和保长之外最受村民尊重的人，母亲温婉端庄，一双儿女是龙凤双生，姐姐林挽月，弟弟林飞星，姐弟俩生得机灵可爱。然而在两年前，十四岁的林挽月再次偷跑到山里，准备去找前几天和村东头儿的老郎中学的那几味草药。

日落西山，林挽月回到村中的时候发现整个村子的人都被匈奴人屠戮殆尽！除了自己，再无一人生还。

林挽月埋葬了自己的双亲和胞弟，面对一村子死状惨烈的尸体，她一具一具地背这些尸体，到最后好些尸体已经生虫发臭了，林挽月也没有来得及葬完。

最后，她只能一把火将整个村子全都烧了，然后跪在村头重重地磕了三个响头说道："各位叔叔伯伯姑姑婶婶，挽月年幼力薄，实在无力将所有人一一安葬，如今只有一把火烧了这里，免得大家暴尸荒野，今后大家尘归尘土归土，这个仇就留给活下来的人去承受吧。"

女人不能当兵，林挽月便用弟弟的身份去参军。

林挽月独行数百里，饿了便要饭，饭都要不到了便找些野菜、树皮充饥，还要时时提防着看似热情的人牙子。一路下来，林挽月觉得曾经的自己早已和父母、弟弟一起死在了婵娟村。

过了很久，林挽月来到离国赫赫有名的李沐将军的兵营，以林飞星的户籍报名参军，可是林挽月一家并不是军户，在离国，"士军农工商"五阶户籍分得清清楚楚，大家各司其职，世世代代鲜有更改，除非朝廷特征否则非军籍的百姓不得参军。

眼见支撑自己活下去的最后希望就要破灭，林挽月"扑通"一声，跪在了报名书记官的面前："大人，我求求你了，就让我入伍吧！"

书记官年龄不大，不过二十五六的样子，见到一个半大的孩子跪在自己的面前，他如何泰然处之？他连忙丢下手中的笔欲扶起林挽月，为难地说："孩子，你不要为难我，你并不是军户，我做不了主，这变户的事说大不大，但是说小也不小，我不过认识几个字，做了个小小的帐前书记官，没有这个权力啊！"

"大人，我求求你，求求你了，我们全村都被匈奴人杀了，我爹，我娘，我……姐姐，全都死了，要不是我跑到山上玩儿，恐怕今天也没有命到这里来了，全村除我之外一百一十八口无一幸免，整个婵娟村尸横遍野，最后好多尸体都发臭了，我烧了村子，一路历尽艰难走过来就为了投军，大人，我求求你！"

说起这些林挽月很悲痛，可是却没有流泪，她只是坚定地跪在那里，仿佛一根桩子打在了地里，任凭书记官拉扯都不动分毫。

对于婵娟村的事情，书记官也有耳闻，见林挽月衣衫褴褛，神色虽然悲痛却十分坚定，再一看林挽月的脚，一只脚穿着已经磨破的鞋，另一脚上的鞋子早已经不知所终，脚掌上还沾着黑红的泥土。见到这一幕，书记官的心中也是动摇了。

书记官站在原地打量眼前这个半大的孩子良久，最后一咬牙对林挽月说道："我咸康时今天豁出去了，我这就去参见大帅，但是成与不成就听天命吧。你我有言在先，若是不成你可休要纠缠！"

"咚！"林挽月没有回答，而是磕了一个重重的响头，表明了她的立场。

过了一会儿，书记官回来了，带林挽月去大帐，李沐大将军见了林挽月只是简单地安慰了几句，便打发了身边的副官去给林挽月换军户。就这样，林挽月顶着自己的亲弟弟林飞星的名字活在这个世上，成为一名军人。

这一晃便是两年……

她是女扮男装、冒名顶替别人的身份去从军的，她这样算是犯下了离国的大罪，是足够杀头的大罪，可是林挽月不在乎。她还怕什么呢？全家都死光了，她活着不过是想拖着这条命给自己的爹娘、弟弟以及全村的一百一十八口讨一个公道！

"一！""吼！"
"二！""哈！"
"一！""吼！"
"二！""哈！"

天刚蒙蒙亮，校场上的士兵们已经开始操练。林挽月握着手中的长矛，跟着口号一板一眼地做着早已经烂熟于心的动作，每一下都倾注全力。

林挽月很清楚，这看似简单的一招一式，是她活下去的基础。

入伍已经有两年的林挽月，其实已经可以算得上一名老兵了，同期的那些伙伴有些已经死了，活着的最差也得了个伍长之职，或者调去了骑兵营之类的重要作战部队。只有她，依旧是一名普普通通的士兵，还是死亡率最高的步兵。可是，林挽月并不在乎，她本来就是一个活在军营里的女人，对她来说升官反而很危险，她只想杀足敌人一百一十八人，然后退伍找个村落了此残生，或者……在这片土地上马革裹尸。

其实她更倾向于后者，从踏入这片军营开始林挽月就没有想过活着走出这里，不过每次大战开始之前林挽月都默默地告诉自己，在完成这个数字之前，自己一定要努力地活着。

随着年龄的增长，女人和男人在生理上的差别开始逐步地显现，同期小伙子们的个头开始"嗖嗖嗖"地往上蹿，唯独林挽月不疾不徐地生长着。两年来的锻炼让林挽月看上去比一般同龄的女孩子要魁梧高挑一些，但是在这一群当兵的汉子里林挽月依旧显得瘦小，不仅如此，林挽月的爆发力和体力也不如其他人，她只能比别人更加勤奋地练习。

好在从来都没有人怀疑过林挽月的性别，想来也是，这年头但凡发迹的军户都想花大价钱去改了自己的户籍，怎么可能有女人不要命地混进来呢？

操练结束后便开饭了，人群三三两两地朝着帐篷走去，林挽月一个人走在队伍的后面。

"星哥！"林宇从林挽月的身后蹿了出来，一把抱住了林挽月的肩膀笑嘻嘻的。

林挽月不着痕迹地从林宇的臂弯里闪了出来，不过倒是没有离林宇太远，对着林宇面无表情地点了点头，然后一同朝着饭堂走去。

林宇似乎早就习惯了林挽月的冷淡，他也不介意，和林挽月肩并肩地走着，嘴里说些家长里短的事情。

林挽月是林宇来到军营后认识的第一个朋友，那个时候林宇十四岁，林挽月十五岁，林宇家世代都是军户，但是十四岁的林宇长得很瘦小，就像是一根萝卜头，林宇被分到了林挽月的营帐的时候，只剩下林挽月身边的床铺空着。

营帐里的大兵基本上都已经具备了成年男子的身高，见林宇这个小萝卜头抱着行李怯生生地走进来，都嬉笑着去拨弄林宇的脑袋，唯独林挽月站在人群之外，表情冷冷地打量林宇，并没有对其上下其手。

从此，林宇便叫林挽月星哥。

林挽月虽然对此没有做任何表示，但是在战场上三番五次救了林宇的命。

那个时候林宇才发现，自己的这位身材不甚魁梧的大哥居然如此厉害，一招一式无比娴熟，作战头脑冷静，一旦加入战斗身上就散发出一种迫人的战意，让人望而却步。

在军营待的时间长了，林宇认识的人开始慢慢地多了起来。他总是喜欢把林挽月和其他人相比较，发现在整个步兵营——包括一些伍长和什长——他们似乎都没有自己的星哥作战能力强。可是到了现在星哥依旧只是一名最普通的士兵，这让林宇很不解。

林宇家世代都是军户，自然是知道李沐大将军的军队是军法最严明的，而且绝不任人唯亲，林宇自是不敢问林飞星为什么他两年都得不到升迁，他只能慢慢地寻找答案。

经过了差不多半年的观察后林宇终于发现了原因，他发现林飞星这个人孤僻得很，两年来整个军营除了自己之外，再无任何一个人同他主动说话。

在军营里和别人成为朋友的方法其实很简单，和别人一起对练，一起去河边洗澡，结伴去撒尿，哪怕是在沐休的时候一起去城里转转都可以积累友情，但是林挽月从来都不曾参与这些。

入伍一年后，林宇的身体突然发育，身高"噌噌噌"地拔高，如今已经比林挽月高出了小半个头，但是在林宇心中林挽月的高大形象从来没有变过。

人都挤在了开饭的帐篷前面，林挽月远远地站在原地。林宇大步跑到人群中挤来挤去，不一会儿端出了两个大海碗，满满的两碗高粱米饭上面是一坨绿油油的菜和一片肉。

"星哥！给！"

林挽月接过林宇递过来的饭碗说道："谢谢。"

林宇咧嘴一笑，露出一排整齐的小米牙对林挽月说道："你我兄弟，有什么好谢的，哥你每次都要和我说谢谢。"

林挽月没有再言语，两人来到了一处木篱笆的柱子下面席地而坐，端着大海碗开始吃饭。

"星哥，你听说了吗？这几天可能要打仗了！"

"哦。"

"虽然现在还没有具体的消息，但是根据我的观察啊，肯定是离打仗不远了。"

林挽月往嘴里扒了一口饭咀嚼着，然后转头看向林宇，等他说下去。

林宇得意地一笑，夹起了海碗里的肉片对林挽月说道："根据我的长期观察，每到打仗之前我们碗里的肉就会偷偷加厚了，这平时啊，肉不过是小拇指那么厚，但是一旦要打仗了就会变成大拇指那么厚了！"

说着林宇把碗放在一边，伸出一只手的大拇指和肉比了一下。林挽月瞄过去，心想可不是，正正好好一个大拇指厚。

"吃饭吧！"林挽月继续埋头往自己的嘴里扒饭，打仗对她来说早已经不是什么新鲜事了，入伍两年了，大大小小的仗已经打过九十八场了，她记得无比清晰。

吃完了饭，林挽月和林宇一起去前排送碗，林宇也曾多次要帮林挽月跑腿，但是林挽月拒绝了，她只是不想和一群男人挤在一起，毕竟自己有一个天大的秘密，不能被人发现。除此之外的事情林挽月都会自己完成，绝不麻烦别人。

送完了碗，林挽月朝着人群外走去，却不想林宇跟了上来。

林挽月有些不解，不等她开口，林宇便嬉皮笑脸地对林挽月说道："哥，这几天就要打仗了，我跟你一起去加练吧，反正临阵磨枪不快也光嘛，你再指导指导我？"

"走吧。"

两年来林挽月除了每天的操练之外还会进行两个时辰的加练，风雨无阻，哪怕是打仗了，把这场仗打完了，所有人都精疲力竭地去休息的时候，林挽月还是会极其疲惫地进行两个时辰的加练。

她要活着，她身上还背负着一百一十八条人命的血海深仇，这是她跪在村口闻着尸体燃烧的味道看着眼前的熊熊大火时立下的血誓。

可她是一个女人，体力和爆发力都不如男人，而且她面对的是比离国男人更壮实善战的匈奴男人，稍有松懈恐怕就要马革裹尸了。林挽月不怕死，在每一场战争中林挽月都没想过活着回去，所以她拼杀得最猛，最没有顾忌。可是想要活下去是每个人的本能，她也想要活下去。

林挽月带着林宇来到了营地边上的空地，这里是许多破损废旧兵器的集中回收地，林挽月是这里的常客。

她来到兵器堆里挑挑拣拣，拿出一把朴刀递给林宇道："去那边找个地方自己劈砍一千次。"然后她便埋头继续在兵器堆里挑拣。

"哥，这就完啦？"

林宇对此大失所望，他还想着林挽月可以偷偷教自己个一招半式的。

在战场上林宇曾经见过林挽月的身手，一招一式干净利落，威力惊人，他还以为林挽月他们家祖传了什么功法，亏自己满怀欣喜地跟过来，就是这个结果……

林挽月停下手中的动作，直起身回头看了看一脸不高兴的林宇，突然有一些恍惚——自己的弟弟飞星要是还活着，恐怕就是现在这样子了吧？

想及此处，林挽月突然心中一软，走到林宇的身边，破天荒地解释道："我们离国的步兵通用兵器是长矛，但是经过我两年来和匈奴人近百次对决来看，我们用长矛会在战场上处于劣势，匈奴人多使弯刀，喜欢近身肉搏，双方近距离厮杀的话，我们用长矛很吃亏。虽然长矛对骑兵有一定克制作用，但是匈奴的骑兵骑射之术非常精准，往往会优先远程打击使用长矛的士兵，而士兵用长矛几乎是做不到格挡住飞矢的，所以一直以来我军的步兵损伤率非常之高。你把朴刀练熟了以后，若是遇到近战的情况立马丢掉长矛换朴刀还有几分胜算。"

林宇站在原地握着朴刀一脸惊愕地看着林挽月，过了好一会儿才彻底品味过来林挽月所说的作战理论，细细思索过后发现林挽月所说不假，林宇脸上的不悦早就消失不见，一股钦佩之情油然而生，看林挽月的眼神都不同了。

林挽月见林宇的表情已变，便知道林宇明白了自己的用心，也不再多言，转身折返继续在一堆兵器中挑挑拣拣。

林宇不敢怠慢，双脚开立，双手握着朴刀开始老老实实地劈砍，时不时会偷偷用余光瞟林挽月，他看着自己这个身材不算伟岸的大哥心中涌起了一种感觉，他能如此一针见血地洞悉战况，恐怕一般的将军也不过如是了吧？

想着想着，林宇突然从心底涌起了一股豪情，男儿何不带吴钩，功名利禄马上求，林宇家世代都是军户，不过他的曾祖是混得最好的，但是也不过百户，林宇看着林挽月，觉得自己能拜这样一位大哥真是慧眼识英雄！跟着这样的大哥，建功立业是迟早的事儿！

林挽月眼前一亮，从众多兵器中拿出了一把弓，立刻把它拿在手里来回翻看抚摸，爱不释手。

林挽月看了看这把弓的弓身上的一处细小裂痕，别小看这不起眼的裂痕，它足以让一把好弓失了准头，这也许就是它被丢弃的原因。

林挽月将黑弓提在手里，能拥有这把弓的人至少也是营长以上的军衔……

"星哥，上次葫芦谷那场仗我就离你打仗的地方不远，看到你对战了比你高了足有一头的匈奴人，这场对战看得我心惊肉跳的，本来想过去帮你的，结果没走到一半你就割破了他的喉咙，哥，你家是不是有什么祖传的功夫啊，能不能教教我？"

林挽月听到林宇的话心中一暖，遂将视线从黑弓上挪开，看到劈砍的林宇立刻皱了皱眉，不悦地说道："你在干什么？"

闻言林宇一愣，回道："我在听你的话练习劈砍啊！"

林挽月轻叹一声，将弓背在身后，来到林宇的身边接过他的朴刀说道："你这样练习是没有效果的。如果练得熟了反而会对你有害，我答应给你加练是为了让你能活到最后，而不是想害你！"

说着林挽月挥动了手中的朴刀，随着林挽月的劈砍，"呼呼呼"的风声不绝于耳，而且每一次兵刃破空的声音都非常有节奏感。

林宇站在林挽月的身边，感觉到扑面而来的由劈砍掀起的罡风一下下打在他的脸上，看林挽月把一把生锈的刀使得如此威风凛凛，再想想之前的自己，林宇恨不得找个地缝钻进去。

林挽月一口气劈砍了数十次才将朴刀还给了林宇，继续说道："每一下都要倾尽全力，还要把这种感觉牢牢地记住，让它变成你的本能。不出手则已，一出手就要倾尽全力，你一定要习惯这个强度，匈奴人不会对我们留情的。"

顿了顿后，林挽月又继续说道："我们家没有什么祖传的功夫，在我之前甚至连军户都不是，只不过是普通的农户罢了，你也不用羡慕，你要是想学也很容易，你只要按照我说的，每一下劈砍都倾尽全力，每一次练习的时候都想着你面前站的是一个匈奴人，在心中琢磨他们扑来的方向、弯刀砍过来的角度，去思考你该怎么破这个招式，怎么还击，想着那些匈奴人哪里最脆弱，一把兵器你用的次数多了，不用别人教自然就知道什么样的情况下能发挥兵器最大的优点和力量，战场上生死存亡不过须臾之间，耍一些花架子没用。"

林挽月止住了话头，走到一边，从背上拿下了那把黑弓，忙自己的去了。

林宇在听完林挽月一长串的话之后，不知道怎的，心里沉甸甸的，虽然林挽月说得轻描淡写，可是林宇依旧在林挽月的字里行间中听出了林挽月惨烈和悲壮的过去。

林挽月握着手中的黑弓，双脚开立，深深地吸了一口气，举起弓后眼神也跟着凌厉了起来，随着林挽月手上厚厚的老茧和弓弦之间摩擦发出声音，紧绷的弓弦被林挽月徐徐拉开了！

林挽月咬紧牙关将手中的黑弓拉如满月，松手，"嘭"的一声弓弦震动的声音通透悦耳。

"好弓！"随着心口的一阵激荡，林挽月由衷地赞叹，只可惜衔接处的破损令这把弓失了准头。

林宇自然也听出了这是一把好弓，于是停下了手中的动作来到了林挽月的身边道："真是一把好弓！这么好的弓是谁丢的！"

林挽月指了指弓上的裂缝道："失了准头了，只能换新的弓身，弓的原主还不如换把新的来得快。"

林宇这才看到弓上的裂缝，直呼可惜，不过话又说回来，若非如此，这么好的弓也轮不到他们两个普通步兵。

"哥，给我试试呗？"

林挽月将弓递给了林宇，林宇接过黑弓，双脚前后开立用力一拉！

弓弦没动。

林宇瞪大了眼睛使出吃奶的劲儿，随着涩涩的摩擦声响起，弓弦只被林宇开了一半，然后便僵持住了……

林宇脸憋得通红，他没有如林挽月那般将弓拉满，最后只能如同泄了气的皮球一般放弃了。

"这是……这是二石弓！哥……"

"嗯，是二石弓。"

"哥，你居然能拉开二石弓？前几天我看飞羽营招营长的要求不过是拉开二石弓，哥，你能当营长啦！"

林挽月摇了摇头道："我这样的拉弓速度还是太慢了，不仅延误战机，说不定箭没射出去我就先被射死了。"

林挽月自是无法告诉林宇自己无意什么官职，只好岔开话题没有正面回答。

当日林挽月和林宇二人在林中空地加练，直至吃晚饭的时候才休息。

离国，帝都天都城，在皇宫中偏东一点儿的一座华丽的宫殿里，数十名宫女太监加快脚步走着，整个院子里几乎没有一点儿声音，所有的人都屏息静气甚至连脚步声都控制得很好，一副诚惶诚恐的模样。

"公主留下，剩下的人都下去吧。"

"喏……"

一位气息微弱的女人躺在宽大的床上，适才的命令便是她发出来的，她虽然说话的声音很轻，但却很有威严，叫人不敢违背她的命令。

"母后……"

"娴儿，来，坐到母后身边来，让母后……好好……看看你。"

原来，这床上躺的女人竟是离国的一国之母李倾城，此时的李倾城虽然形容消瘦憔悴，但通身自成一派风骨让人观之难忘，那浑然天成的贵气更是让人不敢小觑，不愧是二十年前的离国第一美人，纵然二十年光阴匆匆流过，外人依旧可以从她的脸上看出当年的倾城之姿。

李娴安静地坐在皇后李倾城的身边，看着眼前已经瘦得不成人形的母后，不禁潸然泪下。

见自己的女儿如此，李倾城只露出了一个苍白的笑容道："这几年母后一直病着，都没来得及好好看看我的小公主，娴儿，你长大了。"

"母后！"李娴轻轻执起李倾城放在锦被外面的手却不敢使力，已经可以清晰地摸出母后完整的手骨了，在白若羊脂的皮肤下面每一根纤细的血管都清晰可见，仿佛一碰就要碎了。

"娴儿，不要为母后难过，母后已经没有什么遗憾了，只是放不下你和你弟弟……咳咳。"

"母后，传御医吧。"李娴握着李倾城的手，眼泪大颗大颗地溢出眼眶，滑过那和李倾城有七分相似的脸庞，眼泪重重地砸在大红的锦被上，迅速被吸干，只留下一块圆圆的暗红色斑点，仿佛一块干枯的血渍。

"傻孩子，母后的身体你还不知道吗？让我们母女单独待会儿，母后有话和你说。"

李娴点了点头，遵从了李倾城的旨意。

李倾城柔弱地捯着气儿，胸口起伏，似乎在努力地忍耐自己身体的不适，又仿佛在努力地坚持些什么。

李倾城的嘴唇翕动，纵有千言万语却明白自己这副身子怕是支撑不住了……

随着一声浅浅的叹息，李倾城温柔地说道："娴儿，以后……若是嫁人，记得要随心而选，母后……母后相信我女儿的眼光……终身大事切莫顾忌太多……你这……孩子，唯有这件……让人……不放心。"

"嗯，母后，娴儿知道了……"

"还有你弟弟，你弟弟身体不好，其实不坐那位置……反而更好。若是他也这么想，就要提早表态……齐王……性子宽厚，定……定不会……咳咳……"

"母后！娴儿知道！"

"禀报皇后娘娘，太子到！"

听到门外宫女的禀报，李倾城本已恍惚的眸子里闪过了一丝光芒。

"让太子进来！"李娴抢先说道。

"吱呀"一声，寝殿的门开了，一位身着玄色暗行金线长袍、头戴白玉储君冠的小小少年走了进来。

这位正是离国太子李珠，这小少年容貌与他姐姐李娴酷似，不过眉宇间多了几分男子的英气，可惜身量不足，再加上面色有几分苍白，纵有这一身威严的行头傍身也还是多了几分羸弱之气。

"母后！皇姐。"李珠来到李倾城的床前，乖巧地对自己的母亲和姐姐行礼。

"来，皇儿，让母后看看。"

"是，母后。"八岁的李珠端正地站在李倾城的床前，看他这一板一眼的模样，倒是已经具备了帝王之相。

李倾城看着眼前这一双儿女露出了欣慰的笑容，她看着李珠努力地说道："皇儿，记住要听你姐姐的话。"

"母后！"李珠毕竟不过是八岁的孩子，纵然一直受的教育要求他做到"喜怒不形于色"，可是看着自己的亲生母亲这般模样，还是哭了出来。

李倾城迷离的目光在自己的一双儿女脸上流连，最后看了看紧闭着的殿门，几度欲言又止，最后只幽幽一声轻叹，缓缓地闭上了眼睛……

离国，边境。

"哥，快戴上！"林宇将一根三指宽的麻布条递给了林挽月。

林挽月接过麻布条如林宇一般绑在头上低声地问道："怎么了？"

林宇压低了声音对林挽月说道："皇后娘娘薨了！"

"哦。"林挽月点了点头。

林宇又继续说道："皇后娘娘是我们元帅的亲妹妹。"

林宇见林挽月有些意外的表情，心中暗叹自己的这位大哥对外界的事情了解得实在太少了，好像除了杀匈奴人之外什么都不在意，这怎么行呢？于是他好心地解释道："哥，你不是军户可能不知道，李沐将军的父亲是先帝的八拜之交，先帝给老将军御赐国姓，老将军有一儿一女，儿子便是我们的大元帅李沐将军，女儿后来嫁给太子也就是现在的当今圣上。"

林挽月张了张嘴，还没开口牛角号那低沉的声音便传了过来！

"有敌袭！"听到号角声后林挽月如同变了个人似的，快速地抓过床上的粗布包裹背在背上，抄起架子上的长矛就冲出了营帐。

林宇紧随其后，二人来到各自的队伍，整合好队伍之后，弓箭手第一时间上了营墙，战鼓擂起"咚咚咚"的声音和林挽月的心跳几乎形成一个频率。

地面开始微微震动，两年来林挽月已经能从地面的震动声中判断来了多少匈奴人，感受着这个震动的声音后她心道恐怕是有一场硬仗要打了！

"预备！"

"放！"

随着指挥官的一声令下，箭矢的破空声在营地中回荡。

远处是匈奴战马的嘶鸣声，夹杂着一阵哀号声。

"啪"的一声，一位被射中的弓箭手从营墙上掉了下来，正好落在林挽月他们阵营的不远处，林挽月转头一看，敌人一箭正入这位弓箭手眉心，入肉一寸有余。

各营的旗语已经开始挥动，林挽月看向前面的旗语——弓箭手掩护，步兵正面冲锋，骑兵两翼包抄……

林挽月一手握着长矛，另外一只手紧了紧腰间的朴刀，随着战鼓声的转变，营门被拉开了！

"冲啊！"随着先锋将军一声怒吼，步兵营的将士们率先奔了出去！

在震耳欲聋的喊声中，离国的步兵很快冲出了军营，整个步兵营的人虽然快速向前奔跑，但是若在高处俯瞰便可以发现，各个营的步兵奔跑时已经默契地形成了进攻的方阵！

破空的箭矢时不时地在林挽月的耳边穿过，即使是有营寨上的弓箭手分散匈奴人的火力，但是依旧有不少自己人倒在了奔跑的路上，在这密集的箭雨中林挽月一次又一次地和死亡擦肩而过。

地面抖动的幅度越来越大，轰隆隆的马蹄声带得尘土飞扬，近了，更近了！

"啊！"一声声惨叫在四周环响，不过是瞬息的工夫，匈奴骑兵和离国的步兵已经结束了第一个回合的交锋。

第一回合，林挽月并没有如许多士兵那般支着长矛去挑杀迎面冲来的匈奴骑兵，而是将长矛斜立在身前做了一个守势，精神高度集中地看着对面来势汹汹的匈奴骑兵，随时调整自己防守的姿势。

两年来，林挽月已经和匈奴人交锋了近百场大大小小的战役，早就摸清了匈奴人的规律——几乎所有匈奴人都是战马弯刀的搭配，极少数的人会使用长矛。他们来势汹汹，特别是奔袭而来的第一个回合往往是离国军队伤亡最大的一个回合，此时与之硬拼最不理智。

林挽月弓步开立，随着几声"叮叮叮"的撞击声，林挽月握着长矛的双手虎口发麻。离国士兵的惨叫声时不时地会传来，但是林挽月却再一次毫发无损地活了下来。

匈奴人第一轮冲锋过后，林挽月的眼中闪过一丝精光，匈奴人冲杀过后短暂的打马掉头的时候是他们最宝贵的反击机会！

林挽月四下望去，在自己斜前方的不远处，正有一名匈奴骑兵在掉转马身，林挽月毫不犹豫地提着长矛冲向这名匈奴骑兵。

林挽月抽回带血的长矛后，不敢在原地驻足一刻，来到死去匈奴人的战马旁，背靠着战马，弓着身体将自己的后背以及整个后脑尽可能地隐藏在马身之后，一手握着长矛继续观察着周围的战况，另一只手攥紧了腰间朴刀的刀柄。

随着此起彼伏的惨叫，不少匈奴骑兵被手持长矛的离国士兵挑在马下。

同时，也有不少离国的士兵命断于匈奴骑兵的弯刀之下……

林挽月短暂地分析战局过后，果断地放弃了手中的长矛，抽出了腰间的朴刀，离国的战鼓还在保持着同一个节奏"咚咚咚"地击打着，两翼的骑兵也铺开了网朝着四周聚拢。

匈奴的步兵此时也冲了上来，林挽月拎着朴刀再次向前，迎面对上一名身穿兽皮、手持弯刀的匈奴士兵。

林挽月的眼中闪过一抹兴奋的神采，握着朴刀向前冲去。

"叮"的一声，林挽月的朴刀重重地砍在了匈奴人的弯刀上，看着人高马大的匈奴人被自己劈了一个趔趄，林挽月嘲讽地勾了勾嘴角，同时抬起右脚重重地踹在匈奴人的小腹上！

匈奴人受痛躬身，林挽月立刻向前压了一步再次举起朴刀重重地砍了下去。

见状，匈奴人只好举着弯刀再次硬接一手，但是因为下盘吃痛不稳，再加上林挽月的重击，这名匈奴人后退了两步，最终失去了平衡重重地倒在了地上。

林挽月提刀再上，一脚踩在匈奴人的弯刀上，另一脚重重地踏在匈奴人的胸口，这人高马大的匈奴人完全没有想到眼前的这个小个子居然有这么大的力量，只感觉自己的胸口剧痛。

被林挽月踩着的匈奴人瞳孔一缩，最后看到的是眼前的这个黑瘦的离国步兵的笑脸上露出了一排洁白的牙齿……

随着战事的推进，林挽月握着朴刀穿梭在对战的人流之中，但凡遇到把后脑勺儿展现给自己的匈奴人，林挽月都会毫不犹豫地补上一刀。同时也会眼观六路，尽量不把自己的后背暴露给敌人。

小半个时辰之后，林挽月的粗布衫便被鲜血浸透了，离国外翼的骑兵开始呈收拢之势，来势汹汹的匈奴人见敌人已有合围之势，立刻选择了撤退。

林挽月提着朴刀欲追，却听到变奏的战鼓，便停下了脚步。

匈奴人跑了，离国活下来的士兵们纷纷挥舞手中的兵器对着天空兴奋地嘶喊。

林挽月看着匈奴人跑远，突然腿一软趴在了地上，趴了良久才感觉到腿上传来一阵阵的刺痛，居然没感觉到自己受伤了。

"哥！"战事结束后林宇就在人群中搜寻林挽月的身影了，刚找到林挽月就看到她向前栽倒，林宇吓得大叫一声，火速跑到了林挽月的身边，林宇将林挽月翻过身抱在自己的怀里，焦急地喊道："哥，你要不要紧？哥，你怎么样，伤到哪儿了？"

林挽月躺在林宇的怀里，浑身无力，除了腿上的伤口隐隐作痛之外小腹也一阵坠痛，突然林挽月感觉一股暖流从自己的腿间溢出。

林宇抱着林挽月，看着怀中的林挽月除了脸色比较苍白之外神志还算清醒，便大大地松了一口气，开始上下打量林挽月，看她究竟伤在了哪里。

此时的林挽月的脸上身上尽是血污，衣服更是被鲜血浸透，林宇看到在林挽月的大腿上有一处寸长的刀口，暗道：难怪他会栽倒，原来是伤到腿了……

突然，林宇看到有一股殷红的血从林挽月的腿间缓缓溢出，呆愣了片刻后条件反射地夹了夹自己的双腿，看林挽月的脸色都变了！他内心惊呼道：完了，大哥这一仗亏大了，断子绝孙了……

林宇看林挽月一脸的苍白，又看了看林挽月双腿间，他的表情几经转变，却想不出来该如何开口对林挽月描述他的伤势，一时间只好闭口不言。

凤藻宫的院子里跪了大片身着孝服的宫女奴才，离国长公主李娴和太子李珠跪在灵堂里，跳动着火苗的火盆被置放在金丝楠木棺材前面，李娴和李珠时不时地往火盆中添些纸钱，李娴看着面前的火盆，目光有些游离，不知道是回忆起了些什么……

"楚王、平阳侯世子前来吊唁皇后娘娘！"

"皇姐！"李珠熟练地将李娴从地上扶起，片刻后楚王李玹与平阳侯世子李忠步入大殿。

"娴儿见过楚王兄。"

"李玹见过太子殿下。"

"李忠见过太子殿下、长公主殿下。"

楚王李玹，良妃之子，年廿五，此时李玹身着藩王黑袍寒暄过后，对李娴姐弟两人看都不再看一眼，径直来到李倾城的棺木前行了礼，朝着火盆里撒了一把纸钱便回到李娴身边冷冷地说道："人有旦夕祸福，皇妹也不必太过悲伤，本王还有事就不久留了。"然后又转身对平阳侯世子李忠说，"等下到华清宫找本王。"说完便大步流星地离开了大殿。

"公主。"平阳侯世子李忠从走进大殿开始目光便一刻都没有离开过李娴，从他十四岁第一次进宫，第一次看到年仅十二岁的李娴开始，他便一直对李娴魂牵梦萦，心里再也容不下别人了。

此时李娴的眼睛有些肿，但是丝毫不影响她的倾城之姿。

"公主不必太过悲痛，擦擦吧。"说着，李忠掏出一块手帕递给李娴。

对于李忠的殷勤李娴没有做任何表示，李娴早就觉察到这人从进殿开始眼神就一直黏在自己的身上，此时李娴只是静静地站在李忠的面前，并没有接过他递过来的手帕，而是平静地看着李忠的眸子轻声地说道："世子不必多礼，难道世子不先给本宫的母后行个礼吗？"

李娴的声音对于李忠来说犹如仙乐绕耳，直直沁入他的心脾，他痴迷地看着李娴良久才反应过来，立刻慌忙地将手绢攥在手里，转身来到李倾城的棺木前恭恭敬敬地行了大礼，然后往火盆里添了好些纸钱才起身回到李娴的身边。

此时，李娴已经掏出了一块手绢轻轻地擦了擦自己的眼角。

见到这一幕，李忠只能讪讪地将自己的手绢收回怀里。

"平阳侯世子和楚王兄一路远道而来，本宫在这里先行谢过了，还要请世子体谅本宫招待不周。"

"怎么会、怎么会，公主……皇后娘娘先行，还望公主不要太过悲伤，身子要紧。"

"多谢世子关怀，本宫记下了。"

李娴站在原地，依旧静静地看着李忠，仿佛是在耐心地等李忠继续说下去，可是李忠却恍然觉得被李娴如此回答之后自己居然不知再如何开口寻找话头。他迷恋李娴，甚至恨不得一直黏在李娴身边，所以听说皇后先行，他主动要求跟着楚王行了数百里，就是为了能再见李娴一面。可是此时此刻自己心心念念的人就站在自己的面前，举止更是温柔得体，为什么自己居然从心里升起了一股高不可攀的感觉呢？

就在李忠心中失落之际，李娴再次轻声道："世子一路舟车劳顿，定是乏了，不如先与楚王兄会合稍做休息如何？"

听到李娴如是说，李忠居然在心底暗暗地松了一口气，愉快地对李娴说道："既然如此，忠便告退了。"

"齐王、无双侯前来吊唁皇后娘娘！"

送走了平阳侯世子李忠，齐王和无双侯又至，齐王乃贤妃所出，年廿六，他与所有的藩王皆不同，齐王还是皇子的时候便带兵打仗，积累了赫赫军功，成年之后主动要求封地设于边塞的齐地，美其名曰要以藩属之地成为离国边境的屏障，也正是因为如此，齐王是所有藩王中唯一被授予军权的王爷，无双侯原先是齐王帐下的将军，齐王得了封地后，无双侯也凭借自己的军功被封了爵。

想及此处李娴心中幽幽一叹：楚王得宠，齐王有兵，太子年幼无依，舅舅又不喜权谋，只懂带兵打仗……

"娴儿见过齐王兄。"

"臣李瑱见过太子殿下。"

"臣夏侯无双参见太子殿下，见过长公主殿下。"

李娴忙托住李瑱意欲行礼的双臂道："齐王兄何必如此多礼？"

李瑱朝着李娴温和一笑，倒是没有再行礼了，但嘴上依旧说道："礼不可废，太子乃国储，君臣自是有别。"

闻言，李娴莞尔一笑，回道："本是同根生，当遵循长幼有序，这儿又没有外人，若是齐王兄非要和娴儿讲究礼法，那兄长在上皇妹有礼了。"

说着，李娴碰了碰李珠，后者立刻会意，恭恭敬敬地给李瑱行了一个平礼道："珠儿见过齐王兄。"

李瑱连忙扶起行礼的李珠，然后看着李娴笑道："两年不见，皇妹真是长大了。"

李娴也勾起了嘴角，嘴边显出两个浅浅的梨涡。

李瑱来到李倾城的棺木前恭敬地行了礼，然后撒了些许纸钱。无双侯紧随其后。

礼毕，李瑱再次来到李娴面前轻声道："今日便不久留了，待这凤藻宫的事情都办稳妥，你我兄妹再聚吧。"

"齐王兄慢走。"李娴朝着李瑱打了一个万福，后者带着无双侯出了大殿。

李娴一路目送李瑱和夏侯无双出了凤藻宫，然后躬身与李珠平视，用只有姐弟两人能听到的声音说道："珠儿觉得齐王兄和楚王兄如何？"

李珠歪着头想了想回答道："楚王兄目中无人，齐王兄是好人。"

听到李珠如此回答，李娴不禁叹息，又想到新丧的母后，心中涌起一股酸涩。李娴抬起纤纤玉手轻抚在李珠尚且稚嫩的肩膀上，说道："珠儿，记住姐姐接下来说的话，永远不要再提及也永远不要问为什么，你记住，今后但凡有人问你一样的问题，无论是谁，包括父皇，包括你身边的随从，甚至是太傅！你都要说：楚王兄是好人，齐王兄也是好人，他们都是我离国的皇家血脉，是我的同宗兄长。但是，你在心里要永远地记住，无论今后他们对你如何，齐王兄是坏人，楚王兄也是坏人。"

八岁的李珠听完李娴的话之后瞪着大眼睛微微有些疑惑，但是在李娴的注视下李珠简单地消化了一会儿，还是乖巧地点了点头道："记住了。"

李娴直起身，拉着身边的幼弟看着自己母后的棺木久久无言。

距离上次的小捷已经过了几天，离国李沐将军的兵营里迎来了短暂的宁静。

不过，一个勤奋的身影却一直不见踪影，那便是大腿被弯刀切出一条口子的林挽月。

说起来，林挽月在步兵营算得上是一个非常特殊的存在，可以说是整个步兵营唯一近两年活下来却没有得到升迁的人。对于步兵营这种死亡率极高的地方，若是两年都没有调走升官，那么这个人绝对算得上步兵营的老兵，再加上林挽月平时严于律己，虽然不善交际，除了林宇之外可以说是没有朋友，但这并不能代表其他人对林挽月不尊重。在军营这个地方，人与人之间的关系更加纯粹，林挽月的努力还有作战中的骁勇大家多少都心里有数，所以这次林挽月腿上受伤连续几天没有参加操练，林挽月的伍长并没有说什么。林宇却对此忧心忡忡，林宇非常了解林挽月是个什么样的人，林宇记得曾经有一次：林挽月被匈奴战马撞断了胳膊都忍痛坚持参加了操练……

想到这里，林宇又回忆起那天的那一幕，一股殷红从林挽月的双腿间缓缓流出，林宇在心中重重地叹了一口气：一个男人失去了重要部位，恐怕这次受伤对星哥的打击很大啊！

"哥，吃饭了。"林宇端着吃饭的海碗回到了军营帐篷，见到林挽月正坐在自己的木板床上，脸色苍白，手上正拿着一块木板不停地摩挲着。

"哥？吃饭了。"林宇坐到了林挽月的身边，将碗递给了林挽月。林挽月回过神来，看到林宇关切的脸，回给对方一个安慰的笑容道："谢谢，我腿上的伤已经好多了，明天我会参加训练的。"

林宇沉默了一会儿，一边扒着碗里的饭一边含糊地说道："腿上的伤可大可小，打了这一场，匈奴人应该会老实个十天半个月的，眼下又不是秋天，匈奴人不用囤积过冬的粮食，应该不会来得这么勤了，你看，咱们的肉片都薄了。"

林挽月被林宇的话逗得咧了咧嘴，想笑却又笑不出来……

林挽月低头看着碗里的食物却无甚胃口，初潮来袭的危机，压得她几乎喘不过气来。她从十四岁参军到现在，一直以为只要用心训练，付出比别人多几倍的努力总可以弥补自己在身体上的劣势，可是却忘了女孩子是会来癸水的，十六岁的自己，初潮过后，便算得上是长大成人了吧？对于普通的女孩子来说算是一件有意义的事情，可是对于自己来说，却是有可能被杀头的危险……

林宇见林挽月捧着碗脸色苍白，心头也是沉甸甸的，便试着转移林挽月的注意力问道："哥，你刚才拿的那块木板是什么？就连上战场都带在身边。"

林挽月闻言将海碗放在一边，转身拿过身后的木板："你说这个？"

"嗯。"林宇趁机打量林挽月手中的木板，无甚出奇，只是一块平整的硬木板，上面有一排排参差不齐的划痕。

"也不是什么稀罕玩意儿，是我从家乡带来的一块普通的木板而已。"

"那上面的划痕是什么？"

"这个啊……"林挽月伸出手指轻轻地摸着木板上面的一条条划痕平静地回道，"我每杀一个匈奴人便会在这块木板上刻一下。"

听到林挽月的解释，林宇张大了嘴巴，看着林挽月一脸的不解。

林挽月却没让林宇琢磨太久，自顾自地解释道："我只是怕我忘了，万一哪天伤了脑子别的忘了也就罢了，这个总要记得的，今天告诉你也好，若是有一天我死了，请你带着这块木板去大泽郡下一个叫婵娟村的地方，在村头帮我烧了这块木板，然后……就说，飞星已经尽力。"

林挽月的声音很轻，表情也是淡淡的，可是林宇听着却品味出了一股说不出的悲凉。

"我可不管，要烧你自己亲手去烧，说什么丧气话，哥，我们兄弟俩还要一起建功立业呢！"

林挽月听完林宇的安慰之后自嘲般地低声呢喃道："我这种人建功立业有什么用？"

这话听在林宇的耳朵里又是另一层意思，见林挽月已经说得这样"明显"，林宇也不想再把这件事藏在心里了，放下饭碗对林挽月严肃地说道："哥，其实你的事，我都知道了！"

"啪嗒"一声，林挽月手中的木板掉落，此时林挽月的脑海中一片空白：自己难道就要被杀头了吗？原来自己的结局居然是这样吗？可是还差六十个……

林宇见林挽月的脸都白了，更是确定了自己心中的猜想，于是继续说道："哥，我知道你伤了传宗接代的家伙，不过你不要气馁，能在军营里活下来就已经是不幸中的万幸了，等以后我要是娶了媳妇儿，一定过继给你一个大胖小子，你放心吧，哥。"

传宗接代？过继？大胖小子……

林挽月大脑快速转动，很快就明白了林宇的意思，原来……是这样吗？

压在林挽月心头的大石一下子去了一半，脸色也缓和了过来，拍了拍林宇的肩膀道："好，我们都要好好活着。"

林宇见林挽月的神色明朗不少，心中也快活起来，"兄弟"两人欢欢快快地吃了一顿饭。

吃过了饭，林宇拿着空碗离开营帐，嘱咐林挽月好好休息。林挽月躺在床上，重重地呼出了一口气，心中有一种劫后余生的庆幸，可是危险却依旧存在，林挽月笑不出来。

林挽月记得十三岁那年自己的娘曾经告诉自己关于女孩子月事的事情，初潮过后女孩子便长大了，以后每个月都会在固定的日子来，这次她千难万难地躲了过去，可是以后呢?

林挽月将刻着五十八条划痕的木板捧在胸口,记忆再次回到了婵娟村……

那里的山,那里的水,那里的人……

爱民如子的杨村长,公正无私的张保长,吴婶的玉米饼特别香甜,村西头的二牛总是欺负飞星,还有在自己八岁那年突然搬到村里的老郎中,他给人看病从来不收钱,本来是应该被人尊重的人,却一定要让别人叫他老郎中就行了……

突然,林挽月的脑海中电光石火地一闪:"哎!你这丫头,这株草药不用你碰!"

老郎中一直很喜欢自己,自己也愿意往他那里跑,后来他便开始教自己一些药理,认认草药……

十四岁的时候自己已经能治些小伤风、小头痛的病了,记得有一天在老郎中的药庐里,林挽月看到一株通身乌黑的草药,本想伸手帮忙碾碎,可是一向和蔼的老郎中居然发了火,夺过了自己手中的草药,凶了自己一通……

林挽月气得大哭,后来老郎中对她说:"你这丫头,真是不识好人心。你花二叔服徭役的时候半边身子被灼伤了,如今火毒不退,这株草药啊,叫药王花,搭配几味温和的药材治疗火毒是最好的,可是若是单独食用却是大大不妙,特别是对女孩子来说药王花是大寒之物,一个弄不好你这小丫头以后就不能做娘了,老郎中好心救你,你还哭鼻子,快,擦擦……"

模糊的记忆也不知道为何突然清晰起来,林挽月霍地一下从木板床上挺起身子:"药王花!"

朱门酒肉臭,路有冻死骨。

离国边境线上的大片土地已经被战马的铁蹄和战士的双脚踩得寸草不生,可在离国的皇宫里依旧是一派歌舞升平的景象。

边境的战火蔓延不到这里,帝都的君王也看不到边境的苍凉。

皇后李倾城已经入了后陵,但是皇上并没有下达全国守制的旨意,再加上各路藩王回朝,离国的皇宫在因为李倾城先行而短暂的寂寥之后,很快便恢复了它往日应有的风采。

人死了便是死了,纵你生前如何尊贵、风光,死了便一切都归于尘土。

这便是宿命,哪怕如李倾城一般传奇的人也无法逃脱命运的桎梏。

离国的皇帝亲自参加了李倾城的葬礼,可是李婳并没有从他的脸上看出任何悲伤的情绪,一个拥有了至高无上权力的男人,从来都不缺女人。整个离国的后宫有大把年轻貌美、环肥燕瘦的女人在等着帝王的宠幸,甚至有很多女人终其一生都无法一览帝王风采,所以纵然李倾城是曾经的天下第一美人,她的离去似乎也并不值得帝王悲伤。

皇帝亲设宫宴招待各路回京的藩王，之后便是藩王们的私宴，大家毕竟是同宗的兄弟姐妹，经久不见总要聚一聚的。

李娴身着一身素色宫装，坐着一乘马车前往齐王府。

离国帝都的街道很宽，一乘马车行在其中丝毫不显拥挤，纵然这样，离国的百姓依然非常有默契地纷纷避让开去。

离国《国礼》有书曰：天子行之驾六，储君驾五，藩王行四，卿大夫三，士二，庶人一，公主同卿，长公主享藩王之礼。

这一辆车即便再怎么朴素，依旧彰显了马车主人的尊贵身份。

李娴下了马车，无双侯已经等在门口。

"劳烦侯爷久候，本宫在此谢过了。"

"长公主请。"

齐王府不大，但胜在清幽，内有奇山怪石，花团锦簇，翠竹松柏，郁郁葱葱。

李娴在夏侯无双的陪同下来到了齐王府的正殿，王妃楚氏携七岁的世子李恪已经等在那里。

"娴儿见过齐王兄，王嫂。"

"妾身楚氏，见过长公主殿下。"

"恪儿拜见姑姑。"

李娴亲自扶起世子李恪，并怜爱地摸了摸李恪的脑袋说道："两年不见，恪儿都长这么大了，举手投足间已颇具齐王兄的风采，果然是虎父无犬子。"

"谢姑姑！"

齐王李瑱也笑道："皇妹入席吧，今日的酒皆是素酒，所有肉食都是三净肉，皇妹无须顾虑，开怀享用。"

"齐王兄有心了。"

李瑱坐了主位，李娴居右，王妃居左，世子坐在王妃身边，无双侯陪了末座。

齐王拍了拍手，一众丫鬟便鱼贯而入，一转眼桌子上就摆满了精致的菜肴。

"皇妹，这道黄沙羊肉可是我齐地的特色，你一定要尝尝。"说着，齐王李瑱亲自执刀，从整羊身上割了一块肉添在李娴的碟盏里。

李娴尝后，笑道："皇兄封地居然有如此美味，娴儿今日才得以品尝，实在一大憾事。"

闻言，齐王大笑道："皇妹啊皇妹，何时如此贪嘴了？皇妹若是喜欢，我把我府上的厨子给你送过去，以后想吃便吃。"

"那娴儿就多谢兄长了。"

酒过三巡，菜过五味，齐王朝着无双侯使了个眼色，后者立刻会意，将王妃楚氏偕世子李恪请了回去，然后自己守在了殿外。

兄妹俩对视了片刻，李娴朱唇轻启开门见山地说道："皇妹此番代珠儿前来，虚位以待，请齐王兄主持大局。"

李瑱没有想到李娴竟如此单刀直入，怔了怔，端起面前的酒杯，抿了一口才慢悠悠地回道："皇妹何出此言？太子乃正宫所出，虽年幼但血统纯正又无过错，何来虚位之说？"

"今，我母后仙逝，留下幼弟，娴儿一介女流终不过是出嫁从夫，舅舅远在边陲，不喜权术。我姐弟俩实无依傍，这宫廷之事瞬息万变，母后临终遗旨，荣华富贵皆过眼云烟，望我姐弟二人明知进退。"

听完李娴的话，李瑱沉默了，他想起了那个倾国倾城的女人脸上总是带着睿智的神色，笑容淡淡的，一双盈盈似水的眸子里流淌着洞悉万物后的包容，再看看自己面前这个与先皇后有七分神似的皇妹，此时她的眼中流露出的是同样的神色，表情真挚。李瑱也不得不相信这番话所言非虚。

"皇妹，我对那位置没有兴趣，你可以找其他人。"李瑱看着李娴，表情平静。

李娴眼中的惊愕一闪即逝，笑了笑继续说道："环性孤，珮尚幼品行未定，玔王兄性刚嗜战，若他登上大宝，离国百姓福祸双依。楚王兄邑万户，最得父皇宠爱，良妃也是贤良淑德的性子，可是楚王兄一直不喜珠儿，若他登上大宝，未必能许我姐弟双全，娴儿不想幼弟在这帝都被囚禁一生，只想最后能领一块封地，姐弟相依为命了此残生。齐王兄，你心系百姓，宅心仁厚，恪儿又袭了你的风骨，至少可保我离国江山后继有人，在娴儿心中实是不二人选，若是齐王兄你推辞不就，为了离国江山长久考虑，娴儿也只能转投楚王兄，不过楚王兄的性子……也不知数年之后皇室宗亲能活下来几人呢？"

李娴悠悠地端起面前的酒杯一饮而尽，似乎是话说得有些多了，口中干渴。

李瑱的眼中突然闪过一丝意欲不明的精光，看着李娴严肃地说道："本王不管谁坐那位置，但是李玹坐不得。"

"那齐王兄意欲何为？"李娴笑着，却从她的脸上看不出一丝内心的情绪。

"我愿意为太子扫清障碍，拥太子登上大宝，但是事成之后我要太子许我予取予求。"

呵，想让珠儿做傀儡吗？李娴心中冷笑，面上却依旧风轻云淡。

她直视李瑱的双眼，轻声地说道："既然先言虚位以待，又何患予取予求？"

"好！"

李瑱"啪"地拍了一下桌子，看着李娴的眼神中多了几分欣赏，由衷地说道："娴儿，你真是长大了，若你生做男人，实在是皇位的不二人选。"

"王兄说笑了，娴儿不过一介弱质女流，今后还要仰仗齐王兄了。"

"来！"齐王李瑱没有回答，只是端起了面前的酒杯，并亲自为李娴斟满。

"叮"的一声，兄妹二人碰杯，双双饮下杯中酒。

月上柳梢头，李娴起身告辞。

坐在马车里，李娴有些疲惫地揉了揉太阳穴，对着马车中的空虚处说道："长公主前往齐王府赴宴，齐王让无双侯将王妃和世子请了回去，又留无双侯守在门口，两人密谈半个时辰方出。"

"是！"缥缈的声音传来，影子已经消失不见。

李娴这才拿下按压太阳穴的手，看着车窗外的景色，手指轻抚车窗。

弹一曲，纵横捭阖……

第二章 众里寻他千百度

春种一粒粟，秋收万颗子。

时间如白驹过隙，一转眼便已到秋收时节，过了这个秋天便是林挽月进入军营的第三个年头。

秋收，对于离国数以万计的农户来说是一年一度的大日子，收成的好坏决定了来年的生活质量。

秋收，对于离国朝廷来说同样是重要的日子，离国基数无比庞大的农户交纳的税是税收的重要来源。

秋收，对于匈奴人来说同样重要，他们的冬天很漫长，这是他们开始收割战利品的时候。

林挽月的月事没有再来了，暴露身份的危机暂时宣告解除，只是，林挽月的脸色变得苍白，而且时不时地会觉得身体发冷，由内向外散发出一股阴冷，这便是服用了药王花的后遗症。

"哎，听说了吗？"

"听说什么？"

"楚王遇刺，楚王妃为了救楚王以身挡剑，殁了。"

"真的假的？我可听说楚王妃是一等一的大美人儿，真是可惜了。"

"哎，这好像是第二个了吧？上一位楚王妃也是遇刺身亡的……"

"你说这楚王是不是克妻啊……"

"干什么呢！"先锋官策马路过，听到从步兵营里传出的窃窃私语后勒了缰绳大喝一声。

离林挽月不远的两名交谈的步兵立刻闭上了嘴巴。

先锋官威严地扫视一周后策马而去，浩浩荡荡的军队顶着太阳朝着更深的腹地行进着。

秋天的太阳还是很毒的，特别是在环境干燥的北方，几十里路走下来许多士兵都已汗流浃背，除了林挽月。

她并没有因为毒辣的阳光而出汗，反倒觉得此时的阳光照在身上很舒服，可以驱散那来自体内时不时散发出的阴冷。

林挽月利用休沐机会成功地找到了药王花，服用之后感觉自己就像掉进了冰窖，浑身发冷。

哪怕当时正是晌午，林挽月依旧觉得奇冷无比。她痛苦地蜷缩在地上抱着自己的身体发抖，视线也有些模糊，有那么一瞬间感觉自己又回到了婵娟村，村里的人还是当年的样子，他们对着自己笑，然后林挽月也笑了，她终于可以离开军营了，终于可以恢复自己的身份了，终于不用每天都担心自己的身份被拆穿了，她活得真的好累，随后林挽月便陷入了一片黑暗……

暮色四合的时候，林挽月很幸运地醒来了。

那天，醒来的林挽月跪坐在地上先是沉默，而后放肆大笑，最后归于沉默。

她又回到了军营，回到了这个支撑她努力活下去而又看不到一点儿未来希望的地方，回到了这个庇护她又囚禁她的地方。

日头很快便偏西了，李沐将军一声令下后队伍原地整合休息，埋灶做饭。

袅袅的炊烟升起，李沐将军骑着马由副将陪着沿路慰问正在用饭的士兵。

林挽月看着碗里的肉片，肉片有拇指厚。

"呜——"牛角号从远处传来，做饭的炊烟引来了急需粮食的匈奴人。

"有敌袭！"

林挽月早就在号角声响起的第一时间便丢掉了手中的碗，手执长矛，处于全身戒备的状态中了，随时准备投入战斗。

"保护大帅！"也不知道是谁喊了一句，林挽月循声望去，在数十步开外被众多人围着的不正是骑着战马前来慰问士兵的李沐大将军吗？

"列阵！备战！"

面对突如其来的匈奴士兵，李沐倒是显得泰然自若，只见他坐在马背上抽出腰间的宝剑指挥战斗。

来不及架战鼓，来不及安排旗手挥动旗语指挥战斗，人的声音传播的距离终究有限，因为行军的兵线拉得很长，匈奴人的马又快，这一仗将是几乎没有任何指挥的厮杀！

"嗒嗒嗒"的马蹄声越来越近，大地的震动声开始明显地增大，林挽月的表情有些凝重，她判断出匈奴人的大致数量，这将是一场硬仗！

说时迟那时快，随着一阵阵的惨叫声远远地传来，前方的士兵已经和匈奴士兵短兵相接！

匈奴人拿着弯刀骑着战马横冲直撞地闯进离国的军队之中，手起刀落。

林挽月远远看去，心中一阵焦急，离国步兵兵器的劣势在此时充分地暴露了出来。

林挽月立刻将手中的长矛插在地里然后拿下背上的黑弓，双脚开立，搭箭，气沉丹田拉弓瞄准！

"嗖"的一声箭矢破空而去，正中远处马上一名匈奴士兵的胸口，后者摇晃了两下，便一脸惊愕地看着没入自己胸口半截有余的箭，摔下了马，然后被离国士兵的长矛再一次刺穿身体。

"好！"在马背上的李沐目睹了匈奴士兵中箭的全过程，情不自禁地发出了赞叹。

待他坐在马背上一回头，便看到了在土坡上站着一位穿着步兵衣服的黑瘦少年，身边立着长矛，腰间佩着朴刀，此时这少年两脚开立再次搭弓瞄准，只见这少年虽然拉得缓慢，但到底是把手中的弓拉得满满的，然后再次射出了一支箭。

"嗖"的一声，被射出的箭在空中快速地留下一抹残影，然后钉在了匈奴人的胸口。

李沐看着林挽月手中的黑弓，眯了眯眼，这把破损的黑弓原来的主人正是李沐，因为弓身破损失去了准头，李沐便将弓处理了，没想到居然被一名步兵捡了去，更让李沐没有想到的是这看上去无甚出奇、黑黑瘦瘦的少年居然能拉开自己的二石弓！

林挽月并不知道自己的一举一动已经被李沐看了去，她此时正全神贯注地看着前方的战局，大脑快速地转动分析眼前的情况。最后林挽月目测了一下匈奴人离自己的距离，果断将黑弓背在了身后，提起插在一旁的长矛，毫不犹豫地冲了出去！

林挽月朝着匈奴骑兵奔跑着，心中除了紧张还有一丝兴奋，她没想到这张黑弓居然有如此威力，也不枉自己这两个月来为了更好地使用它，先后拉废了两张一石弓！

匈奴人虽然来势汹汹，但是离国这支身经百战的军队也绝非等闲之辈。

这支军队即使没有接到任何命令，依旧迅速且有效地形成阵势，随着列阵的逐渐完成，离国部队慢慢地夺回了战争的主导权。

林挽月将长矛重重地刺入一个匈奴人的身体里，喷涌的鲜血溅了林挽月满脸，林挽月听到了长矛摩擦身体的声音，她的双手紧紧地握着长矛，脑海中白光一闪，仿佛看到了被一根长矛串在一起的娘亲和弟弟。

"啊！"林挽月大吼一声，眼睛变成骇人的血红色！

她用力地抓着长矛一次又一次地刺入敌人的身体内，全然忘记了自己身处何方，眼前只有那满村的尸体，那熊熊的大火，还有那跪在村头悲伤又绝望的自己……

"叮"的一声，兵器的碰撞声从林挽月的后脑勺儿传来，林挽月的身体情不自禁地战栗了一下，双手颤抖着松开了长矛，一脸惊愕。

"哥！你在干什么！"林宇气急败坏的声音在林挽月的耳边响起。

原来林挽月陷入魔障之际，一名手持弯刀的匈奴人悄然来到了林挽月的身后，举着弯刀朝着林挽月的后脑勺儿砍了过去！

好在林宇及时赶到，在千钧一发之际架开了匈奴人的兵器！不然林挽月恐怕早已身首异处……

这边林宇正手持朴刀与匈奴人战在一处，林挽月则站在原地惊恐地看着自己沾满温热鲜血的双手！

林挽月回过头看到的是胸前被刺得模糊一片的匈奴人正死不瞑目地看着自己。

"哥！你刚才怎么回事？"林宇来到了林挽月的身边，用另一只手的袖子擦了擦脸上的血。

"没事儿，我也不知道怎么了……想到了……没事！"林挽月有些烦躁地抽出了腰间的朴刀想要冲出去，却被林宇一把拦下了。

"哥，你跟着我。"

林挽月张了张嘴想要反驳，却听到林宇斩钉截铁地说道："哥，还记得我第一次上战场的时候吗？"

林挽月恍然回神，她想起林宇十四岁的时候抱着行李怯生生地走进他们的帐篷，林挽月抬头看到了他，有那么一个瞬间她仿佛看到了自己的弟弟林飞星。

林宇来到军营里没几天后匈奴人便打来了，那天被夹在队伍里的林宇吃力地握着长矛盲从地向前冲。

林挽月看着林宇尚且稚嫩的背影，她心中很清楚没有经过系统训练的林宇很有可能就此一去不回。

她偷偷地跟在了林宇的身后，先后两次处理掉了在林宇身后想要偷袭的匈奴人。

"谢……谢谢！"那时的林宇颤颤巍巍地握着长矛，看着林挽月，眼中带着对死亡的恐惧还有劫后余生的庆幸，话都说不利索了。

"你跟着我。"林挽月将林宇护在了身后，手提朴刀硬生生从匈奴人的包围中砍出了一条口子……

林挽月回过神来，看着身前这个如弟弟般唯一的朋友不知不觉间已经比自己高了半个头了……

林宇护着林挽月尽量朝着人少的地方冲，短暂的失控之后林挽月已经找回了状态，从林宇的身后来到了林宇的身边，两人配合默契，砍伤了许多匈奴士兵，然后这些受伤的匈奴人在倒地的瞬间无不被其他的士兵用长矛刺穿了身体。

就在离国的军队逐渐占据上风的时候……

"呜呜呜呜！"一阵低沉起伏的号角声远远地传来，匈奴士兵听后纷纷停下了正在砍杀的动作，然后互相对视后，结队撤退了！

林挽月听着陌生的号角声皱了皱眉，觉得似乎有哪里不对，一时间又想不出来……

"穷寇莫追！"李沐将军坐在战马上大喊，林挽月和林宇对视一眼，看着彼此满是血污的脸，心中却畅快无比！

"哈哈哈哈哈！"林宇看着林挽月大笑。

林挽月也笑了，笑得无比畅快。

这样默契的笑声，也只有当事人能够明白其中的含义。

李沐坐在马上听到了笑声，发现其中一个满身血污几乎看不到一块干净皮肤的少年正背着自己熟悉的黑弓，当下眼前一亮。

"驾！"李沐夹了夹马肚子，军马打了一个响鼻便通人性般朝着主人想去的地方缓缓地走去。

林挽月和林宇还沉浸在兄弟并肩作战的喜悦中，突然听到了马蹄声从耳边传来。

二人一转头，看到了自己的元帅坐在高头大马上正居高临下地看着他们，两人连忙行礼。

林挽月单膝跪地低着头道："步兵乙营三伍士兵林飞星参见大帅。"

林宇也跪下了："步兵乙营四伍士兵林宇参见大帅。"

"嗯。起来吧。"

"是，大帅。"林挽月和林宇从地上站了起来。

李沐一手扯着缰绳一边打量着面前的两位少年，见二人浑身血污但是却没有一处伤口，满意地点了点头。

李沐更多的是看了几眼背着他的战弓的林挽月，此时李沐对林挽月除了满意还多了几分欣赏，之前李沐眼看着林挽月拉开了自己的二石弓，还有林挽月握着长矛毫不犹豫便冲出去的勇气，以及此时浑身血污却毫发无损地站在了自己的面前，这些无不是李沐欣赏林挽月的原因。

当然，还有更重要的一点，那便是久经沙场的李沐在林挽月的身上敏锐地捕捉到了一股许多士兵所不具备的战意。

"晚上扎营之后你们俩来大帐见我。"李沐撂下了这句话后便拉着缰绳转身离开，临走之前李沐再次看了一眼林挽月，他总觉得这个少年似乎有些面熟……

李沐的话被周围幸存的士兵听得清清楚楚，霎时间林挽月和林宇便成了众人瞩目的焦点。

众人带着复杂的目光看着二人，有羡慕，有嫉妒，也有不甘……

有的人想：被大帅亲自召见啊！这可不是谁都有的福分，恐怕这二人以后就要平步青云了。

当然更多的人想的是：同样是大战之后活下来的人，凭什么狗屎运都让这两人得了？

二人却并没有发觉自己已经成为众人的焦点，林宇短暂惊愕之后便兴奋地抓住了林挽月的双臂，如同一个孩子般大叫道："哥！大帅召见我们！大帅要见我们！哥，你听到了吗？大帅要亲自见我们！"

林挽月只是麻木地任凭林宇摇晃，想要给林宇一个相同的表情，可是却无论如何也做不出来……

李沐一声令下，各营打扫战场然后继续前进，天黑之前要到达扎营的地点。

林挽月拔下了自己插在匈奴人身上的长矛，失去了支撑的尸体重重地摔在了地上。

林挽月握着黏稠的长矛，一脚将匈奴人的尸体踢到一旁。她来到大树前，此时树干上已经布满了血污，林挽月抚摸树干，上面是自己的长矛留下的深深浅浅的伤痕。

此时此刻林挽月的心中才涌出了一股后怕：刚才若是林宇晚了一步，自己恐怕就要死了吧……

这样的感觉很奇妙，是一种庆幸和假设夹杂在一起的感觉，庆幸的是自己再一次死里逃生，假设的是若自己刚才就那么死了的话其实也算是很好的归宿……

"嘿，兄弟，我是二伍的王大力！"

林挽月的思绪再一次被拉回，看到身旁不知道什么时候站了一位五大三粗的汉子，穿着步兵的衣服，衣服有点儿旧但干干净净的，此时正咧着嘴巴朝自己笑。

林挽月冷哼一声转身离开了原地，并没有理会热情的王大力。

林挽月自是没有看到王大力站在原地涨得通红的脸和愤怒的眼神。

战场很快就整理好了，匈奴士兵和离国士兵的尸体堆成的两座小山几乎同样高……

林挽月看着两堆尸体，心头沉甸甸的，这场仗离国并没有占到任何便宜……

想到这里，林挽月心中一声冷笑，就是因为军营里有如同王大力一样的人存在，那些人打完了一场仗身上的衣服还是干干净净的，所以才会有这么大的伤亡！真正的战士冲在最前面，最后连具棺材都没得到！军功却被那些如王大力一样的人得了去……

即便是李沐这样的将军，在这样一场行军过程中的遭遇战过后，也不可能将阵亡的将士们一一埋葬。

后勤部队扯下了阵亡战士们挂在胸前染了血的名牌，李沐将军一挥手，两堆尸体被点燃。

林挽月所在的队伍再次上路，身后两堆熊熊燃烧的尸体发出特殊的味道，这个味道充斥在每一个活下来的人的鼻腔里。

　　太阳下山之前，林挽月的部队终于到了扎营的地点，后勤兵将之前收集的名牌统一洗干净然后挂在了军营里一块固定的地方。

　　林挽月来到了这块鲜有人至的空地，坐在挂着密密麻麻名牌的架子前，这些名牌曾经都是一个个鲜活的生命。

　　风吹过，架子上的名牌随风摇曳碰撞发出脆响……

　　这些牌子每隔一段时间就会被人收去，送到专门的城内，挂在公示板上，等待阵亡将士的家人将名牌领回去。

　　林挽月也有一块，正面写着所属的部队以及姓名，背面写着大泽郡婵娟村。

　　殊不知整个婵娟村只剩下林挽月一人了。

　　有很多次夜深人静时，林挽月悄悄走出帐篷仰望星空，她也会想：若是有一天自己也只剩下了这块名牌可以证明自己曾经存在过，如果有一天自己的这块名牌也被挂在城中的公示板上，会不会有位自己并不认识的人，不忍见自己的名牌无人领取，从而将它埋葬？

　　"哥，我找了你一圈儿，原来你在这儿啊！"

　　林宇远远地看到林挽月孤零零地坐在地上，看着面前一大排名牌发呆，心中轻叹：即便林挽月不善言辞，甚至从不主动结交朋友，但是自己知道，自己的这位大哥并不冷漠！

　　林宇本来是找林挽月一起去见李沐的，可是看到林挽月此时的状态，又想了想林挽月今日在战场的失态，决定先将去见李沐的事情放一放……

　　林宇一屁股坐在林挽月的身边，陪着林挽月一起看面前的名牌。

　　风继续地吹着，听着耳边传来的名牌撞击的声音，林宇的心中也涌起了一股苍凉之感。

　　林宇遂情不自禁地说道："哥，你说，我的牌子会被挂在这上面吗？"

　　"说什么胡话，不会的！"林挽月坚定地摇了摇头。

　　"哥，说真的，要是我死了，你可别让我挂在这上面，我家世代都是军户，我老爹就剩一条腿了，让他老人家拄着拐杖一跳一跳地出远门去接我，我可过意不去。"

　　"都说了不会的！"

　　林宇却不以为意，继续笑道："哥，要是我真有那么一天，你就把我的牌子收起来吧，等我们彻底打赢了，你再亲自把我的牌子给我爹送过去，然后告诉他老人家，我没给林家丢人。"

　　见林宇执意说这个话题，林挽月也说道："要是有一天，我的牌子被挂在上面了。

你就把我的名牌连同之前我给你看的木板一起送到大泽郡下的婵娟村烧了吧，我比你更惨，全村的人都死光了，要是你也死了恐怕我的名牌就要无人认领了，所以啊，你要活着替我办身后事啊！"

"呸呸呸！哥，你这人闹起来真是混透了！我是和你开玩笑的，你可别当真，咱俩最好谁也别死，一起建功立业。等以后我娶了媳妇儿，我儿子就是你儿子，我老爹就是你爹！走，咱们去见大帅。"

说着，林宇把林挽月从地上拽了起来，一边拍着自己的屁股，一边和林挽月笑着朝李沐的大帐走去。

"报告！步兵乙营三伍士兵林飞星参见大帅。"

"步兵乙营四伍士兵林宇参见大帅。"

"进来吧！"李沐正坐在大帐内等着林挽月和林宇呢。

林挽月和林宇并排走进大帐，拘谨地站在李沐面前，李沐打量着眼前的两人，看着他二人尚且带着几分稚嫩的脸庞一阵感慨。

"我好像在哪儿见过你？"李沐看着林挽月的脸问道。

闻言，林挽月立刻双膝一弯恭恭敬敬地跪在李沐的面前回答道："林飞星还要在此谢过大帅。两年前小人投军的时候还没有军户的身份，是大帅您破格允许小人参军，还给了小人军户的身份，林飞星谢过大帅再造之恩！"

听到面前跪着的黑瘦少年如是说，李沐恍然想起：两年前确实有这么一档子事，有个婵娟村的遗孤，不大点儿的人硬是要投军，在这样的世道这样的事情太多了，李沐想都没想便同意了，毕竟一个半大的孩子孤身在外也不安全，不如留在军营里，只是李沐怎么也没想到两年多未见，当年的那个孩子不但活了下来，还拉开了自己的二石弓！

李沐抚着胸前的胡子一脸满意地看着林挽月，故作严肃地说道："林飞星，你可知罪？"

听了李沐的话后，林挽月直挺挺地跪在地上，低着头表情慌乱不已。

一旁的林宇见林挽月可能会被处罚，虽然他并不知道其中原因，但是依旧毫不犹豫地跟着跪了下来……

李沐看着战战兢兢跪在面前的两个年轻人，终于绷不住露出了笑容，曾几何时李沐也有过这样毫不犹豫陪着自己患难与共的战友，林宇的反应触及了李沐心中最柔软的地方。

李沐伸出手扶起跪在地上的两人，笑着说："我记得前一阵子飞羽营公开招募营长，要求就是拉开二石弓，怎么没有看到你去报名啊，林飞星？"

林挽月努力压制着自己的表情，不想被李沐看出端倪，一颗心脏急速地跳动着，直到彻底明白过来李沐并没有看穿自己的身份才如释重负地松了一口气。

林挽月再次跪在地上低声道："小人知罪。"

李沐也再次扶起了林挽月道："难道本帅就这么可怕吗？让你们两个小伙子跪来跪去的？你可知道你背上的那把黑弓原来是本帅的？因为弓身破损失去了准头就把它处理了，没想到你居然拉开了本帅的弓，还用它杀了两个匈奴人，来，起来，我们好好说说话吧。"

"是。"

"谢谢大帅。"

李沐回到了他的位置上落座，看着林挽月和林宇问道："本帅想听一听你们两个对今天这场仗的看法。"

李沐的话音刚落，林挽月的脑海里立刻便闪过了很多个想法，林挽月下意识地张了张嘴，理智却及时制止了她，最后林挽月只能将心中所有的想法尽数咽了回去。

李沐一直看着林挽月，他无比欣赏眼前的这个黑瘦少年，在李沐看来，虽然林挽月看上去不似其他将士那般孔武有力，但是这少年身上有一股很特殊的气质，特别是在面对匈奴人的时候，通身都散发出一股与生俱来的战意，如果……

如果这个少年还有与之匹配的计谋的话，那么自己一定会将他放在身边着重培养，用不了多久离国便会多出一位智勇双全的少年郎将了！

林挽月欲言又止的样子当然没有逃过李沐的眼睛，他盯着林挽月问道："林飞星，你似乎有话说？"

林挽月惊愕地张了张嘴，心中暗自惊叹：李沐将军的心思居然如此敏锐，自己在他的面前仿佛有种无所遁形的感觉，这样的感觉让林挽月更加觉得危险，求生的本能催促着她逃离！

一旁的林宇刚想说说自己的看法，没想到李沐却点名让林挽月先说，林宇只好闭上了嘴巴。

虽然林宇的心中涌起一丝丝遗憾，但是那种感觉稍纵即逝，更多的是为林挽月感到高兴。

就算是瞎子也看得出来目前帐中的情况，大帅似乎对自己的大哥异常欣赏！

如果换作别人，林宇兴许会不服，甚至会冒险打断李沐的话毛遂自荐，可是这个人是林挽月，林宇的心中没有一丁点儿不愿意。

且不说林挽月多次救过自己的命，入营这两年来林宇和林挽月几乎形影不离，林挽月付出的努力林宇都看在眼里，林挽月身上所具备的素质让林宇心悦诚服。

"大哥，快啊，大帅问你呢！"林宇见林挽月久久不语，轻轻地用胳膊捅了捅林挽月。

感觉到林宇的触碰，林挽月脑海中白光一闪，微微抬起头，深深地看了林宇一眼。

林挽月转头对李沐说道："回大帅，在刚才来大帐的途中，我和林宇也对今天的战况做了简单的研究。小人认为匈奴人来袭是一场突发事件，现下正值秋收时节，匈奴人急需粮食过冬，随时都有可能出现。但是林宇与小人发生了意见上的分歧，他认为这是一场有预谋的袭击，我军与匈奴作战多年，众所周知匈奴人这么多年来都是肆意而来，溃败即走，今日在我军刚刚占据上风之时，林宇听到了一阵奇怪的号角声，匈奴士兵正是听到了号角声之后才有序地撤退，林宇听过之后如同茅塞顿开……"

林挽月的话让在场的两个人不约而同地露出了惊愕的表情，林宇瞪大了眼睛看着林挽月，他不明白林挽月为什么这么说，而且……

他根本就没注意到什么号角声，此时听完林挽月的分析林宇的内心震惊不已，直到这一刻林宇才彻底地看清楚自己和林挽月之间存在的距离！

林宇有些失落，他看着林挽月，再想到这两年来林挽月对自己点点滴滴的教导，林宇后知后觉地明白，自己并不是什么将帅之才，林挽月才是！

此时林宇心中闪过的更多是意外和羞愧，还有些许恼怒的情绪。他不明白林挽月到底在干什么，这是多好的机会？不是人人都有大帅亲自接见的机会！

李沐也同样意外，本以为这个林飞星具备将才，无论是战斗时流露出来的气质，还是当时他亲眼看到的林挽月面对匈奴人所做的一系列应变处理，无不证明了自己的判断。但是听完了林挽月说的话之后，李沐怎么也没想到自己居然看走了眼！

李沐心道：如果这林飞星所言属实，那么这林宇才是真人不露相！能说出这样一番话来，如果自己好好培养他，他绝对不会止步于小小将军的位置！

李沐心中感叹：自己身边的副官都没有发现那一阵号角声的不妥，自己也仅仅是觉得有些奇怪，并没有深想。可是经过这个林飞星这么一说，李沐立刻明白了一直萦绕在自己心头的怪异感觉是什么！

没错，这么多年来匈奴人从来都不曾具备如同离国这般有序的战斗指挥能力！

李沐立刻将目光转向林宇，看林宇的眼神中带着惊喜和浓浓的欣赏："林飞星说的是真的吗？"

林宇看着李沐那双带着惊喜的眸子，张了张嘴……

突然，林宇感觉到林挽月从李沐看不到的角度捅了捅自己，林宇转头看了看林挽月，却发现自己的这位大哥并没有看自己。

"是！"林宇点了点头。

"哈哈哈哈，好！"李沐得到了满意的答案后，高兴地拍了拍面前的黑案。

"好啊，你再说说，你觉得为何我离国训练有素的将士和匈奴的蛮夷之军对抗了数年却占不到什么优势？"

李沐提出来第二个问题后，林宇只觉得大脑一片空白，一瞬间脑海中闪过了许多念头，可是每当林宇想要张嘴回答问题的时候，那些想法立刻消失得无影无踪……

"大帅，适才小人失礼了，还没谢过大帅赐弓之恩，飞星今后定奋力杀敌以报大帅！"

听到林挽月突然插嘴，李沐不悦地皱了皱眉，转头对上林挽月明亮的眸子，心中轻叹一声可惜，倒也没有再责怪林挽月的失礼。

林宇在听到林挽月的话之后茅塞顿开，他记起来林挽月那天在兵器堆前和他说的话！

林宇的心里有些不是滋味，他很羞愧，如果是大哥，此时定能和大帅一问一答得异常精彩吧，可是自己只能靠大哥的提醒，复述他的话罢了……

林宇强自压下心中的羞愧，看着李沐回答道："回大帅，因为兵器……"

一夜之间，李沐的兵营里刮起了一阵旋风！

林宇和林挽月的名字一夜间传遍了整个军营，此时此刻几乎所有的士兵都在讨论这二人究竟是何许人也，竟然能得大帅如此青眼？

林宇被李沐破格提拔为先锋郎将、邑百户。

林挽月则被李沐封为飞羽营的营长。

一时间好奇的、试探的、慕名巴结的士兵们纷至沓来，可是一向形影不离的林宇和林挽月却突然间疏远了。

当天晚上，出了大帐之后，林宇便对林挽月提出了质疑，而林挽月却只说了一句："相信我，这样对我来说才是最好的结局。"

林宇显然不能接受这样的答案，自己一直都是知道林挽月的能力的，刚才在大帐里林宇更是对林挽月刮目相看，一直以来林宇只是觉得或许林挽月需要一点儿机会，可是如今机会来了，林挽月却把它推给了自己。

林宇第一次和林挽月争吵了起来，四周很黑，林宇看不清林挽月的表情。

林挽月的沉默激怒了林宇，林宇口不择言地说了很多，最后二人不欢而散，林宇看着林挽月消失在黑夜中的背影，第一次觉得其实他一点儿都不了解自己的这位大哥。

升官对于林挽月唯一的好处就是，林挽月拥有了一间属于自己的小小的帐篷，再也不用和十几个男人挤在一起了。

林挽月对林宇心存愧疚，她很清楚林宇一心为了自己打算，也明白林宇对自己的不解和愤怒，恐怕此时在林宇的心中对自己已经不仅仅是失望了，或许他已经以为自己这块烂泥根本就扶不上墙。

念及此处，林挽月无声地笑了笑，心中暗道：只可惜我不是一个男人，而且也没有富贵险中求的心思，女扮男装从军本就是死罪，我林挽月走进军营只为复仇，杀足一百一十八人便想办法全身而退，我可以马革裹尸死在战场上，但是我绝对不能死在争名夺利的路上！

可是林挽月却不能解释，也无从开口。

最终林挽月只能轻轻地叹了一口气，或许她和林宇的友情就此终结才是最好的结局。

自己的身体是一个致命的秘密，倘若有一天东窗事发，她一个人死就够了，没必要再带上别人了……

因为友情破裂而带来的郁闷并没有机会维持太久，因为每年一度的"秋收之战"开始了……

为了掠夺足够的口粮过冬，匈奴人开始大规模频繁且猛烈地试图破开李沐麾下这支军队的防线。

大大小小规模的战事几乎每天都有，匈奴人甚至突然发起了几次夜袭。

整个军营充斥着紧张的气氛，让李沐担心的事情到底还是发生了，原本如同一盘散沙只会逞凶斗狠的匈奴军队打仗时开始有了章法，有了统一的进军号角、特殊的战鼓和统一的退兵信号。

离国军队节节败退，损伤惨重……

帝都，天都城。

金銮殿上，离国的天子高坐龙椅，一脸阴郁的表情。

"边关告急，李沐将军连连失利，众卿都说说吧，可有何良策？"

"启奏陛下，臣有话要说。"

李钊看去，发话的是尚书左仆射龙丹青，便点了点头。

"臣以为，李沐将军多年来镇守边关劳苦功高，此番虽然暂时失利，但是陛下应派遣使臣以安抚为主，方显君臣一心，天恩浩荡。"

李钊点了点头，不置可否。

雍王李珃从队伍中站了出来，请奏道："启奏父王，儿臣愿带兵血战匈奴蛮夷，显我离国天威。"

话音刚落，卫尉楚延宗立刻出声反对道："陛下臣有异议，雍王殿下虽然骁勇善战，但是臣以为，此时战前易帅有恐动摇军心，况且李沐将军镇守边关多年，对那里的情况了若指掌，无人可出其右，望陛下三思！"

"父皇，儿臣有本要奏！"楚王李玹站了出来。

"嗯，且听楚王说说吧。"

"是，儿臣以为适才左仆射言之有理，但是儿臣又觉得李沐将军突然接连战败实在蹊跷，不如父皇派遣一名御史前去北边看看，若是真如李沐所言战事凶险，御史则行慰军之职，以显父皇天恩浩荡；若战事并没有李沐所言这般，御史则行督军之责，以不变应万变。"

李钚听完了李玹的话，沉吟良久，最终点了点头道："皇儿言之有理，不知诸位爱卿谁愿意为寡人走一趟？"

"父皇，儿臣推荐平阳侯。一则平阳侯军功拜爵身经百战，最为合适不过；二则平阳侯与李沐将军的身份对等，也不失怠慢。"

"嗯……爱卿，楚王推举你，你可愿意替寡人走一趟啊？"

平阳侯闻言笑眯眯地从队伍中走出来回道："臣为陛下肝脑涂地也绝不犹豫，不过臣如今年事已高腿脚不便，不若叫犬子李忠为陛下效劳吧。"

"嗯……忠儿也不小了，若不是皇后先行，恐怕也是长公主驸马的不二人选，那便如此吧……"

第二天，李忠带着圣旨以御史的身份朝着北边的边境赶去。不过，在这乘豪华的马车上，一个本不该出现的人却出现了……

"公主，我特别命人准备了梅子，你尝尝？"

李娴安静地坐在马车中，摇头拒绝了。

原来，在敲定了使臣前往边塞的当晚，李娴便求见了李钚……

"父皇，娴儿愿与李忠世子同去。"

"胡闹，边关正在打仗，你是寡人最疼爱的公主，好好待在宫中。"

"父皇，李沐将军毕竟是娴儿的亲舅舅，在这个紧要关头，父皇无论派谁去都难免有'督军'之嫌，唯独女儿亲自去一趟才能真正地安抚舅舅。"

李钚想了想回道："好，难得娴儿能如此深明大义，寡人便允你所奏。"

"谢父皇！"李娴盈盈下拜。

顿了顿，李钚又继续说道："寡人赐你尚方宝剑，紧要关头可以便宜行事。"

马车朝着边塞驶去，李娴闭着眼睛倚在靠垫上，一副不堪旅途辛苦的娇弱模样。

李娴闭着眼睛，心想自幼生活在这深宫之中，她以为自己早就已经见惯了帝王的薄情，可是却没有想到自己还是低估了帝王的心狠程度，他居然给了自己一把尚方宝剑，然后告诉自己"便宜行事"！

如何"便宜"？难道一旦发现苗头不对，便要让自己用这把剑亲手杀了自己的亲舅舅吗？

好事不出门，坏事传千里，这是亘古不变的真理。

阳关城内的一座不起眼茶楼的雅间外，两位书生打扮的年轻人坐在一起。

"听说了吗？出大事了！"

"哎……"闻言坐在对面的书生重重地叹了一口气,端起面前带沫子的茶水喝了一口。

"吱呀"一声,雅间的门被推开了,坐在离雅间最近的位置的两位书生抬头一看,只见从里面走出一位身长玉立、衣着华贵的公子,一时间两人看愣了神,阳关城地处离国西北,出了阳关城再走个百八十里就要出了离国的边境,这二人自幼生活在这里,从未见过如此贵客。

"敢问二位,这阳关城出什么大事了?"

闻言,二人下意识地对视一眼,均从对方的眼中看到了与自己内心相同的答案。

两人不约而同地从凳子上站起来,其中一人斟酌了片刻拱手对这贵公子说道:"这位兄台你有所不知,这阳关城内倒是还算太平,是边境那边出事了……"

"哦?不知可否详细说说?"

"李沐将军大挂免战牌,避战不出,现在阳关城里有钱的乡绅都找借口避难去了……"

"岂有此理!"这华服公子还未等二人说完便怒不可遏地拂袖而去,留下二人不知所措地站在原地。

华服公子转身折回,怒气冲冲大步走到雅间门前时却突然放缓了动作。

只见华服公子站在雅间门前深吸两口气,还煞有介事地整了整自己的衣冠才抬起手轻轻地敲了敲雅间的门。

"进来吧。"得到雅间内里之人的应允,这华服公子才轻轻地推开门走了进去。

见华服公子离开,其中一位书生复又坐下,却见自己的朋友竟然呆若木鸡地站在那里一动不动,于是便扯了扯他的袖子道:"你干吗呢?坐啊,傻了?"

那人听后只是任自己的同伴扯着自己的袖子,摇摇晃晃地跌坐在椅子上,眼睛却一眨不眨地看着雅间的门,似乎一刻都舍不得挪开。

"唉,怎么了你?中邪啦?"

最终这名陷入呆滞的书生终于回过了神,激动得嘴唇翕动,脸憋得通红,似乎在竭尽全力地搜罗自己腹中积累的辞藻,最后却只能抓住同伴的小臂磕磕绊绊地说:"美!好美的人……"

"公主,您都听见了吧?李沐居然对蛮夷匈奴人大挂免战牌?我离国的脸都要被丢光了!"

原来这雅间中的二人正是离了京都一路北上的长公主李娴和平阳侯世子李忠二人。

"世子少安毋躁,我想舅舅此番定是事出有因,寻常百姓并未身临其境,所述之词也不可尽信,北方干燥,世子喝杯茶吧。"

李娴伸出纤纤玉手将茶盏推到李忠的面前,后者受宠若惊地双手端起茶盏"咕咚"牛饮了一大口,哪里还有一丁点儿愤怒的神情?

李娴的表情依旧淡淡的,没有人能从她的脸上读出她心中所想。

"天色也不早了，不如加快脚程，也许可以在天黑之前赶到军营。"

李娴开口李忠自然是无所不从，李忠宣布即刻启程，两侧的雅间内数十名侍卫立刻乌泱泱地冲出来了。

李娴在众多侍卫的簇拥下，如同众星捧月般从雅间中盈盈走了出来。

这两位书生何曾见过这样的大阵仗，一时间呆立在原地，无所适从。

"大胆！长公主殿下的尊容，也是尔等可以直视的？"

李忠继续积极充当护花使者，二人一听长公主亲临，立刻跪倒在地，山呼千岁。

天黑之前李娴一行人来到了李沐的军营。

李忠当即宣读了圣旨，看着跪在自己眼前一地的将士别提有多得意了。

林宇作为新晋到李沐军营的少年郎将，自然是跪在了前排，将圣旨听得清清楚楚。

李钊虽然对李沐出言宽慰，但是字里行间也对李沐节节溃败的战况流露出了些许的不满。

军队是一个整体，一荣俱荣，一损俱损，听着李忠阴阳怪气读出的圣旨，林宇的拳头紧了又紧，短短的时间里林宇想了很多，最后他做了一个决定……

入夜，除了巡防守夜的士兵之外，其他人几乎都已入睡，林宇在自己的营帐中来回踱步，他环顾一周，有些眷恋地看着自己还没有住久的营帐，最后毅然决然地离开了帐篷，他决定拨乱反正，把原本属于林飞星的东西还给他！

大丈夫立于天地当求无愧于心，他林宇不屑用如此手段升官，同样，林宇也知道如果是林飞星坐在自己的位置上，绝对会发挥比自己大许多的作用。

"舅舅，如此非常之时，您——"

李沐突然对着李娴竖起了手，李娴止住话头侧耳倾听，片刻后便听到了越来越清晰的脚步声。

"末将林宇，求见大帅！"

李沐转头看了看正在与自己密谈的侄女，心中有些犹豫。他对林宇异常欣赏，知道林宇深夜求见定是有事，可是另一边侄女贵为公主，自己也不好怠慢……

就在李沐踌躇之际，李娴轻声说道："如此非常时期，一切以军情为重，娴儿愿意等。"

李沐点了点头道："进来吧。"

"是！"林宇走到大帐里却发现长公主居然也在，愣了愣还是单膝跪地行礼道："末将林宇参见长公主殿下，见过大帅。"

"起来吧。"李沐挥了挥手，不想林宇不但没有站起来反而单膝变双膝跪在地上，"小人有罪，望大帅容禀。"

当下，林宇将整个事情和盘托出，当然他依旧选择性地保护了林挽月，即使林宇看不懂林挽月很多行为，可是朝夕相处这么久，即便不懂，林宇依旧选择保护自己的大哥。

林挽月的努力、林挽月的骁勇，包括林挽月对离国士兵兵器的分析以及对战场的估计，林宇一字不落、原原本本地和李沐说了个明明白白。

说完后，林宇做出服罪状，一个响头重重地磕在地上道："小人有罪，冒领军功，但求大帅饶小人一死，让小人可以戴罪立功。"

李沐听林宇说完后，表情几经转变，冷着脸问道："那你且说说，这林飞星为何如此？他蓄意隐瞒不想出头，莫非是敌国细作？"

听到李沐这么说，林宇吓得魂飞魄散，一连磕了几个响头才抬起头白着脸回道："大帅，小人以性命担保林飞星绝非细作，您可以问任何一个人，林飞星作战时是最勇猛的，他绝对不是细作，而且……而且……"

"而且什么？还不从实招来？"

林宇听出李沐已经有了雷霆之怒，不禁哆嗦了一下，抬起头看了看一脸怒容的李沐，又看了看风轻云淡的长公主，欲言又止！

"说！"

侮辱长公主视听是罪，可是对于林宇来说李沐更可怕，一阵挣扎过后，林宇一咬牙闭着眼睛说道："前些日子作战，小人亲眼看到林飞星传宗接代的家伙被伤了，从此之后林飞星便异常消沉……"

林宇战战兢兢地跪在地上，心想这下死定了……

李沐和李娴则是面面相觑，一时间竟然也不知道说什么好了。

李沐有些尴尬地看了看站在自己身旁尚未出阁的外甥女，朝着林宇挥了挥手："滚出去！"

听到李沐的话林宇如蒙大赦，一连朝着李沐磕了数个响头："谢谢大帅。"随后飞也似的退出了营帐。

短暂的沉默过后，李娴再次开口道："舅舅可信这林宇之言？"

"这林宇说的林飞星我见过，依我看他确实不可能是敌国细作，虽然推辞军功有些让人怀疑，但是若林宇刚才说的是真的，那也就说得通了。这林飞星两年前只身投军，原因是他所在村子的人被匈奴人屠戮殆尽，他恰巧不在村中才躲过一劫，后来我曾经派人去看过，整个村子的情况和林飞星所说的一般无二。"

"原来是这样……那这林宇适才所说的均是属实了？"

"嗯。"李沐点了点头继续说道，"这林飞星的确是难得一见的人才，我军之所以这阵子屡战屡败，就是因为匈奴军中的确出现了一个非常厉害的军师，行军布阵全无章法可寻，鬼谋之计出神入化，说来惭愧，第一个发现这些情况的人就是这个林飞星。"

"哦？竟然如此吗？"李娴的语调依旧是那般平静无波，但是她好似秋水的眸子里却闪过了一丝精光……

"哎，我和匈奴人作战多年，据我看来，匈奴军营中根本不可能会出这样的人才，这和匈奴人的天性有关，逞勇好斗是他们与生俱来的天性，以往的匈奴将军无不是自身作战能力很强，根本不善于指挥。可是这次不同了，不得已我才挂上了免战牌，我现在怀疑有敌国的势力为匈奴出谋划策，以此来消耗牵制我离国，而且一旦北边的防线被撕开，那么也许南边的那些国家就会挥军北上。届时我离国腹背受敌双面作战，无论是粮草、人员都会短缺，危及社稷！"

"舅舅，你可知你大挂免战牌的消息不日就会传回朝中，父皇的性子你是最了解不过的，如今你屡次战败，他已经赐下尚方宝剑授权娴儿'便宜行事'，舅舅这些年来一直守在边关，母后仙逝后恐怕这朝中再也没有肯为舅舅您说句公道话的人了，舅舅，您是我和珠儿的亲舅舅，娴儿说的事情舅舅难道还不重新考虑一下吗？"

听了李娴的话，李沐沉默良久，无奈地叹了一口气，仿佛脸上的皱纹也深了一些，悠悠回道："你外公和先帝是八拜之交，我与圣上可以说是自幼一起长大，他的性子我又怎会不知？在他心中，离国乃四方大国，礼仪之邦，怎能对蛮夷之地大挂免战牌？早在免战牌挂上去的那一刻，舅舅就已经预料到所面对的是什么了，也许我李沐会就此成为离国的罪人，可是我不能因为这无用的颜面让身后千千万万的百姓犯险，既然我已经知道匈奴军中有蹊跷，就要小心为上，只要北边的防线不破，南边也会相安无事，至于娴儿说的史家如何写我？那是我百年之后的事情，就任后人评说吧。"

虽然李沐如是说，但是在他低沉的声音中李娴依旧听出了一丝英雄末路的凄凉。

李娴看着自己的亲舅舅，心中泛起一股酸涩，李娴险些放弃了最开始心中的计划，不过这个念头稍纵即逝，李娴立刻冷静了下来，并且亲手掐灭了那小小的火焰……

李沐犹自沉浸在自己的情绪中，并没有发现李娴那一闪而过的松动表情，最后李沐低声地说道："况且虽然你母后仙逝，但是珠儿依旧是正宫所出，名正言顺，只要你姐弟两人无甚错处，一切顺其自然，届时该是珠儿的就一定是珠儿的。"

"娴儿明白了，时辰不早了，舅舅您早些安寝，娴儿告退了。"

李娴的脸上带着淡淡的笑意，似乎对于李沐拒绝自己的提议丝毫不以为意，恭敬地朝着李沐打了一个万福后，款款离开了大帐。

李娴走出大帐后，侍卫立刻将李娴围在其中，对此李娴早已习惯，她没有动，站在原地抬头看向了天空，月明星稀。

良久，李娴迈开了步子朝着自己的营帐走去……

李娴坐在案前，案子上立着一盏油灯，摇曳的火光让李娴倾城的脸庞变得明暗不定。

李娴握着一块汉白玉佩，纤纤玉指此时正在轻轻摩挲着玉佩光滑的表面。

四周很静，间或有清风吹过，刮得外面的旌旗猎猎作响。

突然，李娴对着面前的空虚处径自说道："出来。"

下一刻，竟然真的有一人从暗处走出来！

观此人一身黑袍，面戴黑铁面具，行路悄无声息，这戒备森严的长公主营帐居然没有一个人发现有人进来，他仿佛那暗夜中的影子，从那黑暗中渗出来一般……

"子，参见长公主殿下。"影子单膝跪在李娴的面前。

"传令下去，一切按照计划进行……"

"是！"

"派人去查查匈奴那边的奇人是哪儿来的。"

"是！"

"还有……"李娴用手指搓了搓手中的玉佩，沉吟片刻，看着面前摇曳的烛火继续说道，"去查查这军营里一个叫林飞星的士兵，包括他参军之前的所有情况本宫都要知道。"

"是！"

李娴朝着下面跪着的人挥了挥手，下一刻影子"唰"的一声便消失在了原地！

好一个来去无影。

李娴低下头看着手中的玉佩，只见这汉白玉佩安静地躺在李娴白皙的手心里，精雕细琢的玉佩正中刻着一个小小的"娴"字。

这块玉佩是李倾城所赠，她和太子李珠一人一块，看着这块玉佩李娴便会想起自己的母亲，如今母女二人阴阳相隔，李娴也只能睹物思人。

"对不起了母后，为了珠儿，女儿只有牺牲舅舅……"

突然，李娴笑了，唇边显出两个浅浅的梨涡，为她那不食人间烟火的精致容颜平添几许俏皮。

李娴笑了，这一刻她突然发觉自己居然像极了自己的父亲，那个无情的帝王。

"母后，娴儿一定会保护珠儿一世顺意安康。"

这世间之事皆是瞬息万变，李沐将军的军营里又掀起了一阵旋风。

新晋的飞羽营营长林飞星连同先锋郎将林宇也不知道因何缘故被重打了二十军棍！

挨打的第一天，林宇让人把他抬到了林挽月的营帐里，两人龇牙咧嘴地趴在一起，林挽月有些无奈地看着林宇，最后两人趴在床上互相对视，看着看着便哈哈大笑了起来，隔在两人之间的疙瘩就这样烟消云散了……

在挨打的第二天，林挽月便从床上爬起来，艰难地迈着步子走到了一处空地。如今她虽行动不便，但她不可以闲着。林挽月背着自己的二石黑弓来到空地上，命令手下的弓箭手给自己在五十步开外立了一个靶子。如今林挽月大小也是个营长，再也不用拉空弦了，只要林挽月想要，便会有人把大把的箭送来给她练习。

"营长！这是您要的一百支箭。"

"嗯，放在这儿就行了，你去做你的事情吧。"

"是。"

弓兵将箭放好后便转身离开了。

林挽月站在原地，吃力地将双脚开立，拿过一支箭，搭箭，拉弓，瞄准……

另一边李娴不堪李忠无休止的叨扰，早早躲出营帐。李娴的身后跟着两名士兵，是李沐的亲卫，是李沐专门调拨来全权保护李娴的。

李娴走在军营里，耳边时不时会传来将士们操练的喊声。

突然，在离李娴不远处的营栏上，一声"咚"的闷响传来，一支箭钉在了木质的栏杆上。

两位士兵立刻做出了警戒状态，因为他们被面前的几座帐篷遮挡了视线，不知道后面"藏"了什么人。

反倒是李娴淡然地示意两名士兵少安毋躁，在她的角度可以看到被箭射中的营栏下面摆着一张靶子，李娴发现营栏上已经有好几支箭了，而且在靶子的周围也散落了几支箭，唯独那靶子上却空空如也，什么也没有。

自己舅舅的军营中从来不养闲人，这李娴是知道的。所以当李娴看到居然有人有如此"箭法"，她反而有些好奇射箭的究竟是何许人也？

"我们过去看看。"李娴轻轻地交代了一声，便朝着营帐后面的空地走去。

两名士兵将李娴护在身后，三人走到一处帐篷前停了下来，一名士兵护着李娴，另一名士兵则小心翼翼地向外勘探，直到看清楚了射箭的人，这士兵才松了一口气回头对同伴说道："原来是飞羽营的营长林飞星。"

听到林飞星的名字，李娴的心头一跳，遂平静地对护着自己的两名士兵说道："你们先下去吧，本宫想自己走走。"

"这……"

听到李娴的要求，两名士兵露出了为难的表情，而李娴并没有再说话，只是收敛了脸上的笑容，瞬间那与生俱来的气场立刻显现了出来，两名士兵微微一怔，看着长公主如同冰山般的表情，立刻识趣地说道："那我二人就到那边去等公主，您有什么吩咐小人随叫随到。"

"有劳。"李娴微微颔首。二人对望一眼提着兵器离开了，不过也并不敢走得太远，站在数十步开外远远地看着李娴这边的情况。

李娴向前走了两步，走到了一个她可以看到林挽月而林挽月不易发现她的角度。

李娴远远地看去，只见在数十步开外一位黑瘦的少年站着，此时正在搭弓瞄准……

看到林挽月的样子，李娴有些意外，这个看上去有些单薄的身躯似乎配不上自己舅舅如此之高的评价。

李娴也曾见过离国朝中赫赫有名的武将，那些人无不是生得高大威猛孔武有力，光是站在那里就让人望而生畏。

这林飞星不仅生得单薄，而且这箭法也实在令人难以恭维……

"咚"的一声，一支箭再次钉在了李娴前面的营栏上，靶子依旧孤零零地立在那里，上面没有一支箭……

李娴轻轻地叹了一口气，心下有些失望，暗笑自己之前的想法，也笑自己的舅舅居然也有识人不明的一天……

"嗖"的一声，就在李娴出神的这一会儿，又一支箭飞过，这次这支箭没有钉在营栏上，而是擦着靶子飞过，再次脱靶了……

李娴摇了摇头，转身离开原地。

就在李娴转身欲走的一瞬间，一支箭再次飞过，传出"咚"的一声闷响，李娴回过头，发现这一次箭终于被钉在了靶子上，不过，是位于靶子的斜上方最外沿的位置，距离红心很远……

李娴犹豫地停住了脚步，转头看着身后的靶子，"咚"的一声，在李娴的注视下靶子上又多了一支箭，在靶子右下方最外沿的位置。

李娴驻足，转过身重新回到了刚才的位置上。

"嗖"的一声，箭矢破空的声音传来，李娴抬眼一看，靶子上出现了第三支箭，距离红心近了一点……

看到这一幕，李娴的心中荡起一股异样的感觉，她向前迈了一小步，用帐篷挡住了自己的大半身影。

此时的林挽月正拿了一支箭搭在弓上，然后深吸了一口气，缓缓地拉开弓弦，露出手臂上形状完整、轮廓清晰的肌肉。

此时林挽月的心情不错，射出去三十多支箭后，她终于射中了一次靶子，她已经能慢慢摸清用这把失去准头的黑弓射出的箭偏移的规律了，上次射杀匈奴人时距离太近了，射出的箭并没有太偏离目标。这次林挽月在五十步开外的地方用这把弓射箭，这弓的弊端便显露无遗了。

林挽月射了三十多次箭后，才终于摸准了这把弓的规律，这次林挽月有十足的把握可以命中靶心！

想到这里，林挽月笑了，露出一排洁白的牙齿，拉紧弓弦然后松手，随着弓弦的震动声响起，箭矢破空而去。

李娴远远地便看到林飞星仿佛是笑了，然后只感觉眼前一花，箭矢破空而来，随着"咚"的一声闷响，李娴回头，看到一支箭正好地钉在了红色的靶心上！

"咚！"

"咚！"

"咚！"

……

随着接连的闷响，李娴眼睁睁地看着一支又一支的箭命中靶心，忍不住瞪大了眼睛，明明之前此人的箭法还不怎么样的，怎么一眨眼的工夫便成了这样？

李娴疑惑地朝着林挽月的方向看去，而林挽月丝毫没有察觉自己已经被人注视良久。

此时林挽月心下大快，当初为了可以更轻松地拉开这张二石弓，她每天都到堆废兵器的空地上拉空弦数百次，只是后面连续数日不时流出鼻血后，她才意识到有些不对劲儿，和飞羽营的老兵一打听才知道拉空弓最伤身体，林挽月至此不敢再放空弓，拉满后把弓弦慢慢送回去再松手，如此还是硬生生地拉废了两张一石弓，才换来今天的成果，如果射得不准，那岂不是亏大了？

好在这把弓虽然失去了准头，但是林挽月已经慢慢地摸清楚用这把弓射出的箭大概是偏了多少。

林挽月的笑容越来越大，拉弓的速度也越来越快，再也不似刚才那般慢慢地拉弓了，而是拿过一支箭，搭上弓弦、信手拉开、松手，箭矢破空而去"咚"的一声钉在靶子上，即使不似刚才那样正中红心，也没有离靶心太远……

李娴不知道怎么就出了神，一直远远地看着这黑黑瘦瘦的林飞星带着灿然的笑意搭弓射箭，李娴只觉得这林飞星的拉弓速度越来越快，射箭的姿势也越来越自然，可是每一支箭都稳稳地射在了靶子上。

直到林挽月射完了一百支箭，拿着黑弓挪着步子准备离开的时候，李娴才从震惊的状态中回神，她回过头看着已经被密密麻麻的箭插满了的靶子，心中仿佛明白了什么……

第三章 谁是谁的局中人

李娴几度想迈出步去，但看着林挽月蹒跚前行的背影后，还是止住了脚步，此时显然并不是上前和他说话的最佳时机，李娴就这样躲在帐篷后面目送林挽月缓缓地离开。

影子的效率很高，当天晚上李娴便收到了一条写着"林飞星"详尽过往经历的绢布。

李娴依旧坐在案前，就着暗黄的灯光看着手上的绢布，绢布上面写满了密密麻麻的小字，全部都是关于"林飞星"的一切。

关于林飞星参军前的经历很少：林飞星，年十六，大泽郡婵娟村人氏，元鼎十二年生，匈奴人来犯，婵娟村一百一十八口皆丧，此子因上山采药侥幸存活，后独驱百里至李沐将军处投军，长跪于书记官咸康时前不起，咸观之不忍，遂引荐于大帅，易户，从军……

影子把林挽月从军之后的经历调查得十分详细，绢布上的字数是之前的好几倍。

李娴看完了手中绢布上的内容，抬起手将绢布举到烛火之上，片刻后绢布徐徐燃烧起来了，冒出一股青烟……

李娴白皙的手指有节奏地敲击着身前的木案，没有想到这个林飞星居然是如此简单的一个人，参军两年多来，除了林宇之外居然没有任何一个朋友，平时从不会和任何人主动搭话，不参加除了作战之外的任何集体活动，没有任何嗜好，除了前一段时间没有参加操练之外，两年多来从未间断过操练……

李娴心中推敲了一下林挽月没有参加操练的时间，结合林宇之前所说的话，很快就得出了结论：这林飞星破天荒地没有参加操练恐怕就是因为……受伤所致，看来林宇所言非虚。

想到这里，李娴的脸上泛起了淡淡的红晕，毕竟是未出阁的姑娘家，面皮究竟是薄了些。

让李娴没有想到的是，她之前觉得自己的舅舅对这林飞星的评价已经很高了，可是看了绢布上的内容之后，李娴觉得这林飞星恐怕比自己舅舅说的要出色得多……

不知怎的，李娴的脑海里再次回想起林挽月拉弓射箭时候的样子，便鬼使神差地说道："没想到这林飞星今日用的居然是舅舅丢弃的二石弓，还是一把已经失去了准头的弓，亏他还能射得那么准……"

此时李娴对林飞星的印象彻底改观了，果然是人不可貌相，那黑黑瘦瘦的少年居然能信手拉开二石弓百次……

当下，李娴在心中正式敲定了自己之前部署的计划，这林飞星不过十六岁，如果她培养林飞星得当，假以时日必定会取代自己的舅舅成为新一代对抗匈奴的元帅之才。

片刻后，李娴的心中又闪过一个难题：这林飞星如今孑然一身，又从不交际，没有任何嗜好，听林宇先前之言，在受了伤之后连追求功名之心都没了……

这样一个人，她要怎样才能收归麾下呢？

李娴微微蹙起秀气的眉毛，她欣赏林飞星的才能，可是她并不喜欢林飞星的"为人"。对于李娴来说，一个无欲无求的人是难以被她笼络且控制的……

翌日，林挽月依旧到那块空地去练习拉弓射箭，练习时间还未过半，一个身影便翩然而至。

"好箭法！"

林挽月听到声音后，便放下手中的弓箭回头看去，只见身后立一女子，观此女子眉如远山含黛，肤若桃花含情，发如黑瀑，眸若秋水，双唇不点而朱，唇边泛起一对儿浅浅的梨涡，真真是语调未出先有情。一袭华贵宫装傍身，纤腰不堪盈盈一握，她只是静静地站在那里，可是林挽月抬眼看去仿佛看到了百花齐放的景致。

林挽月呆愣在原地，心道：自己与她同是女子，面前的这位就可以生得这般倾国倾城，反观自己与这女子一比简直是云泥之别，顷刻间林挽月面上一赧，竟生出了些许自惭形秽之感……

林挽月的表情变化并没有逃过李娴的眼睛，她一直注视着"林飞星"，见这人在看到了自己之后先是意外，然后眼中便闪过了惊艳之色，最后又涌起了一股羞涩之情，然后又转变成了不知所措的表情，还忘了对自己行礼……

这人果然是如同情报中说的一般无二，是个木讷至极的人。

"你是谁？"李娴笑眼弯弯地看着林挽月，林挽月黝黑的脸庞上闪过的扭捏表情让李娴觉得有些好笑。

林挽月听到面前这人的问话后才恍然回神，抬眼看了看李娴，脸上一热回道："我叫……林飞星。"

闻言，李娴嫣然一笑，道："哦，原来你就是舅舅时常提起的那位少年营长。"

舅舅？

林挽月终于后知后觉地发现了李娴的身份，慌忙跪地道："小人林飞星，参见长公主殿下。"

"林营长不必多礼，本宫本是无意经过这里，见林营长在此练箭，还望没有打扰到你才是。"

"谢公主。"林挽月忍着臀部传来的剧痛缓缓起身，顿了顿才继续说道，"小人不知公主大驾光临，还请公主恕罪。"

"怎会？是本宫失礼在先，林营长何罪之有。如果本宫没有看错的话，林营长手持之弓可是舅舅的二石黑弓？"

"公主慧眼，这把弓正是大帅之物，不过因为这弓身破损用起来失了准头，大帅便丢弃了这把弓，小人见这把弓实在难得就擅自捡来用了，后来大帅把它赐给了我。"

"果然是英雄出少年，没想到林营长看上去不如其他武将那般孔武有力，却可以信手拉开二石弓，真是让本宫刮目相看。"

听到李娴的称赞，林挽月的脸莫名地一红，好在从军的这两年多来她的皮肤已经变得黝黑了，脸色的变化不易被人察觉。

林挽月有一个很大的秘密，这些年来为了保住自己的秘密，林挽月几乎从不与人来往，在军营里她要是和另一个人要好，就意味着要和那个人有身体上的接触，还会有一些其他的麻烦。这也是林挽月一直抗拒和别人来往的原因。

或许是和公主同为女子，或许因为对方是高贵的公主，不会如同军营里的汉子那般对她动手动脚，或许是因为面前这人生得太美，连声音都是那么好听，又或许……是自从爹娘去世后就再也没有人如此称赞自己了，在听完李娴的称赞之后，一直不苟言笑的林挽月朝着李娴笑了，露出一排洁白的牙齿。

李娴缓缓地走在前面，林挽月背着黑弓跟在一旁。

一位是衣着朴素、皮肤黝黑、身材瘦高的少年郎，一位是衣着华贵、皮肤白皙、身材婀娜的长公主殿下，二人走在一起怎么看怎么违和。

一向少言寡语的林挽月此时居然当起了李娴的向导来，而李娴则是始终带着淡淡的笑容，侧耳聆听林挽月给自己介绍军营里面的事情。

"这边便是步兵的营帐了，我曾经住在这里，步兵的居住环境比较差，三伍的人住一间帐篷。"

李娴轻声问道："因何缘故步兵的待遇比骑兵差这么多呢？"

林挽月想了想回答道："因为培养一个步兵所需的时间很短，对步兵的要求也很低，而军营培养骑兵的时间很长，马匹也是很珍贵的，骑兵队伍更是我离国军营中重要的作战队伍，所以骑兵的待遇要比步兵好很多，其实……"

林挽月也不知道为什么，听着李娴温温柔柔的声音，她觉得很舒服，一时间居然放下了防备，对李娴知无不言言无不尽了起来，直到发现自己险些"失言"才堪堪止住了话头。

李娴有意试探林挽月的真才实学，怎能让林挽月就此打住话头？于是她轻笑道："林营长但说无妨，本官就将你说的话视作我们之间的秘密便是。"

林挽月听到李娴如是说，心中一暖，高高在上的公主如此平易近人……

李娴的身上散发出来的气质很独特，那是一股高贵中带着几许柔软的感觉，李娴的一言一语、一颦一笑都如同那涓涓流淌的泉水温柔地渗透林挽月坚实的心防，让戒备之心一向很强的林挽月就这样相信了她的话。

林挽月继续说道："其实，我觉得步兵值得更好的待遇，因为步兵队是整个离国军营里牺牲人数最多的队伍。大帅喜欢令步兵队在战场上正面对敌，骑兵则两翼包抄敌军，面对骑兵数量占多数的匈奴人时，离国的步兵总是处于下风，也正是因为步兵这种将生死置之度外的正面冲杀，才得以最大程度地保全骑兵，使骑兵发挥出最大的作用。"

林挽月说完，有些不好意思地挠了挠头。

李娴听罢这番话后，对林挽月有了一个更加深刻的印象。

"这军中生活看起来实在是太过无趣了，不知林营长素日里可有什么爱好消遣？"李娴转过头看着林挽月，看似不经意地抛出了重要的问题。

只要是林飞星喜欢的东西，无论是金钱、权力和女人，还是一些奇怪的东西，李娴都可以将这东西送到林飞星面前，借此拉拢他。

听到李娴的问题，林挽月倒是非常认真地想了想，末了才郑重地回答道："没有。"

听到林挽月的答案，李娴为之气结，这个林飞星……真是油盐不进的一个人。

"啊！不要！"突然不远处传来了女人的喊叫声。

李娴和林挽月双双立在了原地，惊愕地对视了一眼。

林挽月看了看周围的环境，率先反应了过来，自己只顾着和长公主殿下说话了，竟然不知不觉地把她带到了这处污秽之地！

"救命啊！"

离国大多数边防军营里都有随军的军妓营，这些女人都是来自敌国的俘虏或者是朝中被连坐的官家小姐。林挽月一早就知道军营中有这个地方了，不过她从来都不曾来过……

这下她不小心带着公主走到了这里，远远地听到男人的笑声和女人求救的声音，林挽月一下子方寸大乱，不知道该如何开口。

"救命啊！求求你，我求你饶了我啊！"

"这是什么声音？"李娴微微蹙起好看的眉毛，尚未出阁的李娴虽然博览群书，但还是初次遇到这种情况，所以并不知道发生了什么事情，听到了女人求救的声音，大为不快。

"公……公主，我们回去吧！"对于这事已经司空见惯的林挽月看着李娴如此美好的容颜，怎么都说不出那污秽之词。

"你们简直胆大包天，居然敢强抢民女？"

李娴瞪了林挽月一眼，然后拖着她长长的裙摆打算前去挽救无辜少女……

身后的林挽月眼睁睁地看着公主朝着军妓营的方向走去，也顾不上自己下盘的疼痛了，大步流星地赶上李娴，然后一手抓住了李娴的小臂。

林挽月抓住了如丝般柔软的布料和那柔弱无骨的胳膊，惊得一下子松开了手，好在这一刻她到底是让李娴停下了脚步。

林挽月自知僭越，不敢看李娴的脸，半低着头惴惴不安地说道："公主，那边，那边是军妓营……"

听到林挽月如是说，淡定如李娴这样的人也闹了个大红脸，白皙的脸庞上快速地染上一抹绯红。

李娴张了张嘴，看着面前低头不安的林挽月，心道：这人如此轻车熟路地带本宫来到如此污秽之地，看来他没受伤之前定是没少来这里。

最后李娴咬了咬下唇，瞪了林挽月一眼，转身快速地离开了这里！

林挽月快步跟在李娴身后，二人一起离开了。

两人走了数十步后，便见有提着长戟的两名士兵朝着李娴快步地走了过来。

"小人参见长公主殿下，平阳侯世子已经在大帐里等着了，说有急事请公主殿下务必去一趟。"

"前面带路。"

林挽月也听到了亲卫兵所说的话，便停在了原地目送李娴离开。

李娴自始至终连头都没有回，随着李沐的亲卫兵朝着大帐的方向走去了。

林挽月呆呆地站在原地，直到李娴彻底消失在她的视线里，她才情不自禁地搓了搓手。

林挽月低下头看着自己那只布满了老茧的手，久久出神，心中涌起一股羡慕之情，同样都是女子，自己粗糙至此，可是公主却……

林挽月不知道的是，此时她的一举一动已经被暗中的影子一一记下……

"林营长！原来你在这儿啊！"

林挽月回了神："有什么事吗？"

"快随我来吧，大帅召您去一趟大帐。"

"我这就来！"

林挽月收回了心神，跟着卫兵朝着大帐的方向走去。

离得老远，林挽月便听到了从大帐里传来的争吵声……

"我离国乃堂堂四方大国，无论如何也不能对蛮夷小国大挂免战牌，简直有失体统。"

"混账，老夫统领西北军务的时候，你爹还是个大头兵呢，如今你这竖子也敢对本帅指手画脚？"

"哼，本世子是奉了皇命来的……"

"世子，舅舅，少安毋躁……"

"报！飞羽营营长林飞星求见大帅！"

"滚进来！"李沐正在气头上，说话都粗俗了几分。

"是！"林挽月走进了大帐，看到了一位身长玉立的华服公子站在了大帅的对面。林挽月认得，这人正是和长公主一起来到军营的京官，没想到这人居然如此大胆，公然质疑李沐的决定。

林挽月对外界的人和事都不太了解，李忠在她的心里就是一位笼统的京官。

李沐指着林挽月粗声说道："你！和这位世子爷说说，那天行军的遭遇战你听到了什么！"

"是！"当下，林挽月将那天听到匈奴人那边传来奇怪的号角之事以及这些日子来匈奴士兵所展现出的进退有据、训练有素的对战方式，甚至破天荒地对离国军营进行了几次夜袭，这些都是林挽月从军两年多来从来没有发生的事情。

林挽月说完，听到李忠不耐烦地说道："你是何人？也配到这里和本世子讲道理？本世子奉皇命而来，我看李沐将军确实是有蓄意避战之嫌，待本世子回京定会据实禀报圣上！"

李沐听到李忠的话，气得脸色铁青，一旁的李娴没有再言语，她的目光盯着李忠，心中明白了些什么……

"公主，您说呢？我听说陛下赐给您一柄尚方宝剑，我看不如就请出来吧。"

李忠的话音一落，整个营帐里的空气仿佛都凝固了……

林挽月从来没有经历过这般场景，她屏息静气地站着，小心翼翼地打量眼前的人……

李沐的脸色明暗不定，目光在李忠和李娴之间流转。

李忠挺胸抬头，一副大义凛然的样子。

最后林挽月才偷偷地把目光投向了李娴，被李忠和李沐注视着的李娴此时正安静地站在那里，垂着眸子，没有说话。

看到这一幕，不知怎的，林挽月的心里有些难受，或许是和公主同为女子，对她有惺惺相惜之情，抑或是公主之前对自己以礼相待过，她想做些什么来打破眼前的气氛。

可是，林挽月的理智则无比清晰地在告诫她：眼前的这件事不是她应该参与的，别忘了你来到这军营的初衷，别忘了你自己的身份，成为营长已经是破例了，千万不要再引起大帅的注意了……

"公主，你说话啊！我离国立国数百年，何曾有过对蛮夷之地大挂免战牌的先例？公主您身系皇室血脉，难道不应该维护离国的尊严吗？"

"大帅！小人有话要说。"

"哦？你要说什么？"

林挽月单膝跪在地上，直到听到李沐的问话才懊悔地轻叹一口气。

然而，林挽月现在后悔已经无用了，此时已是箭在弦上，不得不发……

"回大帅，小人没上过什么学，年纪小，见识短，人微言轻，但是小人儿时村里曾经来过一个会说故事的游方货郎，他给小人讲过一个故事，小人记得他说的一句话用在现在正合适：正所谓，将在外，君令有所不受！"

林挽月单膝跪在地上，头压得低低的，此时她的心脏狂跳，也不知道自己是怎么了，参军两年多来她一直都是谨小慎微地做事，今天偏偏失控……

林挽月把头埋得很低，她此时明显感觉到自己的头皮发烫。

她不敢抬头让别人看到她的表情，也不敢抬头看有些人的眼神……

过了一会儿，李沐中气十足地吼道："说得好！"

听了林挽月的话，李沐压在胸口的憋闷情绪一扫而光，转头对李忠说道："我营中没念过书的兵蛋子都明白这个道理，世子爷还有什么要说的吗？"

"你！"李忠听出李沐话中明显的嘲讽之意，为之气结。可是却怎样也说不出反驳的话来，只能恶狠狠地瞪了林挽月一眼。

"呵呵，况且，我是公主的亲娘舅，难道世子是想逼公主手刃亲舅舅吗？"

"公主，我不是这个意思……"李忠慌乱地转头朝着李娴小心翼翼地解释。

李娴则是淡然一笑，似乎并不以为意地回道："世子也是一时情急，未及深想，本宫明白。"

见李娴如此善解人意，李忠的心头一荡，看李娴的眼神也迷离了起来，喃喃地叫道："公主……"

"大帅！若是无事，小人便先退下了！"

"嗯，下去吧！"李沐朝着林挽月笑吟吟地挥了挥手，看向林挽月的眼神中多了几分慈爱。

"是！"林挽月缓缓地从地上起身，依旧低着头，目光死死地盯住自己的脚尖，躬着身退出了大帐。

走出大帐老远，林挽月才重重地叹了一口气，抬手拂去了额头上细密的汗珠，然后再次重重地叹了一口气，向前走了不出五步，又重重地叹了一口气。

此时林挽月有些后悔，她不知道自己究竟是哪根筋搭错了，居然会出这个头！

林挽月缓缓地朝着自己的营帐走去，过了半炷香的时间才回到了自己的帐篷。

林挽月趴在床上，不禁回想今日大帐内发生的事情，当她站在大帐里看着那样的李娴时，顿时起了恻隐之心……被别人逼着拿尚方宝剑来压自己的亲舅舅的滋味肯定很难受吧？

况且大帅对自己的恩情大过天，于公于私自己都要站出来保护大帅的，哪怕是尚方宝剑真的被请了出来，林挽月想自己也会毅然决然地挡在大帅身前的！

想通这些后，林挽月心中那丝后悔的感受也慢慢地淡去了。

是夜，李娴的营帐中。

李娴坐在案前，案上依旧放着那盏油灯，两张四四方方的绢布被放在了那盏灯旁边，而一位穿着一袭黑衣、面戴黑色面具的人在李娴的面前单膝跪着。

此时帐篷中的光线很弱，那人跪在那里一动不动，似乎连呼吸声都没有，他仿佛与这帐篷中的黑暗融为一体。

李娴伸出纤纤玉手拿起其中一条绢布，只见绢布上书道：上，欲立良妃为继后。

片刻后，李娴徐徐地将绢布烧了。

李娴安静地看着绢布化为虚无，然后素手一扬，散落在案上的灰烬立刻散开去。

"传令回宫里，让良妃好好躺在床上老实一阵子，至少也要拖到本宫回宫再说。"

"是！"

"另外，让观天司做好准备，若是本宫没有及时赶回去，就让观天司上奏父皇说良妃的八字太薄，坐不住那位置。"

"是！"

"小心些，别让良妃死了。"

"是。"

"传令暗影剩下的十一位旗主，时刻待命。"

"是！"

"下去吧。"

话音刚落，影子无声无息地消失了……

李娴看着面前的烛火眯了眯眼，然后才伸手拿起了另一块绢布，反反复复看了良久才淡淡地勾起了嘴角，最后李娴再次将绢布举到了烛火上，只见上面密密麻麻的小字书道：公主离后，星立于原地观手神游……

星出大帐，行一十八步，叹，以手拭汗，复叹，复行五步，三叹。

星回帐中，卧于榻上……

李娴看着这最后一块绢布也化为灰烬，唇边荡起两个浅浅的梨涡。

第二天，林挽月便规规矩矩地重新参加集体操练，再也不敢去那块空地练习射箭了。

她在害怕，她在躲着李娴，万一被公主治罪了可怎么办呢？

抛开这些不谈，其实林挽月还是很喜欢和李娴待在一起的，因为李娴和她一样同是女子，参军快三年了，林挽月每天都要面对军营里的糙汉子，她无力招架这些男人突如其来的对她的触碰和毫无底线的荤话，所以她选择了远离人群。

可人总是会孤独的，林挽月突然看见了一位与自己年龄相仿的女子，总免不了想要上前亲近，况且公主平易近人，林挽月想过要是自己有这样一个姐妹，能和她时不时说说心里话……日子大概也不会那么苦了。

好在林宇并不会和自己有太多身体上的接触，也不会说荤话，不然，林挽月也一定会立刻就躲得远远的。可是即便这样，林挽月也清楚两人相处了这么久之后，"兄弟"情已经到了一个临界点上，如果自己再不"保持距离"，恐怕林宇就要约自己去茅房，去河边洗澡，去军妓营逛逛了……

在和李娴相处的那短短时间里，林挽月才觉得自己是安全的，林挽月深知李娴这么高贵的人绝对不会突然对自己做出任何粗鲁无礼的动作，更不会对自己说任何奇怪的话。

其实在遇到李娴之前，林挽月也一直都是孤独的，只不过她习惯了将这种孤独的感觉埋藏在心里了。可是在遇到了李娴之后，经过和她短暂的惬意的相处过后，林挽月心中压抑的孤独感便一下子浓烈得喷涌而出。

林挽月现在大小也是个营长了，已经不用做强度太大的练习，现在的她主要任务是督促飞羽营的弓箭手们训练，然后修正他们的动作。

纵然林挽月平时基本不与手底下的兵互动，而且看上去很严肃，但是飞羽营的士兵们已经打心里认同了林挽月这个不苟言笑的营长，并不是所有人都能拉开二石弓的，而且此时的林挽月才十六岁，又得李沐元帅的青眼，几乎有点儿脑子的人都明白，林挽月只要不死，飞黄腾达是早晚的事儿。

他们只要和林挽月搞好关系，成为她最开始的亲兵，那么等到林挽月升官之时，就是他们得道升天的时候。

因此，即使林挽月平时再怎么板着脸，依旧不乏有人来讨好她。

林挽月出现在校场上，此时操练已经开始，弓箭手们分成了几拨，一部分排成排在拉空弦锻炼臂力，一部分则站在靶子前面练习实箭。

飞羽营的弓箭手们都很有经验，即便是拉空弦也会在拉满后轻轻松开空弦，避免振动伤害自身。

林挽月看着他们的动作，心道作战经验这种东西与官阶无关，需要自己平时留心观察，认真积累……要是自己早点儿知道这个道理，当初就不会被弓弦震得流鼻血了，幸亏及时纠正了错误。

"营长！"

"见过营长！"

"营长好！"

士兵们见到林挽月走来，无不热切地和林挽月打着招呼。林挽月强自绷着脸朝着士兵们点了点头，然后来到了她的专属靶子前。这其实是林挽月第一次参加飞羽营的集体训练。林挽月站定，从背后拿下自己的二石黑弓，立刻就有士兵提了几壶箭放在了林挽月的身边，并且双手递给林挽月一支箭。

林挽月接过箭转头对递箭的士兵说道："去练习吧。"

即使当了营长，林挽月还是会亲力亲为地去做自己的事情。

"是。"

那名士兵规矩地朝着林挽月行了一个礼，然后退到一边继续做拉空弦的练习去了，不过饶是这样，却偷偷地瞄向了林挽月的方向，想一睹这位能够拉开二石弓的少年营长的箭法。

不仅仅是这名士兵，周围有很多士兵的想法和他的几乎一样，都偷偷朝着林挽月这里瞄。

林挽月可没管那么多，只见她双脚开立，搭箭，拉弓，瞄准……

"嗖"的一声，箭矢破空而去，然后不偏不倚地正中红心。

"好！"

林挽月被喝彩声吓了一跳，放下手中的弓环顾一圈后，发现身边有不少士兵已经聚拢过来看着自己，之前的林挽月从未经历过这些，见这么多人都在看着她，脸上不受控制地有些发热，好在林挽月参军以来已经变得皮肤黝黑了，别人很难看出她脸色的变化。

"练你们自己的！"

林挽月的声音不大，那些年长林挽月好几岁的士兵听到林挽月"中气不足"的命令后，都露出了会心的笑容，心想自己这个年轻的营长面皮还挺薄。

不过，不管林挽月的声音是大是小，如今她已经是一营之长，在这块营地里，她说出口的每一个字都是军令。

令行禁止，是融入军人骨血里面的东西。

当下所有的弓箭手各归各位，继续练习自己的去了。

见状，林挽月松了一口气，同时心里涌起一股不真实的感觉，此时她恍然有些明白了，为什么人人都渴望建功立业。

这个想法稍纵即逝，她很快便静下心来开始专心致志地拉弓射箭。随着一声接一声的箭矢破空的声音传出，林挽月前面五十步开外的靶子上已经插满了密密麻麻的箭，身边的箭壶也空了，早就有有眼色的士兵给林挽月又拿来几壶箭。

林挽月还在继续搭弓，射箭。

最后，好多插在靶子上的箭被林挽月新射来的箭从中间劈开，有些箭则被林挽月新射来的箭推得几乎整根都没入靶子。

严格要求自己，每日给自己定下一个必须实现的目标。是林挽月参军这两年多来早已形成的习惯。

每日拉弓百次，是林挽月近期的新目标。当林挽月一鼓作气地完成了自己的任务时，她重重地呼出了一口气，抬起胳膊擦了擦额头上的汗。

突然，林挽月感觉周围的气氛有点儿奇怪，于是她回头看去，只见身后的好些士兵正在呆呆地看着自己。

"你们看什么？"林挽月有些奇怪地问。

"营……营长，您真厉害……"

闻言，林挽月有些不解地挑了挑眉毛。

见林挽月似乎心情不错，其他的士兵立刻拉开了话匣子，崇拜地看着林挽月，然后由衷地说："营长，我今天算是服了，您……您这看起来瘦巴巴的，居然是天生神力啊！"一个士兵搓着手有些羡慕地说道。

"是啊营长，我们平时拉的都是一石弓，战斗的时候都要分成几排轮番搭弓射箭，您这可是二石弓啊，您这一口气这是……这是射了……"

"一百支，我数着呢，营长一口气射了一百支箭，箭箭中靶！"

"啊……"

听到林挽月居然一口气射了一百支箭，这些弓箭手炸锅了，别说是用的二石弓，就是用的一石弓，他们在场的许多人自问也做不到如林挽月这般毫不失准且不间断地射出一百支箭……

"营长，您是怎么做到的，能不能传授传授啊？"

"是啊营长，我们要是都有您这身手，不说拉二石弓，哪怕拉一石弓能有这样的准头、这样的速度，我们飞羽营的战斗力也得提高不少呢！"

"是啊！"

不一会儿，林挽月就被自己手下的士兵围在了中间。面对这个问题，林挽月摇了摇头道："没有方法，只有坚持不懈地练习这一条路。"

"营长，我们这天天都练，怎么也做不到啊！"

林挽月沉默了片刻，看着周围士兵满眼期盼地注视着自己，张口说道："如果想这样不难，我可以训练你们，但是你们别嫌累。"

"营长，你放心，我们绝不嫌累。"

"好。"林挽月点了点头，这一次她想的却不是如何脱身，而是在计划如何提高这些弓箭手拉弓的最大强度。

"营长，您这把弓，能给我试试不？"一个膀阔腰圆的士兵挤出了人群眼馋地看着林挽月手中的黑弓。

林挽月抬头看了看面前这位比自己足足高出一个头的士兵，点了点头将手中的黑弓递了过去。

这名士兵没想到林挽月如此爽利地答应了他的请求，怔了怔便双手郑重地接过了林挽月的黑弓，对林挽月说："谢谢营长！"

这名士兵将弓举到眼前，伸出一只手摸了摸弓身，弹了弹弓弦，羡慕地说道："好弓！"

这膀阔腰圆的士兵名叫张三宝，在飞羽营里也算是一个响当当的人物，吃得最多，力气最大，最能打的便是他了。

见张三宝想试试林挽月的弓，其他人都默契地让出了一个位置。

张三宝也不含糊，别看他人长得五大三粗的，心眼儿可细着呢，他本来就拉得开二石弓，不过是因为之前偷偷喝酒被打了板子，错过了招营长的机会，如今林挽月的身手他看在眼里，自叹弗如。

不过他依旧想借此机会在林挽月的面前露一手，他听说林挽月是步兵起家的，之前连伍长都不是，料定林挽月肯定没有什么亲兵，如果自己这次能入了这少年营长的青眼，说不定可以混个亲兵当当，以后万一这林飞星飞黄腾达，自己也能鸡犬升天……

张三宝双脚开立，将弓掂在手里，拿过一支箭，搭弓，深吸一口气，小臂上的肌肉立刻全部凸起，黑弓被缓缓地拉开了……

张三宝心下冒汗，暗道蹊跷，他以前拉二石弓的时候根本就没有那么费力。

即便如此，张三宝依旧不负众望地将黑弓拉满，但是却不像林挽月之前那般轻松，拉弓的速度也远不及林挽月快。

在众人的注视下，张三宝松开了手，只见箭矢"嗖"的一声破空而去，然后，脱靶了……

所有人的目光都惊愕地看着五十步外空空如也的靶子，场面一度有些诡异。

林挽月见到这一幕后很淡定，她勾了勾嘴角拍了拍张三宝的胳膊，然后拿回了自己的黑弓，说道："不错，你叫什么名字？"

听到林挽月的话，张三宝闹了一个大红脸，吭哧吭哧地喘着粗气，良久才扭过头，粗声对林挽月说道："营长，您别问了，小人没脸说，我怕辱没了我张家祖宗！"

林挽月笑了笑，安慰道："不是你的问题，怪我之前没有说清楚，这把弓原是大帅所有，因为这弓身破损失去了准头便被大帅丢了，我碰巧在旧兵器堆里捡到了，后来大帅把它赐给了我。我见这弓弦材质特殊实在舍不得丢弃，便一直用着，这把弓杀伤力很大，用起来很容易失准的，你能拉开这把弓，已经证明你的能力不错了。"

听林挽月这么说，张三宝的脸色稍霁，对着林挽月佩服地拱了拱手说道："小人张三宝。"

见林挽月点了点头，张三宝心中一喜，继续说道："营长，这把弓不是标准的二石弓，不瞒您说，小人家世代都是军户，祖祖辈辈都是弓箭手，小人祖父也曾做过飞羽营的营长，我拉过的二石弓根本没有这么重，依我看这把弓要比二石弓重一些，但是尚不足三石弓的重量。营长，您能信手拉开这把硬弓百次，小人甘拜下风，就是小人的祖父恐怕也做不到营长这般。"

听到张三宝的话，林挽月忍俊不禁，心道这粗汉子也真是会说话，居然拿自己和他爷爷比。

场中之人见林挽月为人和善，也不乏大胆的人打趣张三宝道："三胖子，你也真会拍马屁，咱们营长这么年轻，你拿他和你爷爷比！"

"哈哈哈哈！"这人话音一落下，大家便笑开了，军营中的男人之间说话都是直来直去的。

张三宝则根本不以为意，他转头看着开他玩笑的大兵，挥了挥他那大拳头，然后转头看向林挽月，不好意思地挠了挠头憨声憨气地说道："营长，我是粗人不会说话，您别介意，总之就是一句话，我张三宝服你，以后为您老人家鞍前马后的，我都愿意。"

林挽月笑着点了点头，表示自己知道了，然后看了看身边围过来的士兵，收敛了脸上的笑容道："好了，各归各位，明天我会出一套全新的训练方案，用不了多久你们也能一口气拉弓百次了。"

众人欢呼着散了，各自回到了自己的位置上继续练习。

林挽月并没有再继续练习了，她将自己的黑弓背在背后，然后在飞羽营中四处走着，看看士兵们的训练成果。

一口气拉弓百次其实已经是林挽月的极限，别看她适才看上去每一下都拉得很轻松，其实过了五十下之后林挽月每拉弓一次都要忍受胳膊上刺痛的感觉。

她并不是什么天生神力的人，甚至她在最开始的时候还不如这军营中的很多人，能到今天这样的程度，这期间付出了多少汗水只有林挽月自己清楚。

自从有了这把黑弓，林挽月每天都在不停地挑战自己的极限，从用着一石弓、拉弓百次到用着二石弓拉弓二十次、五十次、一百次，而且她是完成自己的训练之后进行的加练。

当然，林挽月的努力也不是没有成果的，至少她还活着，在牺牲最多的步兵营里，完好无损地存活了两年多，而且还杀了六十一个敌人。

她还要杀五十七个敌人，还没有报完婵娟村的血海深仇。

就在操练即将结束的时候，一个不速之客来了——

李忠穿着一袭华服，身后跟着足足两队同样光鲜体面的京城护卫，一群人浩浩荡荡地走进了飞羽营。

操练的将士们见到这架势纷纷停下了手中的动作，这其中有认识李忠的人，有不认识的人，不过见李忠的衣着打扮，再看看他身后的那些侍卫，也明白眼前的这人是一位大人物，即便不知道怎么称呼，也纷纷问了安。

李忠无视了所有人，径直走到林挽月的面前："本世子要活动活动筋骨，拿弓来。"

话音刚落，站在林挽月身边的一名士兵立刻献上了自己手中的弓，李忠却没有接，而是倨傲地看着林挽月。

"还不快呈上你的弓？"李忠没说话，他身后的侍卫反而按捺不住了。

林挽月看了侍卫一眼，又淡淡地看了一眼李忠，将弓从士兵手中拿过来，然后递给了李忠。

李忠冷哼了一声，得意地接过了林挽月递过来的弓，提在手中把玩，然后看着林挽月继续说道："听说你是飞羽营的营长。"

"正是。"林挽月挺着腰板不卑不亢地答道。

"哦，果然是戍边军队，粗鄙。"

李忠这一骂骂了一窝，所有听到李忠话的人都变了脸色，可是碍于李忠的身份都敢怒不敢言，于是纷纷把目光集中到林挽月的身上。

林挽月却并不如其他人那般激动，她的表情依旧淡淡的，自始至终都没有变过。

李忠见林挽月不说话，心下更是得意，继续说道："我父亲乃离国一品军侯，军功拜爵，邑八千户，我是平阳侯府世子，邑千户，你不过一个空有军职没有一户食邑的小小营长，见了本世子理当行跪拜之礼。"

林挽月垂着眸子，干净利落地单膝跪地给李忠行了一个礼，然后起身，丝毫不见窘态。

见到这一幕，飞羽营其他的士兵都有些失望，但又无可奈何。

不过没等李忠说话，林挽月则拿下了她背后的黑弓，双手递给李忠高声说道："平阳侯军功拜爵，小人钦佩不已，正所谓虎父无犬子，世子您也定是英雄豪杰，这把黑弓原是大帅赐给了小人的，宝剑配英雄，不如世子就用这把弓一展身手吧。"

李忠被林挽月这么一捧，心下无比舒坦，低头看了看林挽月捧在手中的黑弓，于是将手中的弓随意地丢给身边的侍卫，伸手拿过了林挽月的黑弓。

李忠将黑弓端在眼前看了看，点头道："嗯，果然是一把好弓。"

看到林挽月主动将黑弓给了李忠，飞羽营其他的士兵立刻来了精神，在心里暗暗给自己的这位少年营长竖起了大拇指。

人高马大的张三宝更是扯着嗓子高声地对着外面吼道："兄弟们快都停下来看看，平阳侯世子要大显身手了，错过就看不到了！"

更多的人都围了过来，不一会儿李忠的身边就密密麻麻地围了一堆人。

且说这李忠也并不是空有名头，平阳侯军功拜爵，李忠作为世子也是平阳侯最疼爱的儿子，从小便得父亲真传，如果没有两把刷子李忠也不会如此有恃无恐地接了林挽月递上来的弓。

见飞羽营的士兵都在等着自己露一手，李忠有些得意地扬了扬下巴，然后提着弓来到靶子前，拿过一支箭，右脚向前迈出一步，在地上画了一个大大的扇形，弓步下腰，行了一套标准的贵族射箭的姿势。

李忠将箭搭好，然后一提气，弓弦被缓缓地拉开了，一下子场上安静无比，看来这李忠还是有点儿能耐的，不过几乎所有人都心照不宣地想着好戏还在后头……

李忠心中暗自得意，小小的二石硬弓还难不倒本世子……

李忠带着胜利的笑容松开了手，只听"嗖"的一声，箭矢破空而去！

然后，便脱靶了……

"哈哈哈哈哈……"

围着李忠的士兵们憋了很久，见李忠的箭不出意料地脱了靶，立刻爆发出了哄堂大笑。

李忠瞪大了眼睛，不敢相信地望着前面的靶子，他十六岁便可以用二石弓百步穿杨，今天不过五十步距离，绝无脱靶之可能。

李忠红着脸，抓过一支箭，再次用他贵族的射箭姿势将箭射了出去，又脱靶……

"不可能！"

李忠愤怒地吼道，然后"嗖嗖嗖"一连射了十支箭，面前的靶子上依旧一支箭都没有……

围着李忠的飞羽营士兵见到这一幕，无不发出朗声大笑。

军营就是这样一个地方，你可以凭借你那高贵的身份享受特殊的待遇，但是别指望能得到别人的尊重。林挽月虽然不苟言笑，甚至没有什么亲和力，但是从她连续拉弓百次、箭箭命中那一刻开始，她早就已经获得了飞羽营士兵心中的认可。

再反观这李忠，即便他是名声在外的世子爷又如何，没有实力的人是不会令众人心服口服的。

"不可能！"

李忠颈上的血管凸起，看着眼前空空如也的靶子，听着耳边一阵阵的大笑，感觉自己受到了严重的侮辱。

他怒气冲冲地来到林挽月的面前，双手抓住了林挽月胸口的衣襟，瞪着赤红的双眼怒吼道："小娘养的！你敢羞辱本世子？这把弓有问题对不对？我看你是吃了熊心豹子胆嫌命长了！"

"你干什么？"见自己的营长被李忠攻击，张三宝怒吼一声。

与此同时，距离林挽月最近的一名精壮黝黑的士兵也在第一时间用手抓住了李忠胳膊。

继这两人之后，便有更多的士兵反应过来，站在外围愤怒地声援林挽月，并且朝着林挽月这边移动了过来。

张三宝这时候已经拨开人群来到了林挽月的身边，瞪着他铜铃大的眼珠，居高临下地看着李忠。

"大胆！"李忠带来的两队侍卫也立刻护在李忠身边，有些甚至抽出了兵器架在那位抓着李忠胳膊的精壮黑士兵的肩上。

林挽月胸前的衣服被李忠抓在手里，她此时心里有些紧张，这紧张并不是李忠给她带来的，而是来自她女性的身份。

林挽月虽然从十四岁开始就偷偷用上了裹胸布，服用了药王花之后胸部的生长也几乎停滞，但是到底和男性平坦的胸部有些许区别，参军两年多林挽月一直小心翼翼地保护自己，躲开所有人的触碰，今天自己胸前的衣襟被李忠这样扯在手中，她多少有些紧张。

林挽月早在将黑弓递给李忠的时候就已经想到了后果，她并不后悔。

李忠可以羞辱她林挽月一人，她就当是被恶狗咬了一口自认倒霉罢了。可是，林挽月无法忍受李忠辱骂整个飞羽营甚至整个军营，这些将士常年驻扎在这贫瘠之地，用自己的鲜血染红了离国的边防线，至少他们应该得到最起码的尊重。

况且，如今林挽月成为飞羽营营长已成既定事实，林挽月虽然读书少，却深谙一个道理，那就是兵熊熊一个，将熊熊一窝。

今天她如果为了明哲保身而忍下这口气，后果不堪设想。

林挽月感受了一下自己的胸口，裹胸布勒得紧紧的，一颗悬着的心稍稍落定。

她首先转头对出手帮她的精壮士兵道："你把手放开。"

"是，营长！"

士兵立刻放下了抓着李忠胳膊的手，见状，那些华服侍卫也缓缓地放下了架在他脖子上的兵刃。

"三宝，你也别动。"

林挽月说完两句话，身后的士兵也慢慢地安静了下来，等待这位少年营长接下来的吩咐。

林挽月微微抬眼，平静地直视李忠愤怒的眼睛说道："世子稍安毋躁，我可以用这把黑弓射给世子看看。"

李忠见林挽月如此胸有成竹，想了想缓缓松开了抓着林挽月的手，然后将黑弓拍在林挽月的胸口道："本世子便给你一次机会。"

林挽月接过黑弓，绕开李忠，拨开挡在李忠身边的侍卫，来到了李忠刚才站的地方。

只见林挽月拿过一支箭，双脚开立，搭弓，瞄准。

"嗖"的一声，箭矢破空而去，然后在所有人的注视下，稳稳地钉在了靶子上，虽然离红心有点儿距离，但是确实是中靶了。

"好！"

喝彩声铺天盖地传来，林挽月皱了皱眉，心想一百下果然已经是自己的极限了，再强行拉弓便失准不少……

随后林挽月的胳膊上传来明显的刺痛感，她想早点儿解决这次争端，再拖下去只会对自己更加不利。

林挽月忍住疼痛，咬着牙一连射出十箭，箭箭中靶。

喝彩声一浪高过一浪，李忠的脸色越来越难看，林挽月的额头渗出了细密的汗珠。

"星哥！"

"让一让，让一让！"

人群被拨开了，穿着先锋郎将皮甲的林宇带着自己的一队人满头大汗地赶了过来。

"哥！"林宇感受到场中紧张的气氛，来到了林挽月的身边。

"你怎么来了？"林挽月看着林宇问道。

强开十弓后，林挽月无力地垂下双臂，握着弓的手指也在微微颤抖。

林宇再三确定林挽月无事之后才回道："开饭的号角都响了好久了，我见你没去吃饭就过来看看。"

"哦。"林挽月点了点头，转身来到了李忠面前，看着李忠道，"世子，献丑了。"

李忠的胸口剧烈地起伏，他看了看远处的靶子，又看了看站在林挽月身边的林宇，还有已经站在林挽月身后的胖子，重重地哼了一声，带着他的两队侍卫离开了飞羽营。

"咣当"一声，林挽月的黑弓落地，林宇弯腰将黑弓捡起，拿在自己的手里，小声对林挽月说："哥，你不要紧吧，我听说那家伙带了两队侍卫来飞羽营，我就觉得不好，急忙赶来了。"

林挽月朝着林宇露出一个安慰的笑容，打趣道："没想到林先锋头脑变灵光了啊，也没什么事，就是世子嫌军营生活枯燥来飞羽营松松筋骨。"

"你叫什么名字？"林挽月回头看向最先出手帮他的皮肤黝黑的士兵问道。

"小人蒙倪大，大人叫小人一声倪大就行了。"

"嗯。"林挽月点了点头，然后高声对着周围的士兵吩咐道，"今天的训练到此为止，开饭了，都去吃饭吧。"

"是！"士兵们听到林挽月的吩咐后立刻散开了，每个人的脸上都带着扬眉吐气的神色。

"不错！"林宇拍了拍张三宝和蒙倪大的肩膀，露出了一个肯定的笑脸，然后对身后自己带来的士兵说道，"你们也散了吧。"

林宇和林挽月肩并肩离开了飞羽营，朝着吃饭的帐篷走去。

一个时辰后，这件事情传遍了整个军营。

李忠回到了自己的营帐后，里边便传来了"乒乒乓乓"的声音，原本就很简单的营帐陈设被李忠砸了个稀巴烂。

发泄过怒火后，李忠冷静了下来，他到底也不是笨人，对自己的弓法很有信心，于是他便招来一名护卫阴着脸吩咐道："你去打听打听，那把弓到底是怎么回事。"

"是！"

侍卫领命去了，李忠背着手站在营中，看着一地的狼藉眯了眯眼：林飞星……

是夜。

李娴的案子上收到了一份无比详细的绢报。

今日，星持弓赴营，连开弓百次，箭箭中靶，令一众军士折服。

平阳侯世子携二十京卫浩荡而至，出言侮之，星，献黑弓，令忠蒙羞于众人前，忠盛怒复辱星，星麾下之张三宝、蒙倪大挺身相助，星复射十箭，皆中靶。

先锋郎将林宇闻之，率众急奔而至。

忠盛怒而走，至营，嘱身边一侍，暗查黑弓。

二林至炊营，星双臂无力，宇侍之。

星回帐，未复出。

……

李娴反复看了好几遍手中的绢报，然后将绢布举在烛火之上。

"立刻派人秘密保护林飞星，若发现图谋不轨者，杀无赦。"

"是。"

"楚王派人给李忠送的信到手了吗？"

"启禀公主，属下无能，楚王送信之人乃死侍，送完了信，出了军营五十里便毒发身死，李忠小心得很，看完信后便当场焚烧了，属下无能。"

"嗯，这不是你的错，京中如何了？"

"一切按照公主的计划进行，太子安好。"

"下去吧。"

"是。"

影子无声无息地消失了，李娴隐隐有些担忧林飞星，李忠去找林飞星的麻烦是意料之中的一件事，但是林飞星的处理方法就让李娴有些意外了。李娴很欣赏林飞星的机智和能力，但是也觉得林飞星到底还是嫩了一些，若是想让他成为将来太子手中的一把好剑，恐怕还需要磨炼磨炼。

另一方面，对于那封无法到手的信，李娴有些担心，越是严密的行动就越是证明了楚王的事情重要，李娴不喜欢这种无法掌控一切的感觉。

"楚王兄，父皇尚值壮年，你是不是太心急了些？"

翌日，天刚蒙蒙亮。

李忠帐篷内的陈设已经被下人重新归置，此时李忠刚刚起床，正伸着胳膊让随行的婢女给自己整理衣襟。

"世子，小人有要事禀报。"

"进来吧。"

侍女麻利地给李忠系上宽边镶玉的腰带，佩上香囊环珮。

李忠低头检查了一下自己的行头，然后对侍女挥了挥手。

侍女打了一个深深的万福躬身退出了帐篷。

"何事？"

"世子！"来人张口欲禀，又恐隔墙有耳，于是收住了话头，向前迈了几步来到李忠的身前，用仅两人能听清楚的声音汇报道，"世子，小人奉命监视着那边，一炷香以前林飞星照常出了帐篷到飞羽营训练去了，毫发无伤……"

"嗯？"听到如此消息，李忠不悦地问道，"派去的人呢？"

来人面有难色地看着李忠，几度欲言又止。

"还不速速禀来？"

"是……回世子，小人看到林飞星安然无恙地从帐篷里出来，立刻就派了我们的人去查执行任务的两人身在何处，找了好久，结果在军营十里外的树林里发现了两具尸体，目前还不能确认是不是我们的人……"

"什么意思？"

"因为……因为，那两具尸体没有头，而且世子您一再吩咐处理得小心些，所以这两人身上没有任何能证明身份的东西，小人已经叫了几名和这两人平时很熟悉的人去看了，恐怕……"

听罢，李忠勃然大怒，一脚踹翻了面前的亲卫，怒吼道："废物！"然后又大步向前走了两步，朝着蜷缩在地上的人踹了好几脚，最后才握着拳头压低了声音低吼道，"废物！一群饭桶！这么一点儿小事都办不好，他们都死了，你为什么活着？废物！"

李忠说着又朝着地上的人猛踹，边踹边说："本世子还能对你们这群废物抱什么期望？人家就在你眼皮子底下杀了我们两个人，你居然都不知道？要是人家想要本世子的项上人头，是不是我现在已经身首异处了？废物！养你们还不如养一群狗！"

地上的人被李忠踹得口鼻淌血了也不敢解释一句，直到李忠停下了动作，他才圙圙地从地上爬起，匍匐在地上死命地朝着李忠磕头，连求饶的话都不敢说。

李忠发泄够了，站在那里喘着粗气，脑袋却在快速地转动，最后他把怀疑的矛头指向了李沐……

"罢了，你先退下吧，把尸体处理干净。"

"谢世子，谢世子。"

那人如蒙大赦地退出了营帐。

李忠黑着脸，握着的拳头紧了又紧……

林挽月由于昨日强行多拉了几次弓，她的胳膊此时刺痛无比，恐怕要将养些许时日才会痊愈了。

她今日来到飞羽营主要是为了摸一摸飞羽营中士兵的底子，昨天想了大半宿，她觉得自己的操练方法对这些士兵来说还是太难了，而且每个人的底子和能承受的极限又不尽相同，对所有的士兵用同一种方法恐怕成效不大。

后来她想到了一个训练大家的办法，根据飞羽营士兵们现有能力的差别，将营中士兵分为几个小组，她会对不同的小组进行不同的训练。

林挽月来到飞羽营后，便将所有的人都集中在一起，命令他们持续不断地拉空弦，在这期间间断动作或者气力不支的人便出列，出列的这些人每十人为一组，按照出列的顺序，每组出列的第十人直接任命为这一组的什长。

不得不说，李沐军营的士兵素质还是很过硬的，时间过了很久才陆陆续续地有人出列。

不过，当测试进行了一炷香的时间之后，出列的人开始逐渐增多，不一会儿便达到了半数之上。

又过了一盏茶的时间，林挽月大喊了一声："停。"

她朝着坚持下来的人群看去，在里面发现了张三宝和蒙倪大的身影。

紧接着，林挽月把没有坚持到最后的人集中在一起，并且为他们分配了在其能力范围内的训练量，并言明每隔十五日会测试一次，届时会重新分组。

最后，林挽月来到坚持到最后的人面前，让其列队站好，居然有百人之多。

林挽月满意地点了点头，直接将这一百人一分为二。

"三宝，倪大，你们两个出来。"

"是！"

"是！"

张三宝和蒙倪大挺着胸膛从队伍里面走了出来，脸上有掩盖不住的喜色。

林挽月对两人说："从刚才的测试结果来看，这一百人的体力是绝对没有问题的，虽然他们拉的是一石弓，但是在战场上这个实力足够他们应付敌人了。他们的训练方式和训练量和其他人有区别，我要你们二人一人领一队人，各自训练自己小队射箭的精准程度，不要局限于五十步的靶子，要逐渐拉远距离，每隔十五天我会组织一次考核，底下体力达标的会补充上来，你们两队的人也要进行射箭比赛，输了的小队要把碗里的肉片给赢的队伍，一直到下次比赛为止。"

"是！"

二人异口同声地回答过后，又不约而同地对视了一眼对方，均从对方的眼中看到了跃跃欲试的意味。

见到这一幕，林挽月很满意，对二人说道："去挑自己队伍的人吧。"

张三宝和蒙倪大领了命令，也不啰唆，各自挑了自己身后队伍的士兵，然后在自己的队伍前面站定。

林挽月点了点头道："我就把指挥训练士兵的权力全权交给你们俩了，在此期间我不会过问，输了的队伍也别怪我不讲情面。"

"是！"

林挽月点了点头，离开了主校场，场中的士兵立刻便热火朝天地投入了训练之中。

走出十几步，林挽月远远地听到从后面传来张三宝扯着嗓门的喊声："你们都给我好好练，到时候有两块肉吃……"

林挽月勾了勾嘴角，只身来到一处空地扎起了马步，她的胳膊受伤了，为了不影响不知道什么时候就会到来的战斗，她要抓紧一切时间养好手上的伤，但这并不代表着她可以偷懒，下盘的功夫一样还是要练的。

开饭的号角声远远地传来，林挽月收了马步朝着炊营走去，却不想半路上被一位伶俐的小丫鬟挡住了去路。

"你可是飞羽营的营长林飞星？"

"正是，不知……姑娘……"

"公主请您去一趟，她在老地方等你。"

小丫鬟说完之后转身走了，林挽月立在原地，稍稍一想便明白了公主所说的"老地方"，她和公主总共就见过一次面，"老地方"自然指的是自己当日练箭的那块空地了……

林挽月拦住了一名朝着炊营走的士兵，说道："麻烦你转告先锋郎将林宇，就说我今天有事不去吃饭了，让他不必等我。"

那人见林挽月穿着营长的衣服，朝着林挽月打了一个军礼，回答了一声"是"，然后朝着炊营继续走去。

林挽月则掉转方向朝着她和公主第一次相遇的空地走去。

林挽月走到空地的时候，李娴已经等在了那里，见状，林挽月立刻快步上前给李娴请安："林飞星参见公主。"

"林营长不必多礼，本宫今日是特意来感谢林营长的。"

林挽月疑惑地从地上起身，一脸不解地看着李娴。

看到林挽月如此表情，李娴莞尔而笑：这林飞星太简单，简单到自己甚至不用去揣摩他的心思，只要看他的表情便足够了……

林挽月看着李娴突然绽放出的笑颜，不自然地撇开了头，良久才转回来，垂着眼，盯住李娴素色宫装的下摆，看着上面的金线出神。

"本宫要谢谢你上次在营帐中替本宫解围。"

林挽月抬起头看着李娴，见李娴表情真挚，心中涌出一股暖流。

这次林挽月没有装傻充愣，也没有推辞否认，她只是看着李娴咧嘴笑了，露出一排整齐而洁白的牙齿。

一切尽在不言中。

"这是太子怕本宫吃不惯军营中的吃食，特意命人送来的糕点，这一盒本宫便送给林营长作为答谢之礼吧。"

林挽月这才发现，李娴居然提着一个食盒。

"这可使不得，太子殿下专程给公主您送来的，就算公主要送，也要先送给大帅才是，小人不敢受。"

"无妨，太子命人送来了好多，本宫已经命人给舅舅送去了，这盒是我专门留给林营长的。"

"那……林飞星便谢过公主了。"林挽月伸出双手从李娴的手中接过精致的食盒。

“公主若是没有其他吩咐，小人便告退了。”

“嗯。”李娴微微颔首。

林挽月拎着食盒，朝着李娴躬身拱手退了两步，转身走了。她走在路上，有好几次都想回头看看，却硬生生地克制住了这种想法。

第四章 巾帼何曾输须眉

林挽月回到营帐，将食盒置于案上，坐在案前愣愣地看着面前的食盒。

过了一会儿，林挽月将食盒一层一层地打开，里面是四盘做工精巧的糕点。

林挽月从来都没有见过这些精致的糕点，更别说叫出它们的名字。

林挽月将四盘糕点一字儿排开，细细打量。

第一盘糕点晶莹剔透，林挽月小心翼翼地拈起一块举在眼前，只见里面是一瓣一瓣的桂花，放在鼻子下面嗅了嗅，可以闻到淡淡的桂花香。

第二盘糕点更是精致小巧，居然被人拼成了一对鸳鸯戏水的图案，林挽月闻了闻，是绿豆清爽的香气。

第三盘糕点都是荷花的形状，每一瓣的颜色都不同。

最后一盘是一朵朵栩栩如生傲然绽放的芍药花形状……

林挽月活了十六年，第一次见到有人居然能将糕点做得如此精致，于是她支着下巴眼神在四盘糕点之间流转，鼻息间闻着糕点的那股软糯香甜的味道，实在是舍不得将这些糕点吃到嘴里。

"哥，我帮你把饭拿过来了！"

林宇端着两个大海碗大摇大摆地走进了林挽月的帐篷。

见林挽月正专心致志地看着自己的案子，于是好奇地走了过来，发现案上居然摆放着四盘精致的糕点，瞬间眼前一亮。

林宇将两个大海碗放在林挽月的案上，朝着放着"鸳鸯戏水"糕点的盘子伸出手，快速地捏着一只鸳鸯形状的糕点塞到嘴里。

"嗯！"

林宇快速地咀嚼着糕点，然后发出了一声声怪叫，直到糕点彻底入了肚才瞪大了眼睛看着林挽月惊奇地说道："哥，你藏私，有这么好吃的东西居然也不叫我！"

说完，林宇也不等林挽月回话，就快速地朝着其他的三个盘子伸出了手，然后急急地将糕点塞到嘴里……

"嗯！人间美味，我从来没吃过这么好吃的糕点，哥，你也尝尝！"

"哎……"

林挽月心痛地看着眼前被林宇拨得乱七八糟的糕点，叹了一口气。

她看见林宇此时已经咽下了三块糕点，正朝着盘子第三次伸手，林挽月急了，当机立断拍开了林宇的手，然后拈起一块她最想吃的桂花糕塞到了嘴里。

"嗯！"林挽月发出了和林宇同样的赞叹之音。

这糕点入口即化，吃完后唇齿留香，林挽月从来没有吃过这么好吃的东西。

"哥！"

见自己的手被林挽月拍开，林宇非常不满，于是转而朝着另外一盘糕点伸手。

"啪！"

林挽月再次毫不犹豫地拍开了林宇的手，然后以迅雷不及掩耳之势将剩下的三种糕点每一样都吃了一块。

"嗯！"

林宇看着林挽月满意地眯着眼睛咀嚼糕点的样子，恨得牙痒痒："林飞星，你这就过分了啊！"

话音一落，林宇拉开了和林挽月抢糕点吃的架势。

就这样，在两人仿佛切磋般地你来我往见招拆招的争夺糕点大战中，四盘糕点被吃了个底朝天。

林宇眼巴巴地看着最后一块桂花糕被林挽月塞到嘴里，眼馋地看着林挽月满意地眯着眸子咀嚼的样子，情不自禁地咂了咂嘴，意犹未尽地说道："哥，等有一天咱们建功立业了，天天都吃这种糕。"

林挽月看着眼馋的林宇笑了笑，然后端起一个海碗递给林宇："吃饭吧。"

林宇端着海碗往嘴里扒了两口饭，然后叹了一口气："哎，还是糕好吃啊。"

林挽月笑了笑，没有说话……

当天晚上，李沐的军营里出事了！

巡夜的卫兵在走过平阳侯世子李忠的营帐前时，发现地上有两颗圆滚滚的东西，便举着火把放近一看。

"啊！"的一声响起，士兵的惨叫声传出老远。

这声惨叫惊动了李忠从京中带来的私卫，也惊动了远处巡逻的士兵。

其中一个放哨的士兵以为匈奴人夜袭，立刻吹响了别在腰间的号角。

整个军营中尚在睡梦中的将士都急急忙忙地起身，穿衣服，拿兵器，紧急集合。

李娴穿着一件单衣坐在自己的营帐里，听到外面远远传来的号角声，露出了一抹意味深长的笑。

"出什么事了？"李沐披着铠甲走出了营帐。

"报告大帅，巡逻兵在平阳侯世子李忠的营帐前面发现了两颗人头。"

"前面带路！"

此时已经有很多人聚集在李忠的营帐前，李忠穿着一件单衣被一众私卫拥在中间。

李忠看了看站在对面的自己的一位被打得鼻青脸肿的手下，见那位点了点头，脸色更加阴沉了。

这正是李忠派去解决林挽月的两个人，之前在十里外的树林里找到了两具无头的尸体，现在竟然有人把尸体的头摆在了自己的营帐门口。

李忠死死地盯着地上的两个已经隐隐有些气味的头颅。

"怎么回事？"听到李沐的声音，士兵们纷纷给他让路。

李沐也看到了地上的两颗头颅，于是对着李忠问道："世子可认识这两人？"

李沐这无心的一问恰恰坐实了李忠之前的猜想。

听着李沐这平淡无奇的问话，李忠却仿佛觉得他是在威胁自己。

"腾"的一下，李忠积压在心中的火气喷涌而出，看着李沐怒气冲冲地说道："自然是认得的，这是我手边的两个亲卫，将军这么问是什么意思？难道将军知道是何人将这头颅放在我的营帐前面的？"

听完李忠火药味十足的话，李沐也被彻底点燃，怒道："放狗屁，你这竖子莫不是怀疑老夫？"

见脸皮已经撕破，李忠也不再顾忌，冷笑道："哼，这里是你李沐将军的军营，如果是将军您看我这两个手下不顺眼杀了也就罢了，若不是将军所为，本世子回京定要在皇上面前参你一本，营防松懈至此，我看接下来就不知道是谁的头被摆在这里了。"

"你！"

"舅舅，出什么事了？"八名侍卫拥着李娴来到了李沐的身边。

不等李沐开口，李忠一个箭步走到李娴身前，挡住了李娴的视线，柔声道："公主，不过是有人刺杀了我两个手下罢了，公主莫看，免得腌臜了公主的眼睛，公主，这夜深露重，我送你回去吧。"

"是啊，娴儿回去吧。"李沐也转头对自己的外甥女说道。

"那便劳烦世子了，舅舅，娴儿先回去了。"

"你们几个，加强世子营帐守卫。其他人都散了，回去休息吧。"

众人得令，各自回到营帐中休息，但是这件事情却并没有就此结束。

第二天李忠一早便到李沐营帐中大闹了一场，一口咬定这件事是匈奴人所为，意欲对御史之离国朝廷示威，要求李沐给他一个说法。

李沐派人将李忠撵了出来，可是当天下午，李沐就接到了一封圣旨。

李沐被迫摘下了免战牌，士兵们又要打仗了。

没有人是喜欢打仗的，特别是这种事关生死存亡的秋收之战，除了林挽月。

林挽月的胳膊还没好利索，在李沐将免战牌摘下来的当天，林挽月就重新将才解下没几天的包裹背在了身后，里面装着被刻了六十一道的木板。

林挽月并没有等太久，第二天天刚蒙蒙亮，匈奴人便来了……

"呜……"

牛角号声传遍了整个军营，林挽月快速地拿了自己的黑弓和箭筒第一时间冲出了营帐。

"咚，咚，咚……"

号角声止，战鼓声便响了起来。

"公主，匈奴人来犯，我带人来保护你！"李忠带着京卫来到了李娴的营帐前。

李娴穿着宫装，头发还来不及梳，黑发如瀑般披散着，听到李忠的声音，便走出了营帐。

"公主，您快回去吧，我带人在外面守着。"

"世子有心了，本宫想去前面看看，世子与其带这么多人守着本宫，还不如让他们加入战斗，所谓养兵千日用兵一时，多一个人便多一分力量。"

"可是公主千金之躯，怎么能轻易涉险呢？"

李娴淡淡地笑了笑回道："只要营防不破，在哪里都是一样的，况且父皇授世子督军之职，如今世子若不出现在最前线如何督军，本宫不想因为自己让世子受父皇责备。"

"这……公主说得是，等一下公主还是要站得远一些，免得流矢误伤了公主。"

营墙上的旗语挥动，战鼓擂得震天响，弓箭手早已各就各位。

随着李沐大手一挥，营门被缓缓拉起……

"杀啊！"十六路先锋郎将举起手中的兵器带着各路兵马冲出了营门。

城墙上的弓箭手立刻拉满了手中的弓，然后默契地松手，数十支箭矢破空而去。

前排的弓箭手射完手中的箭立刻退后，后排的士兵补到前排来，如此这般一轮一轮地轮换，间或有被匈奴人射中的弓箭手摔下墙来，后面立刻就有弓箭手补位，整个飞羽营将士战斗时默契十足。

可是，这之中唯独有一个人，自始至终一直站在最前排，无惧不时从颊边擦过的飞矢，目光如炬，搭弓射箭犹如行云流水一气呵成，一箭接一箭地朝着匈奴骑兵射去，这个人便是飞羽营新任营长林挽月！

李娴和李忠被众人簇拥着来到了营墙之下，这是李娴第一次直面战场，即使此时的李娴只能感受到战争的冰山一隅，战争却依旧给她带来了无限的震撼之感。

耳边是"咚咚咚"的战鼓声，脚下的大地微微晃动，远处震天的喊杀声隐隐传来，间或有惨叫声穿透战鼓和厮杀的声音刺入李娴的耳朵。

李忠同样也没有见过这样的场面，光是听着这声音他就有些却步了……

他是世子，以后平阳侯所有的荣耀都是他的，他只需要安安稳稳地活着便是，没有必要以身犯险……

想通了这些，李忠看了看即将落下的营门，咽了咽口水，对李娴说道："公主……我上去看看，你们在这里保护公主。"

他说完也不再看李娴一眼，便匆匆地登上了梯子，向营墙上爬去。

李娴看了一眼李忠落荒而逃的背影，转头对身后的京卫说："你们到战场上去吧，多一个人便多一分力量。"

"这……可是公主，我们要保护您的安全。"

"你们现在去杀敌，就是在保护本宫的安全。"

李娴的声音很轻，但即便这样她依旧给人一种不容置疑的感觉。

"是……"

侍卫长看了看李娴，最终还是不敢忤逆这位长公主殿下的意思。

"你们跟我来！"

侍卫长一挥手，在营门落下之前的最后一刻，带着他的两队侍卫冲向了战场。

随着一阵阵飞扬的尘土，匈奴骑兵甩着手中的弯刀，对上了离国步兵冲锋的兵线……

"啊……"

霎时间，惨叫声不绝于耳，不知道在这一刻，有多少鲜活的生命就这样随着这一声声的惨叫永远地倒在了这片土地上。

林挽月额头上的汗成股地往下流，此时她的后背已经湿透了，粗布料的衣服被汗水浸透后刺着她的皮肤。

林挽月的身边放着两壶空掉的箭筒，此时她依旧在搭弓射箭。她的双腮鼓起两个小包，嘴唇紧紧地抿在一起。

林挽月每一次低头搭箭的时候，她的双手都忍不住地颤抖。但是，当林挽月端起黑弓，拉弓瞄准的时候，那双抖动的手立刻便神奇般地不再抖动。

林挽月精准而又快速地射出一箭又一箭，掩护下面冲锋的步兵。

林挽月根本无暇顾及自己双臂上传来的痛，此时此刻哪怕是她这一双手快要废了，她也绝对不会允许自己停下来的……

爬上了营墙后李忠脸色苍白地站在李沐身边，特别是当李忠看到那些他从京中带来的、认为是"一等一"好手的护卫们在对上匈奴人的弯刀战马之后，一个照面便被匈奴人犹如劈瓜切菜般砍倒时，李忠的鼻尖上渗出了细密的汗珠。

李沐根本就没有工夫关注身旁的李忠，他眺望着远处的战局，在心中分析着双方的战况。

"舅舅。"

没有人"保护"的李娴不知道什么时候也爬上了营墙，来到了李沐的身边。

听到外甥女的声音，李沐立刻转头责备地说道："胡闹，你上来干什么？"

"公主，您怎么也上来了，我送您回去吧！"李忠第一时间来到了李娴的身边。

对此李娴只是淡淡笑了笑，没有说话。

见李娴如此，李忠也只好讪讪地说道："那你就站在我身边，这城墙上偶尔有流矢飞过。"

说着李忠拔出了腰间的佩剑，半挡着李娴的身体，紧张地看着前面。

李娴为什么会爬上营墙？

她自然不会告诉李忠，当太阳冉冉升起，一束阳光晃到了她的眼睛，李娴抬起广袖欲遮挡阳光，却看到在营墙上一个单薄直立的身体居然和冉冉升起的红日重合。

看着那霎时间光芒万丈的背影，李娴不顾眼睛上传来的刺痛愣了神。

光看这人背影略显瘦弱单薄，但是却透出了一股子倔强的劲儿，在人头攒动的营墙上唯独他一人若脚下生根般岿然不动，面对间或飞过的流矢毫无惧色。

李娴眯着眼看着那人的背影，总觉得有些熟悉，于是她鬼使神差地拖着长长的宫装爬上了梯子，只为到这营墙上亲眼印证自己的猜想。

李娴转过头去，一眼便在众多移动的弓箭手中看到了林挽月。

此时的林挽月正低着头从箭壶里抽出了一支箭，汗水顺着她黝黑的面庞汩汩流下，正好有一滴汗珠顺着她的鼻尖滴落。

见到这一幕，李娴皱了皱眉，一眼扫去发现众多弓箭手仿佛都没有林挽月那么疲惫。

很快，李娴回忆起绢报上的内容，心头闪过一丝了然。

片刻后，林挽月已经在李娴的注视下射出了一支箭，李娴一直注视着林挽月搭弓射箭的全过程。

李娴看到了林挽月搭箭时的疲态，看到了林挽月在拉起弓时神色的转变，看到了林挽月在射完一箭后，再次低头搭箭时脸上闪过的懊恼之色。

同时李娴也看到了林挽月在搭箭时颤抖的双手……

看着看着，李娴有了一种震撼的感觉。突然，林挽月将黑弓丢在了一旁，然后转过了头。

李娴和林挽月就这样隔着攒动的人群，遥遥四目相对。

林挽月看到李娴的那一刻，明显地愣了愣，然后便朝着李娴这边跑了过来。

"大帅！"林挽月来到李沐身边单膝跪地。

"讲。"

"大帅，匈奴人的骑兵已经不在弓箭手的射程范围之内了，小人请求大帅准许我带着飞羽营士兵放下绳索到下面去协同步兵一起作战。"

"准！"

"谢大帅！"

林挽月从地上站起来的时候，李娴离她很近，近到可以清楚地看出来林挽月衣服颜色因汗水发生的变化，近到可以清楚地看见林挽月脸上成股流下的汗珠，近到可以感受到林挽月在迅速起身的时候身体那不明显的摇晃。

林挽月没有再看李娴，而是火速转身，朝着弓箭手的队伍跑了过去，片刻后李娴便听到林挽月比一般男子稍显清脆的喊声："飞羽营所有士兵听令！立刻放下手中的弓箭，拿起兵器，放下绳索，随我到下面去协同步兵营作战！"

"是！"士兵们声音整齐划一，没有一个人犹豫。

大家纷纷放下了手中的弓，有人迅速放下绳索。

林挽月一马当先地走在了队伍的最前面，在李娴的注视下，毫不犹豫地就着绳索滑下了营墙……

飞羽营的其他士兵也快速地就着绳索滑了下去，林挽月站在营墙前的土地上简单整合了一下队伍，吼道："队伍散开一些，不要太密了，拿好兵器，跟我冲！"

说完后，林挽月转身，双手紧紧握着朴刀朝着战线头也不回地冲了过去。

李娴站在营墙上，眼睁睁地看着林挽月快速地朝着最前线奔跑，直到彻底捕捉不到林挽月的身影。

李沐时不时地会下达新的命令，战鼓变奏，旗语也随之转变。

"公主别怕，我会保护你的。"

李忠握着兵器挡在李娴的面前。

这场战役，整整进行了两个多时辰，最后以匈奴溃败而告终，从太阳冉冉升起之时，一直打到了烈日当空的时候。

"好！"

"啊！"

远远地传来离国士兵胜利的吼声，李沐严肃的脸上也终于露出了一丝笑意。

"鸣金收兵！"

"咣！"

"咣！"

"咣！"

鸣金三声，穷寇莫追。

营门再次被缓缓地拉开，迎接浴血奋战、胜利归来的将士们。

战士们回营时，李娴早已从营墙上下来了，她远远站在一边打量着一队一队回营的战士。

军医们已经就位，李娴闻着空气中传来的一阵阵刺鼻的血腥味，强忍压下心中的不适。

李忠同样也闻不得这样的味道，这血腥味和汗臭味夹杂在一起的味道令他作呕。

他捂着鼻子，皱着眉头对公主说："公主，我送你回去吧。"

李娴转头看了看李忠，然后淡淡地说道："世子先回吧，本宫稍后去找舅舅有事情说。"

"那……"

"世子放心，本宫自己可以回去。"

"那我先走了。"说完李忠转身走了。

李娴站在一边，一拨接着一拨的伤兵被人送了进来。

这些伤兵最开始是被人搀扶着进来的，到后面大多是被人抬进来的。

这些被抬进来的伤兵，一个个如同血葫芦一样，若不是他们嘴里还发着低低的呻吟，只怕不会有人认为他们还活着。

在这些人里，李娴却迟迟没有看到林飞星的身影……

看着进入营门的队伍越来越稀少，李娴的喉头紧了紧……

李娴第一次觉得战争是如此残酷。

就在李娴打算偷偷回到帐篷打发影子去寻找林飞星的时候，意外地看到了一个熟悉的身影。

林挽月浑身是血，被一个皮肤黝黑的士兵扶着，脚下虚浮，身子几乎是半倚在那名士兵身上。

在林挽月身边，一个同样浑身是血的壮实大个儿走了过来，背上背着的同是一个浑身是血的人。

这四个人缓缓地走进来，身上的血污比李娴之前见过的所有人都要多！

这四人正是林挽月、蒙倪大、张三宝和林宇。

原来，林宇在冲杀之时不小心被匈奴人的马撞倒并且被踩断了腿，要不是林挽月带着张三宝等人及时赶到，恐怕林宇早就凶多吉少了。

因为他们四人拖着受伤的林宇，行动不便，几乎被匈奴人包围！

林宇见大势不好，大吼着让林挽月带人离开，林挽月并没有理会林宇，当机立断让身材最高大的张三宝背起了林宇，然后三人背靠背站在一起，将林宇围在最中心，只要他们三个人不死，林宇就不会有事。

三人将彼此的后背交给了对方，且战且退，一路拼砍，硬生生地从匈奴人的包围圈中杀出了一条血路，虽然三人多少都挂了一些彩，但到底是四个人都活着回来了。

林挽月的脸上布满了血污，饶是这样李娴还是一眼就认出她来了。

"军医！军医！"

蒙倪大大声地喊着，李娴听到声音，看着浑身都是血污几乎站都站不稳的林挽月，心中一揪，不受控制地迈开了步子朝着林挽月的方向走了过去……

"林营长受伤了？"

"参见公主。"

"几位作战辛苦，就不要拘泥于礼节了，可是受伤了吗？"

李娴问的是蒙倪大，可是却在打量林挽月，而此时的林挽月几近虚脱，但凡她有一点儿力气也不可能倚在蒙倪大的身上，所以根本没有一点儿多余的力气去回答李娴的问题。

"回公主，我和三宝没有什么事，都是小伤，可是林先锋被马踩断了腿，若是不及时处理恐怕会落下病根，我们营长胳膊被砍了一刀，挺深的，一路跑回来流了不少血……"

蒙倪大的话音刚落，李娴回头看了看穿梭在伤员中忙得不可开交的军医道："依本宫看此时军医恐怕忙不过来，我出宫的时候带了两名医女，不如你们随本宫来吧。"

听到李娴如是说，蒙倪大和张三宝脸上一喜，于是一个背着林宇，另外一个小心翼翼地搀着林挽月跟着李娴走去……

李娴带着浑身是血的四人来到了自己的营帐前，此时林宇已经陷入了半昏迷的状态，而林挽月也没好到哪里去，要不是她的身份特殊，想着定要强撑着一口气，此时绝对已经失去意识。

林挽月看着面前"摇晃"的大帐，总算是搞清楚自己身在何处，于是她强打着精神，运转自己的大脑支配自己的身体停了下来。

"就在这儿吧，我们四个……男人，到公主的营帐中实在是于理不合，况且我们都这么脏，莫要……"

听到林挽月游丝般的声音，李娴为之气结，心道：没想到这人居然还是一个老古板，自己都这样了还要在乎这些繁文缛节。

李娴驻足，发现这林飞星的领导力还真不是一般地高，听了他的话之后，蒙倪大和张三宝立刻就停住了脚步，准备把各自身上的伤员置放在李娴营帐外的空地上。

"无妨，带他们两个进来吧。"

听到公主的命令，二人又再次扶起了各自的伤员，而粗犷的张三宝一个不小心好像是碰到了林宇受伤的腿，只听林宇发出一声惨叫，叫声传出好远。

"嗷！我的腿，张三宝，我恨你！我的腿啊！啊啊！啊！"

李娴吓了一跳，就连迷离的林挽月都睁大了眼睛。

张三宝则不好意思地说道："林先锋，对不住，对不住哈！"

最后林挽月和林宇被置放在公主大帐内的羊毛地毯上。

张三宝和蒙倪大去打水了，两位医女正在做事先的准备工作。

林挽月平躺在地上，气息很微弱，但却紧咬牙关一声不吭，一旁的林宇躺在地上捧着腿不住地发出哼哼声。

李娴朝着林挽月看去，只见林挽月浑身是血地躺在地上，脸上也尽是血污，嘴唇紧紧地抿在一起，眉头鼓起了一个包，脸上尽是痛苦的神色。

林挽月的左臂上有一个深深的口子，李娴仔细打量着口子，发现伤口居然已经微微有些发白了……

李娴也算是饱读医书的人，林挽月这种情况李娴曾在医书中见到过，明显是失血过多，如果不及时处理，恐怕这只胳膊就废了……

李娴皱了皱眉头，立刻吩咐两名医女中医术较好的一人道："阿隐，你给林营长看看。余纨，你去处理一下林先锋的腿。"

"喏。"

"喏。"

两位医女得令，立刻各就各位，阿隐蹲在林挽月的身边，惊奇地问道："这是……"

李娴随着声音看去，这才发现，林挽月居然还握着一把兵器，这把兵器并不是离国军队的兵器，而是匈奴人的弯刀，李娴仔细看去才发现：他哪里是握着兵器？这人不知道从哪里弄来了一块布，居然用这块布紧紧地将弯刀绑在自己的手上，防止兵器脱手……

见到这一幕，李娴想起绢报上的内容，想起适才林挽月在城墙上拉弓射箭时颤抖的双手，不知怎的，心中一酸。

"水来了，水来了！"

蒙倪大和张三宝并排走进了李娴的大帐，各自提了满满两大桶的水。

阿隐正准备解开林挽月右手上的布，以免处理伤口时林挽月因痛误伤自己人，蒙倪大立刻跑了过去蹲在林挽月身边道："姑娘我来吧，这脏活，我来就好！您可要给我营长好好治啊！"

说着，蒙倪大接过阿隐手中的剪刀"咔嚓咔嚓"三下五除二地将林挽月缠在手中的布条剪开，然后提着布条和弯刀出了帐篷。

阿隐准备解开林挽月的衣襟，却被林挽月一把攥住了手。

"啊！"阿隐大声呼痛，林挽月仿佛要把她的手捏碎了！

看到医女被自己这一捏差点儿哭出来，林挽月心头也有了一丝歉意，她松开了阿隐的手，喘了两口气才无力地对阿隐说："姑娘，男女有别，不然你就把我的袖子剪了去吧。"

阿隐闻言，回头看了看李娴，见李娴点头，便拿过了剪刀"咔嚓咔嚓"由肩膀处减掉了林挽月的袖子。

"呼……"

林挽月如释重负地呼出一口气，翻了一个白眼后忍不住要昏过去了，连忙强撑着不让自己失去意识。

她绝对、绝对不能毫无意识地在任何人的面前昏过去，绝对不能。

李娴低头看着林挽月露在外面的胳膊，发现这林飞星也不是天生就如此黝黑，只见这林飞星的脸和手是一个颜色，而小臂则比手的肤色要白出一些，呈小麦色，而大臂居然是很白皙的颜色，这让李娴不由自主地多看了几眼……

若不是林挽月的大臂上有着非常明显的肌肉轮廓，还有好几处伤疤，单看这个颜色李娴都要认为这是一个女人的手臂了，天下间有几个男人皮肤的颜色是如此白皙的？

想到这里，李娴觉得有些好笑，林挽月怎么可能是女人呢？

天下间怎会有女人，能做到他这般果敢刚毅，毫不矫揉造作呢？

阿隐用湿净布帮林挽月将露在外面的胳膊擦了擦，然后将湿布递给蒙倪大，蒙倪大双手接过帕子在水盆里濯洗，霎时间一盆清水就染上了鲜红的颜色。

阿隐抬起林挽月的胳膊，入手是梆硬而又滚烫的触感。

她仔细看了看林挽月的伤处，转过头来为难地对李娴说："公主，林营长的这处切口深可见骨，而且失血过多……"

李娴看了看阿隐，读懂了她眼中为难的神色，心下一紧，莫不是保不住这只胳膊了？

"别啊！姑娘，你话别说一半啊，这是什么意思啊？我们营长可是神射手，能不能治啊，会不会落下病根啊！"

听到蒙倪大的喊声，林挽月皱了皱眉，艰难地咽了一口口水，然后低声地说："倪大，你别嚷，阿隐姑娘，我这胳膊的伤能治，麻烦你拿针线和火盆来，倪大，你去借把烙铁来……"

"是，营长。"

"你要这些东西做什么？"

林挽月听到李娴的问题，强打着精神回道："我自己也知道这种刀枪伤难治，不过在我们军队有特殊的办法，面对这样的情况，如果切口太长或者太深的话，一般会用针线把伤口缝上；如果是钝器所伤，伤口模糊，为了止血，我们一般用烙铁将伤口处的皮肉烫熟强行止血；像我这种失血过多皮肉外翻的情况，先用针线缝合，如果效果不是很好，就用烧红的烙铁烫一下伤口，最后好不好就看天意了。"

"如此医治岂不是伤上加伤？"

"呵……"

林挽月露出了一抹惨白的笑意，强撑着眼皮，眨了眨眼对李娴说道："正因为这是以伤治伤的法子，所以医书里少有记载，不过在我们军营这种方法却是很管用的，如果这会儿是军医给我们看的话，恐怕早就这么治了。"

林挽月一口气和李娴说了这么多已经是她的极限了，说完林挽月缓缓闭上了眼睛。

李娴看着如此的林挽月久久无言。

在此之前，李娴只是一位久居深宫高高在上的公主，"战争"两个字对于李娴来说，不过书本中白纸黑字记录着的一个个故事。

如今，李娴走进那些书中的故事，来到战场，她才明白过来，史书上那些轻描淡写的叙述是用怎样的惨烈堆砌而成的。

看着此时的林挽月，又看了看倒在张三宝怀里一脸痛苦的林宇，李娴心下决定：若是自己的弟弟可以登上那位置，自己一定要督促他成为一位好皇帝，才不枉费下面这些人为他流的血。

"公主，奴婢没有找到针线，只拿来了几根平时给公主试毒的银针……"

闻言，林挽月睁开了眼睛刚想说些什么，却看到李娴抬起手，伸到自己的头上，然后从那一头乌黑的长发中拔下了一根头发。

"这可行吗？"李娴将自己的头发递给了阿隐。

阿隐无论如何也不敢接，慌忙地跪在地上，惶恐道："公主您是千金之躯，怎可，怎可轻伤毛发……奴婢不敢……"

"无妨，本宫恕你无罪便是了，这头发是本宫自己拔下来的，与人无关。"

林挽月睁着蒙眬的双眼，看着李娴将那根细长的头发递给了阿隐，想着公主贵为天家贵胄竟能为戍边将士自伤毛发，心中满是感激。

"营长，烙铁拿来了！"

"啊！"林宇的惨叫声从一边传来。

"快，倪大快来帮忙，按住他！"

"来了！"

蒙倪大立刻将烙铁放在一旁，然后冲过去按住了林宇另外一条没受伤的腿。

余纨看了看疼得龇牙咧嘴的林宇，严肃地说道："二位一定要固定好了，这接骨不能出一点儿岔子，不然以后恐怕会有跛足之患。"

"姑娘放心吧！"

一时间，林宇的惨叫声不绝于耳，听得李娴心惊肉跳的，她几次想离开营帐，但是不知怎么还是留了下来。

这边，阿隐已经将头发和银针固定好了，拿着针的手有些抖，看着林挽月道："林营长，我要开始了，您……您忍着点儿。"

"姑娘只管动手便是。"

阿隐手中的银针缓缓地朝着林挽月的伤口扎了过去，看着越来越近的银针，李娴忍不住偏过了头，并没有听到想象之中的声音，于是李娴转过了头，见阿隐正一针一线细密地缝合着林挽月的伤口。

林挽月则仿佛昏过去一般，闭着眼睛毫无反应……

李娴定睛一看，发现林挽月的右手正死死地抓着地上的羊皮地毯，嘴唇紧紧地抿在一起，就是不肯松口发出一声……

"啊！啊！啊！"

随着"嘎巴"一声，余纨将林宇的腿骨接好了，然后林宇也因痛苦与疲惫的感觉交加直接昏了过去，余纨眼疾手快地拿过了身边的木板夹住林宇接好的腿，然后拿过布条麻利地将木板固定好。

处理完这一系列事情之后，余纨擦了擦额头上的汗。她是医女出身，有幸被分配到宫中，从来都不曾见过这般血腥的场面。

余纨小心翼翼地看了看李娴，见李娴正一眨不眨地看着阿隐给那位林营长缝合伤口，心中暗自敬佩：公主就是公主，真乃神人也，看到这样血腥的场面居然也可以面不改色……

"林……营长，您这伤口有些外翻，我把针脚缝得密些对您愈合有益处，但是要多扎一倍的数量，您……"

"来吧。"

林挽月缓缓地睁开眼睛，给了阿隐一个鼓励的眼神，然后又疲惫地闭上眼睛。

阿隐被林挽月明亮的眸子一瞧，心下忍不住"扑通扑通"快速跳了起来。

阿隐低着头，偷偷地打量林挽月的脸，仔细一看发现这位少年营长还挺好看的，虽然皮肤黑了点儿，但是看他这胳膊的颜色想来这脸上的颜色也是后天所致……他的鼻子高挺，嘴唇薄薄地抿在一起，眉毛清晰长直，额头光滑饱满……

若是把这胳膊上的肤色替换到脸上，恐怕也是一位翩翩公子。

想到这里阿隐脸上一红，感觉捧着林挽月胳膊的手都有些发烫了。

林挽月见阿隐迟迟不动，还以为阿隐在等自己做准备，于是再次睁眼看了阿隐一眼说道："姑娘动手吧。"

"哦，是……"

那边张三宝和蒙倪大请示过李娴之后，将林宇抬出了公主的大帐。

余纨也出了营帐到外面去处理自己身上的血污了。

整个帐篷就剩下了林挽月和默默缝针的阿隐，以及一直站在林挽月身边低头看着这一幕的李娴。

叫嚷不休的林宇离开之后，整个营帐安静极了……

阿隐深恐伤口不能黏合就要用烧红的烙铁烫熟这位营长的胳膊，所以缝得针脚无比细密，行到最后一针时，李娴那一根直垂腰际的头发正好用完。

"呼……公主，林营长的伤口缝好了。"

"有劳了。"林挽月谢道。

"怎样？"李娴问道。

"回公主，奴婢的针脚排得很密，应该不需要用烙铁了，奴婢现在就给林营长上药和包扎。"

"嗯。"李娴点了点头，看了看摆在一旁的炭盆和地上的烙铁放下了心……

阿隐转身到药箱里去拿上好的金疮药和绷带去了。

李娴看着林挽月的胳膊，只见林挽月这唯一白皙的大臂上仿佛有一条黑足的蜈蚣爬了上来，又想到用的是自己的头发，李娴的脸一热。

李娴的金疮药是从京城带来的，名贵得很，阿隐打开瓷瓶仿佛不要钱一般撒在林挽月的伤口上，然后拿过干净的绷带将林挽月受伤的胳膊缠了起来。

"谢谢公主，谢谢阿隐姑娘。"

待伤口都处理完，林挽月用另一只手支撑着自己的身子从地上缓缓起身。

正巧蒙倪大和张三宝此时也把林宇送回了他的帐篷后折返回来了。

见到林挽月正起身，两人双双来到林挽月的身边将林挽月从地上扶起。

"多谢公主救命之恩。"

林挽月被张三宝和蒙倪大夹着，虚弱地看了一眼李娴。

"林营长好好休息吧，这瓶金疮药就赠予你了。"说完示意阿隐将金疮药递给了蒙倪大。

蒙倪大接过瓷瓶，也对李娴和阿隐道了谢，才和张三宝一左一右架着林挽月缓缓地走出了公主的大帐。

士兵们清理完毕战场后，把阵亡的初步统计名单也汇报给了李沐。

李沐坐在大帐的案前听着副官的汇报，心中凝起一阵阴云。

十六路先锋郎将中，能够活着回来的仅有两人，这是李沐带兵这么多年从来没有发生过的事情。

在这一场战役中，他非常看重的十六位先锋郎将中的十四人，一下子阵亡了。

"剩下的两人怎么样了？"

"回大帅，林宇被匈奴战马踩断了腿，后被飞羽营营长林飞星及其帐下的两名士兵救下了，长公主殿下已经将人带走，着宫中医女医治，另一名先锋郎将侯野……被砍断了一条胳膊，现在还在重伤昏迷之中。"

"知道了，你先下去吧，做好伤员的安置，通知炊事营，今天做一顿好的，另外把哨口再向外放五十里。"

"是！"

"还有……把征兵的军帖，发到各郡县吧。"

"是。"

副官退出了营帐，李沐叹了一口气，今年的秋收之战他们打得很艰难，匈奴人好似专门在杀先锋郎将，李沐自问带兵多年，这样的事情绝对不是巧合。

征兵容易，育将难哪！这十六路先锋郎将都是他李沐精心培育的人才，只要他们将来积累了一定的军功，成为一方将军是板上钉钉的事，可是现在，就只剩下了两人……

蒙倪大和张三宝走了之后，林挽月已经忘记自己是如何撑着摇摇欲坠的身体到屏风后面用水桶里剩下的水简单地清洁了自己身上浓重的血污的，也忘记了是如何拖着这随时就会昏倒的身体换了一身干净的衣服，然后把裹胸布缠了一层又一层的。

林挽月整理完这些之后，便一头栽倒在床上沉沉地昏睡过去。

今天这一仗，可以说是林挽月参军两年多以来经历过的最艰难的一场仗了，之前她的胳膊本就受伤了，还在战场上做了大量超负荷的拉弓动作，滑下营墙之后所面对的情况也是前所未有地凶险。

在冲锋的路上，林挽月的朴刀曾经先后两次脱手，要不是旁边有张三宝和蒙倪大一路帮衬着，别说是救林宇了，恐怕她自己这次也会折在战场上。

后来，林挽月无奈地扒下了一名已经死亡的士兵的衣服，捡了一把匈奴人的弯刀，把兵器绑在了自己的手上。

到最后，发现林宇的时候看到的也是同样惊心动魄的场景，甚至可以说今天营救林宇的行动中要是没有其他两人帮衬着，或者换上一个自身功夫不够硬的人，恐怕四个人都得死。

人在濒死边缘所爆发出的能量是惊人的，就像今天的林挽月，同时在危机过后她的身体也因消耗了巨大的能量而陷入昏迷之中。

林宇昏睡在营帐里，蒙倪大和张三宝回去之后的情况也不比林挽月好多少，甚至都没有梳洗就倒头睡了。

一直到当天夜里，蒙倪大和张三宝才醒了过来，吃了晚饭打水洗了身子又囫囵地睡了。

林宇和林挽月则连晚饭也一起错过了。

好在匈奴人并没有卷土重来，此时伤员可以得到很好的休息。

李忠独自出现在了李娴的营帐门口，这一仗，他带来的所有京卫全部都死光了，活了十八年的李忠第一次体会了战争的残酷，他无比庆幸自己今天没有为了在李娴面前逞勇而冲上战场。

此时李忠已经开始觉得这趟"督军"的任务并不是什么好差事，不仅不会给自己带来任何荣耀，稍有不慎还会有性命危险。

这会儿，李忠已经没有亲信了，堂堂平阳侯府的世子营帐门口连个私卫都没有。

李沐根本不把他放在眼里，楚王交给他的任务他恐怕是完不成了，再留在这里也没什么意思，所以李忠想了半天，决定来问问李娴，若是李娴也不想在这军营久留，那么他就可以有很好的借口和李沐请辞，同样回了京城也好交代……

"世子恕罪，公主现下已经安寝了，若是世子有什么事情的话，明天再来吧。"

阿隐站在了李娴营帐的门口，挡住了李忠的去路。

李忠想了想回道："那我便先回去了，明天再来。"

阿隐打了一个万福道："世子慢走。"

李忠转身离开，阿隐回头看了看李娴的帐内，见屏风挡得严严实实的，又转头看了看四周，偶尔有巡防的士兵走过。

阿隐感觉自己的一颗心都要跳出来了。

子时，月上中天，巡逻侍卫换班的时间。

李娴从夜色中缓缓现身，被四名黑衣人围在中间，朝着她的帐篷走了过来……

阿隐看到李娴远远地走来，仿佛看到了救星一般，眼前一亮："公——"

阿隐的声音在寂静的夜里显得很突兀，她连忙捂住了嘴，惊恐地看了看四周，一路小跑地来到了李娴的身边，搀扶着李娴，主仆二人快速地进入了大帐。

黑衣人在将李娴送回营帐之后便再次隐没在黑夜中。

"公主！您可回来了！吓死奴婢了。"

阿隐扶着李娴的胳膊心有余悸地说。

听到阿隐的声音，余纨一个囫囵从李娴的床上起了身，快步来到李娴的身边，上下打量李娴然后说道："公主，您可算是安全回来了，奴婢这几个时辰担惊受怕的，您也真是的，这深更半夜的也敢出去，您要是有个闪失让奴婢怎么活？"

阿隐给李娴倒了一杯水，双手端给李娴，然后附和道："是啊，公主，刚才忠世子来过了，想见您，让奴婢给拦下了，也不知道什么事。"

李娴接过阿隐递过来的水杯饮了一口，丝毫不在意两个丫头你一言我一语对自己的"抱怨"，反而露出了淡淡的笑颜，仿佛心情很好的样子。

李娴放下水杯，笑着对阿隐说道："你不知道他来做什么，本宫倒是猜到了一二。"

"那公主您快说说，忠世子来做什么？"

李娴看了看满眼好奇的阿隐和余纨笑道："少知道些，才活得长久。"

"公主又吓唬人了。"

阿隐和余纨异口同声地回着，却不再问了。

阿隐和余纨伺候李娴洗漱躺下之后，便吹了灯离开了大帐。

李娴躺在床上，睁着眼睛适应眼前的黑夜，有些高兴，在她来军营之前从来没有想到事情居然可以往这样的局面发展，这件事对于她和太子李珠来说，简直是天大的惊喜。

李娴早就料到了李忠会来找她，想到这里便无声地笑了笑，然后缓缓地闭上了眼睛，今天她确实是乏了。

第二天一早，林宇醒来只感觉饥肠辘辘，还好手下及时给他端来了一大碗饭，里面还有好几片肉，林宇躺在床上狼吞虎咽地吃了饭，对于昨天的那场仗依旧心有余悸。

"林营长怎么样了？"林宇一边嚼着嘴里的饭一边问道。

林宇对林挽月的感激无以言表，昨天要不是林挽月冒着生命危险也不肯放弃瘸腿的他，他必死无疑。

"小的这就去看看。"说完士兵一溜烟地跑出了林宇的帐篷。

林宇一口气吃完了海碗里的饭，抹了抹嘴感觉自己还能再吃一碗。

"林先锋醒了？"

不等林宇喊人，李沐的副将出现在了林宇的帐篷里。

"见过刘大副！"林宇如今行动不便，就只能在床上给副官行了个礼。

副官笑着拍了拍林宇的肩膀欣慰地说道："小伙子底子就是好啊，睡一觉起来又能吃能喝的了，大帅要见你，命我叫人把你抬过去。"

"不必了，这怎么敢，我用一只腿跳过去就行了！"

"你快坐下，抬你的人都来了，你就听大帅的吩咐吧。你好好将养，千万不要再出岔子了，我们军营可再也损失不起一位郎将了。"

听到副官的话，林宇心中一沉，问道："大副，我们这一仗伤亡很大吗？"

"哎，一言难尽，我们边走边说吧，来人哪！"

刘副官的话音一落，两名李沐的亲兵从外面进来了，二人抬了一块木板。

林宇坐到了木板上，被抬着朝李沐的军营走去。

被林宇打发的士兵一路小跑地来到了林挽月的帐前，站在外面扯着嗓子喊了声道："林营长在里面吗？小人是林宇先锋手下的亲卫，奉命来看看您恢复得怎么样了。"

等了片刻却不见里面有人回复……

"林营长，那小的可就进来了啊！"说完这人便放慢了步子朝着林挽月的营帐里走去。

林挽月在回营之后便一直昏睡着，蒙倪大和张三宝因为太过疲惫也没有再来看望林挽月，和林挽月关系不错的林宇腿脚也不灵光不便前来看林挽月，所以在林挽月回营之后居然没有人再来过她的帐篷。

虽然林挽月得到了比其他人相对较好的治疗，但是由于没有得到任何后续照顾，又失血过多，在昨天夜里发起了高烧……

"林营长，林营长？"

那人走进去见林营长正好好地躺在床上睡着，于是喊了几句，见林挽月满脸是汗，面色憔悴，士兵摸了摸林挽月的额头，发现烧得滚烫。

"林营长，林营长，快醒醒！"

士兵转身找到一块干净的布，浸湿叠好之后贴在了林挽月的额头上。

"林营长，林营长，你醒醒，坏了，这么烫怕是要烧坏的，我得去找军医……"

林挽月做了一个梦，梦到她回到了小时候，回到了婵娟村，村子还是当初的样子，每个人都在，爹爹、娘亲，还有飞星……

这天，她决定和飞星去整村东头的老郎中，于是她和林飞星换了衣服，换了发饰，两人手拉着手去让老郎中分辨真假……

"阿姐，老郎中肯定发现不了我们的真假，我们俩长得这么像，若是我们互换了衣服和发饰，爹娘都会认错呢！"林飞星露出大大的笑脸，眼中闪过一丝狡黠。

林挽月也笑着，拉着弟弟的手说道："这次老郎中要是猜错了，我们就拿走他的川贝枇杷糖！"

"阿姐！"

"嗯？"林挽月笑着，转头看向自己的弟弟林飞星，她和弟弟长得很像，不仅外貌、身高几乎一模一样，就连换牙的时间也一样。

林挽月和林飞星相视一笑，均少了一颗门牙。

"哈哈哈哈。"

"阿姐，你跟我说……"

"说什么？"

"你就是我，我就是你。"

林飞星一边欢快地说着，一边蹦蹦跳跳地前后甩着拉着林挽月的那只手。

林挽月也随着弟弟蹦跳前行，两人有节奏地前后荡着拉在一起的手。

"你就是我，我就是你。"

"林营长？林营长，醒醒。"

"你就是我，我就是你。"

"你说什么？"

阿隐从刚开始就听到林挽月的嘴里一直念念有词，却听不真切他在说些什么，于是将头抵在林挽月的嘴边，想听清楚她说的是什么。

"嘘！"

"作甚！你这兵蛋子，老夫多大岁数啦，你扯着老夫跑这一路，你——"

"您老先别说话。"

林宇的亲卫一把堵住了军医的嘴巴，朝着林挽月的营帐里探头，看到一个姑娘正"趴"在林挽月的身上，这姿势要多亲密有多亲密，于是立刻和军医止住了脚步。

"嘘，您老别说话，跟我来。"亲卫不由分说地将老军医拽到了一旁。

老军医瞪着眼睛，唇边的胡子一抖一抖的，看来是又累又气。

"老军医，这老话儿说得好啊，宁拆十座庙，不毁一桩亲啊！林营长可是我们郎将的把兄弟，救命恩人，你说这当兵的多苦啊，一年到头也见不到一位姑娘。"

"哼，你和老夫说这些干什么？"

"我刚才啊，嘿嘿，看到一个姑娘趴在了林营长的身上，好像是公主身边的，我见过一次，长得那叫一个美，所以您哪，对不住了，我送您回去。"

"你这兵蛋子！"

老军医听完解释之后脸色好了不少，虽然说着一些抱怨的话，但还是背着药箱转身和亲卫返回去了。

"嘿嘿嘿，对不住您老，哈哈哈，我一会儿得去和我们郎将讨赏去。"

"你就是我，我就是你。"

"你就是我，我就是你？"

阿隐坐在林挽月的床边，看着林挽月紧闭的双眼和满脸的汗水，眼中充满了担忧。

李娴到李沐将军的大帐去了，阿隐无事可做，脑袋里却总是闪过这林飞星的身影，心头暗自忖度：缝伤口时他该有多疼啊，可是这人愣是一声不吭……

阿隐不知道林挽月的营帐在哪儿，她一路打听过来的，在帐前叫了几声也没人应答，阿隐自是知道一个未婚的姑娘家擅自进一个大兵的帐篷不太好，可是她担心林挽月的身体，硬着头皮进来了，结果真的被她料中了：这人烧得厉害，已经开始说胡话了。

　　阿隐拿下贴在林挽月额头上的湿帕子，此时的帕子入手有温，阿隐叹了一口气，转身重新洗了洗帕子，却看到林挽月随手丢在那里的裹胸布……

　　"这是……"

　　阿隐好奇地拿起裹胸布，见这并不是自己给林挽月包扎用的绷带，于是心下疑惑：莫不是这人除了胳膊之外还有其他受伤的地方？可是，他为什么不让自己看呢？

　　突然间，阿隐脑海中闪过林挽月抓住她手的一幕，下意识地摸了摸自己被林挽月当日抓过的手……

　　阿隐的脸一热，心道：莫不是这人伤到了不方便让自己看的地方吗？

　　想到这里，阿隐又看了看手中的裹胸布，见上面确实有一层层的血迹，心中一嗔：这人怎么能讳疾忌医呢，一转念又想到林挽月可能是忌讳着男女大防，又一羞，这林飞星倒也是个正人君子……

　　阿隐放下了林挽月的裹胸布，然后拿着湿手帕回到了林挽月的床前，轻轻地擦拭林挽月布满细密汗珠的脸，手指隔着帕子一寸一寸勾勒林挽月的脸庞，最后又浣洗了一次湿手帕，再将它贴在了林挽月的头上。

　　"你猜猜……我们谁是……猜错了……可要……"

　　"林营长，林营长！这么烧下去可不行，会出事的。"阿隐担心地看着说胡话的林挽月，然后折身给林挽月倒水去了。

　　"老郎中，你猜猜，我们两个谁是挽月，谁是飞星，要是你今天猜错了，你那川贝枇杷膏可要给我们了！"

　　林挽月拉着林飞星的手来到了老郎中的家里，老郎中是一个鳏夫，很喜欢村里的孩子，特别是林家的这对龙凤胎。

　　林挽月和林飞星相视一笑，姐弟两人眼中闪过同样的狡黠和得意，露出同样少了一颗门牙的牙齿。

　　闻言，老郎中放下了手中的医书，然后笑吟吟地围着林挽月姐弟两人转了一圈，说道："这姐弟两人真是一模一样哟。"

　　"哈哈哈。"林挽月和林飞星也笑了，两只小手紧紧地握在一起。

　　"两个小娃娃长得真像，不知道你们能不能让老夫摸一摸脉？"

　　"哼，自是敢的，这怕什么！"

　　说着林挽月和林飞星姐弟二人撩起了袖子，把手递给了老郎中。

　　老郎中轻轻掐了一下脉搏，然后笑了笑折身到药柜子里拿出一罐川贝枇杷膏。

看到这一幕，姐弟两人的眼睛齐刷刷地亮了起来，对视一眼露出笑意。

老郎中拿着长箸打开罐子，那甜腻腻的香气立刻弥漫了整个屋子。

老郎中笑着看着这姐弟两人眼馋的小样子，心里也暖烘烘的，他朝着罐子里挖了一下，分别将川贝枇杷膏抹在姐弟两人的嘴上，然后放下罐子，回头摸着林挽月的头拍了拍道："你是姐姐。"

他又拍了拍林飞星的头道："你是弟弟。"

林挽月和林飞星得了甜头，自然也不在意老郎中戳穿了他们的身份，于是笑着道："答对了。"

一老二幼在一处真真是其乐融融。

"林营长，来喝水……"

阿隐吃力地扶起林挽月的身子，让林挽月的头枕在自己的肩膀上，将水喂给了林挽月，林挽月的身体十分滚烫。

"林营长，你等等，我回去拿药箱，你再这么烧下去，是要出问题的。"

说着，阿隐轻轻地把林挽月放了下来，然后帮林挽月披了披被角，才起身快步出去了。

"好甜……"

"嗯，阿姐，以后我也要当郎中。"

"为什么？"林挽月哂着嘴里甜甜腻腻的川贝枇杷膏问道。

"我以后当了郎中，要做好多好多的川贝枇杷糖，每天都给阿姐吃。"

"嗯，那我以后要当村长！"林挽月笑眼弯弯地看着弟弟。

"为什么？"

"因为，我要是当了村长，以后二牛再欺负你，我就罚他去开荒。"

"哈哈哈哈！"

老郎中来到姐弟二人身前，又摸了摸二人的小脑袋，然后蹲下了身子，慈爱地看着两人问道："你们可知道我是怎么分辨出你们谁是姐姐，谁是弟弟的？"

"嗯……不知道。"

"来，让老郎中告诉你啊。这就是医道的神奇之处啊。你们姐弟两个虽然长得一般无二，但是这脉象是骗不了人的，这是男是女我只要摸摸脉象一下子就分辨出来了，哈哈哈哈。"

"是男是女，只要摸摸脉象，一下子就分辨出来了……"

"阿隐，你去哪儿了？"

当阿隐急匆匆跑回营帐的时候，李娴已经回来了，她看着阿隐笑吟吟地问道。

"公……公主……"

李娴平静地看着阿隐，说道："你一个姑娘家跑得这样急，像什么样子。"

"公主恕罪！"听李娴如是说，阿隐一下子就跪在了地上。

"起来吧，本宫可曾说过要责怪你，你这般诚惶诚恐让别人看了去，还以为本宫苛待下人。"

"谢公主，公主……"

"阿隐，你知道吗？在本宫身边所有的婢女里唯独你最藏不住事情，什么都写在脸上。"

说完，李娴恍然想起林挽月来，那人仿佛比阿隐还要简单，所有的情绪都明明白白地写在脸上。

阿隐站在原地踌躇了一会儿，咬了咬牙，对李娴说道："公主，奴婢是从林营长那里回来拿药箱的。"

听到"林营长"三个字，李娴心头一跳，不过李娴就算心里想什么面上也绝对不会被别人瞧了去，只见李娴平静地看着阿隐，问道："林营长那里可是出了什么状况吗？"

"回公主，林营长高烧不退，昏迷不醒，满嘴胡话，而且不知道已经持续多久了，再这么下去要出岔子的！"

李娴听完阿隐的话，站在原地想了想才对阿隐和煦地笑道："你倒是关心他。"

"公主！奴婢，奴婢只是……"

"你不必和本宫解释，男大当婚女大当嫁是规律，若是他对你也有意，本宫放你出宫便是。呵，若是你们有朝一日真的喜结连理，倒是应了那句'有缘千里一线牵'了。"

李娴盯着阿隐的脸看，表情依旧淡淡的。

"公主！"阿隐的脸通红，局促不安地站在那里。

"余纨，带上你的药箱和本宫与阿隐一起走一趟吧。"

"喏。"

就这样，李娴带着阿隐和余纨朝着林挽月的帐篷走去。

三人到了林挽月的帐前并未通报一声，径直走了进去。

李娴看到林挽月的时候愣了愣，这人不是好好的吗？

原来，林挽月不知道什么时候醒了，此时正坐在自己的床上，一只手拿着一块木板，另一只手在轻轻地摩挲着木板，看着手中的木板怔怔出神。

林挽月正沉浸在自己的情绪中，连李娴带着阿隐和余纨走进来都没有察觉。

李娴看着林挽月轻声唤道："林营长，我带了医女给你瞧瞧。"

听到有人在叫自己，林挽月缓缓地抬起头，看到站在不远处的李娴，但却没有任何表示，只是那样看了一眼，没有表现出意外的神色，也没有请安，再次低下了头。

李娴却将林挽月的样子瞧了个真切，她从来都没有见过这样的林挽月，此时眼前的林挽月简直完全颠覆了他在自己心中的样子。

林挽月的双目红得骇人，一看就是由于体内热症外散所致，但真正让李娴揪心的是林挽月迷茫而又空洞的眼神，还有那失魂落魄的表情。

李娴站在原地，没有动，也没有出言责怪林挽月的失礼。

不知道怎么回事，她被林挽月看了这一眼之后，心头不由自主地涌起了一股酸楚的情绪，林挽月的那一眼直直刺入李娴的心底，击中了那个最柔软的地方。

"既然林营长人已经醒了，你们两个先到外面候着去吧。"

其实，在李娴来林挽月营帐的路上，她便已经想好了对策。

若是她在林挽月看阿隐的眼神里捕捉到哪怕一丝的"好感"，她便会把阿隐留在军营里，"赏赐"给林挽月，这样就可以先把他归化到自己的阵营外围，再徐徐图之……

而且，还可以让阿隐成为自己的"眼睛"，洞察林挽月的一举一动。

所以，李娴在打趣过阿隐之后，就随便找了个借口跟了过来，以便近距离亲眼观察林挽月的反应，好制定接下来的计策。

可是，李娴千算万算，怎么也没有算到，她看到的会是这样的林挽月，这样一个失魂落魄、神态游离的样子，让人观之心碎。

李娴看着这样的林挽月，突然改变了之前计划用阿隐拉拢林挽月的主意。

没有原因，只是不想。

听到李娴的吩咐，阿隐深深地看了林挽月一眼，便和余纨一起默默地退出了林挽月的营帐，守在了外面。

李娴站在原地沉吟良久后，才拖着长长的宫装缓缓地来到了林挽月的床前。

"林营长……"

林挽月听到李娴轻轻柔柔的声音，迟疑了好久才缓缓地抬起头，眼神空洞地看着李娴，喃喃地说道："我全家都死了，全村都死光了。"

李娴听完林挽月的话，心中一紧，仿佛有一只无形的大手狠狠地攥住了她的心脏，让她的心脏紧紧地胀痛着。

林挽月没有哭，甚至也没有露出许多悲怆的神色，看着他这样的语调神态，好像刚做了个美梦，梦醒后却早已物是人非了。

这样的他既沧桑又绝望。

李娴听了林挽月的话，久久无言，几次动了动嘴想说些什么，可是想来想去最后只能化作无言。

李娴自幼生活在宫廷中，虽然待人和善端庄有礼，但她并不是一个好心肠的人，见惯了尔虞我诈的阴谋诡计，见惯了骨肉相残的场景，见惯了帝王的无情，哪怕曾经一颗再软的心，也该被冻硬了。

可是，面对这样的林挽月，李娴却不知道如何开口，因为李娴在宫中同样也没有见过这样的神情。

林挽月仰头看了李娴良久，见李娴并没有和自己搭话，林挽月咧开嘴笑了，干燥的嘴唇立刻因这笑容裂开了几个小口，渗出血珠，林挽月却丝毫不自知。

林挽月也不再纠结于李娴的"答复"，而是自顾自地再次低下了头，轻轻抚摸着手上的木板，怔怔出神。

"这是什么？可以告诉我吗？"

"这是我从家乡带来的一块木板。"林挽月机械地回道。

"那这上面的划痕是什么？"

"我每杀一个匈奴人，就会在上面划上一刀，全村一百一十八口，匈奴人欠我一百一十八条人命。"

李娴看着被刻了一片划痕的木板倒吸了一口凉气，此时此刻她总算是明白了：为什么这林飞星无意功名利禄，却在战场上勇猛无比，仿佛不要命一样了。

原来，这人从军不是因为孤苦年幼想要祈求庇护之所，而是来复仇的！

"对不起。"李娴轻声地说。

林挽月没有回话。

李娴继续自顾自地说道："我是离国的长公主，离国的千千万万百姓都是我父皇的子民，朝廷没有保护好你们，我替朝廷向你道歉。"

林挽月依旧低着头，没有说话，但是李娴却看到林挽月摸着木板的手指突然蜷了蜷。

李娴继续轻声说道："可是，匈奴和离国的矛盾已经持续了数百年，离国北有匈奴，南边还有几个国家对离国虎视眈眈，如果朝廷倾尽全力攻打匈奴固然可以取胜，但也必定会造成南边的防线空虚，届时南边的那些国家必定会集体挥师北上，你有没有想过，到那个时候离国要有多少个村子、多少个家庭、多少孩子会遭遇灭顶之灾？"

林挽月抬起了头，李娴直视她的眼睛，发现林挽月的眼神已经渐渐恢复了清明，于是李娴继续说道："我知道你心中的苦楚，家破人亡乃人生大恨，可是逝者如斯，与其整日沉浸在仇恨中，不如好好想一想，如何能避免让其他的人受战争之苦，其实你是有能力的，对吗？只是不知道为什么你一直都在逃避，我不会看错人的。"

"我……"林挽月直直地看着李娴的眼睛，眼神闪了闪。

李娴给了林挽月一个安慰的笑容，看着林挽月的眼睛继续柔声说道："若你只是一名士兵，就算你再怎么骁勇，一场战役下来杀敌的数量终究有限，况且不知道什么时候便落得一个马革裹尸的下场。若你成为如同林宇一样的先锋郎将，那么你将会率领一支队伍，身先士卒由你，运筹帷幄也由你，一位优秀的先锋郎将可以带领他的队伍全歼匈奴军营中的一个小队。若是有一天，你成为如同舅舅那样的将军，那么离国边境这千千万万的百姓，他们的身家性命都会落在你的肩上，那个时候你便有能力可以保护无数个小林飞星，使那些小林飞星都能拥有一个圆满的家庭和宁静祥和的村庄。"

李娴说完，看着林挽月的眸子笑了，复而又道："若是你的话，说不定真的可以成为一名好将军呢。"

"公主……"

林挽月直直地看着李娴，听过了李娴的一番说辞后，林挽月觉得仿佛溺水濒死的自己被人从深潭中拉了起来一样。

李娴看着林挽月，突然在林挽月的脸上发现了些许眷恋和依赖的神色，李娴心头一跳，依旧不动声色地看着林挽月笑道："你重伤初愈，本宫等下让阿隐和余纨给你煎药送饭，你喝了药吃过饭好好休息，我先走了。"

李娴拖着长长的宫装款款地离开了林挽月的营帐。

林挽月一直呆呆地目送李娴离开了自己的营帐，双手紧紧地攥着手中的木牌，所有人都不能理解自己为何对加官晋爵这种事避如蛇蝎，就连林宇也从未理解过，自己的心事和困惑却被只有几面之缘的公主洞悉了，在这寂寞的军营里，自己终日顶着作战的压力，一边还要苦苦守护着女性身份的秘密，真的好辛苦……

林挽月没有姐妹，只有一个弟弟，她不知道有一个姐妹是什么样的感觉，看着李娴离去的方向，林挽月不由得想：若今生有幸，能与公主这样美好的女子结为金兰，大概也就不枉此生了吧。

想到这里，林挽月讽刺地一笑，怎么可能呢？人家可是天家贵胄，她的弟弟是当朝太子，怎么可能和自己这样的人做姐妹呢？

林宇从李沐大帐出来后，直接就让人抬着他往林挽月的帐篷处赶来。

林宇进帐篷的时候看到林挽月坐在床上，旁边一位貌美如花的姑娘在给林挽月喂药。

见到这一幕，林宇打趣道："咳咳，嗯……那个大哥，你们继续啊，继续，我等会儿再来。"

"小宇！你回来！"

林挽月见到林宇如同看到救星一般，一扫之前虚弱的样子，大声地叫出了林宇的名字，光听这声音哪儿还有一点儿中气不足的样子。

"那个……阿……阿隐姑娘，我兄弟来了，就……不劳烦你了。"说完，林挽月扭着头不敢看阿隐的表情。

阿隐看着这样的林挽月心中轻叹一声，难道自己就这么可怕吗？这人的两条胳膊受伤了吃不得力，自己要喂他吃药，他三番五次地拒绝，最后还要自己搬出公主，他才肯乖乖就范，喂药的时候连看都不敢看自己一眼。

想到这里，阿隐瞪了一眼林挽月，这人真是个榆木脑袋！

不过，阿隐这次倒是顺了林挽月的意，将药碗递给了林宇，然后关照了几句林挽月双臂不能用力之类的话，就离开了林挽月的帐篷。

林宇全部应了，挥了挥手让人把自己抬到了林挽月的床边，待士兵退下，林宇端着药碗看着林挽月"扑哧"一声笑了出来。

"大哥，我说你，今年也有十六了吧，怎么就不开窍呢，那姑娘多漂亮啊！你真是，有人家姑娘喂你你不用，非得让我这个糙汉代劳。"

"你废什么话？把药碗给我，我自己来。"

林挽月对林宇可没有那么客气，听到林宇的调笑，林挽月直接骂开了。

见林挽月发火，林宇立刻收敛了笑容，正色道："不行，人家医女都说了，你双臂受伤不能用力，所以我要喂你。"

林宇一边喂林挽月吃药一边笑着说道："哥，我发现这阵子你变了不少。"

听到林宇这么说，林挽月朝着林宇挑了挑眉："变了？"

"嗯。"林宇点了点头，舀起一勺药喂到林挽月的嘴里才继续说道，"哥，咱们认识也快两年了吧。在最开始认识你的时候，我觉得你是一个少言寡语、不苟言笑，甚至有些不近人情的人，后来通过接触，我知道你是一个好人。如果你真的是个冷酷的人，也不会前前后后在战场上救了我九次。"

林宇将最后一口汤药喂到林挽月的嘴里，将碗放在一边继续对林挽月说："这阵子我觉得你……好像开朗了不少，话也多了，也不再总板着一张脸了，要是换作从前的你，就算是当了营长我觉得你也只会顾着自己，但是现在你已经愿意拿出真本事来训练飞羽营的士兵了。"

听了林宇的话，林挽月沉默了，自己真的变了吗？是什么时候呢……

李娴的话又在林挽月的脑海中回响了起来。

"哥，我刚从大帅那里回来，你知道吗？我们上次那场仗人员伤亡总数虽然不大，但是只有两个先锋郎将活着回来了。"

林挽月皱了皱眉，看着林宇道："这绝对不是巧合，一定是匈奴人的某些计策，天下绝对不会有这么巧的事情，就算是有也绝对不会出现在战场上。"

听了林挽月不假思索说出口的话，林宇瞪大了眼睛，惊叹道："哥，你说的话几乎和大帅说得一模一样。"

林挽月笑笑没有说话。

林宇钦佩地看着林挽月："哥，有的时候我觉得你就是一个谜，凭你的能力，若想在这座军营里出头简直轻而易举，你却心甘情愿地当了两年的步兵，连个伍长的位置都不争取，前一阵好不容易有机会了，你还把它硬推给了我，不过这次啊，恐怕你是躲不了了，一下子十四位先锋郎将战死了，听大帅刚才言语中的意思，怕是要把你提上去。"

"嗯，我知道了。"林挽月平静地点了点头。

林宇看着林挽月欣喜说道："哥，你真的变了。"

林挽月摇了摇头，回道："说起来，你受了这么严重的伤，我也有一部分责任。要是当初我不逃避我应该承担的责任，你就不用代替我受险，如果那天我没把你救回来的话，恐怕我会后悔一辈子。"

听到林挽月的话，林宇心中感动不已，忙道："哥，你别这么说。你前前后后已经救了我九次了，如果没有你，我早在十四岁那年就死了，而且我无比庆幸你之前做了这样的决定。如果那天我们两个异位而处，我真怕我没能力救回你，还好是你救我，不然的话，我也会懊悔一辈子的。"

听到林宇安慰她的话，林挽月露出了释怀的笑容。

林宇见林挽月的脸上露出了疲态，便说道："那，哥我就先回去了，你好好休息。"

"好，你回去也好好休息，一定要把腿将养好，不要落下病根，时不时请军医去给你瞧瞧。"

"好，我知道了，哥。"

林宇朝着林挽月露出了一个大大的笑脸，然后叫了人抬自己出去。

林挽月目送林宇一直走到门口，突然喊道："小宇！"

"怎么了，哥？"

"小宇，打铁还得自身硬，等你腿好了，应该更严格地要求自己了。"

林宇朝着林挽月点了点头，严肃地说道："我知道了，哥，你放心。"

当晚，张三宝和蒙倪大一起来看林挽月，二人坐定之后，林挽月便对二人透露了自己很有可能会成为先锋郎将的消息。

听到这个消息，二人均面色一喜，他二人和林挽月虽然相交不深，但是早就看出了林挽月绝非池中之物，一飞冲天是迟早的事，只是没想到居然会这样快……

"这一仗，十四位先锋郎将阵亡了，此时正是用人之际，若是有机会我自会向大帅举荐你们两个，凭你们俩的能力也当得起先锋郎将。"

"谢谢营长。"

二人异口同声地朝着林挽月致谢，喜形于色。

"你们俩也别高兴得太早，这次一下子就战死了九成之多的先锋郎将，根据我的推测这绝对不是巧合，这种事情说不定以后还会发生，而且会频繁地发生，那天我们营救林宇的时候你们俩也参与了，那么多匈奴人围着我们，足可以证明匈奴人在有意地针对先锋官，而且，我初到飞羽营不久，除了你们两个，剩下的人我都不熟悉，虽然说大帅对新营长的任命自有公断，但也会问问我这个旧营长的意见，我也不放心把飞羽营草率地交给别人，所以，我还是希望你们俩能暂时留在飞羽营，让大家练熟了我之前制定的训练方法，然后选出一位自身能力过硬，也值得信赖的人成为新的飞羽营营长。"

张三宝和蒙倪大都比林挽月大了几岁，此时听着林挽月有理有据地同他们说这个事情，无不在心中升起了一股对他的钦佩之感，丝毫不敢托大，坐得规规矩矩，听得十分认真。

"营长，你放心，我和三胖子绝对不会辜负您的信任，您就安心养伤吧。"

"好。"林挽月点了点头。

"那营长我俩告退了，有什么吩咐您就通传一声。"

说完，张三宝和蒙倪大起身离开了林挽月的营帐。

林挽月吃过饭喝过药之后就疲惫地睡去了。

在军营的另一头，李娴的大帐内。

黑衣人跪在李娴的案前，一向淡定的李娴破天荒地露出了一脸怒容："糊涂，本宫再三交代小心一点儿，现在你居然告诉本宫良妃死了？"

"公主恕罪！公主容禀！"

"你说！"

"谢公主。公主，是阿烟亲自动手给良妃下药的，用的是西域的一种药，无色无味而且本身也不是毒药，只会让人昏昏欲睡，每天清醒的时间不足两个时辰，但是绝对不会致命，药停即可康复，所以就算是银针也验不出来这种药。在良妃死了之后，我们拿到了良妃生前吃过的食物，结果从那里面发现了另外一种药，功效和阿烟下的那种类似。问题就出在这里，这种药和阿烟下的那种药混合在一起后会生成一种致命的剧毒，良妃就是这么被毒死的。"

听完影子的话之后，李娴蹙起秀气的眉毛，用纤细修长的手指有节奏地敲击着身前的桌面，良久后，李娴笑了，轻声说道："看来这宫里要起风了……"

"楚王的密使和朝廷的传诏使什么时候会到？"

"回公主，良妃死的当天楚王就派了密使给李忠传信，恐怕这会儿李忠也已经得到了消息，朝廷的传诏使最快也要在三天后才能到。"

"嗯，传令回宫里，让宫中所有的暗桩最近都收敛一点儿，良妃和楚王母子情深，良妃死了楚王定不会善罢甘休，别让楚王找错了方向。"

"回公主，阿烟已经第一时间下达了命令。"

"好，阿烟做得不错。不过光这样还不够，我要你们不着痕迹地协助楚王，必要的话可以帮助楚王找到真凶。"

"是。"

第五章 心甘情愿入迷局

"青言。"

突然听到这个久违的称呼，跪在地上的黑衣人身体一僵，不过还是低着头回答道："是。"

"你是母后留给本宫的旗主，也是本宫最信任的人，这些年来，你一直陪在本宫母后的身边，知道的东西自然要比本宫多，本宫有好多事情还要请教你。"

"属下不敢，属下这条贱命是皇后娘娘给的，皇后娘娘不在了，属下定万死不辞追随公主。"

"那本宫问你，洛伊此人究竟能不能信？"

"回公主，这件事属下不敢断言，但是属下觉得这么多年过去了，洛伊没有必要用一桩陈年旧事来哄骗公主，况且对于当年的事情，公主也应该是有印象的，洛伊还主动带走了幽琴旗主，以方便公主了解她的一举一动。若是公主对洛伊还心存疑虑，不如再静等一段时间，让幽琴观察观察她，届时再做决定也不迟。"

听了青言的话，李娴轻叹一声摇了摇头道："本宫原先也是这样打算的，可是良妃暴毙，本宫的布局都被打乱了……"

想到这里，李娴心中闪过一阵烦躁的情绪，自己的舅舅不肯出手帮助他的亲外甥，她想要把林飞星培养出来取代舅舅恐怕还需要很长的时日，良妃在成为继后的前夕暴毙，父皇一定会心存愧疚，想尽办法弥补安抚楚王，如今楚王已经邑有万户，父皇恐怕只能赏赐些地方兵权给楚王了，如果楚王也拥有了兵权，那这对他们姐弟二人来说，简直是天大的麻烦。

前几天横空出世的母后的故人洛伊，又给自己提出了这样的交换条件……

她若是不答应这个条件，恐怕会失去了洛伊这颗足以令自己反败为胜的棋子；若是答应的话，一旦洛伊反水，必定会酿成大祸，甚至有可能危及社稷……

李娴思索良久，最后才下了决定。

"传令给幽琴，让她转告洛伊就说本宫有急事不日就要回宫，关于她提出的条件，给本宫一些时日，到时自会如她所愿。"

"是！"

李娴轻捻青葱玉指，在这个危急存亡之秋，她还是决定冒险一试。

"依你看，林飞星的双手还需要多久才能恢复？"

"若是公主派人每日为其行针灸一次，七日内他必定会痊愈。"

"七日吗？"

翌日，清晨

李忠来到李娴的大帐前，看到李娴的随行医女余纨早已候在那里。

李忠有些意外，却也没有多想，他昨天接到楚王密信，良妃娘娘薨逝，楚王急召他回京共议大事，听到这个消息后他急得几乎一夜没睡，自己的父亲效忠楚王，他们一家人便是楚王一党，良妃娘娘若成了继后，楚王就有了嫡子的身份，便不用再顾忌李珠的太子身份了，可是谁能想到呢？居然有人这么大胆给良妃娘娘下毒！所以这次，李忠无论如何都要尽快赶回去，如果能侧面说动李娴和他一起走的话，有了长公主这张挡箭牌，想来陛下也不会怪罪他无诏回京之罪。

"忠世子请留步，公主身体不适，今日恕不见客。"

"公主病了？什么时候的事儿？怎么没有人通知本世子？"

"回世子，就是昨夜子时的事情，公主突然发热呕吐，奴婢本想叫人，公主却嘱咐说夜已深沉不便打扰世子和将军，我们便没去告知你们。刚才已经派人去通报了将军，若是世子今天没来，现下也该派人去通知您了，您也知道这京卫尽数战死，奴婢人微言轻的，也不敢差遣这些军爷，还望世子您海涵。"

"哎，算了，不怪你。公主现在怎么样？可传军医了吗？服了什么药，药材可够？"

"世子不必担心，阿隐已经给公主诊断过了，公主是风邪入体、水土不服，加之在营墙上观战时受到了惊吓才致风寒发作，公主现在服了药睡下了，不过还需要静养一段时日，不然恐怕会伤及根本。"

"静养……那，公主需要静养多久呢？"

"这个奴婢可就说不好了，具体情况还要根据公主的病情而定，奴婢估摸着需要十天左右，公主乃千金之体，一路奔波且不说，这边塞又贫苦，若是这次不好好将养，伤到了内里根本，恐怕将来不利于孕育子嗣。"

"这……"李忠张了张嘴，几度欲言又止，脸色更是几经变化，最后才挣扎地对余纨说，"那你们要好好照顾公主，若是缺了什么、少了什么就派人和本世子说一声，等公主醒了，你立刻来通知本世子，我再过来看看。"

"世子有心了，奴婢代公主在此谢过。"

"不必，这都是本世子的分内之事，我先走了，你们千万照顾好公主。"

余纨对着李忠深深地打了一个万福，道："世子慢走。"

余纨看着李忠走远，才反身折回了帐篷，李娴正好端端地坐在屏风后面的大床上，哪有一点儿病中姿态？

"打发了？"

"嗯，公主您真是料事如神，您怎么知道忠世子今天一早会来？而且忠世子的表情和反应简直和公主您预料的一般无二。"

"呵。"李娴微微一笑，却并没有回答余纨的问题，停了片刻复又说道，"阿隐，稍后你到舅舅那里去，问他要一味药材，你就说本宫气血两亏，需要鸡血藤入药。"

"可是公主，鸡血藤只会在京畿一带生长，在西北是长不出的呀。"

"所以你就要去替本宫采药了，你让舅舅派两个人陪你回京去采鸡血藤，若舅舅心存疑虑，你便说，我母妃有懿旨：公主饮食起居之物，从不假外人之手，舅舅定会答应。"

"是，奴婢明白了。"

"余纨，你这几日就陪在本宫身边照顾本宫，但是偶尔要去先锋郎将林宇那里探望他的伤势，他的腿就是你接的，医者父母心，你也应该管到底。"

"是，奴婢遵命。"

"还有，每天用半个时辰的时间给飞羽营营长林飞星的双臂做针灸活络，本宫给你七日时间，七日内务必让林飞星的双臂恢复如初。"

"是。"

"好了，你们俩都去办吧，本宫乏了，睡一会儿。"

"喏！"

余纨和阿隐退出了李娴的大帐，去办李娴吩咐的事情去了。

果然，在听完阿隐的禀告后，李沐提出了派人快马加鞭去代取鸡血藤的建议，阿隐按照李娴事先交代的话回了李沐，李沐想了想便亲自挑了两个亲卫随阿隐一道去京城取鸡血藤。

余纨则听李娴的吩咐，先到林宇的营长中检查了他的断腿，发现接得很好，应该不会落下跛足的毛病，便嘱咐了几句退了出来。

林宇直勾勾地看着余纨离去的身影，久久不能回神，心中暗喜：难道是走了大运？这一对医女姐妹花，活泼的那个看上了大哥，恬静的这位看上自己了？

想到这里，林宇心下飘然，一个人坐在营中傻笑："嗯，大哥娶一个，我娶一个，以后我们做邻居，这妯娌之间也和谐，而且阿隐姑娘就是一个医女，要是有朝一日能治好大哥的命根子，让大哥有了子嗣，我们还可以定个娃娃亲，要是万一治不好，我就过继给大哥一个大胖小子，哈哈哈哈……"

林宇营帐门口的卫兵听到里面传来林宇的大笑声，有些诧异地转头往里瞧了瞧，心道奇怪：这郎将的腿都断了，还有啥开心事……

处理完林宇这边的事情后，余纨立刻背着药箱马不停蹄地来到了林挽月的营帐里，林挽月见来人不是阿隐，不知怎的心中大大地松了一口气，自然地和余纨打了招呼，然后爽快地撸起袖子让余纨给自己行针。

林挽月看着自己手臂上扎得密密麻麻的银针，沉吟良久才开口问道："公主，还好吗……替我谢谢公主。"

"林营长有心了，奴婢会转达的，不过公主病了。"

"什么？"林挽月抬起头，惊愕地看着余纨，又恍然发现自己失态了，于是稳了稳心神故作平静地问道，"敢问……公主患了什么病？"

"风邪入体，水土不服，再加上受到了惊吓，恐怕需要静心调养些许时日。"

"这么严重？"林挽月听完余纨的话，脸色有些难看。

"林营长请放心，我和阿隐定会用心调理公主的身体的，只是公主是千金之躯，又自幼生长在宫中，初次出宫就来到这么荒凉的地方，有不适的感觉总是难免的。"

"也对……"

林挽月没有再接话，而是看着手上的银针怔怔出神，不知道在想些什么。

一时间帐篷里安静极了，余纨冷眼瞧着林挽月，见林挽月的脸上闪过了明显的担忧之色，心道也不枉公主出手搭救了他一回，这人还挺有良心的。

"什么人！"巡逻的卫兵发现在公主大帐不远处有一个黑影在徘徊，于是立刻提高了警惕，持着兵器和火把走了过去。

"飞羽营营长林飞星。"

林挽月低声地报出了自己的身份，然后准备去掏名牌，奈何双手一抬就酸痛无比，没有第一时间将名牌拿出来。

卫兵持着火把在林挽月的眼前晃了一下，然后客气地说道："林营长，您不用掏了，小的认识您。"

"哦，那便谢谢了。"林挽月无力地垂下双手。

"林营长，小的听说您上次那一仗伤得不轻，不知恢复得怎么样了？"

"多谢挂怀，已经好了许多了。"

"林营长，在军营里您的事迹都已经传开了，您在匈奴人的包围圈里血战厮杀，硬生生地救出了我们先锋郎将林宇，现在军营里每个人都想一睹您的风采呢！"

闻言，黑暗中的林挽月皱了皱眉，嗅到一丝不寻常的气味，可是她仔细想了想又想不起来这是什么气味，于是对着巡逻士兵问道："不知道这消息你从何得知的？"

听到林挽月的问话，巡逻的卫兵微微一怔，想了想却没想起什么具体的人来，反正大家都在说这些事情，于是便随意地答道："听别人说的，大家都这么传。"

林挽月听完正色道："消息有误，首先并不是我一个人去营救的先锋郎将林宇，还有我飞羽营的两员精兵蒙倪大和张三宝，如果没有他们两个舍身协助，我恐怕会和先锋郎将一起被匈奴人杀死了，而且我们都受了伤，你也看到了，我现在双手还抬不起来，所以并不是传言中所说的那样。"

"哦……原来是这样！"

"如今正是多事之秋，你们快去巡逻吧，特别是一定要在大帅和公主营帐周围加强戒备。"

"是！"卫兵朝林挽月打了一个军礼，提着火把离开了。

待卫兵走远，林挽月复又转头看了看李娴的大帐，然后趁着夜色缓缓地离开了。

林挽月并没有看到，在她离开之后，一个如鬼魅一般的黑影闪入李娴的大帐中。

营帐中李娴正安静地坐在案前看着几份绢报，穿着一身黑衣、戴着面具的青言单膝跪在李娴面前。

从外而入的黑衣人进入大帐之后规矩地跪在青言的身边。

"子，参见长公主殿下。"

"嗯，何事？"

"禀报殿下，半个时辰以前飞羽营营长林飞星只身来到公主帐前……"

随后，影子把林挽月刚才在李娴军营前的一举一动包括和卫兵的对话都原原本本地汇报给了李娴。

此时的李娴正低头看着一份绢报，上面写着的正是林挽月今日所有的情况，耳边又听着影子的汇报，李娴轻轻勾了勾嘴角。

待影子汇报完毕，李娴朝着他挥了挥手道："本宫知道了，出去守着。"

"是。"

影子离开了帐篷，李娴将绢报一一焚烧，直到所有的绢报都燃烧殆尽，李娴才看着地上跪着的青言问道："你怎么看？"

听到李娴的问题，跪在地上的青言并没有立刻回答，而是思考了一会儿才答道："这个林飞星似乎要比我们想象的更加聪明、敏锐。"

闻言，李娴禁不住笑了笑："是啊，更难得的是他可以正确地看待别人的夸赞，并保持冷静的头脑，只不过听了一句就发现传播的消息有问题了，这人确实不错。"

"公主，青言不懂，公主为何花了这么大心思帮这林飞星扬名……"

"他这个人活得太随意了，根本没有什么追逐功名利禄的心思，本宫自然要暗中帮他一把。"

"可是公主，属下觉得太聪明的人都是不好控制的，这林飞星如今尚未开窍就能够察觉出消息有误并且及时纠正，若是得了公主的教导，日后开了窍，怕是更难驾驭了。"

李娴安静地听完青言的话，坚定地摇了摇头回道："青言，本宫问你，若这林飞星日后做的所有事情都是他心甘情愿的，那又该当如何？其实本宫之前也觉得这林飞星不好拉拢，但是本宫最近想通了一个道理。青言，你记住，如今你已经是第一旗主，这用人之道的最高境界就是要让这个人根本就不觉得自己是在为你效力，要让他觉得所做的一切都是出于他本心的决定，不要总想着驾驭他，况且，以如今的形势来看，太容易被控制的人就像一把双刃剑，今天他会因为你的价码高而追随你，他日他也可以因为别人的价码更高而出卖你，人的欲望总是无穷无尽的。珠儿终会登上大宝，手下总要有一位出色的元帅才行，这林飞星虽然年轻，但结合他的经历来看，他绝对是一把对付匈奴的利剑。"

听完李娴的解释，青言叹服道："公主殿下高瞻远瞩，属下自愧不如。"

"路上的事情安排得怎么样了？"

"回公主，一切准备就绪。"

"嗯，很好。你退下吧。"

"是。"

三日后，京城传诏使风尘仆仆地赶到了李沐军营，带来了一个消息：良妃娘娘薨逝。李娴不顾病痛身躯亲自接见了传诏使。

"咳咳……几时的事情，良妃娘娘刚过四十，无病无疾，怎的这般突然？"

"回公主，八日前的事情，至于良妃娘娘的死因请殿下回京后自行询问，微臣不宜多言。陛下在娘娘薨逝的第二天就派了微臣前来西北传诏，微臣一路快马加鞭日夜兼程用了七天才到了这里。"

"哦……那此时怕是已经发丧完毕了，本宫惭愧，未能亲自送良妃娘娘最后一程，咳咳……"

"公主殿下的气色怎会如此之差？"

"无妨，本宫也是无用之人了，有愧父皇重托，才来了边关没几日就病倒了，吃了些药，总也不见好……咳咳。"

"公主殿下千金之躯，定会长命百岁，良妃娘娘的事情殿下也是鞭长莫及，不必太过伤怀，还望殿下保重身体。"

"哎，本宫如今这般模样，医女说本宫适宜静养，尚要调整几日再看，可如今……"

"公主殿下请放心，微臣即日启程回京复命，并会亲自禀告陛下公主您的情况，良妃娘娘的事情已经尘埃落定，公主就算现在和微臣启程回京也于事无补，不如就暂时留在这里好好调养身体，若是公主殿下因为与微臣回京之故病情加重，微臣万死难辞其咎，我想陛下也定会体恤公主的。"

"如此，本宫便在此谢过高大人了。"

"微臣惶恐，公主殿下好好休息，微臣去拜见一下李沐将军，便即刻回京复命了。"

"余纨，替本宫送送高大人。"

"喏。"

传诏使当天就快马加鞭返回京城复命，而因为有传诏使的保证，李忠也没有了离开的借口，只能留下来等待李娴身体逐渐好转。

另一边，林挽月的双臂也在以惊人的速度康复着。

"余纨姑娘，公主的身体怎么样了？"

余纨看了林挽月一眼，回答道："好了一些，前几日京城的传诏使来到了这里，宫中良妃娘娘薨了，召公主殿下回京的，可是以公主的身体情况来看此时根本不适合远行，才勉强压了这几日，如今怕是再拖也不行了。"

"哦……"

林挽月闷闷地应了一声，已经恢复得不错的双手十指交叉在一起，拇指搅动。

余纨看了看沙漏，将林挽月手臂上的银针一根根拔下，并说道："林营长的胳膊已经恢复得差不多了，这是最后一次行针。"

说完，余纨又自言自语般说道："可怜公主千金之躯，千里迢迢赶到这里，京城带来的侍卫都在战场上尽数战死了，如今要回京了，拖着病痛之躯也就算了，连个侍卫都没有，堂堂离国长公主，居然沦落至此，哎……"

林挽月低着头，没有说话，只不过交叉的双手握得更紧了。

余纨拔完了林挽月胳膊上的银针，看了林挽月一眼继续说道："林营长保重吧，你的双手已经康复得差不多了，奴婢也算是不负公主所托，告辞了。"

"余纨姑娘慢走……"

林挽月将余纨送出了自己的营帐，转身回来便坐在了案前发呆。

林挽月不知道其他大人物是什么样的，但李忠她却是接触过的，那可是一个高高在上的"大人物"，可是林挽月觉得，李娴却和李忠截然不同，她不仅在军医短缺的情况下第一时间医治了自己和林宇，事后还派了医女来给他们两人继续调理身体，虽然爹娘早逝，但林挽月从没有忘记爹娘教导自己和弟弟要做个知恩图报的人。

耳边，余纨刚才的话还在一遍遍地回响，林挽月缓缓地从板凳上站了起来……

"进来！"

林挽月得到允许后走进了李沐的营帐，李沐正端坐在案前看着手中的札记。

"伤好得差不多了？"

"是，多亏了公主第一时间让身边的医女给小人和林先锋治伤，又给我们二人做了后续的治疗，我们才会这么快康复过来。"

李沐听到林挽月的话后，放下了手中的札记抬起头，盯着林挽月的脸看了良久。

林挽月被李沐如此打量，心中发毛，脊背冒汗，她偷偷握了握拳，挺直腰板任李沐打量自己。

李沐看着林挽月平静地问道："你来有什么事？"

"禀报大帅，小人听说公主过几天要返京，而且公主带来的侍卫已经尽数战死，小人自荐带队护送公主回京，以报答公主的救命之恩。"

林挽月说完之后回望李沐，心怦怦跳。

李沐在林挽月的心目中就像是高山一样的存在，林挽月虽然参军两年多，但是见李沐的次数屈指可数。

林挽月觉得自己人微言轻，如今在这个多事之秋斗胆和李沐提要求，心中异常忐忑。

李沐听完林挽月的话，注视林挽月良久，突然笑了起来，对林挽月说道："真是巧了，刚才公主亲自到本帅营中来，希望本帅可以派你带队护送她回京。"

李沐一直盯着林挽月，见林挽月脸上闪过惊愕的神色，于是口风一转笑道："公主说她初来乍到，不认识什么人，只觉得你和林宇很优秀可靠，但是林宇的腿伤了，所以只能麻烦你了。老夫刚才还想派人去叫你来一趟，问问你愿不愿意替本帅跑一趟把公主安全地送回去，没想到你倒是给老夫省事儿，主动请缨了。"

听完李沐的话，林挽月单膝跪地道："请大帅放心，小人定会安全护送长公主殿下回京的。"

"嗯，你的能力本帅信得过，公主明日就会启程，本帅点一队人马给你，你回去准备准备吧。"

"是。"

出发的那天，一件出乎所有人意料的事发生了，不过短短的几日时间，李娴身边的贴身婢女余纨居然和林宇产生了朦胧的情愫，在回京的队伍出发之前，余纨突然在众目睽睽之下跪地和李娴请求，允许她留在军营照顾林宇直到林宇康复，而先锋郎将林宇居然也蹦蹦跳跳地跪倒在地请求李沐恩准。李娴听完二人的话后，直叹女大不中留。

最后李娴竟真的赏了余纨一个格外的恩典，答应了余纨的请求。李沐虽然脸色不太好看，但见到公主都答应了，他也没有拒绝。

李沐的军营是常驻部队，因此服役中的将士也可以成亲，许多军官都在阳关城内置办了家业。在每年水草肥沃的几个月，匈奴人一般会集中放牧，几乎不会挑起战事。李沐也会在那个时候酌情给将士们轮休的机会，在这军营中林宇虽然年龄并不大，但是若放在外面，像林宇这般年纪当爹的人也是有的，如今林宇大小也是一名郎将，配公主身边的婢女也不算高攀。

况且这郎有情，女有意的，林宇此举虽然唐突，李沐也不好棒打鸳鸯。

余纨留在了军营，阿隐先行回京给李娴取药了，最后，李娴的身边竟然连一个贴身婢女都没有了，只带了两个宫婢随在身边伺候。

送行的将士们见到堂堂长公主为了成全下人，竟然可以委屈至此，无不在心中感叹：长公主之贤果然名不虚传。

随着车夫挥舞着皮鞭，一乘马车稳健地向前驶去。

林挽月坐在高头大马上，行在李娴马车的左边，李忠骑着马走在马车的右边。

林挽月摸着胯下枣红马的脖颈，眼中带着兴奋的神色，这是林挽月有生之年第一次骑马，也是林挽月第一次去边塞以外的地方。

在李娴的马车后面有两支队伍跟着，李沐原本计划着拨一百人给林挽月作为护送公主的护卫，一米为了李娴一路上的安全着想；二来也是以示对长公主殿下的尊重。

李娴却以边关战事吃紧为由坚决不受，最后在李娴的再三坚持下，李沐只派了二十人。

李忠器宇轩昂地坐在玉花骢的背上，斜眼看到那个令他出丑的林飞星像个土包子一样抚摸他身下的那匹劣等马，不屑地冷哼了一声。

两个时辰后，李娴突然撩开了左边的车窗，看到车外的林挽月此时正单手拽着缰绳，欣赏着四周的风景，颇有一股子信马由缰的感觉，便情不自禁地勾了勾嘴角。

林挽月察觉到似乎有人在注视自己，猛地一转头，看到的便是李娴那带着一对浅浅梨涡的恬静笑颜。

想到自己出神的时候被公主抓了个正着，林挽月突然紧张起来，立刻就转过了头，直起身子，双手握紧了缰绳，目不斜视地看着前方，之前一派闲适的样子此刻已经消失得无影无踪。

李娴微笑着注视全身绷紧的林挽月，叫道："林营长！"

"是。"

"林营长？"林挽月听到李娴又叫了自己一次。

林挽月硬着头皮转过了头，然后便对上了李娴那双弯弯的眼睛。

"你不用那么紧张。"

说完，李娴对着林挽月笑了起来，露出一排洁白的牙齿，然后放下了窗帘。

林挽月总觉得出了军营之后的李娴好像与之前有些不同了，抑或这才是真正的李娴？她说不清……

林挽月也不知道为什么，自从她做了那场噩梦醒来发现第一个看到的人是李娴之后，自从那天李娴在营帐中软声细语地开导安慰她之后，林挽月总是会时不时地想起李娴。

事后林挽月也慎重地思考了一下，自从婵娟村被屠戮后，自己就再也没有被人这般照顾、关心过。虽然她的身边有林宇这个亲如兄弟的朋友，但碍于自己女儿家的身份，林挽月不得不故作疏远。

李娴是第一个让自己不用担心被人动手动脚，而且还能关心和温柔呵护自己的人了，更何况这人还是高高在上的公主，李沐大将军的外甥女。常言道"士为知己者死"，林挽月虽是女子，却也担得起这份豪情。

听余纨说李娴病倒了，林挽月很着急。于是，那天夜里她双脚不听使唤地从军营的最西边几乎横穿了整座军营，来到了李娴的营帐前，却想到自己并没有什么资格探访长公主殿下，只能默默地原路返回。

在听到余纨说李娴就要回京的时候，林挽月心下怅然。

林挽月知道，经此一别，恐怕她这辈子再也没有机会与李娴相见了。

她们都还没来得及好好地说说话呢。

于是，林挽月明知自己不该主动请缨，明知道那么做会招来李沐的反感，她还是硬着头皮提出了护送李娴的请求，只想着一路上，尽自己所能报答这份恩情。

对于李娴，林挽月是感激的，也有点儿舍不得她，毕竟李娴是那样美好……

队伍一路行至傍晚时分，才到了距离边境最近的阳关城。

阳关太守带着一众小吏跪在城口迎接长公主殿下和平阳侯世子。

阳关是边陲小城，公主坐的一乘马车太宽了，过不了街上的路。

李娴便在城门口下了马车。

李忠一个翻身从玉花骢上下来，来到马车前亲手将李娴从马车上扶了下来。

护送的队伍立刻将李娴和李忠夹在中间，朝着阳关城内走去。

"微臣夏志清，参见长公主殿下，参见世子，微臣已经命人将寒舍打扫干净，请长公主殿下和世子下榻寒舍。"

"那便有劳夏大人了。"

"谢公主殿下！"

夏志清从地上爬了起来，弯着腰走在前面给李娴一干人引路。

当晚夏志清更是倾阳关城所有，设宴款待了李娴和李忠。

林挽月作为随行护驾的侍卫长，也有幸受到了邀请，一共就四个人参加晚宴，李娴便吩咐不用分案而食，夏志清一听，吓得一口都没敢吃，李娴也只是笑笑，并不勉强。

这样的饭菜对于李娴和李忠来说不过平常，但是对于林挽月来说，却是山珍海味。

林挽月一连吃了三碗还有些意犹未尽，直到她看到了阳关城太守惊愕的表情和李忠的白眼，才缓缓地放下了手中的竹箸。

李娴始终带着淡淡的笑意看着林挽月，见林挽月一脸依依不舍的样子，笑道："林营长可是用好了？"

林挽月出生在穷苦之家，没有太多规矩，后又投身军营，更是养成了不拘小节的习惯，听到李娴的声音，林挽月也恍然发现自己"失礼"了，连忙将手从桌子上撤了下来，回道："吃饱了！"

李沐军营里吃饭用的大海碗所装的饭量，至少可以抵得过夏志清府上的五碗。

林挽月虽然是一名女子，但参军两年多来，她的饭量已经和一名成年男子无异了。

面对突然减了一半的饭量，林挽月感觉自己整个人空落落的，总觉得少了点儿什么。

阳关城地处偏僻，自然没有什么夜间活动，宴席散了之后大家便各自安寝去了。

林挽月却丝毫不敢懈怠，她亲自考察了夏府的地形和环境，设定了士兵巡逻的路线和换班的时间，在公主的院子和房间附近都重点地布置了一番。

夏志清为了表示他对公主及世子的尊重，还特意从阳关城的衙门里抽调了一部分人手，将这些人手暂时交给林挽月调遣，而这批衙役被林挽月分派去巡逻李忠的院子了。

做完一切布置之后，林挽月又里里外外地检查了一遍整个夏府，包括柴房和厨房的明火管控，杜绝走水等潜在的危险。

再三确定不会出问题之后，林挽月才回到了自己的房间……

林挽月打量着眼前的房间，有些怀念起了参军以前自己住的屋子。自从参军之后，她都是住在帐篷里的，已经好久没有住过这种有窗有门、四四方方的屋子了。

"笃笃笃"，还未等林挽月坐下，身后的房门便被敲响了。

"谁？"

"林营长，奴婢十一，是公主殿下派奴婢来的。"

听到宫婢如是说，林挽月反身打开了房间的门。

"林营长，这是公主命奴婢送来的糕点。"

林挽月低头一看，见婢女双手端着一个托盘，托盘上放了两盘糕点。

林挽月双手接过了十一手上的托盘，谢道："有劳了，请代我谢过公主。"

听完林挽月的话，十一打了一个万福回道："殿下对奴婢说，夏府盛饭的碗小了些，林营长一路辛苦了，应该再多吃点儿东西的，还嘱咐奴婢在这里稍候片刻，若是营长您没吃饱，奴婢再去拿。"

说完，十一看着林挽月，捂唇一笑，露出一副了然的神色。

"不不不，不必了，姑娘回去休息吧，够吃，够吃。"

林挽月见十一如此看自己，脸一热，单手托住托盘然后用另一只手关上了半扇房门，复又对十一说道："姑娘回去吧，不必等在这里，明日还要赶路，我真的够吃，谢谢。"

"吭"的一声关上了门。

门外的十一看着林挽月紧闭的房门无声地笑了笑，心中暗道这林营长还挺有趣。然后转身离开，找李娴复命去了。

林挽月将李娴送来的两盘糕点放在桌上，坐在桌前看着面前的两盘糕点，有些羞赧。公主恐怕是看出来自己没吃饱了，心中复又涌起了一股暖意。

林挽月拈起一块糕点放在嘴里咀嚼着，心中不禁把这糕点和那天李娴送给她的糕点做起了对比，发现两者根本就没有任何可比性，林挽月倒是不挑的，不消片刻，两盘糕点被一扫而空。

林挽月翻过桌上扣着的杯子给自己倒了一杯水，"咕咚咕咚"两口便喝光了，舔了舔嘴唇，长嘘一声，摸了摸肚子，刚好饱了，这下感觉整个人踏实多了。

"回殿下，糕点给林营长送去了。"

"嗯。"

此时的李娴已经脱下了宫装，穿着单衣，外面披着一件披风，坐在桌前就着灯光看一本书。

"公主，这林营长收了糕点还害羞了，慌慌张张地就把门关上了。"

"嗯，本宫知道了，你先下去吧。"

"是。"

十一朝着李娴打了一个万福，轻手轻脚地退了出去。

待到整个房间就剩下了一人，李娴才笑了起来，露出浅浅的梨涡。

林挽月舒舒服服地洗漱完毕，惬意地躺在床上，这床真软，房间中还有檀木的香味。她美美地闭上了眼睛，可是，过了一会儿却又睁开了。

林挽月一连在床上换了好几个姿势也睡不着，最后无奈地睁开了眼，叹了一口气，睡惯了部队里的硬木板床，再睡这种软软的床……

自己竟然睡不着了！

辗转反侧了一通，林挽月只好从床上起来，将身下厚厚的被褥尽数抽掉，卷起来放在桌子上，只留下床上的一块床板加上一条被褥，林挽月重新躺了上去，感觉了一下，满意地"嗯"了一声，是熟悉的感觉。

林挽月这才心满意足地闭上了眼睛，不一会儿便沉沉地睡去……

第二天，众人吃过了早饭，队伍再次上路。待李娴一行人走远，夏府的侍女慌慌忙忙地来报告，说有一个房间怕是遭了贼了，房间内的东西被翻得乱七八糟的……

夏志清随着下人去看了，发现并没有少任何东西，仔细思索之后，夏志清得出了一个让他心惊胆战的结论，莫非这林营长其实是朝廷的钦差，在检查自己有没有收受贿赂……

越往南边走越繁华，风景也愈发秀丽，对于从来没有离开过边塞的林挽月来说，这些风景足以令她看得眼花缭乱的。

这期间，李娴也会撩开马车的窗帘和林挽月简单地交谈几句，或是问问时辰，或是问问行程，偶尔也会简单地给林挽月介绍一下目前所在城池的风土人情，等等。

经过这三天来的相处，林挽月也不似之前那般拘谨，偶尔还会虚心请教李娴些许问题。

对于林挽月的问题，李娴无不一一耐心地解答。

看到这一幕的李忠异常地气愤，离国以右为尊，可是他没想到公主殿下居然习惯掀开左边的窗，于是在第三天的中午，队伍出了湖州城，行在宽阔的官道上，李忠勒缰打马，从队伍的后面绕到马车的左边，对林挽月说："你到那边去。"

"为什么？"

"本世子看腻了那边的风景，想来这边走，怎么了？"

听完李忠的解释，林挽月没有动。

"你居然敢违抗本世子的命令？"

林挽月转过头，直视李忠的眼睛回道："小人粗鄙，平生第一次骑马，只会行直线，不会掉头。"

"你！"

"出了什么事了？"

李娴听到马车外的声音，掀开了窗帘，看外面的情况。

李忠转头看了看李娴，欣喜地叫道："公主！"

"世子怎么走到这边来了？"

"世子说他想看看这边的风景，要和小人换位置。"

李娴听了林挽月的解释，稍稍思索了一下，对李忠柔声说道："眼下离京城越来越近了，各府官员夹道相迎，若是看到世子行左，怕是于理不合。"

李忠听了李娴的话，讪讪地笑了笑，回道："公主所言甚是，是我疏忽了，我这就回去。"

说完，李忠再次勒马掉头，回到了他原来的位置上。

队伍又行进了一会儿，突然林挽月发现前面的土路上突兀地出现了许多凌乱的脚印，而且方向是横向的！林挽月打量了一圈周围的环境，看到官道两旁都是一人无法环抱的大树，于是当机立断地吼道："停！"

林挽月这一声大吼来得突然，将车夫吓了一跳，狠狠地抓住了缰绳，伴随着四匹马的嘶鸣，李娴的马车停了下来。

"全员，布阵！"

林挽月抽出了腰间的佩刀，翻身从马背上跳了下来。

林挽月是步兵出身，不谙马术，这种情况下骑马反而误事。

二十人的队伍立刻火速集合，将李娴的马车围在了最中间。

"出什么事了？"李娴掀起了窗帘朝着林挽月问道。

林挽月立在李娴的车窗之下，紧紧地握着兵器，眼睛警惕地盯着前方，回答道："公主，小心些，前面不对劲儿。"

听到林挽月的话，李娴露出一丝意外的表情，目光闪动。

李忠坐在高头大马上，最初看到全员戒备之时还有些紧张，但是等了一会儿也没见有什么情况发生，便勒着缰绳不悦地对林挽月的方向喊道："怎么回事？"

没想到李忠的话音刚落，就有一排箭从密林右侧被人射出了，其中有一支直接射在了玉花骢的脖子上。

随着惨叫声响起，挡在李娴马车前的护卫被射死射伤了好几位，赶车的车夫被一支箭直接钉在眉心，瞬间就死透了！

"呜！"突发的状况再加上车夫死后没有人再控制住马，四匹马齐齐发出鸣叫。

关键时刻林挽月跳上了车辕，死死抓住了缰绳，稍稍稳住了受惊的马。

李忠的玉花骢因为被射中，受到了严重的惊吓，发出了一声嘶鸣，不再听从李忠的控制，朝着前方奋力地奔跑。

然而，就在这玉花骢刚跑到林挽月之前看到的那片脚印凌乱处的时候，立刻就被从密林右侧抛出的数把钩子钩住了，随着一声尖锐的鸣叫，玉花骢带着李忠一起重重地倒在了地上。

这一幕林挽月看得真真切切，她当机立断一手拎过车夫的尸体挡在身前，一脚踹开了马车的门。

"啊！"两名宫婢立刻发出尖叫，吓得花容失色，看到进来的人是林挽月才稍稍安静了一些。

林挽月扛着车夫的尸体，伸出另一只手抓住了李娴的胳膊，用车夫的尸体和自己的身体为李娴形成了双层遮挡，将李娴从马车上拖了下来。

"啊！你要对公主做什么，快来人哪！"

一名宫婢见林挽月居然对公主这般粗鲁，大声地喊了起来。

"闭嘴！"林挽月暴喝一声，宫女被林挽月吓得一哆嗦，闭了嘴，瑟瑟发抖地看着林挽月。

林挽月回头看了一眼，见士兵们已经和一群黑衣人打了起来，李沐挑选的人都是百里挑一的精兵，可是在面对这些数量并不多的黑衣人的时候，居然只是堪堪拖住了他们，一点儿便宜都没占到。

看到这一幕，林挽月心头一沉。

硬茬子！

林挽月丢掉了尸体，一手拉着李娴，一手牵过自己的枣红马绕到马车的后面，将李娴扶上了那匹枣红马，对李娴说："公主快走，回湖州城去，这里怕是拖不了多久了。"

李娴坐在马背上，低头看着林挽月，没有说话。

见李娴迟迟不肯打马逃走，林挽月大急："公主快走吧！刺客有弓箭！再不走来不及了！"

没想到李娴居然朝着林挽月伸出了纤纤玉手："上马。"

"公主！"

"万一回去的路上也有埋伏，本宫一个人走必死无疑。"

闻言，林挽月微微一怔，她居然没想到这一层……

林挽月回过头，愧疚地看了一眼正在和黑衣人拼死决斗的自己的战友，好像又有两个人倒下了……

林挽月又转头看了看那名瑟瑟发抖的宫婢，从怀中摸出一把匕首递给那名宫婢，带着歉意地说道："姑娘，对不住了。你现在回到马车上去，用这个狠狠地扎在马屁股上，能不能逃出去就要看天意了。"

说完，林挽月将匕首塞到宫婢的手中，拉住李娴的纤纤玉手翻身坐在马背上，将李娴护在自己的身前。

林挽月抓着缰绳，紧咬牙关，眉头高高隆起，终是没有再回头……

林挽月再一次夹了夹马肚，低吼道："驾！"枣红马再次提速，扬起了一阵尘土。

当李娴和林挽月骑着的马彻底消失在视线里时，那些黑衣人的身手突然间仿佛提高了几倍！

之前他们面对这些士兵的时候明明还是有些吃力，眨眼间便发生了惊天的逆转，只见这群黑衣人手起刀落地冲杀在士兵的队伍里，顷刻间，惨叫声不断，鲜血飞扬。

随着这一声声的惨叫，士兵们一个接一个地倒下了，临死的时候脸上还带着深深的不可置信的表情。

片刻后，二十人的队伍就剩下了一人，那人双手握着兵器，面对面前毫发无伤的九名黑衣人节节后退。

"你们是什么人？"

九名黑衣人一字儿排开，没有人说话……

从身量上来看，其中有男有女。

士兵感觉到这九名黑衣人正在看自己的身后，便硬着头皮也想一探究竟……没想到刚转到一半，就被人从后面麻利地抹了脖子。

他张了张嘴，鲜血便顺着他的嘴巴喷了出来，他惊愕地看着眼前，无论如何也想不明白，然后他发出了他这一生最后的疑问："为什么……"

士兵死不瞑目，到了断气的那一刻还是没有想明白，他隐隐听到有人说——

"小十二，人家林营长给你匕首是让你扎马屁股的呢，你怎么抹了人的脖子了？"

林挽月带着李娴一刻都不敢停下来，策马狂奔，朝着湖州城奔去，不过令林挽月意外的是，这一路上并没有刺客埋伏，眼看着湖州城越来越近，林挽月大大地松了一口气。那些刺客居然可以面对精兵以少胜多，想来也是自负身手了得，才没设下二重埋伏吧……

念及此处，林挽月的心中闪过一丝侥幸，还好，如果有埋伏的话，恐怕她和公主都得死。

随后林挽月的心中又涌起一股怅然，自己的战友这会儿恐怕都死了吧，不知道那两个宫婢有没有冲出去……

还有那个世子李忠，只看到他摔了下去没有起来，也不知道死了没有，如今出了这么大的差错，恐怕自己回到军营要被军法处置了……

"林营长，停一下！"

听到李娴发话，林挽月先回头看了看，确定刺客暂时没有追来，于是便勒住了手中的缰绳："吁！"

"公主，怎么了？"

"你先扶本宫下来。"

"可是公主，万一刺客追来……"

"本宫怕湖州城也未必是安全的。"

听到李娴这么说，林挽月翻身下马，然后将李娴从马上扶了下来。

"公主为何这么说？"

李娴看了看林挽月淡淡地说："舅舅派的那些士兵身手如何，林营长怕是最清楚不过了，一般的绿林强盗可能在他们手上走过三个回合么？"

"绝对不能……"林挽月摇了摇头，马上明白了李娴要说什么。

"那公主我们下一步怎么办？"

"这里怕不是说话的地方，本宫的这一身宫装太过显眼，恐怕进了湖州城后，想刺杀本宫的人立刻就会知道了本宫的方位，所以本宫先在这里躲一下，林营长到湖州城去买一件普通的女装给本宫换上，最好林营长也买一件其他的衣服换上。"

"可是公主，我怎么能把你一个人留在这里，万一有什么危险……"

"最危险的地方就是最安全的地方，我想刺客肯定不会想到你会把本宫一个人留在这里，而且本宫这身衣服太显眼了，你速去速回，我会藏好的。"

"好，那公主，你千万藏好，等我回来。"

"去吧。"李娴对着林挽月点了点头，还给了林挽月一个宽慰的笑容。

林挽月深深地看了李娴一眼，将腰间的佩刀解下来递给李娴，这才翻身上马，用力一夹马肚："驾！"

李娴握着手中沉甸甸的佩刀，看着林挽月越来越小的身影，沉默了。

李娴托着佩刀转身走进了身后的树林，一盏茶之后，从路的另一边传来隐隐的马蹄声。

"吁！"

两匹马停在了李娴之前站立的地方，其中一人对另一人说道："看，记号。"

二人翻身下马，一人扯着马匹等在路边，一人走进了树林。

"子，参见公主殿下。"

"李忠如何？"

"我们力道控制得很好，他只是昏过去了。"

"嗯，很好，秘密囚禁起来，稍稍给他吃些苦头，不要让他死了。"

"是。"

"护卫都处理好了？"

"未留下一个活口。"

"消息几天能传回宫中？"

"回公主，不出三日陛下便会得到公主遇刺、下落不明的消息。"

"一共处理了几批刺客？"

"回公主，楚王雍王先后派了三批刺客，都被我们处理掉了，还有一路刺客，我们还在查他们的身份。"

"哦？不是齐王的人？"

"目前虽然尚不能确认，但基本排除这个可能，这批人是硬骨头，不过我早晚会让他们开口的。"

"本宫回京的这一路，你们依旧按照计划进行。"

"是。"

"宫中情况如何？"

"太子一切安好，对于平阳侯提出的要求，陛下尚未表态。"

"给良妃下毒的另一路人查出来了吗？"

"回公主，目前还不能确认。"

"那就想办法引到齐王的身上。"

"是！"

"关于李忠失踪之事，稍稍透给平阳侯一些指向雍王的线索。"

"是！"

"退下吧。"

"是！"

片刻后，林外官道上便传来越来越远的马蹄声。

李娴傲然站在树林里，伸出一只纤纤玉手轻轻地抚摸面前斑驳的树皮，轻笑道："事已至此，诸位王兄，既然你们谁也不愿置身事外，就休怪娴儿无情了。"

一个多时辰后，林挽月回来了，额头上都冒汗了。

林挽月来到了李娴的藏身之处，从驴车上下来，将驴车牵到路旁，把驴拴在了树上，确定缰绳不会松开才朝着树林里走。

林子里很静，林挽月甚至能听到自己的心跳声，她机械地迈着步子，手心渗汗，喉咙发紧。

她有些怕，怕看不到李娴的身影，也害怕看到的是李娴的尸体。

虽然她已经用了最快的速度，可是这一来一回还是花了不少时间。

林挽月活了十六年，从来都没有这样慌乱过。这一路上，她归心似箭，把拉车的驴抽得直叫唤。

这会儿好不容易回来了，她反而怕了起来。

林挽月踩着脚下厚厚的枯叶，感觉就像踩在棉花上，生怕走到最后，看到的是让她无法接受的结局。

在返回湖州城的路上，林挽月想了很多，到底是什么人想要刺杀李娴呢？

可是，林挽月想来想去也没有想清楚其中的缘由，一位久居深宫的公主，既不能夺储，更不可能有什么江湖仇家，而且公主也没有随行带什么奇珍异宝。

林挽月想来想去也想不通，最后她唯一可以确定的就是那批黑衣人不简单，凭借着九个人就可以和李沐将军亲手挑选的精兵打了一个平手，甚至略占上风，肯定不是一般人能够培养出来的。

这片林子的树木很茂盛，此时正是秋天，间或有落叶飘下。林挽月行在树林里，徐徐深入，四处环顾，也没有发现李娴的身影。

林挽月擦了擦额头上的汗，焦急地四处张望，难道自己回来晚了吗？

林挽月紧了紧握着的拳头。

"公主，你在吗？"

听到林挽月的声音，李娴从一棵粗壮的树后面闪身出现，双手还托着林挽月的佩刀。

林挽月看到李娴完好无损地立在那里，一颗悬着的心终于安然落地，她大步流星地来到了李娴的面前："公主，我回来了！"

李娴微微抬头打量面前这人，此时他已经换了一身普通的粗布衫，额头和鼻尖上都是汗，有一些甚至顺着他黝黑的脸庞缓缓地淌了下来，但他的眼神却是明亮的，带着掩盖不住的惊喜注视着自己。

心中所想全部映在了他的脸上，不带一丝掩饰，也不掺和一丝虚假，他是那样简单、明了。

看着这样的林挽月，李娴不知怎的，心中闪过了一丝羡慕，她曾经也拥有过这样的表情，不知什么时候被她弄丢了。

"林营长辛苦了。"李娴看着林挽月露出了笑容。

林挽月接过了李娴手中的佩刀，对李娴绽放出了一个大大的笑容，本就洁白的牙齿被这黝黑的脸庞映衬得有些耀眼。

"公主，该买的我都置办齐了，我们可以出发了。"

"嗯。"李娴点了点头，跟在了林挽月的身后，两人一起走出了密林。

到了路边，林挽月有些不好意思地挠了挠头，对李娴愧疚地说道："公主，我没有多少钱，而且我想着两个人总是骑一匹马也不方便，于是我就把马给卖了，那是一匹军马，卖了一个好价钱，换了这辆驴车，给公主买了几身衣裳，还买了路上吃的干粮以及一些其他的东西，还剩下一点儿盘缠，只不过要委屈公主了。"

李娴看着林挽月，回道："能侥幸保命已经是不幸中的万幸，我怎会挑剔这些？林营长，你做得很好，那匹马也确实太引人注意了，换了这驴车反而好一些，也方便一些。"

听到李娴认同了自己的看法，林挽月露出了一个大大的笑脸，对李娴说道："公主快上车吧，车上的衣服我已经给您准备好了，您快去换上，我在这里守着，换好了后把衣服给我，我去处理了。"

"好。"

李娴上了车，小小的车厢最多能容下两个人，这是她有生之年坐过的最简陋的马车，不，是驴车。

几个行囊放在了车厢的一边，李娴打开放在最显眼位置上的行囊，里面果然有一套普通农妇穿的衣服。

李娴在狭窄的车厢里将衣服换了，虽然以前都是下人给她穿衣的，但是百姓的衣服穿起来很简单，李娴自己也可以穿好。

"林营长，我换好了。"

李娴抱着自己换下的宫装从车厢里走了出去。

　　林挽月看着李娴穿着农妇的衣服，眼睛都亮了起来。

　　林挽月从来没有见过能把这种衣服都穿得这么好看的人。世人都说佛靠金装，人靠衣装。可是李娴脱下了她那一身高贵的宫装，换上了普通百姓穿的粗布衣裳后，她的绝代风姿还是没有被衣服掩盖住，虽然她看起来少了几分贵气，但是却意外地多了几分"清水出芙蓉，天然去雕饰"的自然之美。

　　"在看什么？"李娴见林挽月呆呆愣愣的，不由得问道。

　　"嗯……从来没见过有人可以把农妇的衣服穿得这么好看。"林挽月如实答道。

　　林挽月下意识地说出了心中所想，看到李娴弯起来的眼睛，才恍然察觉自己又唐突了，虽然是真心赞美，但到底身份有别……

　　林挽月不再言语，接过李娴捧着的宫装转身朝着林子里走去："我去处理一下公主的衣裳。"

　　林挽月刚走了两步又折了回来，从怀里掏出了一把小小的匕首递给李娴说道："公主，这个是我在湖州城里买的匕首，大小合适，方便携带，而且还不重，你拿着。"

　　"谢谢。"

　　李娴接过了林挽月递过来的匕首。

　　林挽月拿起自己的佩刀，抱起宫装，想了想还是有些不放心，便对李娴说："公主还是和我一起去吧。"

　　李娴看了看林挽月，点了点头。

　　二人来到密林之中，林挽月挑了一块空地，先将地上的枯叶拢起放在一边，直到露出地表，林挽月将李娴的宫装放在一边，拿着刀在地上挖了起来，片刻后，林挽月挖了一个大坑，将刀丢在一旁，然后将李娴的宫装放到了坑里，开始填土。

　　李娴一直注视着林挽月，见林挽月将坑填满踩实之后将剩下的土均匀地撒在了上面，抱过之前的枯叶撒在原处。做完之后，林挽月还移动着步子打量埋衣服的地方，确认不会暴露才满意地点了点头，对李娴说道："这下肯定看不出来了，公主，我们走吧。"

　　李娴对于林挽月的处理方法感到满意，并且在心中给了林挽月一个判定：此人有勇有谋，注重细节，是个纯净、果断之人，好好培养的话将来定会成为珠儿手中的一把利剑。

　　"林营长，你就不要再叫我公主了，唤我名字就行了。"

　　林挽月想拒绝，但是又一想以如今这样的情况来看，自己要还张口一句公主闭口一句公主的话，那岂不是找死吗？

　　李娴见林挽月毫不矫揉造作地默认了，对林挽月又添了几分好感，继续说道："我也不叫你林营长了，就叫你飞星如何？"

　　"就依公主。"

"嗯，你我孤男寡女，出门在外，总要有个身份掩护才方便一些，飞星，你说呢？"

"一切就依公主的。"

"嗯……不如我们就扮作一对夫妻吧。"

"哎哟！"

林挽月听到李娴的话，脚下一个趔趄，正好前面的枯树叶下面有一截树根，林挽月跟跄地绊在树根上面，然后"啪"的一声趴在了地上。

"林……飞星，你不要紧吧？"

李娴没想到林挽月的反应会如此之大，不觉有些好笑，想她贵为离国嫡出的长公主，而且还尚未出阁，自己都不介意，这人倒是害羞得先趴下了。

"没……没事。"

林挽月从地上爬了起来，拍了拍身上的浮灰，然后目不斜视地对李娴说："公主，我们还是上车再说吧。"

"好。"

李娴随着林挽月回到了路边的驴车上，二人先后进了狭窄的车厢，相对而坐，膝盖和膝盖之间的距离不过一尺。

"公……娴……姑娘，我觉得我们两个以夫妻相称实在是不妥，不如扮作……小姐和车夫？"

李娴笑着看她，反问道："能雇得起车夫的小姐，会坐驴车？会穿成这样？再说你一口一个小姐叫着，不怕被贼人惦记上？"

"那……那我们可以扮作兄妹或者……姐弟也行。"

李娴笑得更开了，调笑道："你见过长得这般不像的姐弟吗？"

林挽月有些窘迫，看了看李娴吹弹可破白如羊脂的脸，再想想自己都快黑成煤炭的脸，说是兄妹肯定也没人信，如果让人以为自己是绑票的坏人，恐怕更麻烦了。

"我知道，飞星，你在顾虑什么，可是这都是权宜之计，此处距离京城还有一段距离，这……车的速度又慢，我们免不了要住店打尖儿的，我们只有扮作夫妻才最合适，这样会免去许多盘问和怀疑，而且……若我已经是有夫之妇，也会少些麻烦，不是吗？"

林挽月认真地想了想李娴的话，觉得她说得确实在理，而且又想到反正自己和李娴一样同是女人，如今为了安全两人以夫妻相称也没有什么大不了。

想通这里，林挽月对李娴点了点头道："那就听……娴姑娘的。"

见林挽月答应，李娴对着林挽月嫣然一笑，道："你叫我娴儿就好。"

"那，娴儿，我们出发吧……"

林挽月作势要往车外钻，却被李娴叫住。

"飞星且慢，我还有些事情要告诉你。"

林挽月重新落座，李娴开口说道："其实，我大概知道是谁派的那批刺客。"

"是谁？"

"是宫里的人派来的，但具体是谁我也不知道，无非是那几位王爷，齐王、楚王、雍王，甚至也有可能是环儿。"

听到李娴如是说，林挽月瞪大了眼睛，一脸不可置信地看着李娴，诧异地问道："为什么？他们不都是你的亲哥哥，还有弟弟吗？怎么会对你下毒手？"

"当然是为了那至高无上的位置。"

"可是你……"

"我是太子一母同胞的亲姐姐，珠儿才八岁，母后仙逝，我若也死了，珠儿在宫中就再无依傍。"

林挽月张了张嘴，脸上始终保持着惊愕的表情。

林挽月出生在父母恩爱和睦的家庭里，姐弟俩感情又好，后来来到军营，从来没有接触过权贵，此刻，听到这些话后，林挽月可以想明白其中的利害关系，可是她却无法相信同宗之间会自相残杀的事实。

李娴平静地看着林挽月，低声说道："我知道你可能无法理解，但这就是皇家的无情之处，在他们的心里权力远远比亲情更重要。不瞒你说，我这次出宫也是有一些目的的，毕竟你的将军是我的亲舅舅，自母妃仙逝以后，我和珠儿在宫中的日子危机四伏，我想着，若是此行能求得舅舅的庇佑，也许那些藩王会因舅舅稍微收敛一些。可是舅舅却拒绝了，他不想掺和到夺嫡这摊浑水里面来，他是我的亲舅舅，我也不愿逼他。本想着回宫之后另寻他法，没想到他们居然狠心到下杀手。今天若不是有你，恐怕我也已经死了。"

林挽月抬眼看了看脸上难掩失落的李娴，心中觉得沉甸甸的。林挽月没读过太多的书，不懂那么多的大道理，在军营的这两年多她总是压抑自我，从一个能言善道的人变成了一个寡言少语的人。

看着这样的李娴，林挽月一时间竟然不知道该如何出言安慰了。

车厢里的气氛一下子就凝重了起来。

李娴也不急，端坐在那里静静地打量着林挽月，只见林挽月双手按在自己的两个膝盖上，低着头，偶尔又握起拳头，然后轻叹一口气。

就在李娴想出言提醒林挽月该出发了的时候，林挽月突然抬起了头，看着李娴，忖度了片刻，才对李娴坚定地说道："大帅其实是非常重感情的一个人，以后……我是说，以后……万一我可以在大帅跟前说得上话，我会帮你求他的。"

"那便谢谢飞星了。"

李娴对着林挽月笑了笑，不禁有些惊喜，没想到事情会进展得如此之快，看来这林飞星也并不是她想象中的那般不近人情的人。

"公……娴儿。我有一个想法，不知道行不行得通。"

"飞星但说无妨。"

"我觉得，如果事情真的如你刚才所说，想要杀你的人是宫里的那些王爷的话……我们最好还是不要走官道回京。一是刺客失败后一定会沿途追捕伏击我们，今天我也见识了他们的身手，惭愧地说我对付一个两个尚可，人多了，我未必能对付得过来。二是我刚才想了想，定是有人泄露了你的行程，不然他们怎么会正好埋伏在我们的必经之路，而且还正好掐准了时间，显然他们提前有了一番精密的部署。我想，你身边是有人给那些想杀你的人通风报信了，你带来的京卫都死了，李忠世子应该也不是这个奸细，他也是自身难保的样子，我在想是不是你的两个宫婢被人买通了。"

说到这儿，林挽月停了下来，看了看李娴，生怕自己说出的推论会令李娴不悦，见李娴的表情并没有什么变化，才继续说道："当然了，我不是说我们军营里的人没有嫌疑，但这些侍卫是我们出发之前大帅点的，而且根据你的要求还减少了大部分的人，所以他们走漏消息的可能性非常低，但是你的宫婢就不同了，她们一直和你住在皇宫里，那些藩王也有机会和她们私下接触，所以比较容易背叛你，还有阿隐……阿隐姑娘救过我的命……但是，我现在认为她的嫌疑最大，我希望你回宫之后要多加小心身边的人，这次刺客失败了，我若是他们定会抓住这次机会，会派人沿着你回宫的路线前后沿途追捕，而且会重点布置人手防止我们回到军营，所以我们肯定是不能回军营了，官府……最好还是也绕过，为今之计，最好是彻底地绕开这些地方，只有回到京城才是最安全的，你觉得呢？"

李娴耐心地听着林挽月说完了他的分析，然后发现自己更加欣赏他了，这次的刺杀事件是她下的局，她心里当然清楚真相，不过林挽月就各种情况做出的分析都不无道理，甚至他所考虑的不仅仅是如何带着她逃避追捕，他甚至还去思考别人害她的原因，如何从源头规避别人的追杀，一个从来没有经历过一点儿宫廷斗争的普通士兵，在没有任何经验的情况下自己可以思考到这一步，真是足以令人刮目相看。

这一次，李娴没有再掩饰她心中的想法，而是开诚布公地对林挽月说："飞星，你有将帅之才，可堪大任。"

"公……娴儿过奖了，我……上不了大雅之堂的。"

"谁说的？我自幼生活在宫中，见过的文臣武将数不胜数。飞星，你如果能拜一位好老师的话，假以时日，必定会成为文可定国、武能安邦的能臣猛将。朝中好多位极人臣的卿家大夫不过是沾到了祖宗的荫庇罢了，若是论起真才实学来，不过尔尔。"

林飞星被夸得有些不好意思了，直挠头，连忙转移话题："公主，我刚才想了一下我们行进的路线，由边关到京都的路线是一条从北向南的直线，我想我们由这里向西到连州，然后再从连州向南往京城走，你觉得如何？"

此时的李娴已经认定林挽月是一块值得打磨的"石中玉"了，这次的刺杀事件是李娴自导自演的，无论他们走哪条路都是安全的，不过他们还是要适当地避开那些朝廷找她的人，况且李娴不想这么早就露面回宫，也可借这个机会指点指点这块"石中玉"。

李娴对着林挽月说道："我觉得我们不如这样，由此处向西走过一城到连州，然后从连州往北退一城到咸城，然后再由咸城向西走一城到蒙达，由蒙达一路向南往京城走。"

林挽月细细地思考了一下李娴说的路线，眨了一下眼睛，钦佩地看着李娴，惊呼道："公主果然好计谋，和您一比，我的计谋简直是小儿科了。如果按照我说的，我们向西走过一城，然后直接向南，刺客如果在这条官道上找不到我们，必定会增派人手向东边一城设下埋伏，我们的驴车脚程慢，很容易就会被刺客追上了。可是，若是按照公主的路线来走的话，我们向西走过一城可以避开刺客的追捕，向北退一城更是令他们出其不意，再向西行一城，刺客怎么也想不到我们在这样的情况下不火速回京反而和他们兜那么大的圈子。与此同时，公主遇刺的消息很快就会传回京城，届时他们定会投鼠忌器，不敢大肆追捕。"

见林挽月这么快就领悟了自己的计策，李娴满意地点了点头，继续说道："其实在平时制定策略的时候也可以这般思考问题。"

"嗯！"林挽月重重地点了点头。

李娴并不知道，她今日为林挽月打开了一道全新的、更加宽广的大门。

在刺杀事件发生的当天，在一个适当的时辰里，某个商队经过了那条路。

当湖州城的太守亲自带着一众衙役来到现场的时候，看到的便是二十具横七竖八地倒下的尸体，倒在路边的皮毛被鲜血染红的玉花骢，还有距离尸体很远的马车。衙役顺着路边的痕迹又找到了三匹受惊的马，并将它们牵了回来。

"找到人了吗？"湖州太守颤巍巍地朝着回来的衙役走过去。

"回大人，只找到三匹受惊的马，我们给牵回来了，除此之外没看到任何人。"

听到衙役的回答，湖州太守的腿一软，栽倒在地上。

"大人，大人，你不要紧吧？"

"找，给我出动所有人员，沿路找，一定要找到。"

"是！"衙役得令散开。

湖州太守一脸绝望地看着一摊已经干枯的鲜血，绝望地喊道："吾命休矣！"

太守白眼一翻，竟然受不住打击晕了过去。

当天晚上，搜寻无果的湖州太守最后也不得不接受现实，命师爷拟了折子，亲自带着折子连夜赴京汇报情况去了。

长公主在他管辖的地界儿遇刺了，连同平阳侯的世子也下落不明，这下自己这趟赴京恐怕就是送命去的，雍王殿下也保不住自己了吧……

可惜自己当初送出去那些白花花的银子，早知道今天会是这样的情况，当初他说什么也不会倾家荡产来买这个湖州太守的官位了。这下好了，不但自己的性命不保，全家老小弄不好都要陪着自己一起死……

在李娴失踪的第三天，李钊便接到了湖州太守的奏报，那个时候李钊已经在德妃的寝宫睡下，首领太监见事态紧急，硬着头皮把李钊从龙床上叫了起来。

李钊拿过太监呈上来的奏报后，一股热血直冲头顶，霍地一下掀开被子从龙床上起来，给了首领太监一个巴掌，把这太监扇得在原地转了一个圈后趴在了地上。

德妃见到这架势立刻噤声，直到李钊怒气冲冲地走出了寝殿，才敢召了宫婢来伺候自己起身。

李钊大步流星地来到跪伏在地的湖州太守面前，抬脚便踹在了他的身上。

可怜的湖州太守本来年纪就不小了，再加上三日来日夜兼程地赶路，身体虚弱不堪，被李钊这么一踹一下子就昏了过去。

李钊看了看仰躺在地上的湖州太守，仍不消气，对身边的侍卫说道："把这狗东西给寡人拖出去砍了，传旨下去，湖州太守家产全部充公，十四岁以上男丁全部斩首，十四岁以下人丁流放夷州修城墙，非死不得出，其三族之人终身不可出仕。"

"是！"

侍卫得了命令，将已经昏了的湖州太守麻利地拖出去了，头压得低低的，生怕触怒帝王的天威，也不知道这湖州太守犯了什么错，居然能让陛下下了这么重的旨。

记录帝王言行的言官在旁边也默默地擦了一把汗，奋笔疾书道：元鼎二十八年，秋，九月十三，帝王盛怒……

可怜的湖州太守，倾尽万贯家财讨好雍王弄到了这么一个位置，如今屁股还没有坐热，就日夜兼程地来到了京城，然后在昏迷中被人砍了脑袋。

德妃此时也从寝殿里走了出来，她已经从首领太监那里了解了事情的大概。

德妃这个人，是这深宫之中为数不多的可以衬得上自己封号的妃子，她秉性贤德，在李倾城还在世的时候与李倾城的关系也算不错。德妃育有两子，皇子李环，年十六，过阵子也该领了亲王封号到封地去了；次子李珮，年十二。

德妃并没有仗着自己子嗣较多而争宠，在四妃中坐了末位。

德妃来到了李钊的身后，将黑色的披风披在李钊的身上，柔声道："陛下，夜深露重，请您顾全龙体。"

听到德妃的声音，李钊的脸色缓了缓，转身说道："娴儿遇刺了，连同着平阳侯世子李忠也一起失踪了，让寡人知道是谁有这么大的胆子敢刺杀公主，寡人非要生剐了他。"

听到李钊的话，德妃心中苦笑，是谁？还用得着猜吗？谁会处心积虑地对一位久居深宫的公主下手，除了您疼爱的那几位，还有别人吗。可是德妃明白，有些话她该说，有些话她不该说。

德妃深信，李钊并不糊涂，能坐上那个宝座的人，有几个是糊涂的呢？他们如今用的这些手段怕都是这位陛下当年玩剩下的，德妃不信李钊心里没数，不过她并不介意陪着李钊装糊涂。

德妃轻轻拍了拍李钊因为动怒而明显起伏的胸口，看着李钊花白的双鬓，安慰道："陛下，保重龙体要紧，臣妾想，没找到人，就是好消息。"

"嗯……"李钊将德妃拥在怀里，看着大殿门口的长信宫灯，不知在想些什么。

与此同时，李娴遇刺失踪的消息传到了各府中。

齐王、楚王、雍王、平阳侯府第一时间便拿到了李娴遇刺失踪的情报。

齐王看完了手中的绢报，玩味地一笑："他们也真是心急，父皇是老了，可是还没到昏聩的地步，两位王弟就不怕适得其反？"说完，齐王烧了绢报。

无双侯上前一步，压低了声音问道："王爷，到底是谁要杀公主呢？属下不明白，与其费这么大周章去对付公主，不如直接拿下太子，而且公主不过一介女流之辈，终不过是出嫁从夫的命运，又何必这么做？"

"呵。"

齐王李瑱笑了笑，看着夏侯无双摇了摇头道："无双，你这光会打仗可不行啊，不打仗了还是得动动脑子。父皇虽然老了，可是还没到昏聩的地步，你以为他们的小手段父皇不知道？太子虽然年幼，毕竟是一国储君，他们敢在父皇的眼皮子底下乱来？不要命了？就算成功了，也只是给他人做嫁衣罢了，但是动公主就不同了，有一点你说得不错，父皇再怎么疼爱皇妹，她也毕竟只是个女儿，终究是没有儿子的分量重的，父皇又怎么会要他的儿子来给皇妹偿命呢？这样做的后果就是，太子会失去唯一真心庇护他的姐姐，他们便可以对大业徐徐图之。"

"这么说这次公主凶多吉少了？"

"你可别小看我这皇妹，我几次说过，她若是男儿定会是太子的不二人选，你以为就凭我那两个弟弟能斗得过她？没准儿……这倒是顺了皇妹的意，正好她可以避开锋芒也未可知……"

"王爷，属下有件事一直都不明白，您怎么说也是陛下的长子，您军功卓著，得一方百姓拥护爱戴，依末将看，您也不是坐不了那个位置，您为何……"

"无双，有一天你就会明白，这荣华富贵就如同那过眼云烟，人生苦短，要及时行乐，本王只爱美人，不爱江山。"

"可是王爷，您要是登了大宝，天下什么样的女人得不到呢？"

齐王看了看夏侯无双，不置可否地笑了笑，没有说话。

当天夜里，几十路传诏使从京城连夜奔出了，他们均带着画了李娴和李忠的画像以及下了死命令的圣旨，披星戴月奔向各地……

且说另一边，林挽月赶着驴车向西朝着连城进发着。

林挽月一手提着小皮鞭抽打毛驴的屁股，一边回想着刚才李娴对她说的话，此时的林挽月突然发现李娴轻描淡写的几句话让自己豁然开朗，她无比惊奇，无比欣喜，发现原来还可以这样思考问题。

此时的林挽月对李娴无比地钦佩，同时她渴望自己有朝一日可以成为李娴那样的人，她渴望李娴可以给她更多的指点，教授她更多的知识！

林挽月不禁回忆起自己年少时父亲说过的话。

林挽月的父亲是婵娟村唯一的教书先生，备受尊重，偶尔林挽月带着餐食到学堂给父亲送饭，会听到父亲感慨地对他的学生们说道："寒门难出贵子，听了这句话你们不要不服气。咱们村子里的学子和城里的学子、京城的学子所看到的、感受到的是不一样的。你们不要学死书，要懂得读万卷书不如行万里路的道理，多走走，多看看，若能得到高位者指点一两句，也是造化。"

那个时候，林挽月不懂。

此时此刻，林挽月方才懂得……父亲口中的那个"高位者"指的是站得比自己高、看得比自己远的人。

李娴坐在驴车上，两人沿着城郊小路一路朝着连城的方向行进。

走了很久，林挽月终于远远地看到一处农庄，她抬头看了看天色，说道："公……娴儿，我看前面有一处农庄，不如我们今夜就在这里投宿了吧，再往前走，怕是今天就要露宿了。"

"飞星，你决定便是。"

"好。"

林挽月将驴车赶到村子口，然后下了车，拉着缰绳牵着驴子往村子里走，走到村子最深处，林挽月将缰绳拴在老槐树上，来到了驴车边上："娴儿，我进去问问能不能借宿一晚，你在车里稍等片刻。"

"嗯。"

林挽月来到一座院子的竹篱笆前，见院子里有一位白发老叟正坐在木墩上，扇动着手中的蒲扇。

"老伯！"

"哎？谁叫我？"

“老伯，是我。”

老人家抬起头，见自己篱笆外面正站着一位黑瘦的后生，于是他从木墩上起身，来到林挽月面前：“何事啊？”

“老伯，晚辈姓林名飞……带着内人去连城投亲，行到此地，没个落脚，看这天色已晚，不知道老伯您能不能行个方便让我夫妻二人借宿一宿。”

“什么事啊，老头子？”

听到院子里有交谈声，正在做饭的老妪从屋里蹒跚地走了出来。

“路过的后生，小两口，想借宿一宿。”

老叟一边转头回答老妪的话，一边佝偻身子来到院门前给林挽月开了门：“进来吧，家里就我们老两口，你们俩今晚就住原来我儿子的那屋子吧。”

“谢谢老伯！”林挽月恭恭敬敬地对老人家鞠了一躬，然后转身到驴车里接李娴去了。

“老婆子，西屋好久没住人了，寒气重，你把火墙点上，驱驱寒气，再多蒸几个馍。”

老妪应声去办，林挽月来到驴车前，掀开车帘：“娴儿，说妥了，下来吧。”

林挽月伸手小心翼翼地将李娴扶了下来。

二人走进了老夫妻的农家院儿，院子不大，有一棵枣树，一条大黄狗被拴在了一边，烟囱里袅袅的炊烟正徐徐升起。

“谢谢老人家。”李娴礼貌地朝老人道了谢。

“小伙子，你真是好福气啊，娶了一位这么漂亮的娘子！”

听到老叟如是说，林挽月尴尬一笑。

老叟反而觉得小伙子是害羞了，心道：两人定是新婚燕尔了。

给西屋通上了火墙，老妪走了出来，看到一位穿着一身粗布衣衫却依旧美得像从画里面走出来的姑娘，还有站在她身边瘦高黝黑的小伙子，热情地招待道：“快来，上屋里坐，晚饭马上就做好了。”

二人随着老妪进了屋里，房间里的陈设很旧，看着这样的房间，林挽月自己倒是觉得无所谓的，可是她一想到李娴的身份，便觉得无比愧疚，几乎是下意识地伸出了胳膊用袖子擦了擦李娴要坐的凳子，扶着李娴坐下之后才恍然发现自己这样做很不礼貌，她正想转身和老妪致歉，却看到老妪看着自己慈爱地笑着，脸上的皱纹深深的：“小伙子，刚成亲不久吧？”

林挽月的脸一热：“嗯……是，没多久。”

“是大户人家的小姐吧？”

林挽月搔了搔头，回答道：“嗯。”

老妪见自己全都猜中，又看林挽月拘谨的样子，笑得更开了，继续问道：“是让你拐跑的吧。”

"对，是让我……不不不，老人家，不是你想的那样的。"

林挽月听到老妪居然做出了这般猜测，连忙急着去辩解，可是想来想去也找不到什么借口，只能反复地说着"不是"。

老妪看到林挽月这样更加确定了，语重心长地对林挽月说："你这后生有福气了，好好待人家。"

老妪说完后也不再和林挽月交谈，转身出去了。

老妪也是和自己的老伴儿偷偷私奔的，她本是当地富绅的女儿，自己的父亲嫌弃自家老头子是军户，觉得军户朝不保夕的，生怕自己的女儿成了寡妇，死活不同意这门亲事。最后这老妪一咬牙带着自己闺中细软和这位老伯私奔了，老妪也曾经忐忑过，但是如今一眨眼四十多年就这么过去了，虽然日子过得很贫苦，自己的儿子也在十多年前战死沙场了，但是她从来没有后悔过自己当年的决定。

作为一个"过来人"，老妪看到李娴的第一眼就知道这样的姑娘绝对不是普通农户家里能养出来的，又看到进了屋子后，这瘦高后生那股勤呵护的劲儿，仿佛就看到了当年的自己和老伴儿。

想当初自己与老头子私奔的时候，两人住在破房子里，他家老头子也是这么呵护她的……

"公，娴儿……"

李娴知道林挽月要说的话，回给她一个安慰的笑容，说道："既来之，则安之。"

"只是觉得有些委屈你了。"林挽月愧疚地说。

李娴却坚定地摇了摇头："我倒是觉得能出来看看是很好的，有些东西只有亲眼看到了，以后才知道该怎么做。"

林挽月品味出了李娴话中的意思，心中流过一丝感动。

晚饭很简单，不过是一人一个馍馍，一碗野菜糊糊。

林挽月一边吃着一边偷偷打量李娴，见李娴居然丝毫没有嫌弃饭菜，虽然在刚入口的时候她不经意地皱了皱眉，但还是吃掉了半块馍馍和一部分野菜糊糊。

在这样的农户家庭有剩饭总是不好的，林挽月深谙这一点。

于是，她拿过李娴吃剩下的半块馍馍，还有野菜糊糊，大口大口地吃了起来。

李娴看到林挽月如此，心头一惊，刚想出言制止，却看到两位老人慈爱地看着埋头吃饭的林挽月，只好忍了下来。

不过，李娴白皙的脸上还是泛起了两朵淡淡的红晕，一想到自己吃过的东西被一名男子给吃了去，便觉羞涩。

吃过饭，火辣的日头正好落了下来，老头拿出了斧头准备趁着现在天气凉快赶紧劈些柴，谁知林挽月一把抢了斧头过去。

"老伯，我来吧。"

"这可使不得，来者是客，你快给我。"

"老伯，我来吧，您休息一会儿，总不能白吃白住的，而且我想给……我娘子烧些水，让她洗个澡……不知道行不行。"

"行，这有何不可，我这就让老婆子给你烧。"

"那就谢谢老伯了！"林挽月对着老叟憨憨一笑，然后抡起斧头开始劈柴。

参军两年多，林挽月已经练就了一身的力气，不过半个时辰的工夫，林挽月就将老叟家里所有的木桩都劈成了柴火，老头乐得合不拢嘴，直夸林挽月能干。

林挽月被夸得不好意思，看了看天色还早，又问了老叟水源在哪儿，拿着院子里的木桶和扁担去挑水去了。

这村中有口井，离老人家不过几十步的路程，林挽月一口气挑了满满几大缸的水，还多出来两桶水，这下给李娴洗澡的水也算是够了。

林挽月也说不清楚自己是怎么想的，明明是在逃命，可是她就是下意识地不想让李娴受委屈，大概是因为对方既是公主又是大帅的亲外甥女吧。

林挽月总想在自己能力范围内，给李娴在这逃亡的路上提供最好的条件。

回京的路还很长，他们的盘缠不多，日后露宿野外的情况恐怕也是有的，如今趁着还有机会，她能为李娴做一点儿算一点儿。

李娴吃过饭后便一直坐在西屋里没有出来，适才听到院子里传来声音，也起身去看了看，看到林挽月在帮人劈柴，就又回身坐下。

林挽月抱着一个大木桶进来的时候还把李娴吓了一跳，没等李娴开口林挽月便擦了擦额上的汗对李娴说道："娴儿，我拜托老伯烧了些水，等下我给你提进来，赶了一天的路，你洗洗吧。"

林挽月说完转身走了。

李娴怔怔地看着立在屋子里的木桶，有些意外，这人又是劈柴又是挑水，难道就是想给自己烧洗澡水吗？

不一会儿，林挽月回来了，提着木桶一趟一趟地进进出出。

"娴儿，你洗吧，我去外面给你守着，你洗好了叫我。"

说完，林挽月便出去了，搬了凳子坐在了西屋的门外。

李娴走到木桶边，将手探在木桶里，感觉水温正好，心中止不住地再次涌起了一股异样的感觉。

李娴褪去了衣裳，将身体浸在木桶里，温热的水包裹着她的身体，李娴撩着水打在身上，想了很多……

她是正宫所出的长公主，父皇宠爱她，赐她食邑八千户，与藩王享受同等待遇，从小到大，她身边最不缺的就是讨好她的人，她想要什么，从来就没有得不到的。

随着年龄的增长，李娴也慢慢地明白那些讨好她的人无不带着各自的目的。

今天，李娴被这一桶洗澡水给打动了，这么多年来，这林飞星怕是第一个不带任何目的为自己做事情的人了吧……

想到这里，不知怎的，李娴的心里生出了一股复杂的感觉。

李娴沐浴完毕，将林挽月唤了进来，此时的天色已经有些暗了，西屋里没有点灯，整个房间里都笼罩了一层朦胧的夜色。

刚刚沐浴过后的李娴身上还带着淡淡的水汽，皮肤也显得格外水嫩，那粗布衣裳丝毫影响不了李娴那出水芙蓉一般的气质。

她没有华服傍身，没有施妆涂粉，却依旧美得倾国倾城。

林挽月看愣了神，她站在木桶前呆呆地看着李娴，丝毫没有掩饰眼神中的惊艳之情，同为女子，李娴活出了林挽月做梦都不敢想的样子。

李娴自然也看到了林挽月注视自己的眼神，那目光就像是火。

面对林挽月这样的眼神，李娴并不讨厌，因为李娴并没有在林挽月看自己的眼神中发现任何的欲望和杂念。

李娴只是从林挽月的眼神中读到了惊艳、欣赏和赞叹……

没有哪个女人能够在这样的目光之下无动于衷，特别是林挽月这种不带任何恶意的、纯粹出自欣赏和惊叹的目光。

女人都是爱美的，同样也是渴望被欣赏的，这一点就连李娴也不能例外。

"林……飞星，我洗好了，麻烦你把水倒掉吧。"

李娴缓缓地坐在温热的火炕上，脸上带着淡淡的羞涩。

"啊……哦，哦，好，我这就去。"

林挽月听到李娴的声音，才恍然回神，抬起手中的水桶，在大木桶里舀出满满一桶，轻松地提起来，然后麻利地拎了出去。

林挽月的动作很快，几趟就把大木桶里的洗澡水给清空了。

林挽月抱着空桶对李娴说："娴儿，你先睡吧，我也去洗洗，一会儿回来。"

林挽月说完，抱着木桶离开了西屋。

李娴回头看了看身后的炕，火炕不小，至少可以容纳五六个成年人平躺在上面，可是这被子和枕头却只有一床。

这家主人没有那么多繁文缛节，并未提出让林挽月和李娴分房而居。

这让李娴犯起了难，这要如何睡呢？

其实林挽月并没有每天都沐浴的习惯，生活在一个随时就会有战事的军营里，时间久了，再怎么喜欢干净的女生，最后都会慢慢向环境屈服。

即使是现在，林挽月依旧觉得沐浴是不安全的，可是林挽月一想到等下自己就要和李娴共处一室，在她心中"洗澡"这个念头就愈发强烈了起来。

特别是在刚才，林挽月守门的时候，听到屋里隐隐传出来的水声，就情不自禁地闻了闻自己的身体，果然是熟悉的味道。

林挽月皱了皱眉，这样的味道之前在军营中可以说是四处弥漫，可是此时的林挽月却对自己的这身味道涌起了浓浓的不安，林挽月不想让李娴闻到自己身上的汗味，也不想让李娴看到如此邋遢的自己。

特别是见到了李娴沐浴后的样子，林挽月便愈发地对脏兮兮的自己打心底抵触了起来。

恰巧，在林挽月将劈好的柴火放进柴房的时候，她发现柴房里有很大一块空地，放一个木桶绰绰有余，而且她事先已经和老夫妻打好了招呼，李娴也绝对不会到柴房里来。

林挽月用最快的速度洗了一个澡，然后还到驴车里偷偷换了一件衣服。

做好一切后，林挽月抬起胳膊仔细地嗅了嗅，才露出了满意的笑容，然后神清气爽地回到了西屋。

李娴并没有躺下，而是端端地坐在火炕上。

林挽月朝着李娴的身后看了一眼，立刻就明白了。

林挽月没有说话，对李娴笑了笑，反身回到了驴车上拿下了一个包袱，回到了西屋。

林挽月将包袱放在炕梢最边上，对李娴说："娴儿，形势所迫，今天晚上恐怕就要委屈你了，不过我看这火炕还挺大的，我睡炕梢，你睡炕头好不好？"

林挽月见李娴点头，才脱下了鞋子，跳上床，将头枕在包裹上，侧过身子，把整个后背留给了李娴。

李娴很感激林挽月的体贴，还从来没有试过在一位男子的注视下就寝。

李娴看了看林挽月的后背，然后将枕头摆好，缓缓躺了下去，拽过被子盖到自己的身上。

"飞星……你不盖被子不要紧吗？"

林挽月听到李娴的声音，才转过了身子，平躺在火炕上回答道："不要紧，这火炕能热到天亮，比我们军营里的木板床好多了，不盖被子也没事儿。"

……

"娴儿，睡吧，明天还要赶一天的路。"

"嗯。"

林挽月闭上了眼睛，没一会儿，便传出了均匀的呼吸声。

李娴却怎么也睡不着，李娴有生以来第一次睡这样硬的床，只躺了一会儿，便觉得整个后背都麻了。

第一次和一名男子独处一室，李娴又不敢妄动。

直到听到了林挽月绵长均匀的呼吸声，李娴才轻轻地侧了一个身。

天已经完全黑了，在没有任何光源的房间里，李娴已经看不清楚林挽月的脸了。

间或可以听到林挽月细微的呼吸声，听着这样的声音，李娴有些羡慕，心中暗道：这人也真是不挑食，不怕苦，什么环境都能适应。

没有枕头，没有被子，这么硬的床，她也可以睡得那样香甜。

想着想着，李娴无声地笑了起来。

李娴不知道自己是什么时候睡着的，但是这一夜她睡得并不安稳。

当林挽月轻声唤醒她的时候，李娴只感觉自己全身酸痛不已，头也有些刺痛，比彻夜不眠还要疲惫。

林挽月也看出了李娴一脸的倦容，知道李娴根本无法适应这样的环境，心中不禁涌起一股怜惜之情。

林挽月将李娴从炕上扶起，嘱咐她先在炕上稍坐一下，反身出去端了一个水盆进来。

林挽月将净布浸湿在水盆中，拧到八成干，规整地叠好才递给了李娴："娴儿，你先擦擦脸吧。"

李娴接过林挽月递过来的湿净布，温热的湿布敷在脸上之后，感觉舒服了许多。

"谢谢。"李娴心中一暖，由衷地对林挽月说道。

"我去把早饭给你端来，我们吃完了饭就出发。"

"好。"

不一会儿，林挽月将饭端回来了。

一碗粥，一碗同昨夜一样的野菜糊糊，两块馍馍，一小碟酱菜，比昨天晚上的伙食似乎好多了！

林挽月搬过炕桌，将粥自然地摆在了李娴的面前："娴儿，你吃这碗粥，是大娘特别给你做的。"

林挽月抓起一块馍馍就着野菜糊糊大口大口地吃了起来。

在同一院子的东屋，那对老夫妻也准备开饭了。

老叟看到桌子上出现的两碗白米粥瞪大了眼睛，问道："哪儿来的精粮？"

"那借宿的后生昨天去挑水的时候在村头张二富家里买来的，买来满满一瓢！让我今天早上煮成粥，给他娘子一碗，剩下的就给我们吃了。"

"啧啧，这后生，干活一把好手，还知道疼人，真是没话说。"

有细粮吃老叟也开心，他们两个老人岁数大了，唯一的儿子又战死了，也渐渐干不动地里的活了，日子过得一日不如一日，每天吃一些野菜糊糊还有糙面馍馍。

二老没想到好心收留一对后生夫妇过夜，居然就有一顿细粮吃，二老的脸上都露出了开心的笑容。

老叟往嘴里扒了几口粥，突然扒到一个"硬东西"，用竹箸挑起来一看，顿时眼睛瞪得溜圆，惊呼道："这怎么还有煮鸡蛋？"

"也是那后生在赵小花家里买的，买了四个，我们俩一人一个。"

"啧啧，白米粥配上煮鸡蛋，真是财主家的日子。"

一碗平淡无奇的白粥加两个煮鸡蛋，是李娴这辈子吃过的最简陋的早餐，这样的早餐却也温暖了她的胃。

李娴何等聪慧？这一对老夫妇根本就没养鸡，就算是养了也绝对不会舍得将鸡蛋送给两个陌生人吃，定是面前这人想的办法了。

李娴本想分给林挽月一个鸡蛋，林挽月却死活都不要，还振振有词地说她吃了李娴的馍，李娴吃她的鸡蛋很公平，她甚至"监督"李娴吃完了一碗粥和两个鸡蛋，才露出了满意的笑容。

吃过了早饭，林挽月和李娴准备继续上路，二老托林挽月的福，也吃了一顿丰盛的早餐，见林挽月和李娴要离开，双双从东屋走出来送行。

老妪亲切地拉着李娴的手，笑眯眯地说道："姑娘，你家相公真是过日子的一把好手，一身的力气，干活麻利，还知道疼人，以后你们俩的小日子肯定过得红红火火！"

李娴露出了淡淡的笑意。老叟好像很喜欢林挽月的样子，送到了门口还拍了拍林挽月的肩膀，说："小伙子，等以后在连城安了家，抽空回来看看啊。"

听到老叟这么说，林挽月心中有些怅然，不过还是点头答应了，反身将李娴小心翼翼地扶上了驴车，朝着二老鞠了一躬，才解开缰绳牵着驴车走了。

林挽月将驴车牵出了村子，提醒李娴车子马上要跑起来后，才跳上了车辕，挥动手中的小皮鞭打在驴子身上。

因为良妃薨逝，楚王一直停留在京中府邸。

平阳侯一大早就来到了楚王府，恭候良久方得召入内。

"侯爷这么早就来到本王这里，是有什么要事吗？"

楚王在上首位坐定，边说边抬起手，示意平阳侯入座。

平阳侯坐定，立刻就有婢女上茶。

"王爷……"平阳侯欲言又止地看了看周围。

"你们先下去吧。"楚王放下茶盏，挥了挥手。

"是！"一众婢女应声退了出去。

见人都走光，平阳侯朝着楚王李玹的方向欠了欠身子，压低了声音说道："王爷，忠儿，忠儿是不是在您手上？"

"忠世子并未在本王这里。"

平阳侯立刻变了脸色："王爷，您不是……"

"本王确实派了几批人去刺杀我那个妹妹，可是这几批人都被人在路上处理掉了，而且对方十分狂妄，每一拨人都会留一个重伤的活口回来给本王报信。"

说到这里，楚王李玹眯了眯眼。

听到楚王这么说，平阳侯的脸色彻底白了，瘫倒在椅子上。

"王爷，救救老夫啊，老夫年过半百，就这一个儿子，辛辛苦苦培养了多年，如今，如今……"

"侯爷少安毋躁。据本王了解到的情报来看，还有两路人去刺杀了李娴，其中一批人是雍王的人，另外一批人非常神秘，本王没有查出幕后正主。本王估计应该是齐王的人。只有齐王有足够的能力和动机去做这件事。

"环、珮二人，一个性格孤僻，一个尚且年幼，应该不会有这样的势力和心机，不过……依本王来看，李娴要么是死了，尸体被秘密处理，若是侥幸没死，应该是被他们二位其中一人控制了起来，方便日后威胁李珠就范，至于忠世子嘛……"

楚王李玹故意拉长了声音，支着胳膊将手抬到面前，曲着食指拨动拇指上的扳指。

"王爷，老夫对王爷您忠心不贰呀！王爷。"

说着，平阳侯就要躬身下拜，却被楚王一把按住，楚王盯着平阳侯的眼睛，继续说道："侯爷听本王把话说完，若是忠世子没有当场死亡的话，我想很快就有人会找侯爷您谈条件了。"

楚王说完，对着平阳侯笑了笑，松开了平阳侯的胳膊，顺势拍了拍平阳侯的肩膀，楚王正了正身子，伸手端起茶盏，抿了一口。

平阳侯从椅子上摇摇晃晃地站了起来，对着楚王李玹拱了拱手："王爷请放心，老臣绝对不会做出背叛王爷的事情的。"

闻言，楚王勾了勾嘴角，满不在乎地回道："毕竟营救世子重要，必要的话，出卖一些情报也无妨嘛，记得过后知会本王一声，好让本王有所准备。"

平阳侯的脸色很不好看，朝着楚王行了礼，退出了正厅。

平阳侯离开，楚王李玹的脸色立刻变得阴郁，大袖一挥将小几上的茶盏拨到了地上："李琪，你下药毒杀本王母妃，又和李娴暗中勾结，如今三番五次地坏了本王的事，这笔账，早晚和你算算！"

"娴儿，晌午了，我们休息一会儿，吃点儿干粮吧。"

李娴点了点头，林挽月将驴车停好，将李娴扶下了车。

林挽月挑的这块地方风景很好，路对面的不远处是一汪水塘，水塘不大，里面生长着几丛芦苇，风吹过，芦苇随风摇曳，水塘波光潋滟。

林挽月找了一处视野宽阔的草地，蹲下将地上的碎石一一挑出，丢到一旁，然后将布摊开铺在地上，又用手摸了摸确定没有遗漏的碎石才请李娴坐在了布上。到驴车里拿了干粮和水壶，回到李娴身边一屁股坐在李娴旁边的草地上。

"娴儿，来，吃块干粮。"

"谢谢。"

李娴接过林挽月递过来的干粮，放到嘴边咬了一小口。

"这里的风景不错，飞星有心了。"

李娴转头对林挽月笑了笑，然后一边吃着干粮一边欣赏眼前的风景。

林挽月几口就吃完了手中的干粮，却根本没有吃饱，想去再拿一块又想到盘缠所剩不多，这一路还不知要走多久……

林挽月朝着干粮伸去的手在中途转了方向，拿起了水壶。

不想一只纤纤玉手从一边伸过，拿起一块干粮递给了林挽月，轻柔的声音也从林挽月的耳边传来："飞星，再吃一块吧。"

见林挽月犹豫不决，李娴笑道："飞星，你的饭量我还是知道的，你只吃一块怕是不够的，若是饿着肚子上路，出了状况谁来保护我呢？"

话音一落，清风恰好吹过，李娴长长的黑发飞扬。

几缕发丝柔柔地扫过林挽月的脸庞，痒痒的。

那特殊的香气也顺着进入林挽月的鼻腔，沁人心脾。

蓝天、草地、清风、半亩方塘、摇摆着的芦苇……

旧驴车、黑士兵、长公主……

直到很多年很多年以后，林挽月依旧记得今日的场景，无比清晰、无比鲜活，从未褪色……

李娴的饭量不大，吃了半块干粮、喝了些许白水便饱了。

有了昨天的经历，李娴也自然地将自己剩下的半块干粮递给了林挽月。

林挽月欣然接过，两口便把干粮塞到了嘴里，两腮立刻鼓起了两个圆圆的小包。

李娴抱着自己的膝盖，看着眼前的景色脱口吟诵道："半亩方塘一鉴开，天光云影共徘徊。问渠那得清如许？为有源头活水来。"

听到李娴的吟诵，林挽月羡慕地说道："娴儿，你文采真好，以前我爹也会给我娘还有我……和我姐姐作些诗来听，可惜我从小贪玩，只不过是跟着爹爹认识了几个字，勉强会写名字，便再也没碰过书本了……"

"飞星这般优秀，日后境遇定会不同的，到时候我相信若是飞星还想学，会有很多人愿意教你的。"

"嗯。"

"娴儿，若是休息够了，我们就继续赶路吧，尽量在天黑之前找到下一个落脚的地方，不然今天晚上怕是要露宿了。"

"好！"

林挽月手一撑，从地上站了起来，然后伸手拉起了李娴，林挽月将东西收拾了放回驴车中，二人再次出发。

直到驴车变成了一个小点，原本平静的水塘突然发出了"哗哗"的水声，两个人居然从水里出来了！

这两人此时浑身湿透，黑衣蒙面，上岸之后身上不停地滴着水，观那玲珑曲线，竟然是两位女子。

其中一名女子丢掉了手中的竹管，对另一人说道："这小子看公主未免也看得太紧了吧？几乎一刻都不离开公主，我们要怎么和公主请示下一步啊？现在外面都要翻了天啦！"

"小十一，公主一直说你是愚人，你还不承认，我们现在不需要和公主汇报任何事，而且公主早都已经指示得很清楚了，再说有青言姐姐坐镇，你怕什么？说不定公主觉得这局势越乱越好呢，我们两个就偷偷地跟着公主，保护好公主的安全就行了，其他的都交给那个小士兵去做。"

"可是……余闲姐姐……你看那小子给公主吃的都是什么？公主殿下何曾吃过那种东西！"

余闲横了小十一一眼，正色道："殿下都没有觉得怎样，你抱怨什么？我们做影子的，只要执行主子的命令，潜伏在暗处就够了，别的轮不到我们操心。"

"呀，余闲姐姐不要生气嘛，十一下次不乱说了。"

"我们也走吧，那小士兵的警惕性好得很，上次居然一眼就看穿了我们的埋伏，我们不能跟得太近，若是一个不小心被他发现，恐怕坏了公主的大事。"

"哼，余闲姐姐对那个小士兵的评价还真高。"

林挽月挥舞着手中的小皮鞭，一边看着周围的风景。

这几天来，是林挽月这几年中难得的闲适时光，托李娴的福，一路上她并没有发现追兵的迹象……

　　林挽月坐在车辕上向前看去，见这条小路绵延到了前方的两山之间。

　　前面竟然要经过一处山谷吗？林挽月皱了皱眉，拉了拉手中的缰绳，驴车的速度慢了下来。

第六章 一辆驴车入京来

根据林挽月的经验和直觉，敌人最喜欢挑选在山谷这样的地方布兵埋伏，一则方便隐蔽，二则若是有一队弓箭手埋伏在上方，那经过山谷的部队将会处于被动的局势……

李婳感觉到驴车的速度慢了下来，便挑开车帘问道："飞星，出什么事了？"

"婳儿，前面是一条山谷，这样的地形非常适合敌人设伏，我担心有埋伏。"

"那该当如何？绕路吗？"

林挽月摇了摇头，回答道："我们无路可绕，官道我们走不得，小路有很多都是这样的情况，而且我们现在的时间很宝贵，驴车本身的速度就很慢，我怕再耽误下去，刺客就要追上来了。"

林挽月将佩刀拿了过来，嘱咐李婳将匕首准备好。

在即将进入山谷的时候，林挽月操控驴车停了下来，掀开帘子对李婳认真地说道："婳儿，万一要是我不小心言中了，一会儿不管发生什么情况你都不要下车，我下去拖住他们，你找机会用这把匕首狠狠地朝着驴屁股扎，你别看这驴子瘦瘦小小的，若突然吃痛跑得也不慢，这条路直通连城，你只管跑，我到时候会到连城和你会合的，所有的东西都在车里了。"

林挽月说完又想到些什么，在怀里掏了掏，摸出一个钱袋递给李婳："这是盘缠。"

李婳接过沉甸甸的钱袋，看着眼前的林挽月，一时间竟然不知道该说些什么。

林挽月对着李婳露出了一个宽慰的笑容，便放下了车帘，驾着车子继续前进。

李婳一手捧着钱袋，一手握着匕首，坐在摇晃的驴车里，沉默了。

自从皇后李倾城仙逝之后，为了能保全自己的亲弟弟一世安康，李婳步步为营，殚精竭虑地做了很多事情，使了很多手段，甚至不惜将周边的皇室宗亲算计了一个遍。李娴知道这只不过是刚刚开始罢了，未来恐怕还要有更大的牺牲。

对此李娴早就做好了思想准备，可是……此刻面对这样的林飞星，李娴首次觉得有点儿愧疚，只不过这感觉稍纵即逝了。

李娴闭上了眼睛，轻呼一口气，当再睁开眼睛的时候，恢复了她作为长公主应有的神情。

棋局已经开始，要么赢，要么死，没有其他的路。

齐王、楚王、雍王，甚至李环、李珮，只要是有资格坐上那个位置的人，都是她的对手，在这盘棋局中，林飞星是自己棋盘上的一招妙手，是她千挑万选才选中的重要棋子……

李娴又在心中告诫自己：刺杀是她自己安排的，而且她知道，自己的身边一定有影子在保护他们的安全，这林飞星不过是在陪自己演一场预设好的戏而已，自己根本不必太当真。

李娴自以为事事皆在她的掌握之中，却忘记"智者千虑必有一失"这个道理。

驴车已经驶进了山谷……

埋伏在草丛中和半山腰上的壮汉见一辆旧驴车过来了，无不露出了失望的神色。

"大哥，没有油水啊！"

"闭嘴，苍蝇也是肉，驴车怎么了？把驴子抢了给我拉回山寨！"

"是是是……"

"吁！"

林挽月离着老远就发现了草丛里有人，对方这样不专业的隐蔽技巧也让林挽月舒了一口气，不是刺客就好。

"娴儿，等下别出来。"

"是刺客吗？"

"不，是劫道的……"

李娴愣了愣，居然真的被这林飞星给说中了？

李娴心头闪过一丝不悦，暗影堂的人在干什么？居然连这么显眼的强盗都不知道提前清理吗？

殊不知，这次李娴可是真的冤枉了一众暗影。

首先，这长公主殿下为了指点林飞星这块"石中玉"，亲自出谋划策，并且顺势改变了她最开始布置下去的路线，导致一路上潜伏在各个据点的暗影全部扑了空，只有小十一和余闲这两位一直离李娴比较近的旗主追了上来……

再说这林挽月，她本身就是一个非常敏锐且细心的人。

这一路，虽然李娴并没有看出什么名堂，但是林挽月无论是选择落脚点还是中途休息的位置都暗藏玄机。

首先，林挽月选择借宿的那家是一座孤院，因为贫困连围墙都没有，只有稀疏的篱笆。之后，林挽月看似帮助老夫妇挑水，却顺路办了好几件事情，不仅买了米，买了鸡蛋，还把村子里所有看上去能藏人的地方都检查了一遍，弄得余闲和小十一无处藏身，只好退出了村子，直到天黑才偷偷回来保护李娴的安全。

中途休息的时候，林挽月选择的是一块视野开阔没有遮挡的空地，把余闲和小十一两个姑娘家硬生生地逼下了水，在冷水里泡了好久……

在这样的条件下，影子能跟在李娴左右且不被发现就已经是非常难得了，至于清除山贼这种事，实在是爱莫能助了。

见驴车远远地停了下来，老虎寨的大当家黑老虎还有些意外。

他伏在草丛中看了看，确定只有一位黑瘦的少年赶着一辆旧驴车，也就没了忌惮，干脆不搞什么伏击了，大摇大摆地提着金背大砍刀从草丛里走了出来。

黑老虎一挥手，其他埋伏在草丛里的喽啰也走了出来。

林挽月坐在驴车上一数，这窝山贼还真不少，居然有二十一个人。

"嗯！"黑老虎朝着旁边的喽啰使了一个眼神，后者向前迈出一步朝着林挽月高声喊道，"此路是我开，此树是我栽，要想过此路，留下买路财！小子，驴车留下人过去，别让爷爷们动手，破财消灾！"

"糟了！余闲姐姐，公主遇到山贼了！我们快上！"

余闲一把拉住了想要冲出去的小十一："先别动，我们再等等，别坏了公主的大事儿。"

"余闲姐姐！公主万一受伤怎么办，都怪那小子，身手不怎么样，侦查能力倒是一流，把我们俩折腾得鸡飞狗跳的，还和公主寸步不离的，搞得我们束手束脚！"

"小十一听话，我们再等等，公主为了这个人费了这么大的心思，他必定很重要，如果我们现在暴露了，这个人便不能用了。"

"那公主怎么办？"

"我们上山，要是发现公主有危险，我们立刻出手。"

"好！"

"各位大哥！小弟林飞，是一穷二白的庄稼人，路过贵宝地，到连城投亲，希望各位大哥行行好，放我们过去吧。"

"呸！苍蝇也是肉，管你是穷是富，我们老虎寨的人看见大雁经过了也要拔毛……"

黑老虎见自家小弟居然把自己私下说的玩笑话喊出去，这怎么能行？要是让其他山寨的同行的听了去岂不是笑掉大牙？

黑老虎伸出厚重的手掌拍在了小弟的后脑勺儿，怒喝道："废什么话？去把车给老子拉回来。"

喊话的山贼被打了一个趔趄，捂着后脑勺儿嘴里一边应着一边朝林挽月这边走了过来。

黑老虎朝着地上啐了一口："真晦气，蹲了一天就看见这一辆破车。"

另一边，余闲和十一已经趴在了山坡上的草丛中，密切地关注着下面的情况。

"余闲姐姐，我们上吗？"

"小十一，一会儿没有我的命令，你不许动，听到了没有？"

"哦……知道了。"小十一不满地撇了撇嘴。

余闲匍匐在草丛里，心中哀叹这小十一不愧是蠢人一个。

此时此刻余闲只求苍天保佑，这林飞星可以解决这些山贼，保护公主毫发无伤，不要让她们现身……

如果她们现身，便不能用林飞星这个人了，依照余闲对公主的了解，如果林飞星知道了事情的真相，那么他一定会被处理掉。

事情若是真的发展到那个地步……

她和小十一，甚至整个暗影堂可能都会面临灭顶之灾。

没能提早发现并且处理掉这帮山贼本就是她们的失职，若是因为这次失职导致公主殿下失去了一颗可以左右棋局的棋子，那么他们这些暗子也没有什么存在的意义了。

余闲抓着身下的草皮，希望这林飞星有点儿真本事，千万别死了！若是他死了，公主遇刺回京的这出戏码便没有了最重要的证人，那目睹了这一切却没体现出任何作用的自己和小十一恐怕也得陪葬……

"小子，告诉你，乖乖将你这破车交出来，你小凯爷爷我心情好，也许可以放你一条生路，别敬酒不吃吃罚酒。"

山贼小凯扛着一根哨棒，大摇大摆地走向了林挽月。

林挽月摸了摸被她坐在屁股下面的刀柄，最后关头却犹豫了……

她的刀只杀过匈奴人，她也只想杀匈奴人……

眼看着山贼越来越近了，林挽月最终还是松开了握着刀柄的手，改成双手抱拳，脸上堆笑道："这位大哥，不知道您能不能行个方便？"

"哎，我说你这小兔崽子，给脸不要是吧？"

山贼小凯见这黑瘦少年居然这么不识相，立刻挥舞着手中的哨棒朝林挽月的头上招呼，眼中闪过狠厉之色，不带一丝犹豫。

"啪！"的一声，林挽月抬手抓住了打向自己头上的哨棒。

"哎，臭小子，你还敢反抗？"山贼小凯见自己的哨棒被抓住，也火了。

"大哥，行个方便。"

林挽月抓着哨棒对着山贼笑了笑，依旧用着商量的语气说话。

"行你娘的……"

山贼小凯看到林挽月居然还笑得出来，感觉自己的尊严受到了严重的挑衅，一边骂一边拉自己的哨棒，心里还想着这下一定要把这个不识相的小子一棒打死。

可是，骂到一半的话却怎么也骂不出口了，因为他发现自己的这根哨棒就像镶在对方手上一样，自己已经用了很大的力气也拉不动哨棒。

"他娘的，你搞什么鬼？"

山贼小凯惊愕地看了看还在微笑的林挽月，瞪大了眼睛，使出了吃奶的劲儿往外拽哨棒，这次这黑瘦少年握着哨棒的手只是被他拽得动了动，但是，自己依旧无法抽出哨棒，这下山贼小凯算是明白了：这是遇上练家子了！

"大哥，行个方便。"

林挽月抓着哨棒直视山贼的眼睛，仍然用着商量的口气。

山贼小凯看着林挽月的笑容，感觉自己冷汗都要冒出来了，不知道怎么回事，他突然从眼前的这个其貌不扬的黑瘦少年微笑的眼神里感觉到一丝寒气，这样的感觉让他害怕！

山贼小凯松开了抓着哨棒的手，嘴角抽搐着对林挽月露出了一个极不自然的笑容，一边退后，一边说道："方便，方便……"

待退出一段距离后，山贼小凯立刻转身屁滚尿流地跑了，边跑边喊："大哥，大哥，这小子不识相！"

林挽月轻叹一声，本想将手中的哨棒丢掉，犹豫了一下，转而放在了车辕上。

趴在山坡上的余闲和小十一目睹了全过程，小十一有些不解地问道："余闲姐姐，这林飞星在干什么，怎么把山贼给放了？"

"我也不知道他在想什么，不过从刚才那一下来看，这林飞星还是有两下子的，我们再看看。"

黑老虎离得远，又没有余闲她们二人的目力，只看到自己的小弟大摇大摆地过去，然后屁滚尿流地跑了过来，人家连动都没动，倍感面上无光，一脚将小凯踹翻在地，口中骂道："你在干什么？这么点儿小事都办不好？"

"娴儿，匕首拿好了，等下别出来。"

林挽月转头嘱咐了一句，便抖了抖缰绳，驾着驴车缓缓地向前驶去。

小凯被黑老虎踹得在地上滚了两圈，不敢有怨言，从地上爬起来，来到黑老虎的面前，带着哭腔说道："大哥，这不怪小弟啊，这小子是个练家子！真的，您……"

"给老子闪开！"

黑老虎见林挽月驾着驴车缓缓地走近，一巴掌拨开了小凯，上前一步，挡住了驴车的去路。

黑老虎能当上山寨的大当家，自然也是个有能耐的人，他一眼就看到了林挽月屁股下面露出的刀柄，又抬眼看了看赶车的林挽月。

见这少年虽然看上去黑黑瘦瘦的，但是脸上却不见有一丝慌乱，面对自己二十多个手持兵器的弟兄能做到面不改色，甚至连车都没下，看来小凯说得没错，少年应该是有两把刷子……

林挽月坐在车辕上，一手拉着缰绳，一手握着皮鞭，一条腿半屈着脚踩在车辕上，另一条腿垂着，随着驴车的移动微微摇摆，脸上挂着淡淡的笑容，一派闲适放松的样子。

林挽月拉了拉缰绳，驴车停在了黑老虎面前一丈远的地方。

"大哥，行个方便。"

黑老虎眯了眯眼，掂了掂手中的金背大砍刀，对着林挽月问道："小兄弟，你在哪里混的？"

"小弟是农户出身，到连城投亲的，只带了一些干粮，实在没什么值钱的，请大哥行个方便。"

没等黑老虎开口，站在他身边的小凯先憋不住了，只见这小凯在原地蹦了一个高，对林挽月吼道："放屁！你当我们老虎寨是什么地方，别说是你，就是一只苍蝇也别想打这儿白过！大雁路过也得让我拔根毛！"

黑老虎瞪了唾沫横飞的小凯一眼，后者立刻闭上了嘴巴。

黑老虎转头看着林挽月，用比较客气的语气对林挽月说道："小兄弟，你把驴车留下，我放你过去。"

闻言，林挽月心中暗想，若是就我一人，这驴子舍了便舍了，可是公主在车中坐着，若是这帮山贼见色起意岂不是冲撞了她？

想到这里，林挽月对黑老虎摇了摇头，拒绝了这个提议。

黑老虎见自己已经这般客气，这少年居然还不识相，脸色有些难看，他盯着林挽月的眼睛冷冷地说道："小兄弟，这一行有一行的规矩。这条道归我老虎寨管，要是今天你什么都不留下，我们就让你好端端地过去了，传出去我们老虎寨面上无光，我和我身后的这帮兄弟也不好交代。"

"不知道大当家的敢不敢和我单打独斗？若是我赢了，你放我过去；若是我输了，要杀要剐悉听尊便。"

"哈哈哈哈……"

听到林挽月的话，黑老虎身后一字儿排开的山贼齐齐爆出了哄堂大笑，他们觉得这少年定是疯了，为了一头驴子连命都不要了。

他们清楚自己山寨的大当家有什么样的能耐，在他们的眼中林挽月这样做和找死没有什么区别。

面对众人的嘲笑，林挽月也不恼，她扯了扯嘴角也露出了一个笑容，抬头看着黑老虎，等待着对方的答复。

"好，就按照你说的办，不过我黑老虎最欣赏有勇气的人，你要是能在我手下走三十个回合不败，我也放你过去！"

"好，一言为定！"

林挽月松开缰绳，放下皮鞭，从车辕上跳了下来。

黑老虎眼尖，一下子就看到了林挽月压在屁股下面的佩刀，见刀上泛着寒光，一眼看出那是一把见过血的刀刃……

黑老虎心中暗自庆幸自己刚才的决定，他看到林挽月能如此泰然面对自己的这么多小弟，就知道林挽月肯定不是等闲之辈，但是一行有一行的规矩，况且自己的小弟都在看着，黑老虎不能放林挽月安然离开。又见这少年居然和他提出单打独斗的要求，更是不敢轻视林挽月了。

作为大当家，他是决计不能避战的，又看这少年胸有成竹的样子，于是黑老虎眼珠一转，便将计就计说出了什么三十个回合的话，不过是卖了林挽月一个人情罢了，他先这么说，万一自己败了，想这少年念在这些也不会为难自己，什么三十回合？十个回合就足够分出胜负了！

这黑老虎的算盘可是打得噼里啪啦响。

这十个回合内，他会试一试林挽月的深浅，若是发现林挽月只是一个银枪镴头，那么他会毫不犹豫地解决了林挽月，杀人越货并且维护他大当家的尊严。

若是林挽月的实力远胜于他，他就借坡下驴放林挽月过去，反正不过是一头驴子。

若是林挽月和他的实力不相伯仲，那么黑老虎就会立刻翻脸，让手下的小弟联合自己群起而攻之……

单纯的林挽月根本没有听出这黑老虎话中的玄机，可是坐在驴车里的李娴却是听得明明白白。

李娴为之气结，心道林飞星真是傻人一个，不忍心伤人，却不想他自己早就被人家算计个透彻。

林挽月此时确实如李娴想的那般，只见她愉快地跳下了驴车，心中还在暗自高兴自己可以兵不血刃地解决这次突发状况。

林挽月拉着驴子的缰绳，将驴车远远地牵到了一边，压低了声音说道："娴儿，等我，很快就好了。"

随后，她拿起了放在车辕上的佩刀，朝着黑老虎走了过去……

黑老虎一直盯着林挽月，见林挽月面无惧色，下盘稳健，行路轻盈，特别是林挽月手中握着的那把刀，透着森白的光，看着这样的光一下一下地闪出来，黑老虎的心里不由自主有些发怵……

这样的感觉让黑老虎很不安，于是他眼珠一转又想到了一个法子……

待林挽月走近，黑老虎朝着林挽月咧嘴一笑，将他手中的金背大砍刀钉在了地上，对林挽月说道："小兄弟，我欣赏你，但是欣赏归欣赏，规矩是规矩，刀剑无眼，不如我们比试比试拳脚吧，不过说好了，三十个回合之内你要是输了，还是得把东西留下。"

林挽月听黑老虎这么说，心中暗道这黑老虎也不是十恶不赦之人，这样正好，反正我本就不想杀人。

"大哥爽快，那小弟就恭敬不如从命了。"

林挽月也毫不犹豫地将手中的佩刀钉在了地上。

李娴坐在车厢里，隐隐地听到了林挽月和黑老虎二人的对话，伸手轻轻地掀开了窗帘的一角，见林挽月真的将自己的兵器插在了地上，无奈地发出了一声轻叹……

李娴心中惆怅不已：这林飞星到底是聪明还是笨呢？

说他聪明吧，这一窝山贼明显在给他下套，他却看不出来，乐呵呵地往里跳。说他笨吧，可是他却能在湖州城外第一时间发现了暗影的埋伏，并且在事后提出了自己身边有内鬼的推论，还能在刚才他们进入山谷之前就预判到了会出问题。

李娴撂下了帘子不想再看外面的情况，李娴还是充分相信林挽月的战斗力的。

此时李娴已经断定了这一仗林飞星即使赢了也一定会吃亏，不过李娴想着若是能通过这次吃亏让林飞星明白人心的险恶，也算是因祸得福了。

毕竟如今林飞星已经是她局中的棋子，若是他不能快点儿成长起来，以后怕是要丢掉性命的。

李娴却没有想到，站在不远处的山贼小毛在她好奇地一撩车窗帘后，将她的面容看了个一清二楚……

"小兄弟，请了！"

黑老虎朝着林挽月做了一个"请"的姿势。

林挽月也给黑老虎还了一礼，便端着拳头朝着黑老虎攻了过去。

林挽月参军的这两年来，在军营里练的都是杀招，没有任何花哨的招式，每一次出手讲究的都是用最少的力量给予敌人最大的伤害，甚至是一招毙命。

林挽月并不想杀黑老虎，她只想拖过三十个回合，然后卖个破绽让过去便算了。

林挽月直拳出击，朝着黑老虎的胸口打了过去。

黑老虎尚且不知道林挽月的深浅，这第一招他也没敢硬接，而是朝着边上侧了一步，避开了林挽月的这一拳，而且在林挽月拳头伸过来的时候，一把抓住了林挽月的胳膊，借力用力地往前一带！

林挽月被黑老虎这一拉，向前迈了两步，将整个侧身尽数暴露在了对手的面前！

黑老虎抓住林挽月的手腕，将林挽月固定在他的攻击范围内，然后屈起右腿，膝盖朝着林挽月的腰际撞去！

林挽月当机立断地抬起右脚，重重地踏在黑老虎已经抬起的右脚脚面上，随着林挽月的这一踏，黑老虎攻向林挽月腰际的膝盖势头稍缓。

见招式被破，黑老虎也不慌，快速放下右脚，抬起右拳朝着林挽月的面门打去。

林挽月一屈身，黑老虎带着罡风的拳头从她的头顶划过，在屈身的同时，林挽月抬起左手，用手肘顶向了黑老虎的喉咙。

林挽月下意识间便出了招，直到手肘已经离黑老虎的喉咙很近了，她才恍然发现由于自己的习惯的驱使，她这一下出的是杀招！

林挽月很清楚，以这样的力度正面一肘击在喉咙上，那就要出人命了！

可是，想收力却已经来不及了……

在千钧一发之际，林挽月冒着被自己的力道闪伤的危险硬生生地沉了一下肩膀。

"咚！"的一声，林挽月的手肘在最后一刻堪堪避开了黑老虎的喉咙，击在了黑老虎的胸口上。

黑老虎被林挽月这一下打得眼前一黑，抓着林挽月的手也松开了，朝着后面退了半步。

黑老虎揉了揉被林挽月击中的胸口，脸色凝重地看着林挽月，有些后悔了，他不应该答应少年单打独斗的要求的。

黑老虎斜眼看了看自己插在地里的金背大砍刀，动了歪心思。

就在这时！

"啊——"李娴的尖叫声从林挽月身后传来。

原来是山贼小毛趁着林挽月分神的工夫，看到驴车的车窗动了，立功心切，偷偷走到了驴车跟前，掀开了驴车的门帘。

李娴被这突如其来的变故吓了一跳，便发出了尖叫声。

"公主！"

趴在山坡上的小十一欲从地上爬起来去救李娴，却被余闲一把按住，并且捂住了嘴巴。

"别动，不到最后一刻不要乱来，你没看那人手上拿的是绳子吗！"

林挽月分了神，回过头，看到居然有山贼趁着自己和他们大当家比试的工夫偷偷跑去打驴车的主意，而且还掀开了车帘！

林挽月见到这一幕，一股热血直冲头顶。

黑老虎也抓住了时机向边上迈了一步，拔起了地上的金背大砍刀，并快速地来到林挽月的面前抡圆了胳膊，使出一招横扫千军朝林挽月横着砍了过去！

林挽月感觉到眼角闪过一道寒光，大脑还没有做出反应，常年游走在生死边缘的身体已经给出了应对的办法。

林挽月双脚用力向后猛蹬了一步，虽然是避开了身体被人从胸口一切为二的结局，但是由于距离太近，林挽月又分神了，林挽月的左臂还是被刀锋划过了，鲜血立刻就涌了出来。

见一击得逞，黑老虎大笑："哈哈哈哈哈……年轻人，兵不厌诈，今天你就把命留在这儿吧。"

对此，林挽月却没有做任何回应，她甚至都没看一眼自己被划开的胳膊。

林挽月后退一步，拔起了自己的佩刀，在黑老虎的注视下转过了身，将大片的后背和脆弱的后脑勺儿毫无保留地暴露给了对方。

还好，这个山贼还没有对公主做什么。

林挽月提着自己的佩刀根本不去管背后的黑老虎，迈开步子朝着驴车跑了过去。

黑老虎没有想到这少年竟然会如此，微微一怔，就在黑老虎这一愣神的工夫，林挽月已经开始奔跑了。

"给我上！"黑老虎一挥手，剩下的喽啰立刻朝着林挽月冲了过去。

后面是十九个挥着兵器朝她冲过来的山贼，林挽月头也不回地向前奔跑着。

距离驴车总共不过十几步的距离，林挽月觉得时间过得无比漫长，她后悔了，她不该妇人之仁的！

好在林挽月一直看着驴车前的山贼，见那人只是直勾勾地看着车厢里面一动不动便稍稍放下了心。

这小毛掀开车帘之后，一个大美人映入眼帘，他活了这么久从来都没有见过如此漂亮的女人，站在车前看呆了，忘记了行动。

正因如此，林挽月有了一个补救的机会！

林挽月用最快的速度赶到了驴车边上，一把扯住小毛的后脖领子，把小毛从驴车前扯开，直接让小毛双脚离地地飞了起来！

小毛重重落了地，这一下摔得他七荤八素、眼冒金星！

林挽月抓着车厢的木板，撑着身体，焦急地向前探头朝着车厢里一看，映入眼帘的是令她无比后悔又心疼的一幕。

李娴脸色煞白地缩在角落，双手握着自己送给她的匕首，脸上是强自镇定却依旧惊慌的神色。

看到这样的李娴，林挽月心中一酸，一股复杂的情绪喷涌而出，有后怕，有后悔，有愧疚，还有深深的愤怒……

林挽月放下了车帘，转过身，朝着挣扎着想要起身的小毛那里走了过去。

在小毛身后几丈远的地方，十九个挥舞着兵器口中喊杀的山贼正朝着林挽月冲过来。

林挽月仿佛根本没有看到他们一样，提着手中佩刀，低头盯着尚坐在地上的小毛。

小毛也抬头看着林挽月，看到了林挽月暴戾又残酷的表情，还有那冰冷的眼神……

小毛的心中闪过一个无比清晰的声音：他要杀我！

小毛瘫坐在地上，想起身逃跑却发现自己的身体居然不听使唤了！

他的双腿在乱蹬，可只蹬起一些碎石。

林挽月眯了眯眼，眼角和嘴角习惯性地微微抽动。

十九个挥着兵器的山贼已经冲到了距离林挽月不足一丈远的地方，他们纷纷举起了手中的武器，朝着林挽月的身上砍去。

林挽月却视同他们不存在一般，依旧低头盯着小毛，手起刀落。随着一声兵器入肉的声音响起，鲜血喷涌飞溅！

小毛被林挽月斩首了，头颅掉在地上，滚到了一旁……

小毛的尸体缓缓地后仰倒去。

举着兵器欲砍林挽月的山贼们已经近在咫尺，他们只要挥下手中的兵器，便可以砍到林挽月的头上。

一瞬间，时间仿佛静止了一般，所有山贼都僵直在了原地，连喊杀声都没有了。

林挽月脸上全是鲜血，此时鲜血正顺着林挽月黝黑的脸庞往下流……

林挽月毫不在乎这一脸的鲜血，手中拎着滴血的佩刀，眼神冰冷，周身冒着腾腾的杀气。

林挽月盯着面前一字儿排开的山贼，仿佛谁再上前一步他就会令这人成为第二个小毛。

诡异的一幕就这样发生了，十九个山贼不约而同地噤声停步，就连举着兵器的动作也都整齐划一地停住了。

十九个山贼，无人敢再向前一步！

和林挽月对视的山贼无不放下了兵器，有些甚至倒退了一步。

黑老虎一手提着金背大砍刀，一手揉着自己被撞到的胸口，听自己小弟的喊声停止了，适才好像看到了鲜血，便以为是自家小弟解决了那个自以为是的年轻人。

黑老虎解气地朝着前面围在一起的小弟喊道："娘的，都给我让开！"

听到自己大当家的声音，十九个山贼如蒙大赦，纷纷让开了一条路。

当人群缓缓地散开，黑老虎便看到了这样的一幕……

一位满脸是血的少年，穿着被鲜血浸透上半身的粗布衣服，提着一把滴着血的佩刀，脚下是一摊鲜血……

黑老虎吓了一跳，还来不及做出任何反应，那位如同杀神一样的少年朝着自己缓缓地迈开了步子。

黑红色的脸庞显得异常地瘆人。

黑老虎猛地向后退了一步。

十九个山贼"有序"地分成了两堆，随着林挽月一步一步地朝着黑老虎走去，他们纷纷低下了头，片刻都不敢将目光停留在林挽月的身上。

黑老虎的心理承受能力到底是要比被斩首的山贼强了一些，饶是如此，黑老虎依旧感觉自己的小腿在抽搐，他不明白，怎么刚才还看上去和善好欺的少年一转眼就变成了这番模样？

"小……小兄弟……你……听我说……"

"小兄弟，你听我解释……"

"不不不，大哥，大哥，你放我一条生路吧！"

随着两人距离的拉近，黑老虎的心理防线也在逐步崩塌，最后连声音都颤抖了起来。

林挽月仿佛什么都没听见一般，脸上的表情不变，依旧迈着步子朝着黑老虎走去。

见求饶也无效，黑老虎举起了自己手中的金背大砍刀，朝着林挽月劈了过去！

"啊！"

一阵撕心裂肺而又绝望的惨叫声传出很远很远……

黑老虎甚至都没有看清楚林挽月是怎么出手的，就感觉自己的腹部一凉，然后好像有什么东西从自己的身体里流出来了。

黑老虎并未立即死亡，他没有山贼小毛那么好运，痛痛快快地就死透了。

黑老虎倒在地上，双手支撑着身体想要起来，下半身却不听使唤了……

他可以清晰地看到自己腹部的伤口，可以清晰地感觉到自己生命的流失，却于事无补。

"啊！"

一声一声撕心裂肺的惨叫在山谷中传出好远好远。

十九个山贼没有人敢看向他们的大当家，有的侧过了头，有的干脆闭上了眼睛，再有些胆小怕死的身体已经颤如筛糠！

趴在山坡上的小十一身体不由自主地抖了一下。

黑老虎的叫声让她直起鸡皮疙瘩。

林挽月站在那里，居高临下地看着黑老虎。

林挽月提着刀，向前迈了两步，毫不介意地踩在了黑老虎身上。

此时的黑老虎已经在一口一口地捯气儿，白眼不住地翻。

林挽月的脸已经在他的眼中模糊了起来……

一个忍不住好奇的山贼朝着黑老虎那边看了看，然后他的腿一软，瘫在了地上。

他惊恐地看着林挽月，情不自禁发出低声呜咽，浑身颤抖，双腿间流出了温热的黄色液体，并有一股恶臭传了出来。

他竟然被吓得失禁了……

此时的山谷中静得吓人，十九个山贼就像木桩一样聚成两堆站在一起，没有人敢动，就连呼吸都小心翼翼。

林挽月根本就没有关注这些，她蹲下身子，拽起黑老虎的一条胳膊，将自己的佩刀在黑老虎胳膊处干净的布料上蹭了蹭，擦干了上面的血。

阳光投了下来，佩刀反射出晃晃的森白的光。

林挽月站起身，回到了驴车旁边，低声地说："娴儿，你好好坐在里面，不要往外看，我们出发了。"说完便拉着缰绳缓缓地朝着山谷外继续前进……

十九个手持兵器的山贼，再也没有人敢阻拦他。

直到林挽月和李娴的驴车彻底消失在山谷中，那十九个山贼才得以"解冻"。

有叫嚷的，有呜咽的，有丢掉兵器转身就跑的。

最后十九个山贼都朝着不同的方向散了，却没有人管小毛和黑老虎的尸体。

人群散尽，山坡上的小十一和余闲走了下来。

当她们二人近距离看到这山谷中的一片狼藉时，对视了一眼，均从对方的眼中看到了惊悚和不可置信的神情……

林挽月收起了佩刀，跳上了车辕，挥动手中的皮鞭，驴车再次跑了起来。

林挽月沉默着，车厢中坐着的李娴也没有说话。

又走了小半个时辰，驴车突然停下，林挽月从车辕上跳了下去。

"娴儿，我去洗一下，你等等。"

李娴端坐在车厢里，几不可闻地叹了一口气，从林挽月回来开始，她就一直能闻到空气中传来的血腥味。

李娴挑起车帘，从驴车上下来，看到林挽月蹲在一条小溪边，左手垂在身侧，右手慢慢地往脸上撩水。

李娴走近，看到原本清澈的小溪突兀地出现了几缕红丝顺着水流漂远。

李娴一直站在林挽月的身后看着，直到溪流中不再出现红色血丝，她才轻声地说道："可有伤到哪里吗？"

林挽月沉默了一会儿，才闷闷地回道："不要紧。"

"给我看看？"

林挽月低着头，看着自己微微有些摇曳的影子，看着看着，她突然觉得里面的自己有些陌生。

林挽月记得，婵娟村里也有这么一条小溪，水流也似这般清澈而平缓，她小时候最喜欢蹲在溪边，看着水中扎着双丫髻的自己。

一晃好多年，林挽月感觉她已经好久好久没有再像这样仔细地打量自己了。

她变黑了，长大了，五官好像还是儿时的样子，好像又不同了。

李娴看着眼前蹲在水边、对自己的话置若罔闻的林飞星。

李娴很无奈，从来都没有人敢如此无视她，可是她就是拿这个林飞星没办法。

她突然发现这个林飞星似乎从一开始就没有怕过她。好像在这人面前自己这个长公主一点儿地位都没有呢……

最后李娴只好走到了林挽月的左侧，蹲了下来，转过头看向林挽月一直垂着不动的左臂。

上面有一条横向的切口，虽然没之前的伤那么严重，但是伤口也不小，而且正向外渗着血……

李娴抬起手，手指在林挽月的伤口上方停了下来："疼吗？"

见林飞星又"无视"自己，李娴气得直笑，这个林飞星，自己还没有责怪他将自己置于险地，他反倒先闹起别扭来了……

"你不开心？"

"嗯……"

"为什么？"李娴盯着林挽月的侧脸，见林挽月脸上闪过了一丝茫然。

"我杀人了……"

林挽月呆呆地看着溪水流过，眼神空洞得吓人，她不想杀他们的，可是到最后她不仅没有控制住自己，反而用了最残忍的手段杀人！

听到林挽月的回答，李娴有些意外，她大致了解两年多来林飞星的作战情况，这样的一个人，他居然会因为杀了人而不开心？

"你不是……"

"那不一样，匈奴人欠我人命，血债血偿。"

"那飞星的意思，是不是今天那群山贼把我杀了，然后你再杀他们心里就好受些了？"

林挽月猛地转头，瞪大了眼睛："当然不是，我怎么可能让他们伤害到你！"

说完后，林挽月看着李娴温润如水的眸子，明白了过来。

林挽月缓缓转过头，沉默良久，方轻叹了一声，索性盘腿坐在了溪边。

"娴儿，我是不是太妇人之仁了？"

"是的。"

听到李娴肯定的答案，林挽月再次沉默了。

李娴笑了笑，继续说道："但是在我看来，飞星，你只是涉世未深，而且很善良。"

蹲得有些累了，李娴干脆抱膝坐在了地上，继续说道："你的身手，我是知道的，那些山贼就算再彪悍也不可能是你的对手，可是你依旧试图去用商量的方式解决问题，这是因为你善良。但是，那些山贼试探你、设计你，你却没有看出来，好在他们的能力不足，不然今日你我都很危险。"

李娴的话一针见血，林挽月扪心自问：我确实是中计了，而且我确实一点儿都没有看出来，若不是后来黑老虎沉不住气拿刀子攻击我的话，我也许到现在也不会意识到自己中计了。

李娴看着林挽月的侧脸语重心长地说："飞星，人心是险恶的，用自己做人的标尺去衡量每一个人的言行，注定是要吃亏的，特别善良的人更是如此。"

"娴儿，对不起，我今天差点儿让山贼伤害了你……"

"知错能改善莫大焉，我既然毫发无损，飞星也不必对没有真正发生的事情过于介怀。"

"……谢谢。"

"飞星……"

李娴张了张嘴，脑海中却闪过青言那天跪在帐篷里对她说的话："可是公主，属下觉得太聪明的人反而不太好被人控制，这林飞星如今尚未开窍就能够察觉出消息有误并且及时纠正错误，若是得了公主的教导，日后开了窍，公主怕是更难驾驭他了。"

李娴有些犹豫，此时的林飞星就像是一张白纸，自己往上写什么，他就会呈现出什么……

自己要将他培养成第二个运筹帷幄的自己吗？

她真的需要那么优秀的一颗棋子吗？

若是这枚"棋子"聪明到有一天发现他自己是一枚"棋子"的话，那么这枚"棋子"会不会愤而挣脱棋局，试图摆脱作为棋子的命运呢？

"娴儿，你要说什么？"

李娴转头，对上了林挽月干净而清澈的眼。

146

看着这样的林挽月，李娴终悠悠说道：“飞星，你记住，当你分辨这人是善意还是恶意的时候，须知拥有善意的人都是直截了当的，只有有恶意的人才会需要用迂回的方式去粉饰自己心中的恶意，比如今天那山贼头子说的话。”

李娴说完之后，便从地上起身，拍了拍身上的浮灰，回到驴车上去了。

李娴坐在车厢中，心中有些矛盾。她欣赏林飞星，并且对林飞星将来会有怎样的成长满怀期待和好奇，同时，李娴也有顾虑，如若有一天在自己的培育下，林飞星成长到足可以看穿这场棋局，会不会给她造成麻烦，甚至带来毁灭性的颠覆。

李娴本来有好多话想通过这次机会对林挽月说，最终只化成了一句不咸不淡的总结，至于他能领悟到多少，就看他的悟性和造化了。

林挽月又坐了一会儿，才感觉到左臂传来疼痛的感觉，她转头看了一眼，伤口不深但是很长。

“哎……”

林挽月叹了一口气，起身走到车厢前，翻出一块布包住了自己的胳膊。

“加快些脚程吧，天黑之前最好是能到连城，或者找到人家借宿，你的伤口需要及时处理。”

“嗯。”林挽月点了点头，重新驾车上路。

天黑之前，她们进了连城。

连城不大，林挽月站在城门口向前望，一眼就能看到街道的尽头。

街上冷冷清清的，只有几家卖吃食的棚子还开着。

“娴儿，我们先去吃点儿东西吧，顺便打听打听哪里有客栈。”

“好。”

两人走到了一家卖小吃的棚子前，林挽月问了一句：“老板，阳春面怎么卖？”

“两铢一碗！”

“来两碗阳春面。”

“好嘞，二位稍等。”

“娴儿，你在这儿坐一下，我去拴车。”

林挽月牵着驴车看似漫不经心地走着，实际上却一直观察着四周。

林挽月将驴车拴在了不远处的十字街口，系的是一个巧扣，她一拉就能解开。

换了便装的余闲和小十一看到林飞星往自己的方向看，吓得一下子就钻进了街边的脂粉铺。

小十一双腮鼓鼓地看着余闲怒道：“余闲姐姐，这小子又开始了！我从来就没遇到过这么小心谨慎的人！”

余闲看着小十一愤愤不平的样子笑了笑，随手拿起了一盒胭脂把玩，然后压低了声音回道："这难道不是一件好事吗？其实这几天下来，我倒是越来越明白为什么公主会选上他了。"

"哼，难道不是因为他笨，好控制啊！"

余闲嫣然一笑："依我看，公主身边最笨的就是你了，你仔细看看他把车停在了哪儿？"

说完，余闲将胭脂塞在了小十一的手中，道："傻人在这里好好等着，我出去一趟，这个送你。"

拴好了车后，林挽月回到了面摊上，两碗阳春面已经上来了。

林挽月跨过板凳坐在上面大口大口地开始吃面。

"老板，请问这城里有客栈吗？"

"有是有，不过我们连城是小地方，客栈也不大，你们沿着这条街往东走，第二家店面就是客栈，同福客栈。"

"谢谢老板。"

此时没有什么客人，面摊老板净了手，将干布往肩膀上一搭，拉过一条板凳和林挽月二人交谈了起来："二位客官打哪儿来呀？"

"西边。"

"到连城是投亲还是路过啊？"

"路过，我们休整一夜到湖州去。"

"哦。"面摊老板见林挽月冷冰冰的，也识趣地不再问。

吃完饭付了钱，林挽月牵着驴车和李娴一起朝着同福客栈走去。

二人开了一间房，林挽月想了想又给了店小二两钱，让他准备些热水。

店小二接了钱乐呵呵地去了，林挽月和李娴上了二楼进了房间。

房间不大，但好在干净整洁，一张床、一张四角八仙桌、两条板凳，拐角处有一方屏风，后面是洗澡用的大木桶。

林挽月随手推开了窗户，伸出头往下看了看，又顺手拉上了窗户。

不一会儿，店小二带着两名伙计提着热水上来了。

"客官，水好了。"

林挽月点了点头，水倒好后，店小二带着人欲退出去，却被李娴叫住了。

"小二哥，请问您这儿有郎中吗？"

店小二应声一回头，看到和自己说话的人居然是一位貌美如花的小娘子，愣了愣才回答道："有的有的，姑娘哪里不舒服吗，我可以帮你去请。"

林挽月默默地迈出一步，不着痕迹地挡住了店小二的视线，说道："不必麻烦了，不知道小二哥能不能给我找一些缝补的针线来？"

李娴站在床边，看着挡在自己面前的那不算伟岸却挺拔的背影，勾了勾嘴角。

店小二本来想着多看那美娘子几眼，却不想让人家当家的给抓了个正着，自知理亏，朝着林挽月客客气气地弯了弯腰："客官稍等，我这就给您去拿。"

待店小二退了出去，李娴来到林挽月身边问道："不找郎中处理伤口，没关系吗？"

"这有什么，这是轻伤，有的时候我们都是私下里互相处理一下便得了，再说我这是刀伤，郎中来了一眼就瞧出来了，还是少惹人注目为妙。"

"可你若是没有用消炎止血的药，怕是伤口要发炎的。"

"上次你送给我的金疮药还有一些，我带来了，趁着水热，娴儿去洗洗吧。"

"笃笃笃。"店小二来敲门了。

林挽月本想喊店小二进来，想了想还是起身到门口拉开了门，把半个身体探了出去。

"客官，针线来了。"

店小二抬头看着林挽月，讪笑一声，没想到这人还真是护内。

"谢谢。"林挽月接过针线，关上了门。

林挽月拿着装了针线的小簸箕，来到桌前坐定，将左手放在桌上，用右手缓缓地撩开袖子，随着袖子卷起，林挽月小麦色的小臂和白皙的大臂暴露在空气中。

李娴拿过油灯放在桌上，坐在林挽月的身边，拿起小簸箕中的针在火上烤了烤："我帮你吧。"

"不不不，怎么敢劳烦……娴儿，还是我自己来吧，水还温着，你去洗洗吧。"

"你这伤口在手臂上，用一只手恐怕不便，就莫要推辞了。"

说完李娴伸手再次拔下了一根头发，自顾自地说："发丝细些，你可以少受点儿痛。"

李娴将自己的头发穿过了针孔。

林挽月不再推辞，将胳膊递到了李娴面前。

李娴用一只手轻轻托住了林挽月的大臂，入手是硬邦邦的触感，另一只手举着针，看着眼前的伤口，李娴有些为难，这次这道伤口没有上次那么深，只有一指长，似乎要好处理很多，可是伤口上还在渗着血丝，每隔一会儿就会汇成血滴顺着胳膊流下来。

林挽月用另外一只手拿了干布，血滴流下她便顺手擦了去。

见李娴迟迟不动，她以为李娴可能有些不适，便开口说道："娴儿，要不，你还是去洗澡吧，我自己可以的。"

"忍着点儿。"

李娴看着林挽月胳膊上的伤口，吸了一口气，捏着针朝着刀口扎了过去。

李娴的针刚扎到林挽月的胳膊上，血珠立刻就冒出来了。

李娴的手一抖，无论如何也缝不下去了……

"娴儿，我自己来吧。"

李娴觉得自己确实无法完成这件事，便拔下了针，递了过去。

林挽月接过针，有些无奈地看着李娴，她这一针算是白挨了……

李娴拿过林挽月放在桌上的净布，轻轻拭去了林挽月胳膊上的血珠。

"谢谢。"

林挽月捏着针在伤口处扎了进去，再一挑一拉，干净利落地缝完了第一针。

李娴连忙帮林挽月擦去了渗出来的血珠，然后抬眼看了看面前的林挽月，只见他皮肤黝黑，鼻梁很高，特别是从侧面看更是明显，眉毛浓密清晰，下面是一双黑白分明的眼睛，薄薄的嘴唇紧紧地抿在一起，明明很痛却一声不吭，和当初躺在自己营帐地毯上忍痛的样子一模一样。

"娴儿！"林挽月的眉头皱起了一个包。

李娴转头一看，只见好几滴血珠已经渗出来了，血珠从林挽月的胳膊上缓缓地滑了下来。

她连忙拿着净布擦去了林挽月胳膊上的血珠。

李娴眼睁睁地看林挽月缝合自己的伤口，这种声音让李娴的头皮发麻。

此时此刻，李娴有点儿佩服林挽月了。

别说是自己给自己缝合伤口了，恐怕她连一声不吭都做不到……

李娴抬手轻轻擦去了林挽月头上细密的汗珠。

突然，李娴的脑海里闪过一个疑问，便脱口问道："飞星，你哭过吗？"

听到李娴的问题，林挽月停下了已经微微有些颤抖的手，呼出一口气，转头看着李娴回道："自然是哭过的。"

李娴托着下巴看着林挽月继续好奇地问道："那你最后一次哭是什么时候？"

李娴一直看着林飞星，却不想在她随口问完这个问题之后，林飞星那原本明亮的眸子突然暗了下来。

"飞星……"

林挽月缓缓地抬起头，看着李娴淡淡地笑了笑，回答道："我最后一次哭，是我第一次杀匈奴人的时候。"

听到林挽月的回答，李娴怔住了，林挽月低下头捏着针继续缝合自己的伤口，只差最后一针便好了。

林挽月擦了擦针，然后将其放回到装针线的小簸箕里。

李娴看着林挽月，在心中品味她刚才说的那句话。

李娴曾经先后两次看过林飞星在自己的面前一声不吭地承受着伤口缝合的针刺之

痛，林飞星那倔强而又隐忍的表情给李娴留下了很深刻的印象，也正是因为如此，李娴才会问出这样的问题。在李娴的心中，如同林飞星这样坚强又忍耐的人，除了孩童时期外大抵是没哭过的吧……

李娴无论如何也没有想到林飞星会给出这样的答案。

"抱歉……"

"水快凉了，娴儿快去洗洗吧。"

"我先帮你包扎起来。"

"多谢。"

李娴将金疮药均匀地撒在林挽月缝得歪歪扭扭的伤口上，然后包扎了一下林挽月的伤口。

李娴去沐浴了，林挽月趁着李娴沐浴的时候换了一身衣服。

在这样小的空间里，她是万万不敢洗澡的，但是身上的这身血腥味实在太浓了，只好换一件衣服。

当李娴从屏风后面出来的时候，林挽月已经铺好了地铺。

见李娴出来，林挽月抢白说道："娴儿，早点儿休息吧。"

林挽月说完也不等李娴答话，便直接躺了下去。

李娴看着躺在地铺上的林挽月，心中涌起一股感动，客栈的床不比农家院里的土炕，两人躺在这样小的床上难免会有肢体接触，虽然他已经算不上真正意义上的男子了，但是李娴依然无法接受……

这人明明受了伤，为了不让自己为难，直接就睡到了地上去了。

李娴没有说话，走到床上躺下，躺在床上，却无甚睡意。

她的耳边总是回响着林挽月刚才的话，越是回味便越觉得沉重。

"飞星，睡了吗？"

"还没，怎么了？"

"……能给我讲讲你以前的事情吗？"

"以前？"

"投军之前。"

林挽月沉默了片刻："好，让我想想。"

林挽月闭上了眼睛，回忆一幕幕地涌现了出来……

"其实我们家并不是军户，在没投军之前我与爹娘，还有……姐姐一起生活在大泽郡下一个叫婵娟村的地方，我爹是村里唯一的教书先生，我娘是一位温婉的女子，小时候我和阿姐调皮要被爹爹责罚的时候，都是娘护着我们。

"我阿姐叫林挽月，我们是龙凤胎，我们长得很像，有很多时候连爹娘都分不清我们两个谁是姐姐，谁是弟弟，于是到后来我和阿姐就都喜欢玩一个游戏，阿姐给我梳了双丫髻，换上了她的衣服，她则扮作我的样子，我们两个就这样跑出去，整个村子里的人都会把我们两个认错。"

李娴躺在床上静静地听着，她发现林飞星的声音其实很好听，不似一般男人的声音那般低沉沙哑，也不刺耳，在这样的夜里，这样的声音让人听着很舒服。

慢慢地，李娴被带到了林挽月诉说的故事中，当她听到林挽月和林飞星姐弟两人为了戏弄村里其他人而换衣服的时候，也无声地笑了起来，李娴和李珠相差八岁，李娴对待李珠时颇有一种长姐如母的感觉，也就从没有体会过林飞星述说的这种姐弟之情……

"小的时候我特别喜欢拉着阿姐的手，一蹦一跳地朝前走，阿姐也会被我拉着跑起来，我们嬉笑着，奔跑着，我经常会看着阿姐和我一模一样的脸，让阿姐跟着我说，你就是我，我就是你。"

"你就是我，我就是你？"

"嗯！"

林挽月知道她不应该和李娴说这些，这很危险，就连她自己也不知道究竟是什么样的心思在作祟，还是讲了出来。

"八岁那年，一个老郎中搬来了村东头，没人知道他从哪儿来，他就那样突然地出现了，医术很好，脾气也很怪，不告诉我们他的名字，只让我们叫他'老郎中'，给人看病从不要钱，我们都很感激他，村里的人自愿地定期送生活必需品给老郎中。

"老郎中自制的一种叫川贝枇杷露的药，我和阿姐都很喜欢吃，经常到老郎中那里去骗糖吃。老郎中很喜欢我们，所以我们几乎每一次都得逞了。

"我记得有一次，我看阿姐嘴里含着川贝枇杷露，咂着嘴，眯着眼睛一派享受的样子，我就想等我长大了一定要当一名郎中，做好多这种糖，让阿姐每天都吃得到……

"后来匈奴人来了，我偷跑到山上去找老郎中教我的那几味草药，躲过了一劫，回来的时候，全村人都死了。一百一十八口，除了我没有一人幸免于难。

"我好后悔，那天，我本来想拉阿姐和我一起去的，她说不来，我便那么走了，若是我多说几次，阿姐定会跟我来的。也许那样她就不会死了……"

"飞星，这不怪你。"

"没错，匈奴人欠我一百一十八条命，我死也要讨回来的。"

"飞星……我一直觉得，以你的能力来看的话，这样的愿望还是太容易实现了些。"

"我，我有好好想过你那天在帐篷里和我说的话。"

"哦？那你想得怎么样了？"

"我……"

"你先不用着急回答我，既然听了你的故事，我也给你讲讲我的故事吧。"

"好。"

"我也有一个弟弟，我们是一母所生，相差八岁，在我……母亲怀着珠儿的时候，被人下了毒。"

"啊！"

"意外吧？这就是我从小到大生活的地方，从那以后我的每一顿饭、每一道菜都要用银针试了又试，还好舅舅找到了药王谷神医的嫡传弟子将我母亲和弟弟救了回来，但是因为我母亲为了保护胎儿都不能用许多拔毒的药材，就这样我弟弟出生后就带了毒，他的身体要比其他孩子弱很多，我的母亲自从生了弟弟之后，身体每况愈下，到后来一病不起，前些日子便去了。"

林挽月听着李娴说这些事情，仿佛在听说书一样，惊愕得瞪大了眼睛转头看向李娴的方向，几度张口想要说些什么，却发现自己什么都说不出来……

"其实我很羡慕你，你的父母虽然早丧，可是他们一直相敬如宾、举案齐眉。我母亲临终之前没有见到我的父亲。母亲在生命的最后一刻拉着我的手说，荣华富贵皆是过眼云烟，只希望我姐弟二人能够幸福安康地度过一生。"

"可是我们如何安康地生活呢？我弟弟在没出生时就被人下了毒。飞星，在我看来，你也不必太过自责，我相信你姐姐也一定会希望你可以好好地活在这个世上的，我也有弟弟，我可以明白她的心情，若是有一天，需要我用我的命去换我弟弟的命，我想我会愿意的。"

顿了顿，李娴继续说道："这次舅舅打了败仗，朝中许多人都在参奏他，谁能猜得透帝王的心思呢？父皇赐了我一把尚方宝剑，让我便宜行事。还有，无论我怎么劝说舅舅，他也不肯卷入宫中的争斗中来。"

"娴儿……大帅……"

"飞星，我可以拜托你一件事吗？"

"你说……"

"若是有一天，舅舅受到了我姐弟两人的牵连，失去了兵权，我希望你能担起守护离国边境百姓的重担。"

"怎么会？我不明白……"

"飞星，李沐将军是我的亲舅舅，就算他拒绝了我，他依旧会被朝中那些人视为太子一党，母后仙逝，几位年长的藩王已经有了封地和私军，若想对付我和珠儿这对没有依傍的弱姐幼弟简直易如反掌。"

"舅舅手中有兵，若是他们想将我和珠儿连根拔起，定会先把舅舅拖下马，百姓是无辜的，到时候我希望你可以扛起保护边境的责任。

"我一直都是相信你的能力的，在军营的时候，舅舅也和我说过他很欣赏你，我相信这次回去他一定会着重培养你，我希望你能认真和他学习，努力在军营中树立威信，建立军功，在最短的时间里成为整个军营除了舅舅之外最重要的人物。

"西北军务复杂，到时候父皇就算要易帅也未必会直接从京城调派官员过来，很有可能会从军营中直接选择合适的人选……"

林挽月张了张嘴，最终没敢回答。

李娴见林飞星默不作声，也不着急，话锋一转继续说道："通过这一路的观察，我一直觉得飞星你不是一个冷漠的人。我不知道你为什么会对这件事如此抗拒，但是我相信，有一天你会明白的，只是希望那天来得别太晚。其实你也不用着急回答我，关于舅舅的事情也只不过是我的猜测罢了，未必会真的发生，我也不想它发生。你若是实在不知道如何选择，不如等那一天真的到来的时候，用行动回答我吧。很晚了，睡吧。"

"娴儿……"

"嗯？"

"你为什么和我说这些？"

"因为……我已经没有可以相信的人了。"

李娴不再说话，过了一会儿便睡着了。

林挽月却失眠了，脑袋里一片混乱，一会儿想着居然有人敢给当今皇后下毒！一会儿想着她们这一路能不能平安回京，一会儿又考虑李娴的提议，自己到底是应该继续坚持曾经的愿望，还是听李娴的试着选择为边境的百姓做更大的事情……可是自己是个女人，万一有一天事情暴露了，怎么办呢？

林挽月转念又一想，若真的有那一天，不过是个死罢了，她活着也是为了报仇，能拉更多的匈奴人垫背也算死得其所呢……

京城，楚王府。

一声茶盏的破碎声从楚王府的正厅里传了出来。

楚王府内，所有经过正厅门口的奴婢家奴无不屏声静气，小心翼翼地迈着步子，生怕被自家主子挑出毛病来……

"王爷息怒。"

正厅内，一名精壮的男子跪在地上，头压得低低的。

跪地的男子半边身子都被滚烫的茶水泼到了，他却仍旧一动不动，仿佛被烫到的人不是他一般。

"你报上来的消息准确吗？"

楚王此时已经转过身去，背对着精壮男子站着，双手背在身后，微微仰头看着正厅上李钊亲笔书写御赐的匾额：棠棣情深。

楚王的眼睛通红，表情狰狞，脖子上的青筋暴起，胸膛剧烈地起伏着，若是此时给楚王一把剑，恐怕他会毫不犹豫地提剑杀人！

楚王抄起了另一具茶盏，重重地砸在匾额上。

碎片飞溅，楚王一动不动地站在那里，毫无躲闪之意。

"王爷息怒，王爷万万不可如此，这块匾额乃陛下御书亲赐，若是被有心人瞧了去，恐怕会招来诟病啊，王爷！"

"李瑱，你毒杀我母妃，此仇不共戴天，棠棣之情？呵……真是荒天下之大谬！"

"王爷……"

"传令下去，让所有的桩子行动起来，找准一切机会，我不管你们用什么办法，七天之内，我要贤妃、齐王、齐王世子这三人中其中一人去陪我母妃。"

"王爷请三思……听子安一言！如今朝中局势错综复杂，先是良妃娘娘……遇害，紧接着长公主殿下与平阳侯世子遇刺，现还下落不明，王爷您若是此时有大动作，若是被陛下察觉，恐怕陛下会把两件事联系在一起。"

"父皇？呵，他若是真有这么大的能耐，我母妃就不会死了，跟了他一辈子的枕边人，就在他的眼皮子底下被人害了。既然他不管，那就让本王来管。"

"王爷！"

"易子安，你现在是越来越能耐了，连本王的命令也敢违抗？"

"子安不敢！"

"那还不快滚！"

"……是。"

待易子安离开正厅后，楚王李玹坐回到椅子上，从怀中拿出一份绢报，只见上面不过寥寥几个字：平阳侯于昨夜密会神秘人，恐与其世子失踪一事有关。

楚王李玹冷哼一声，将绢布揉在手中，狠狠攥住："平阳侯，你也要背叛本王吗？"

离国立国数百年，定都于天都城这块风水宝地，历代皇帝都非常注重帝都的建设。

天都城不仅地理位置优越，而且交通便利，城内设置完善，无论是磅礴坚固的城墙，还是宽阔整洁的街道，以及街边鳞次栉比、首尾相连的店铺，无不彰显了它天下第一都的身份。

有《四方史》记载曰："天都之途，车毂击，人肩摩。"

是日，天都城风和日丽，正是晌午人流最拥挤的时段，街上不乏马车驶过。

对于这些，天都城的百姓早就已经见怪不怪了。

随着一阵"嘎吱嘎吱"的声音，天都城的街道上出现了百年难得一见的盛况。

街上的所有人看到这"盛况"后，无不驻足侧目，面露惊异之色。

就连街边的店铺里的老板也都好奇地伸出了脖子，注视着街上的状况。

天都城最大酒楼的小二还特意从酒楼里跑了出来，揉了揉眼睛，表现出了一脸不可置信的表情。

一辆破驴车行在天都城的街道上。

林挽月坐在车辕上，一只手握着皮鞭，另一只手拉着缰绳，腰杆挺得笔直，目不斜视，脸上的神情无比严肃。

此时林挽月其实是无比诧异的，她实在是不明白为什么自打她们进城以后所有看到她们的人无不是一脸惊愕的样子。

所有人整齐一致的表情让林挽月开始慌了，她甚至无暇去欣赏离国天都城的华丽和壮阔……

林挽月捏了捏手中的缰绳，一边深呼吸，一边在心中安慰自己：就快到了，已经能看到皇宫的宫瓴了……

李娴轻轻放下车窗帘，嘴角含笑，脸上露出两个浅浅的梨涡，百姓的反应在她的意料之中，在这座城市，百姓见到马车不会觉得稀奇，一辆破旧的驴车可是少见的。

就算是最贫困的人家中恐怕也有一辆马车……

"噗，哈哈哈哈哈……余闲姐姐，余闲姐姐，哈哈哈哈！"

坐在茶楼二层的小十一笑得前仰后合，抓着身旁的余闲，余闲忍不住轻笑了起来，看了一眼不顾形象大笑的小十一，嗔道："姑娘家家的，成何体统？"

小十一却丝毫不以为意，继续轻轻拍着桌子大笑道："哈哈哈哈，余闲姐姐，这个傻小子真的赶着一辆驴车就进京了？哈哈哈哈，亏他想得出来，我看这下他要成天都城的名人了，我在这京城生活了十五年都没见过一次驴车，哈哈哈哈……"

"好了，别笑了，好在这一路平安度过，算是有惊无险吧。"

"哼，这臭小子，这一路把我们两个人折腾得人仰马翻，有好几天晚上都丑时了，他突然起来兜了一圈，差点儿吓死我，你说他讨厌不讨厌！我早晚有一天要和他算账，哼！"

余闲看着小十一，伸手拈了一块茶点递到小十一的嘴边，笑道："好了，这一路你辛苦了，来，张嘴。"

小十一的脸一红，却也乖乖地张开了嘴巴，不过很快脸色变得绯红，低下了头，不再看余闲，也不说话了。

余闲撑着下巴满眼宠溺地看着面前的小十一。

皇宫门口的守卫手持长矛站得笔直，突然，其中一名侍卫眯了眯眼，对旁边的侍卫说道："你看那是什么？朝着宫门过来了！"

"嗯？"另外一名侍卫看了一眼，然后又有些不相信地揉了揉眼睛，确定自己确实没有眼花，才喃喃地答道，"一辆……驴车？"

"站住！皇宫重地，也是你能擅闯的？"

林挽月赶着驴车，距离宫门还有好长一段路，守门的两名侍卫就对着林挽月竖起了手中的长矛。

"吁！"林挽月将手中的缰绳一勒，紧急停住了驴车。

还未等林挽月说话，从驴车里伸出了一只纤纤玉手，手上提着一块小巧的玉佩。

林挽月转头接过了李娴递过来的玉佩，然后将玉佩举到身前。

两名侍卫对视了一眼，收起了兵器，其中一人走到驴车边上，从林挽月的手中拿过了玉佩，放在眼前一看，只见这块玉佩并无稀奇之处，翻过来再一看，一个小小的"娴"字赫然映入眼帘！

娴？

侍卫瞪大了眼睛，立刻单膝跪在地上："卑职参见长公主殿下！"

"起来吧，林营长不认得到未明宫的路，你找个人来带路。"

这跪地的侍卫起先还有点儿怀疑，都说长公主殿下遇刺，下落不明，陛下为此发了雷霆之怒，将湖州太守全家都杀了，还处置了不少底下的人，全国各地发皇榜找寻长公主殿下的下落，她怎么坐着驴车回来了……

不过，这名侍卫在听到李娴的声音之后，再也不敢心存任何怀疑。

侍卫单膝跪地，把长矛放在地上，双手将李娴的玉佩高高举过头顶。

林挽月伸手拿过李娴的玉佩，转身递回给了车厢中的李娴。

"长公主殿下，这……驴……殿下……是否稍等片刻容小人去传轿？"

"不必了，你就牵着这驴车到我未明宫去，飞星，你进来。"

"好……是，遵命……"

林飞星将手中的皮鞭和缰绳交给了侍卫，挑开车帘坐到驴车里面去了。

侍卫接过缰绳，看了看面前的这只又丑又瘦又矮小甚至有点儿脱毛的驴子，十分震惊，转身给同一班的侍卫使了一个眼色，后者通报陛下去了。

这名侍卫则牵过了驴车，拉着缰绳，随着"嘎吱嘎吱"的声音，驴车缓缓地朝前移动。

林挽月坐在李娴的对面，一下子便放松了下来。

"哎……"林挽月如释重负地叹了一口气，靠在了车厢上。

李娴看到林挽月如此，莞尔一笑，柔声道："这一路累坏了吧。"

听到李娴如是说，林挽月又挺直了脊背，回道："没有，娴……公主。"

李娴缓缓地收了笑容，看着林挽月轻叹一声："飞星。"

“是，公主。”

“虽然现在回宫了，该有的规矩要找回来，但是我真心地希望你可以不要因为我们之间的身份而和我疏远，好吗？”

林挽月注视着李娴良久，才重重地点了点头道：“好。”

得到满意的答复，李娴又露出了淡淡的笑意。

看着这样的李娴，林挽月也笑了。

尚书房门外，白色大理石的地面上一名侍卫跪着。

“启奏陛下，卑职有要事禀报！”

李钊正坐在尚书房里，手持御笔批阅奏折，听到喊声抬了抬眼，身边的管事太监朝着李钊弯了弯腰，然后甩着拂尘退出了尚书房。

“何事啊，在此大声吵嚷，陛下正批阅奏章呢！”

“回公公，长公主殿下回来了！”

“你说什么？”

鹤发鸡皮的管事太监在听到侍卫的奏报之后，原本眯成一条缝的眼睛立刻瞪得滚圆。

“什么时候的事，怎么回来的？！”

“就在刚才，长公主殿下……是坐着驴车回来的，一位黑瘦的年轻人赶车护送回来的，此时怕是已经回了未明宫了！”

管事公公得到了消息，立刻甩了一下手中的拂尘，忙不迭地返回了尚书房，向李钊禀报去了。

片刻之后，管事太监又慌忙地从尚书房里跑了出来，高声唱道：“陛下有旨，即刻摆驾未明宫！”

李钊坐在三十六人的皇驾龙辇上，双手按在自己的两个膝盖上，身体前倾。

管事的太监一路小跑地跟在龙辇边上，此时他已经很吃力了，但是看到李钊的神态，只能心中暗暗叫苦，一咬牙甩了甩手中的拂尘尖着嗓子喊道：“再快点儿！”

“是！”三十六人齐齐地吼了一声。

李钊的朝冠前面几排垂下来的珠子，随着龙辇的摇晃大幅地摆动了起来，发出清脆的碰撞声。

龙辇飞速地朝着未明宫跑去，直喘粗气、手中挥着拂尘年岁已高的管事公公在旁边跟着。

在龙辇的两边两排侍卫奔跑着，始终将龙辇护在中间。

两排宫婢跟在龙辇后面，已经彻底跟不上龙辇的速度。

她们有的举着孔雀翎羽宫扇，有的提着香炉，还有的举着帝王必备的东西，这些宫婢已经落了一大截路，一个个面露苦色地跑在后面……

"长公主殿下，未明宫到了。"

林挽月闻言，撩开了驴车的车帘，从驴车上面跳了下来，站定后，转身扶下了李娴。

"公主回来了！"

"公主回来了！"

听到身后的声音，林挽月警惕地挡在李娴的身前。

李娴温软动听的声音从后面传来："飞星，没关系的，这里是未明宫，是本宫的宫殿。"

林挽月听到"本宫"两个字，有些恍然，但还是应声退到了一边。

侍卫将驴车拉到了一旁，等待李娴的吩咐。

许多宫婢和侍卫还有太监从未明宫里奔了出来，转眼就跑到了李娴的面前，全部人都跪倒了。

看着跪了一地的人，林挽月下意识地闪了闪身体，她实在不习惯这样的场面，虽然林挽月知道这些人并不是在跪自己。她暗暗调整心态，强迫自己规矩地站在李娴的身边。

"参见长公主殿下！"

"参见长公主殿下！"

"参见长公主殿下！"

听着耳边传来的呼声，林挽月的脑袋有些涨，此时此刻她才算是彻底明白李娴的地位是何其地高。

"都起来吧！"

李娴的话音一落，一名脸上梨花带雨的宫婢从地上爬起来了，一路碎步冲到了李娴的身边，哭道："殿下怎的才回来，奴婢们都要担心死了，日日夜夜地在佛堂给殿下抄经焚香，还好殿下吉人天相，不然要奴婢怎么活……嘤嘤嘤……"

"好了，小慈有心了，本宫这不是安然无恙地回来了吗？"

"嘤嘤嘤……殿下怎的这般不爱惜自己，您都瘦了，还有，您这穿的是什么，嘤嘤嘤……殿下何曾受过这样的委屈！"

林挽月惊愕地看着面前哭得惨痛的小慈，心中非常不理解，公主这不是好好地回来了吗？怎么还哭呢……

像林挽月这种粗糙惯了的人，当然不知道小慈为何而哭。

李娴作为正宫所出的嫡长公主，从小就受尽了万千宠爱。李钊甚至为了李娴改了离国的《国礼》，让李娴享受藩王之礼，出行乘四乘马车，食邑也按照一般藩王的规格，邑八千户。

在李娴十五岁及笄的那年，李钊又赐下千户的食邑，与东宫太子李珠一样享有九千户的食邑。好在李娴是一位公主，若是皇子，李钊这一举动怕又要掀起一阵腥风血雨。

过后李钊也意识到如此有些不妥，于是将李珠的食邑抬到了一万两千户，将楚王的食邑赏到万户，齐王的食邑抬到九千户还赐了其兵权，雍王的食邑依旧是八千户，剩下两个未成年的皇子李环和李珮一人不过三千户……

李娴之尊贵，由此可见一斑。

平时李娴哪一样吃穿用度不是最好的？李钊看完番邦进贡来的贡品之后，经常会挑出来几样适合的差人给李娴送过来。

这小慈作为从小和李娴李珠一起长大的李娴的贴身侍女，后来专司李娴的起居生活。

李娴过的是什么样的日子，有什么样的习惯，小慈是最清楚不过的了。这次小慈本想和李娴一起去军营的，却被李娴以代她"督促太子"的理由给留下了。

当小慈听说李娴遇刺失踪之后，感觉整个世界都坍塌了，每日以泪洗面，抄经诵佛。

听到李娴回来的时候，小慈也是第一个冲出来的，结果看到李娴穿得那般破烂，小慈整个人都不好了……

李娴看了看自己面前梨花带雨的小慈，又看了看和自己同样穿着粗布麻衣的林飞星，见林飞星脸上的表情已经有些不自然，便轻轻拍了拍小慈的手，柔声道："好了，本宫不是好好地站在你面前吗？还多亏了林营长，你吩咐下去，带林营长去沐浴更衣，找身衣服给林营长换下来。"

小慈这才发现在李娴身边还站了一个人，抬眼看去，只见这人瘦瘦高高的，皮肤黝黑，穿着一身粗布麻衣，腰杆挺得笔直，双目炯炯有神，此人与小慈在宫中见过的所有侍卫皆不相同，身上带着一股刚毅之气，虽然相貌与小慈见过的那些公子相去甚远，但却有一种让人过目难忘的感觉。

小慈一颗心都系在李娴身上，见这黑瘦少年是自己公主的救命恩人，也对林挽月情不自禁地升起一股好感来，于是擦了擦眼泪，柔声对林挽月说道："林营长请随奴婢来吧。"

林挽月看了看李娴，见后者微微颔首，便对小慈说："那便有劳姑娘了。"

一众宫婢侍卫成两排分开，李娴走在中间，进了未明宫。

李娴现在并不着急沐浴更衣，这身行头还有用处。

果然，李娴刚刚在正殿的椅子上坐定，便有内侍慌慌忙忙地跑进来禀报说："陛下驾到！"

李娴放下手中的茶盏，从椅子上起身，然后被一众宫婢拥着向殿外走，迎接圣驾去了。

皇驾龙辇被人抬进了未明宫，院中的宫婢乌泱泱地跪下了。

"奴婢参见陛下。"

"起来吧！"

李钊大袖一挥，急急地下了龙辇，口中呼道："娴儿！"

李娴这个时候已经走了出来，身上依旧穿着那一身粗布麻衣，在宫婢的簇拥下来到了李钊的面前，拜道："女儿参见父皇……"

李钊立刻大步流星地走上前去，双手扶住了李娴的胳膊，止住了李娴的动作："皇儿受惊了，不必多礼，快给父皇看看。"

李娴抬起头，双目一红，两滴泪珠垂下，比出宫之前消瘦了不只一点儿的脸庞上带着凄楚之色，穿着一身破旧的衣裳，看着如此的李娴，李钊也红了眼眶。

"父皇！"

李钊抬起大手，轻轻地拭去了李娴的泪珠，心疼地说道："寡人的公主受苦了，别哭，父皇定会为你讨回公道！"

第七章 路未远已成思念

李钊抬着广袖将李娴揽在怀中，两人一起朝着未明宫的正殿走，手碰到了李娴身上衣服的面料，觉得有些刺痛扎手，想到娴儿受的苦，心中更疼了……

其实李钊心中有数是哪些人会去刺杀李娴，无非是他的那几个好儿子。李钊不是不疼爱李娴，正相反，他非常疼爱李娴。但是李钊更加顾忌皇家的颜面，每时每刻都有言官记录自己的一言一行。

很多事情，李钊不能说，不能查，甚至要装作不知道，才能避免言官将其记录下来。

可当李钊看着自己最疼爱的女儿形容消瘦，身上穿的衣服这般粗糙不堪的时候，心还是痛了……

李娴和李钊刚刚坐定，小慈便回来了，跪在李钊和李娴的面前："奴婢参见陛下。"

"起来吧。"

"谢陛下。"

"公主……"

李娴点了点头，小慈才继续说道："公主，林营长无论如何也不要奴婢们伺候他沐浴，非说男女有别，将伺候的人都打发了出来。"

闻言，李娴不禁勾起了嘴角，脑袋里闪过林飞星那倔强而又认真的古板样子，于是回道："林营长来自民间，受不了宫廷礼仪，你们听他的便是。"

"公主，我们未明宫没有男人穿的衣服，太子以前的旧衣服又太小了，您看该当如何？"

"娴儿，这小慈说的人是谁啊？"

"父皇，娴儿这次能平安回来，还要多亏这位林飞星林营长呢，他是舅舅军营中飞羽营的营长，娴儿遇刺的时候林营长舍命相救，并且一路护送，恶斗山贼和地痞流氓，要不是这一路有他在，女儿恐怕也不能安然无恙地回来了。"

"哦？原来是有功之人，来呀。"

"陛下！"掌事公公躬身来到了李钊身侧，等待吩咐。

"你到尚衣局去，取一套皇子的常服来给这林飞星换上。"

"父皇……这恐怕是僭越了。"

"哎，吾儿多虑了，不过是一件常服而已，况且他救了寡人的掌上明珠，别说一件皇子的常服，就是金银财宝、高官厚禄也许得。"

"那女儿替林飞星谢过父皇。"

"公主殿下，不知那林飞星，林营长是何身量？奴才好去取衣。"

"林飞星今年十六，身量和环儿差不多，就取一件做给环儿的常服吧。"

"喏。"

管事太监应声退了下去，李钊转过身对李娴说道："吾儿一路辛苦，为何不先去沐浴更衣？"

"父皇，女儿自知在女儿失踪的这些时日里父皇定是牵肠挂肚，父皇您若是听到女儿回宫的消息，定是会第一时间来探望女儿，女儿不敢因为沐浴更衣而劳父皇久候，此乃孝道也。但林飞星是外人，是臣子，若是衣冠不整参见圣驾恐失了礼数，女儿便让他先去沐浴了。"

"好好好……吾儿果然明理。"

"启奏陛下，太子殿下来了！"

"哦？珠儿来了，让他进来。"

李钊转头看向李娴继续说道："珠儿和你感情深厚，得知你遇刺的消息后，一连和寡人闹了好几通。"

"珠儿还小，希望父皇莫要怪罪。"

"哎，岂会，看着你姐弟二人感情甚笃，寡人甚慰。"

"姐姐！"

穿着黑色长袍的李珠从外面走了进来，看到李娴好好地坐在那里，脸上一喜。

"越发放肆了，珠儿应该先给父皇请安才是。"

"儿臣参见父皇。"

李珠恭恭敬敬地给李钊行了礼，才走到李娴身边，执起李娴一只手，端详自己的姐姐。

"姐姐，你瘦了，到底是什么人想要刺杀你？"

"皇儿莫急，父皇这次定会给你姐姐讨回公道，先让你姐姐去沐浴更衣吧，父皇命人准备宫宴，给你姐姐接风洗尘。"

"谢父皇，那女儿便去了。"

"嗯。"

林挽月置身在汤池中，好久都没有缓过神儿来，刚才她真是吓得够呛，居然有七八个宫婢又是帮她脱衣服又要伺候她沐浴，还拿了许多瓶瓶罐罐的东西过来。

要不是自己反应得快，抱着衣服抵死不从，这会儿恐怕就上断头台了……

林挽月心有余悸地看了看门，见上面好好地插着的门闩，刚才她怕得不行，还拉来了一张桌子、两把椅子挡在了门前。

汤池大得吓人，水是温的，上面还漂着花瓣。

林挽月从来没有见过这么豪华的汤池，泡在里面就好像是在做梦一样……

林挽月美美地洗好了澡，穿上了自己原来的衣服，低头检查了好几遍才挪开了挡在门前的桌子和椅子，一开门，又吓了一跳……

刚才差点儿把自己扒光的泼辣的小慈站在门外，身边两名宫婢左右站着，她们的手上都托着一张托盘，托盘上分别放着发冠、衣服、配饰香囊和一双烫金玄青虎头履。

看着这一字儿排开的行头，林挽月傻眼了，这是要干吗？

几位宫婢看着林挽月呆呆愣愣的样子，不约而同地露出会心的笑意。

李娴对下面的宫人很好，整个未明宫的宫婢和侍卫都很爱戴和尊敬这位温婉端庄的长公主，大家知道是面前的这位少年救了自家公主，对林挽月都有些许好感。

小慈看着林挽月笑道："林营长，陛下为了庆祝公主平安归来，赐了宫宴，就在今天晚上，这套衣服是陛下赏赐给您的，奴婢们帮您换上衣服吧。"

说完也不等林挽月发话，小慈便推开了林挽月扶在门框上的手，走了进来，后面的四位宫婢也鱼贯而入。

小慈眼尖，发现这浴厅里的桌子和椅子都被挪了方位，拿眼睛横了林挽月一眼，心道亏他还是男子，居然将门都给堵上了，怎么？自己一个姑娘家，难道还会破门而入是怎样？

林挽月还没有反应过来，她搓了搓鼻子，来到小慈的身边，看到眼前被宫婢托着的行头，有些适应不了……

她看着眼前一件一件的行头，感觉它们都在闪闪发光，这哪是自己能穿的衣服？

"林营长别推辞了，奴婢们替您更衣。"

林挽月感受了一下，觉得自己的裹胸布勒得够紧，于是先从托盘上拿过纯白色的中衣，一闪身来到了屏风后面："这位姐姐稍等片刻，我先自己换上中衣，再麻烦姐姐给我穿！"

看到林挽月如此扭捏的姿态，四位宫婢再次露出了笑意，小慈这次也没有勉强林挽月。

过了一会儿，林挽月穿着纯白的中衣从屏风后面走了出来。

小慈使了一个眼色，几名宫婢立刻默契地来到林挽月的身边。

林挽月闭上了眼睛，站在原地，双手伸开，将自己交给了宫婢们……

宫婢们的手脚很快，片刻的工夫，她们便将托盘上的行头便尽数穿到了林挽月的身上。

"小慈姐姐，穿得了。"

一位宫婢小声地和小慈汇报，脸色却是红红的，带着少女特有的羞赧之色。

小慈抬眼望去，也是一怔，只见一位翩翩公子正在面前站着！

林挽月头上戴着束发嵌宝白玉冠，齐眉勒着宝蓝宽边抹额，长而浓密的双眉之下，是一双黑白分明的炯炯双眼，身着宝蓝蜀锦广袖大袍，领子处有白色镶边露了出来，衣襟下摆金线暗行，只见一株挺拔的翠竹被绣在了上面，腰系八宝珍珠宽玉带，左垂环珮，右备容臭，脚上穿着一双烫金玄青虎头履。

他看上去真真是一位儒雅的贵公子。

小慈呆愣愣地看着林挽月，她怎么也没有想到，那个穿着粗布麻衣、黑黑瘦瘦的少年，在换上一套行头之后居然有这么惊人的转变，都说人靠衣裳马靠鞍，可是……

小慈无论如何也无法相信，这位林营长不过是换了一套衣服，怎么感觉整个人都变了？

这哪里还是什么军营里的糙兵？他分明就是世家的公子！大多数世家公子都是白净皮肤，这人的皮肤却是黝黑的颜色，看上去更加野性且独特。

离国的士族和百姓的行头完全不同，无论是从用料上还是颜色上都有非常严格的界定。林挽月之前在军队穿的都是粗布的紧袖紧腿的一身短打衣服，穿着方便行军打仗，她还是第一次穿这套广袖长袍。

这头上的发冠和勒在额头上的……布条？她也是第一次戴，林挽月非常不习惯穿戴这些服饰，甚至不知道该如何迈步子了！

林挽月惴惴不安地站在原地，感觉到五束目光正盯着自己，她僵直着身体一动不动，生怕自己出错闹了什么笑话。

"小慈……姑娘……这身衣服，我……在下，实在是不习惯，若是穿得不好……不如就换下了吧。"

小慈的眼睛亮晶晶的，正所谓食色性也，无论男女，对美好的事物总是多了几分怜惜和偏爱之情，小慈也不能免俗，特别是面对林飞星的这种长相俊美的人，更不能把持住了。

小慈对林挽月说话的语调更加温柔了，她来到林挽月的面前，抬头看着林挽月，柔声道："怎么会不好！林营长快随我去参见公主吧。"

李钊吩咐准备宫宴后便先行回宫了，李娴说得对，作为天子，作为皇帝，李钊无论再怎么疼爱李娴，也不可能在正厅恭候李娴沐浴更衣。

若是让言官记了下去，不仅他全失了帝王威仪，还会连累自己的女儿被后人诟病。

此时只有李珠等在正殿，正在喝着茶水。

小慈走在林挽月的身边，低声嘱咐道："公主还在换装，这位是太子殿下。"

李珠一抬眼，便看到了林挽月，李珠挑了挑眉，没想到这小小的营长竟有这般风流之姿，下人不是说他其貌不扬吗……

"小人林飞星，参见太子殿下。"

"林营长不必多礼，赐座。"

"谢太子殿下。"林挽月在李珠的下首坐了。

李珠抿了一口茶，问道："孤听说，是你一路保护长公主殿下回京的？"

"是。"

"谢谢你。"

"太子殿下不必如此，这都是小人分内之事。"

"这一路上可曾遇到什么麻烦吗？"

"回太子殿下，这一路上小人与长公主殿下共遇到了一次山贼，六次地痞流氓，两次小偷。"

听到林挽月的回答，李珠忍不住勾了勾嘴角，这人有意思，他喜欢这人一板一眼的认真劲儿。

小慈也站在一旁笑了起来，小慈与李娴和李珠一起长大，在没有外人的时候小慈都是很随意的样子。

"珠儿，在说什么呢？"

宫婢簇拥着李娴从帷幔后面走了出来。

"姐姐！"

"公主殿下。"

换上一身华丽宫装的李娴对着自己的弟弟李珠笑了笑，然后转头便看到了林挽月！

李娴曾经近距离观察过林飞星，她知道林飞星其实并不难看，相反林飞星的五官其实长得都很好看，只是因为肤色太黑让人忽视了出色的五官。

由于行军打仗，林飞星总是穿得破破烂烂的，李娴还经常能够闻到他身上的血腥味，只是李娴没有想到，换下部队里的那一身粗布短打衣裳后穿上这套皇子常服的林飞星居然会有这么大的变化。

京中的皇子世子们多娇生惯养，虽然个个皮肤白净衣着光鲜，可是少了一些精气神，身上多了几分慵懒和随意的气质。

这林飞星不同，由于常年生活在军营中，身上有一股那些世家公子身上没有的气质，只是之前由于他穿得破旧，身上的气质没有显现出来。当他换上与那些世子王孙同样的行头之后，这股气质便开始显现出来了。

此时的他非常令人瞩目。

见李娴一直看着自己，林挽月的脸上一热，心中有些不安，自从换上了这身衣服之后，林挽月一直很不安，这么好的衣服，自己穿起来是不是很奇怪？公主也觉得自己很奇怪吧……

李娴一眼就看出来林飞星此时的窘态，她微微一笑，收回了打量林挽月的目光，走到太子李珠的身边，将手轻轻搭在李珠的肩上，对林挽月说道："飞星，这便是本宫的弟弟，之前和你说过的。"

李娴和林挽月相视一笑，仿佛又回到了那些"逃命"的日子。

小慈和李珠有些奇怪地看着二人，有些摸不到头脑。

小慈看着林挽月眨了眨眼，怎么这人好像听了殿下说完这句话之后，似乎放松了许多？

李珠亲自扶了李娴坐上上首，自己坐在了下首，林挽月陪了个末座。

李娴简单地和李珠说了几句路上的见闻，以及李沐将军的近况，对这次遇险的事情绝口不提，反而话锋一转开始询问起太子李珠的功课来。

李珠揉了揉鼻子，丝毫不敢违背长姐的意思，从座位上站了起来，腰杆挺得笔直，开始向李娴汇报在李娴不在的这些日子自己都学了什么课程、背了哪本书。

李娴偶尔会打断李珠的话，提出几个问题，李珠思考片刻便开始回答，答得好李娴就会点头称赞，答得不好李娴就会皱皱眉，毫不犹豫地说出一串林挽月听都没有听过的书名，然后让李珠抄写里面的段落。

李珠不过八岁，听到"惩罚"二字，一张小脸抽到一起，没敢说出一句反驳的话，只是点头称是。

林挽月就坐在一旁静静地看着姐弟二人的互动，心中流淌过丝丝的暖意，同样她也看到了李娴严厉的一面。

李娴自然感觉到林挽月一直都在看着自己，她轻轻勾了勾嘴角，结束了对李珠为政方面的考核。

"珠儿，我且问你，善用兵者，役不再籍，粮不三载，取用于国，因粮于敌，故军食可足也。国之贫于师者远输，远输则百姓贫；近师者贵卖，贵卖则百姓财竭，财竭则急于丘役，何解？"

听到李娴的问题，李珠有些意外，姐姐今日怎么突然考我军政？莫不是去了一趟军营有感而发？

李珠也不敢怠慢，思考了片刻便挺着腰杆回答道："这句话的意思是，善于用兵的人，不用再次征集兵员，不用多次运送军粮。军需由朝廷供应，粮食从敌人那里设法夺取，这样军队的粮草就充足了。国家之所以因作战而贫困，是由于军队远征后不得不进行长途运输，长途运输必然导致百姓贫穷。驻军附近处物价必然飞涨，物价飞涨，必然导致物资枯竭，物财枯竭，必然加重赋税和劳役。"

"嗯。"李娴点了点头，不着痕迹地看了一眼林挽月，继续说道，"其实简单一点儿来说，就是部队不要太依赖于朝廷供给的粮草，因为战事瞬息万变，随时都要做好万全的准备，一旦出于某些原因粮草吃紧，或者粮草供给不足，要学会从各种途径获得补给和粮食，不要局限于敌人的粮草，比如战马，到不得已之时也是口粮，还有可以在军务不忙的时候开垦军田，或者圈养家畜，以作为粮草吃紧时的口粮。"

"是，珠儿记住了。"

"那珠儿怎么解这句'用兵之法，高陵勿向，背丘勿逆，佯北勿从，锐卒勿攻，饵兵勿食，归师勿遏，围师遗阙，穷寇勿迫，此用兵之法也'？"

"嗯……这句是说，用兵的原则是对占据高地、背倚丘陵之敌，不要作正面仰攻；对于假装败逃之敌，不要跟踪追击；不要强攻敌人的精锐部队；不要贪食敌人的诱饵之兵；不要去阻截正在向本土撤退的部队；对被包围的敌军，要预留缺口；对于陷入绝境的敌人，不要过分逼迫，这些都是用兵的基本原则。"

在接下来的时间，李娴又问了李珠好几个关于行军、布阵、地形、兵势、攻谋等问题，李珠一一答了，有解得不尽善尽美的地方李娴就会耐心讲解一遍。

当最后一个问题问完后，李娴看着李珠问道："都听懂了吗？"

"听懂了！"林挽月情不自禁地答道。

听到声音，李珠和小慈转头看向了林挽月……

林挽月这才发现她一直沉浸在李娴的讲解中……

感受到李珠和小慈探寻的目光后，林挽月立刻绷直了身子，目不斜视地看着前方。

李娴看着林挽月笑了笑，暗自欣喜，这林飞星要比她想象中的还要聪明，没有上过学，没有接受过一点儿好的教导，就能够听懂如此晦涩的东西，并且领悟得也很快。

李珠看了看林挽月又看了看自家笑而不语的姐姐，这才恍然明白过来，姐姐今日怎么尽问些军政之类的问题，原来是醉翁之意不在酒啊……

李珠又转头看了看林挽月，从头到脚地打量了他一遍。

这打量令林挽月头皮发麻……

"奴婢参见公主殿下，太子殿下，陛下有旨，宫宴已经准备妥当，请二位殿下和林营长赴宴。"

"嗯，本宫知道了，珠儿、飞星，我们走吧。"

出了未明宫，李娴和李珠上了各自的轿辇，托这二位的福，林挽月也生平第一次坐了轿子。

林挽月坐在轿子上，看着自己身上穿的这身行头，耳边响起刚才李娴和李珠的对话。

林挽月不是笨人，她知道李娴其实就是借着考察太子功课的名头偷偷给自己讲课。

离国实力雄厚，太子贵为储君，他不会亲临战场。

李娴其实就是在嘱咐自己，她是在担心自己，还是想尽力地去帮助自己呢？

自从那天在客栈里李娴拜托林挽月镇守边关对抗匈奴之后，就再也没提过那件事。

林挽月也想了一路，其实她已经有了决定，之所以迟迟没有回答李娴，不过是担心自己不能胜任而已。

她是一个女人没错，女扮男装从军确实是重罪，若是受了食邑更是欺君的死罪，可是林挽月又想，怕什么呢？反正她全家都死光了。就像李娴说的，至少自己可以尽自己最大的努力，保卫边疆数以万计的百姓，让他们不再承受自己曾经历过的那份痛！

还有一个原因，和李娴有关。林挽月一路看着李娴饱受逃亡之苦，不知不觉心头悄悄地闪过了一个大胆的念头，若是有一天自己真的可以成为如同李沐将军那般手握雄兵镇守一方的大帅，是不是可以帮助李娴……震慑那些藩王，至少……不再让李娴每日都提心吊胆地活着……

当林挽月再次睁开眼睛的时候，神色已经变得无比地坚定。

未明宫离宫宴所在的宫殿不远，他们很快便到了。

当李娴、李珠、林挽月三人走入大殿的时候，李钊还没有来，不过已经有很多林挽月不认识的人到场了。

"太子殿下到，长公主殿下到，林飞星到。"

领路的太监唱了喏，林挽月便跟着李娴姐弟两人进了大殿。

大殿内，正对着殿门的大案是空的，大案旁边有一小案应该是留给太子李珠的。

齐王李瑱作为皇长子，坐在右边第一个案前，李瑱对面的案子是空的。

在这空案的旁边放了一张小案。

楚王李玹的案被放在右手边的第二位，看到李娴和李珠走了进来，他放下了手中的酒樽，脸色不善。

这个该死的女人，雍王到底是怎么办事的？这样她都逃得掉……

失去了这次宝贵的机会，想要再对她下手恐怕只会难上加难。

看来……他该考虑平阳侯的建议了。

林挽月跟在李娴身后，打量着大殿中的陈设，整个大殿的地面由光可鉴人的黑色地砖铺成，自打一进门口便看见了铺在地上的红色的毯子，毯子一直延伸到高台上的大案前面，在红毯两侧每间隔五步便有一对长信宫灯。

宫灯后面是两排食案，此刻有人已经坐在了案后。

突然，林挽月敏锐地发现有一束目光正在打量着这边，她抬眼一看，看到右边第二张案后的一位带着胡楂的青年男子正面色不善地盯着这边看。

林挽月与楚王李玹短暂地四目相对后，便收回了目光。

李珠直朝着高台上走去，李娴和林挽月则由太监带着来到了左边的那一排。

这次宫宴主要是为了庆祝李娴平安归来，所以李娴的位置被安排在左手第一张案前，齐王李瑱的对面。

"林营长，陛下吩咐了，您是功臣，赐您坐在长公主殿下的身边。"

"谢陛下。"

林挽月朝着高处的空位行了一拜，才随着领路公公来到李娴旁边的小案后面端正地跪坐。

林挽月面前的案子只有李娴的一半大，位置也要微微靠后一些。

"雍王殿下到，珮皇子到，二公主到！"

林挽月循声望去，只见门口一位身材魁梧的青年男子风风火火地走进来了，身后跟着一位看上去稍微比李珠大一点儿的男孩，最后一位豆蔻年华的少女进来了。

耳边传来了李娴轻柔的声音："打头进来的是雍王兄李玔，淑妃娘娘所出。那个小一些的皇子是珮儿，年十二，与环儿是一母同胞的兄弟，均是德妃娘娘所出。最后的那位公主是嫣儿，年十四，与楚王兄是一母同胞。"

林挽月点了点头，李娴又继续小声对林挽月说道："坐在我们正对面的是齐王兄李瑱，贤妃娘娘所出。他下首位的是楚王兄李玹，楚王兄最得父皇宠爱，食邑万户，是所有藩王中地位最高的。齐王兄贤名在外，食邑九千户，父皇委以兵权重任。雍王兄骁勇善战，前些日子舅舅打了败仗，雍王兄一直自荐统兵，不过被父皇驳了。"

林挽月点了点头，默默将李娴说的话记在了心里，既然她已经下定决心走上李娴建议她走的那条路，就万万不能如同之前那样两耳不闻窗外事，"浑浑噩噩"地过日子了。林挽月知道李娴不会在这个节骨眼上同自己说废话，此时她即使不能明白李娴的用意，但多学多记总是好的……

"珮儿见过皇姐！"

林挽月一抬头，皇子李珮已经走到了李娴面前恭恭敬敬地给李娴行了一礼。

"珮儿不必多礼，数日不见，珮儿长高了。"

"珮儿恭贺皇姐平安归来，环哥哥今日身体抱恙不能赴宴，珮儿替环哥哥向皇姐告罪。"

闻言，李娴轻声一笑："珮儿不必如此，环儿的性子本宫自是知道的，他若是来了，才叫人意外呢。"

"如此，珮儿便先入座了。"

说完，李珮又给李娴行了一礼，转身到李嫣旁边的案子后面坐定。

"皇妹！"

林挽月循声望去，见出声喊人的正是刚才与她对视的楚王李玹。

"楚王兄。"

"皇妹，平阳侯世子李忠与皇妹一同离京，为何皇妹平安无恙地归来，忠世子至今下落不明？"

闻言，林挽月皱了皱眉，此时林挽月对楚王的印象非常不好，无论是刚进大殿的时候楚王看他们的表情，还是此时问出的令人不悦的问题，都让林挽月很反感。

身为兄长，妹妹能够平安回来已是大幸，就算不出言宽慰几句，也总不应该问这样的问题才是……

没等李娴开口，坐在高位上的李珠先坐不住了，出言相驳道："楚王兄这是何意？难道我离国堂堂长公主，还不及一个小小的侯府世子尊贵不成？"

"呵，太子何出此言？本王不过是好奇，问问罢了，小小的侯府？太子此言若是被平阳侯知道怕是要让他伤心的，平阳侯军功拜爵，也是离国的功臣，太子身为储君，不关心关心功臣之子也就罢了，何以出言如此刻薄？"

"楚王兄所言甚是，想太子殿下身居东宫，一人之下，万人之上，我们这些小小的侯府、王府，自然是入不了太子殿下的贵眼的。"

林挽月转头看去，发现这帮腔之人是雍王李玔。

李珠坐在高位上，一张秀脸憋得通红，胸口起伏，显然是被气得够呛，可一时之间也想不到反驳之词，气氛一下子就紧张了起来。

林挽月转头看了看身边的李娴，见李娴垂着眸子，脸上没有表情，显然是没有任何出言还击的意思。

见到这一幕，林挽月感觉心口仿佛被什么东西给堵住了，回忆起李娴那天晚上在同福客栈和自己说的话，起先林挽月还有些不信，正宫所出的公主和太子怎会生活得步步维艰？直到亲眼看到了刚才的那一幕，林挽月彻底信了！

李珠虽然年幼，到底贵为东宫太子，此时虽然是皇族内部的宫宴，但伺候的奴才宫婢也有不少，这么多只眼睛看着，这两位藩王尚且丝毫不把李珠放在眼里，就更别提李娴了……

"公主……"

林挽月轻轻唤了李娴一声，李娴转过头，反倒给了林挽月一个宽慰的眼神。

林挽月看着李娴脸上那副早已习惯的表情，心中愈发不是滋味。

齐王李瑱把玩着手中的酒樽，静静地看着眼前的一幕，心中暗道他们愚蠢。

楚王李玹转头，看到齐王李瑱正似笑非笑地看着自己，恨得牙痒痒，对着齐王重重地哼了一声，然后便不再看他。

齐王李瑱轻笑着摇了摇头，心中暗道：如此这般还妄想皇位，雍王也就罢了，本就是有勇无谋的匹夫，你李玹如今也这般失了方寸？难道你就不想想，父皇为何迟迟不来？怕是早就安排了眼线去观察你们的表现……

想到这里，齐王赞许地看了一眼低着头的李娴，一介女流，有如此心机手段，若是生为男子，定是太子的不二人选。若是让李娴这样的人当了太子，底下的藩王也不敢如此放肆，倒是省了自己不少事呢，可惜，可惜！

"陛下驾到！"随着管事太监高声的唱和，李钊走进了大殿。

"儿臣参见父皇。"

"草民参见陛下。"

李钊大步流星地走进大殿，大袖一挥："都免礼，今日宫宴，没有外人。"说完走到高位，在李珠旁边的大案上坐定。

"谢父皇。"

"谢陛下。"

直到李钊落座，众人才谢了礼，重新坐下。

"今日宫宴，主要是为了庆祝娴儿平安归来，寡人屏退了言官，我们一家人在一起说说话。"

"瑱儿，你是寡人长子，你来说说，你觉得是什么人会刺杀娴儿？"

"是。"

李瑱应声欲从座位上站起来回话，却被李钊止住："今日家宴，不必拘礼，你就坐着说。"

"是。"

"回父皇……

李瑱转过头，看了一眼坐在他旁边的楚王李玹，感觉到齐王的目光，楚王的脸色很不自然，见状齐王勾了勾嘴角，转回了头，继续说道："儿臣认为，皇妹怕是受到了牵连吧……"

"哦？此话怎讲？"

"皇妹的性子是极好的，而且自幼生活在宫中，这次是第一次出门，想来也不会有什么人和皇妹结怨，但是平阳侯世子李忠就不同了，说不定是有什么人想要李忠的命，不小心殃及皇妹，而且儿臣听说平阳侯世子李忠至今仍下落不明，皇妹却得以安然无恙地逃脱，也正印证了儿臣的这个推测。”

“哦？楚王，你怎么看？”

“儿臣……儿臣觉得齐王兄所言甚是。”

“嗯，雍王，你呢？”

“儿臣也觉得齐王兄说得对。”

“若是真的如此，那便最好，可恶的李忠差点儿连累寡人的掌上明珠遇险，这次他回不来也算是罪有应得，就算是回来了，寡人也要重重地惩罚他！”

齐王支着下巴，侧头看着身边的楚王，见楚王的脸色阴晴不定，齐王勾了勾嘴角，还好楚王不是太笨，懂得父皇是在敲山震虎。

“在宴会开始之前，寡人要先赏赐一个人，林飞星何在？”

“小人在！”

听到皇上突然念到自己的名字，林挽月不由自主地心头一紧，从座位上起身，走到大殿中央，恭敬叩拜：“小人林飞星，参见陛下。”

“免礼平身。”

“谢陛下！”

林挽月从地上爬起来，低头站在原地，等待李钊发话，却不想李钊又道：“年轻人抬起头来，给寡人瞧瞧。”

林挽月咽了咽口水，才回道：“是。”

此时林挽月仿佛能听到自己心脏“怦怦怦”的跳动声，她悄悄调整呼吸，平复了自己紧张的心情才慢慢抬起了头……

林挽月抬起头，入眼看到双鬓含霜、目光锐利的李钊，她快速沉下目光避开天颜。

李钊打量了林挽月几眼，一拍面前的案子，说道：“好！果然英雄出少年，没想到军营里还有如此倜傥少年。”

“谢陛下。”

林挽月感觉大殿中有好多人都在打量着自己，生平第一次受到了来自相貌上的称赞，不禁面上一热，好在皮肤黝黑旁人很难发现，不然就露怯了……

“年轻人，你救了寡人最心爱的公主，还不辞艰辛将公主安然无恙地护送回京，功劳不小，说吧，你想寡人赏你些什么？”

“谢陛下，这都是小人分内之事，不敢求赏。”

“嗯……好，居功而不自傲，但是有功就要赏，有过就要罚，让寡人想想……京都尉一职正好出了缺，不如寡人就封你做京都尉，如何啊？”

李钊此话一出，场中之人脸色均是一变。京都尉一职品阶虽然不高，却是非常重要的位置，京城的车马调度、京卫的布防都要由京都尉全权负责，之前京都尉出缺的时候，雍王和楚王甚至齐王都各自推举了人选，后来，先因良妃薨逝，紧接着李娴又遇刺下落不明，李钊无暇考虑这些，便耽搁了任命。

只是在场的所有人都没想到李钊会在此时旧事重提，打了他们一个措手不及，而且居然会将这样重要的位置交给一个"外人"！

李娴的目光闪了闪，远远地看着林挽月。

高位上的李钊早已将场中之人的表情变化尽收眼底，他不动声色，耐心地等待林挽月的答复。

林挽月微微低着头，她不知道京都尉是什么品阶，但是也知道应该是非常重要的职位。

林挽月想转头看看李娴，看李娴能否给她什么建议，但她硬生生地忍住了，这个时候只能靠自己。

林挽月闭上了眼睛，片刻后，才将眼睛缓缓睁开。

李钊也饶有兴致地看着林挽月，等待她的答案。

"小人……谢过陛下的信任，但是京都尉一职实在不是小人心之所愿，有负陛下期望，小人罪该万死，还请陛下收回成命。"

说完，林挽月跪拜了下去，双手笔直地伸在身前，大袖摊开，额头贴着冰凉的地面。

林挽月此话一出，几位王爷均露出了如释重负的表情，李娴的神情依旧是淡淡的，目光盈盈似水。

"林飞星，你可知这京都尉是多少人想求而不得的位置？还是说你有更好的打算？起来吧，说说你想要什么。"

"谢陛下，陛下容禀，小人乃大泽郡下婵娟村人氏，元鼎二十六年秋，小人十四岁，那天贪玩到山上去采药，结果匈奴人来犯，杀我全村一百一十八口，全村老幼包括小人的双亲和姐姐，全部遇害，无人幸免。小人料理了后事，徒步行了数百里，到李沐将军帐下投军，将军见小人可怜，帮小人改了军户，收容小人进了军营。如今匆匆两年多，虽然时过境迁，飞星却不敢有一刻忘记初心，小人只愿以这卑贱之躯，誓死守卫边疆，血战匈奴人，为我全村一百一十八口讨回这血海深仇，也想尽小人最大的努力去守护那里的百姓，让他们不再重蹈飞星的覆辙！请陛下恕罪，飞星不堪京都尉之重任，实是志不在此！"

李钊听完林挽月的解释，看着站在台下皮肤黝黑神色倔强的少年，有些动容。

"好！说得好！若是我离国儿郎都有你这番傲骨，还有何人敢觊觎离国？还有何人敢犯我边疆？好！"

"谢陛下。"

林挽月拱了拱手，心中却是另一门心思，自己适才这番说辞，算是回答了公主的问题了吧……

"哈哈哈哈，很好，很好，寡人就如你所愿！"

"谢陛下！"

"不过你身在国舅爷的军营中，这军中之事寡人可说了不算，人员的任命调拨都是李沐将军全权负责，寡人信得过他，也不想插手。如此寡人便不能赏你什么官职了……"

"小人并不在乎身居何职，只要能与匈奴人作战，小人便心满意足，况且大帅赏罚分明，小人相信，有朝一日小人定会军功拜爵！"

"好，有志气，不过你这总是小人小人的自称，寡人听得别扭，虽然寡人不能随意插手军中事务，但是不代表寡人就不赏你了，林飞星接旨。"

"小人在！"

"林飞星，居功不自傲，志存高远，甚得朕心，且你一路护送长公主回京功劳不小，寡人赏你千户食邑，特许你福荫三代，待他日，你真的应了今日豪言，得以军功拜爵，记得来京城见寡人，寡人还有重赏！哈哈哈哈哈……"

"谢陛下。"

"都记下了？"李钊转头朝身边的管事太监问道。

"回陛下，记下了，老奴这就让内廷拟旨。"

"嗯。"

李钊满意地点了点头，复又对林挽月说道："林飞星，如今你已经有了千户的食邑，不用再自称小人了，哈哈哈哈！"

"谢陛下。"

"好了，你入座吧，来呀，开宴！"

李钊的话音刚落，从大殿外先是鱼贯而入了数名手上托着托盘、身材窈窕的宫婢，然后又有数名乐师抬着编钟等乐器进来了，最后是歌舞姬进来了。

宫婢先跪在李钊的案前，将九鼎八簋一一摆放在上面，然后从地上爬起，躬身推开，复又跪在李珠的案前，将八鼎七簋整齐地摆放好，接下来才是高台下面的这些藩王和公主。

成年的藩王案上被摆了七鼎六簋，李娴享受藩王之礼，案上摆放的数量与成年藩王相同。

未成年的皇子李珮只配享六鼎五簋，李嫣面前只有五鼎四簋。

当宫女们走到林挽月面前的时候犯了难，还是李钊身边的掌事公公有眼色，只见他弯下腰俯到李钊耳边低声问道："陛下，林千户赏几鼎？"

李钊抬头看了一眼，道："赐三鼎！"

"开席！"

李钊大袖一挥，礼乐奏响，八列歌舞姬扭动着纤细的腰身，袅袅来到大殿之中，随着音乐轻扬水袖，扭动腰肢。

林挽月有些受宠若惊地看着面前装了乳猪、干鱼、干肉的三方鼎，仿佛置身梦中一般不真实，以鼎而食，是她想都不敢想的事情。

林挽月朝着案前伸了伸手却不知道如何下手，她看了看李娴的食案，想要看看李娴是如何做的，却看见在李娴案上摆着装有牛肉、羊肉、乳猪、干鱼、干肉、牲肚、猪肉的七方鼎，以及装有精米饭、白面馒头、三种她叫不上名字的糕点，甚至还有羹汤和一种水果的七簋……

看着这琳琅满目的食物，林挽月感觉有些眩晕。

李娴亦感觉到林挽月注视自己的目光，露出淡淡笑意，她拿过置放在案上的小刀，轻轻在鼎中的那一方羊肉上片了一刀，然后以青葱玉指执起肉片，放入口中。

林挽月目睹了李娴用餐的步骤，在案上摸了摸，发现在两鼎之间确实有一把小刀。

林挽月心中一喜，拿过小刀，学着李娴的样子在烧得金黄透亮、香气阵阵扑面而来的乳猪上切了几刀，然后同样以手拿起，放在嘴中，肉香立刻在唇齿中弥漫，林挽月咀嚼着口中的乳猪，眯着眼，一派享受的神情。

真好吃！

李娴一转头，映入眼帘的便是林挽月这样的神情，不禁莞尔，想到这人在军营中艰苦的日子，心中一软，遂唤身后的宫婢过来。

"殿下有何吩咐？"

"拿了碟盏来，将这三牲肉切一些，赏给林千户。"

"喏。"

宫婢拿了碟盏，跪在李娴案边，持刀欲切，却听李娴再次开口道："本宫无甚胃口，你多切一些。"

"喏！"

宫婢将牛肉、羊肉、猪肉各切了一大块放在碟子里，然后起身，复又跪到林挽月的案边。

见宫婢跪在自己案边，正在大快朵颐的林挽月身体不由自主地僵了一下，她还是无法习惯被别人向自己下跪……

"林千户，殿下赏您三牲肉。"

宫婢规规矩矩地将碟子推到林挽月的面前，复又朝着林挽月行了一礼才起身退到了后面。

"谢公主。"林挽月侧身朝着李娴拱了拱手。

李娴微微一笑，低声回道："飞星不必多礼，尽管开怀享用，若是不够再同本宫说。"

听到李娴的话，林挽月脸一红，讪讪地揉了揉鼻子，自己的饭量怕是给公主殿下留下了深刻的印象了……

离国有严格的礼乐制度，在民间，百姓只能用牛肉和羊肉来祭祀，擅自食用是要杀头的，如果普通百姓想要尝尝，只有在迎娶正妻的时候可以选择其中的一样作为宴请宾客的食品，但是买牛肉、羊肉的银钱不低，牛还是农户们的命根子，所以几乎很少有人会在婚宴上如此奢侈。

林挽月活了十六年，从来都没有吃过牛肉、羊肉，今天托了李娴的福，她也算是可以大饱口福了！

对各藩王来说，这种东西吃得多了，早就已经见惯不怪，象征性地吃了几口之后，就开始命人斟酒，抬起酒樽敬李钊或者自饮自酌。

有的击节和曲，有的欣赏歌舞，整个大殿，只有林挽月自始至终头不抬眼不睁地沉浸在面前的美食中不可自拔。

李娴眼看着自己赏的三牲肉被林飞星一扫而光，然后又看到另外三方鼎里面的吃食也见了底，李娴有些咋舌，这林飞星的食量居然比她想象中的还要大！

李娴不得不再次上下打量了一次林挽月，心中觉得惊奇，这瘦瘦的人如何一口气吃得下这么多肉食？

李娴怕林挽月只吃肉食伤了脾胃，特意又唤来身后的宫婢将自己面前七簋中的熟食蔬果盛了些给林挽月……

结果，这些东西也一一被林挽月席卷一空，一点儿没剩。

"哎……"

酒足饭饱的林挽月摸了摸自己的肚子，发出了心满意足的感叹。

坐在林挽月旁边的李嫣惊愕地看着林挽月面前一片狼藉的食案，震惊不已，她还从来没有见过一口气能吃这么多的人呢！

李嫣又抬眼看了看林挽月，她从没见过肤色如此黝黑的人，浓密的眉毛斜飞入鬓，薄薄的嘴唇微微嘟起，英俊挺拔，又带着几分孩童才有的俏皮模样，许是吃得多了，此时这人正毫无形象地半撑着身子，身体微微后仰，眼睛眯着，露出一副满意的神情，这样子就好像母妃宫中吃饱喝足正在晒太阳的猫一样。

林挽月有一种与生俱来的敏锐，也正是这样的天赋，让余闲和小十一这一路下来苦不堪言。这次也是一样，林挽月耳边传来的是悦耳的宫乐，欣赏着歌舞姬柔媚的舞姿，即使此时她非常惬意放松，可是还是本能地把头转向了李嫣那边，正好发现旁边位置上的这位豆蔻年华的少女正在目不转睛地看着自己。

林挽月微微一怔，想起这位是二公主李嫣，楚王的胞妹，年十四。

林挽月坐直了身子，朝着李嫣公主拱了拱手，便又转过了头，专心致志地欣赏起前面的舞蹈来了。

李嫣没想到自己偷窥别人被正主发现了，女儿家的面皮本来就薄，林挽月转过头后，李嫣的脸颊上立刻燃起了两抹绯红。

李嫣忙端起面前的酒樽，以广袖掩面，缓缓饮下了樽中酒。

这一幕并没有逃过李娴的眼睛，她侧眼看了看自己的皇妹，又收回目光看了看目视前方的林挽月，然后转过了头。

"父皇！儿臣有话要说。"楚王李玹端着酒樽从座位上站了起来。

"嗯，但说无妨。"

"父皇，我母妃新丧，嫣儿不过十四岁，父皇日理万机，儿臣又远在封地，照顾不了胞妹，儿臣想着求父皇做主，在适龄的世家子弟中寻找与嫣儿相配的人选，待守丧期一满，就许嫣儿完婚。"

"嗯？"李钊听完楚王李玹的话，沉吟了片刻，便把目光投向了李嫣。

却不想这李嫣人虽然不大，性子倒是异常火暴，只见她红着一张俏脸从座位上起身，对李钊说道："父皇，女儿不嫁！再说……再说女儿还小呢，要嫁也是娴姐姐先嫁！"

李嫣说完愤愤地坐了下来，大家的目光一下子便都集中在了李娴的身上。楚王远远地看着李娴，恍然大悟地说道："哎呀，你瞧为兄这记性，还是嫣妹妹想得周到，差点儿坏了规矩。"

说完，楚王朝着李钊拱了拱手，坐了下去。

李钊则远远地打量自己的嫡长女，看着她那张与先皇后七分相似的脸，有些晃神。

时间真的很快，一晃便是这么多年过去了……

李钊恍然想起自己当初第一次见到李倾城的时候，也是在这宫宴上，她那么美，宴会中所有世家年轻子弟的目光几乎都被她吸引了去，自己坐在此时珠儿的位置上，不过遥遥一眼，这人的模样便牢牢地烙在了自己心底，再也抹不去了……

"娴儿今年也有十六了吧……"

"是，父皇。"李娴盈盈答了，脸上的表情依旧是淡淡的。

林挽月抬眼看了看楚王，又转头看了看李娴，脸上的表情变得有些不自然。

李钊远远地看着李娴，面露感慨，说道："也怪寡人疏忽了，这些年，你母后一直病着，寡人总是私心想着让你多留在我们身边几年，却不想白驹过隙，娴儿都十六岁了……今日若不是你楚王兄提起，寡人差点儿又疏忽了，嫣儿确实是不着急，娴儿的事情怕是要及早考虑了。"

"娴儿多谢父皇，多谢楚王兄。"李娴朝着李钊和楚王李玹各自打了一个万福。

"你们几个做兄长的，也要多关心自己的妹妹，有人品、才貌俱佳的青年才俊不妨给寡人推举上来，也好做长公主驸马之选。"

"是！父皇！"

楚王、齐王、雍王齐齐地回答了，李钊这才满意地点了点头。

"娴儿多谢三位王兄关怀。"

李娴朝着对面的三位藩王甜甜地笑了笑，露出一对淡淡的梨涡，然后缓缓地坐了下来。

李钊看着李娴点了点头，一脸的满意。

这样的兄友弟恭、姊妹和乐的场景，才是他想看到的。

宫宴就在这样一片欢声笑语中结束了，林挽月毕竟是外臣男子，宫宴结束之后天色已然不早，李钊便吩咐了轿夫将林挽月送到宫外驿站。

其余藩王也各自回府。

林挽月回到驿站第一件事便是脱下了这一身华丽的行头，第二件事便是坐在驿站的床上发呆。

宫宴上的吃食很好吃，自己太过贪嘴，吃得太多。

林挽月摸着自己的肚子揉了揉，然后那双长着老茧的手缓缓地由腹部滑上了胸口。

林挽月隔着紧紧勒在胸口的裹胸布按着自己的胸口，怔怔出神。

良久，她按在胸口的手指弯了弯，将洁白的中衣前襟抓在手里，依旧呆呆地看着前方出神……

林挽月就一直这样坐着，直到巡街的梆子敲过了三更，她才恍然回神，只觉手脚发麻。

林挽月皱眉抿嘴，忍着腿上传来的刺痛感，走到桌前吹灭了油灯。

房间里立刻变得一片漆黑，这是一种似曾相识的黑。

如今自己功成身退，公主也回到了属于她的皇宫。今日林挽月切身体会了皇宫中奢华的生活，那是她林挽月一辈子只有幸体会过一次的生活，却是李娴从一出生就享受的生活。

公主十六岁了，早就到了成婚的年龄，再留下去怕就成老姑娘了，堂堂一国的长公主殿下，太迟嫁人恐怕会被人笑话的。

她也没反对不是吗？在宫宴上，她便那样轻松地答应了李钊的提议，还言笑晏晏地请她的三位皇兄帮忙物色青年才俊……

是啊，女人到了年纪总是要嫁人的，这个世道上除了自己这个已经不成样子的"怪物"，怕是所有的少女到了十六岁都该嫁人了，再说公主嫁人与自己有什么关系呢？她那么受宠，陛下定会给她找到一位与她无论是身份、地位还是其他方面都最匹配的良人……

林挽月想到这想通了，便笑了笑，然后转身回到了驿站的床上，闭上了眼睛。

第二天一早，林挽月刚刚洗漱完毕，便有侍卫来传旨，说是长公主殿下有请。

林挽月随着侍卫坐轿来到了未明宫，没想到在殿门口迎接她的人居然是一位"老相识"。

"林……千户，公主估摸您这会儿快要到了，让奴婢来接您的。"

"阿隐姑娘，好久不见。"

林挽月对阿隐笑了笑，之前在军营里阿隐为她缝合过伤口，算是于她有恩。虽然林挽月一直怀疑阿隐就是李娴身边的内鬼，但如今李娴已经安然回宫了，后面的事情轮不到自己操心了。

阿隐深深地看了一眼林挽月，见到这人除了和自己打招呼之外，居然看都不再看自己一眼，内心无望地一叹……

林挽月被阿隐带着来到未明宫的偏殿时，李娴已经坐在餐桌前等着林挽月了。

见林挽月来了，身上穿的也不知是从哪里弄来的一件普通布衣，笑了笑，对林挽月说道："飞星，快坐。"

林挽月在桌前坐定，立刻就有宫婢为林挽月添置了碗筷，并且给林挽月盛了一碗煮得黏稠剔透的白粥。

"这么早传你过来，想着你也应该是来不及吃早饭，正好与本宫一起用了吧。昨夜宫宴上我吃的尽是些肉食，有些腻，就请飞星陪本宫喝些粥，吃点儿小菜吧。"

"谢公主。"

"用吧。"说完，李娴率先舀了一口粥放在嘴里。

林挽月昨天因为生平初次见到那么多好吃的东西，一时贪嘴，吃得有些撑了，回到驿站后便囫囵睡了，今天一早起来胃里确实有些不舒服。

如今一口热乎乎的白粥下肚，身体立刻暖融融的。

李娴吃了几口便停了下来，坐在林挽月的对面静静地看着林挽月大口大口地吃粥，这人的吃相始终如一，无论吃的是山珍海味，还是一碗白粥，总是能吃出狼吞虎咽的样子。

一餐无言，待林挽月吃完，李娴带着林挽月来到了未明宫后的花园。

李娴笑吟吟地抬手一指："飞星，你看。"

林挽月顺着李娴的手指的方向看去，见这花园中居然有一头驴子正在甩着尾巴悠然地吃草。

"这是……"

李娴点了点头，笑着说道："侍卫实在无处安置这头驴子，本宫想着它到底也有些功劳，便让人领了，去了嚼头枷锁，养在了未明宫里。"

林挽月看了看李娴，二人相视一笑，一切尽在不言中。

林挽月大步流星地来到了院子里，搂过了驴子的脖子，轻轻拍了几下。

驴子似乎还认识林挽月，对着林挽月打了一个响鼻，甩了甩尾巴。

林挽月大乐，摸着驴子对李娴说："公主，不如就请你赐个名字给它吧！"

李娴想了想，笑道："不如就请飞星替本宫取一个吧。"

"嗯……那便叫林千里吧！"

听到林挽月的话，李娴忍俊不禁，哪有人让驴子随了自己的姓的……

应李娴的要求，林挽月一共在京城滞留了十日。

在这十天里，林挽月也彻底见识了京城的繁华，不过很奇怪的是林挽月并没有因此对京城有任何的留恋，到了第九天的晚上，林挽月便收整了行装准备回军营去。

李钊赐给林挽月一匹骏马，名曰龙冉，并派人传话说希望林飞星可以早日实现当日在宫宴上的誓言，军功拜爵，镇守边疆。

林挽月从传诏使手中接过龙冉的缰绳，朝着东方盈盈一拜。

第十日的清晨，是林挽月离开的时候了。

林挽月背上行囊，戴上佩刀，跨上龙冉宝驹，迎着晨曦离开了天都城。

出城不过几里地，林挽月远远地瞧见一辆四乘的马车停在官道旁边。

林挽月的心不由自主地颤了一下，她拉了拉手中的缰绳，龙冉的速度慢了下来。

小慈站在马车下面，一下子便看到了林飞星骑着高头大马朝她们这边来了，于是兴奋地对车厢内喊道："公主，公主，林千户来了。"

听到小慈的声音，林挽月心中一喜，没想到李娴居然来送自己了。

林挽月在李娴的四乘马车前勒稳了缰绳，一翻身从马背上跳了下来，今日她已经换上了粗布麻衣，小慈横了林挽月一眼，啧啧称奇，此时的林营长明明就是平淡无奇的样子嘛……

"公主，您慢点儿。"

小慈将李娴小心翼翼地扶下了马车，然后就朝着车夫使了一个眼色，二人向另一边走去。

秋晨初寒，李娴今日披了一条猩红色的斗篷，斗篷将她那本就白皙无瑕的容颜映衬得愈发娇艳欲滴。

"公主，您怎么来了？"

"我来送送你。"

听到李娴的自称，林挽月心中一动，看着李娴。

李娴莞尔一笑，似乎是读懂了林挽月的心思："我知你不喜繁文缛节，但是在宫中该遵守的一定要遵守，现下只有你我，飞星不会因为身份不认我这个朋友了吧？"

林挽月挠了挠头，笑道："怎么会，公……娴儿。"

"送君千里终须一别，京城距西北路途遥远，也不知道你我二人何时才会再见，今日将这块玉佩赠予飞星，见玉如见人。"

说完，李娴从腰上解下一块玉佩，递给林挽月。

林挽月下意识地伸手接过玉佩，低头一看，小巧的汉白玉佩上刻着一个小小的"娴"字。

"这……"

林挽月惊讶地看着李娴，刚想出言拒绝，却对上了李娴盈盈似水的眸子，想要推辞的话刚到嘴边便被咽了回去。

"走吧，飞星，我在这宫廷之中等着你军功拜爵的好消息。"

"嗯！"

林挽月重重地点了点头，将玉佩攥在手心，拉着缰绳翻身上马。

林挽月坐在马背上，深深地看了李娴一眼，她张了张嘴，最后只道出一句："珍重。"

李娴颔首。

"驾！"

林挽月一夹马肚，龙冉便扬起了蹄子，迈着矫健的步伐驮着林挽月朝着远方进发……

林挽月拉着缰绳，将玉佩紧紧地攥在手心里，其实在最后的那一瞬间，她想问问李娴，你就要成亲了吗？

可是她没有。

千言万语，只能化作一声珍重，愿卿珍重。

龙冉宝驹的脚程定不是那辆驴车可以比拟的，林挽月骑在上面，只感觉耳畔生风，按照这个速度，回到军营只需要来的时候一半左右的时间。

林挽月一路顺着官道前行，第三日便到了岔路口，直走是湖州，向北是连城，向南到乌义。

林挽月想了想，便选择了向北的岔路，龙冉的脚程够快，她可以稍稍转一个弯去办点儿其他的事情。

不承想，就在快进连城的时候，一件令林挽月意想不到的事情发生了。

连城地处偏僻，人流本就不多，一个蓬头垢面、背着行囊、手中拿着一根哨棒的身影，站在入城必经之路的土墩上在望眼欲穿地等着什么，要多显眼有多显眼……

林挽月眯眼一看，这不是当日喊话的山贼吗？堵在这里，莫非是来寻仇的？

林挽月唇边堆起一丝冷笑，拉了拉缰绳，龙冉的速度慢了下来。她倒是要看看，这群山贼还想干什么？

站在土墩上望眼欲穿的小凯，离老远就看到了林挽月，小凯的眼睛一下子便亮了起来，他提着哨棒便朝着林挽月的方向跑了过来。

林挽月一手拉着缰绳，一手按在了腰间的佩刀上，眯着眼冷冷地看着越跑越近的小凯。

令林挽月没想到的是，小凯跑到离自己五步远的时候"扑通"一声跪在了地上，口中叫道："林飞大哥，小弟在这儿等你半个多月了！"

林挽月一头雾水地皱了皱眉，冷声道："你起来说话，谁是你大哥？"

"哎哎哎！大哥让我起来我就起来。"

小凯忙不迭地从地上爬了起来，拍了拍膝盖上的尘土，毫不在意林挽月冷冰冰的态度。

林挽月坐在马上，居高临下地看着小凯，不过按在佩刀上的手放了下来。

小凯向前走了两步，眼馋地看了看林挽月胯下的龙冉，想伸手摸摸却没敢，他对着林挽月讨好地笑笑，说道："林飞大哥，小弟决定从良了，再也不做山贼了。大哥，你的身手让小弟佩服，小弟料理了大当家……呸呸呸，小弟料理了黑老虎和小毛的后事之后，就收拾了东西马不停蹄地来连城投奔您来了，进城一打听也没有林飞这号人，小弟不死心，就在城门口等着，没想到老天爷饿不死瞎家雀，真把大哥您给等着了，嘿嘿嘿……"

"回头是岸倒是好事，但是你跟着我做什么，我不过是普通的农户，没出路的。"

对于林挽月的回答，小凯并不买账，只见他眼珠一转，回道："大哥，您就别蒙小弟了，那天我料理小毛和黑老虎后事的时候仔细检查过了，普通农户肯定没有大哥您这样的身手，而且大哥，您自己看看，您看看您这匹马，嘿嘿，不瞒大哥说，小弟落草之前啊，做过一段时间的马贼，嘿嘿，您这品相的马，我从来都没见过，要说您不是落难的达官贵人谁相信哪，大哥，您就让小弟跟着你吧！"

"无理取闹！"

林挽月皱了皱眉，不想和山贼再纠缠下去，于是拉了拉缰绳，龙冉再次跑了起来。

"哎？大哥！大哥！你等等我！你等等我啊，大哥！"

在接下来的一盏茶的时间里，连城的路上就出现了令人瞩目的一幕，一位黑瘦的少年骑着一匹高头大马跑在前面，后边一位背着行囊、提着哨棒的少年跟着黑瘦少年穷追不舍，一边跑一边嘶哑地喊："大哥！你等等我！"

林挽月不堪其扰，奈何行在城中骑得快了又怕撞伤行人，好不容易出了城，林挽月大喝一声："驾！"

龙冉立刻四蹄生风，在土路上扬起一道烟尘，很快便消失在了小凯的视线里……

林挽月骑了足有一个时辰，才到了她和李娴第一天晚上投宿的那对老夫妇的村庄。

自从离开之后，林挽月的脑海里便时常会想起这对老夫妇。

老两口的年纪已经不小了，唯一的儿子战死沙场，成了绝户，未来的日子肯定越来越难，之前在逃难，林挽月也无暇顾及，如今正好路过，自己的身上还有不少太子赏下的银钱，林挽月决定帮一把。

"吁！"

林挽月下了马，先到村头富农张二富家里，将龙冉拴好，敲响了门。

"谁呀！"

"张二哥，是我！"

张二富拉开了门，看到一个陌生的少年站在门口。

"张二哥，我是前些日子到您家买了一瓢白米的林飞，您还记得吗？"

"哦哦，我想起来了，买给你娘子吃的对吧，你这后生不错，年纪轻轻的就知道疼人，我当然记得！"说着张二富让了一条路，让林挽月进去。

林挽月侧身进了院子，对张二富说："张二哥，实不相瞒，今天小弟来也是有事相求，这些日子小弟接了一批买卖赚了点儿银钱，我想在张二哥这里买点儿口粮。"

"哟，小伙子，没看出来啊，几日不见便发达了，你要哪种粮？要多少？"

"我要两石米，要白米。"

"一斗米五株，两石米一百株！"

"张二哥价格公道，我这就数给你。"

说完，林挽月解下了身后的行囊，从鼓鼓的钱袋里数出了一百一十株递给张二富，说道："张二哥，你这米不用一次都给我，我希望你每月送足够的口粮给村西头的欧家夫妇那里去。"

张二富双手接过了林挽月递过来的钱，瞪大了眼睛，喃喃地说道："兄弟，你莫不是疯了吗？有钱没处花？你不过是在欧叟那里借住了一宿，就还他一年的口粮？有这钱，你回去盖房子孝敬爹娘才是正理儿！"

林挽月笑着摇了摇头："二哥，你一定照办啊，我时不时地会回来看看的。"

说完，林挽月走出了院子，她不想解释太多，她已经没有任何亲人活在这个世上了，欧家的老夫妇是绝户了的军户，林挽月感觉他们像极了自己。

有一天，她也将老去，欧家夫妇虽然儿子死了，到底还能彼此扶持，可是自己呢？

当赵小花挎着两筐鸡崽跟着林挽月走进欧氏夫妇的破院子里的时候，老两口吓了一跳。

"这……这是……"

欧叟从木墩上站了起来，欧妪也从厨房里走了出来，一边走一边擦着手上的水，一脸震惊地看着林挽月。

"欧老爹，这林小弟可真是知恩图报，在我那里买了不少鸡崽，我先把鸡崽给二老拿过来了，等一下我们家小山就过来给二老垒鸡窝，用不了多长时间哪，二老就天天都有鸡蛋吃了，要是吃不完，可以拿到我那儿去，都是这么多年的老街坊了，就按照十二枚鸡蛋一株算！"

"老爹，老娘……二老还记得我吗？"

"记得记得！你不是前些日子在我们家借宿的后生嘛！"

"对，我是林飞！"

"欧老爹！"

林挽月和欧家老叟正在说话，张二富扛着一袋大米推开欧家的竹院门，满脸堆笑地走了进来。

"哎！二富，你这是……"

"哎哟，欧老爹，我是给您来送粮的，先给老爹老娘送来一斗，我刚打的新谷子！您二老吃完了再和我言语一声，我再给您二老打新米！这林小兄弟在我那里预付了两石的米钱，够老爹您老两口吃上一年了！"

欧叟愣住了，眼睁睁地看着赵小花把两筐鸡崽放好，笑吟吟地转身出去，然后看着张二富扛着那一斗白米，走进了厨房将大米"哗啦啦"地倒进了已经空空如也的米缸里。

直到张二富也离开了院子，欧叟才回过神来，花白的胡子一抖一抖的，抓着林挽月的胳膊，激动地说道："你这后生，你这是作甚哪，我老两口不过是收容你们一宿，哪值得起这么大的恩！"

林挽月憨憨一笑，没有回答。

欧妪也走了过来，用粗糙干裂的手抹着泪花，激动地说道："你这后生心眼儿真好，今天别走了，留下一起吃饭，家里也没有什么好东西，你莫要嫌弃。"

"对对对，今天莫走了，天色也不早了，就在这儿住一宿！"

林挽月抬头看了看天色，点了点头："那就麻烦二老了。"

"你这后生，该是我们两个老东西感激你才对！"

巧妇难为无米之炊，现在有米了，没有好菜也不行，林飞解决了他们两口子一年的口粮，他们家虽然穷也不能吝啬，想通这理欧妪也没有和欧叟商量，便到赵小花家去借鸡蛋去了。

本来欧妪只想借两个，专门炒给林飞吃就行了，结果赵小花笑呵呵地说："老嫂子，两个鸡蛋哪里够！"

赵小花喊他家的儿子赵小山给欧妪用小竹篮装了十枚鸡蛋，还割了一条腊肉！

欧妪连番推辞，这鸡蛋她敢借，至少她家现在也有鸡崽了，等到鸡崽长成，总能还上，可是这腊肉她是万万不敢拿的，什么时候能还上呢？

最后赵小花只说等鸡崽长成了，下了蛋再还鸡蛋，肉就不用还了，就当是他答谢林飞的礼物了。

欧妪这才接了。

赵小花可不是笨人，他们家是当地最大的养鸡户，每月的望日、朔日他都要带着儿子去连城里赶集，给连城中的客栈、商铺还有一些散户提供鸡蛋，在这个村里，除了张二富之外，就数他赵小花见多识广。

赵小花的眼睛很毒，他见这个林飞虽然穿着粗布麻衣，但是胯下那匹高头大马绝非凡品，没有个几千株啊，甚至说没有几金，绝对买不到品相那么好的马，再看马身上挂着的布袋子鼓鼓的，林飞背后行囊里面的钱袋更是鼓得吓人，数钱的时候一点儿都不犹豫，不还价还多给！

这行事作风，一看就是不会过日子的公子哥儿，说不定啊！就是哪个世家大族的公子带着小情人私奔的呢！

这老欧家虽然算得上是绝户了，但听说欧叟以前也是打过仗的，也不知道和这林飞是什么关系，能攀上这棵大树总是好的，他张二富都能亲力亲为地打新谷，还亲自送过去，怎么，他赵小花还舍不得一条腊肉？

赵小花轻哼一声，嘱咐自己儿子小山抓紧准备材料，给欧家垒鸡窝去！

一个时辰之后，就煮熟了饭了，欧家破天荒地蒸了白米干饭、煮了四个土豆，炒了一盘腊肉炒野菜和一大盘鸡蛋，还弄了一盘嫩头青梗的小葱和豆酱，欧叟将桌子直接摆在了院子里，拽了三个木墩，三人围着桌子刚刚坐定的时候，一位"不速之客"来了。

"大哥！大哥！我可算找到你了！"

小凯喘着粗气，手中拎着哨棒，身后背着破布行囊，身上的粗布衣服被汗水浸湿了半截，推开了欧家的篱笆门，走进了院子。

林挽月坐在木墩上抬眼看了看山贼，挑了挑眉问道："你怎么找到这儿的？"

闻言，小凯得意地一笑："大哥，你这是不是考验我，我不是说过了，我之前做了一段时间的马……师，我一路顺着马蹄印跟过来的。"

听了山贼的话，林挽月看了看他，倒是有些意外了。

"林小子，这是谁啊？"

"啊……"

不等林挽月答话，小凯立刻机灵地上前给欧叟行了一礼，回道："老爹，我叫卞凯，您叫我一声小凯子就成，我之前和林飞大哥有点儿误会，想跟着大哥，请您老给我美言几句。"

"欧老娘，能麻烦您再添一双碗筷吗？"林挽月转头说道。

"哎，我这就去拿！"

"先坐下吃饭吧，吃完饭再说。"

林挽月没想到这小凯居然还有这个本事，跑了这么远还找到了自己，不管怎么说这小凯都是山贼出身，如今让他摸到了欧家，自己要是不带他走恐生祸患，万一这下凯劣性不改，自己岂不是害了二老？

"林小子啊，你娘子哪，怎么没来？"

听到欧叟的问题，林挽月恍惚了一下，她想起几天前她们还在一起逃难，坐着由千里拉的车子，一路扮作一对夫妻。

如今她已经回到宫中，而自己也将回到军营，回归各自的生活。

"大哥，那天……其实我远远地也看到大嫂了，就在小毛掀开车帘的时候，我远远地瞅了一眼，大嫂是真漂亮啊！我活了这么大从来没有见过那么美的人，大哥，你真是好福气！"

小凯一边说，一边拿过一根小葱，蘸了一些酱，咬在嘴里"嘎吱嘎吱"地嚼了，扒了一口白米饭。

"她……在家呢，我这趟出门做点儿买卖，没带她出来。"

欧叟点了点头："哦……那可是一个好姑娘！"

林挽月勾了勾嘴角，低下头，看着面前的桌子没有答话。

林挽月笑着沉默，卞凯插科打诨，欧妪一脸满足，欧叟满眼慈爱。

一顿饭就这样愉快地结束了，吃过了饭，欧妪收拾了碗筷，林挽月坐在院子里的树下和欧叟拉家常。

林挽月支使着卞凯劈柴挑水，卞凯把包袱解下来往西屋里一扔，就愉快地干起活来。

"林小子，我看着小凯子干活挺麻利的，人也机灵，一路追你过来也算是心诚，你要是方便的话，不如就把他带在身边吧，也算是有个帮衬。"

"哎，您放心。"林挽月点头应了。

一夜无话，第二天一早，林挽月带着卞凯别过了欧家夫妇。

林挽月先叫卞凯在村中等着自己，她到连城给卞凯买匹马，没想到卞凯一听这话死活不干，生怕自己被丢下，非要跟着自己。

林挽月冷冷地瞥了卞凯一眼："我言而有信，说带你走就一定会带你走，你要是想跟着你便跟着。"

说完，林挽月打马走了，到了连城挑了一匹马，然后拉着马往回跑，回来的时候，看到卞凯拎着哨棒背着包袱正在村口等着自己，林挽月点了点头，她不喜欢不相信自己的人。

"大哥，你回来啦！"卞凯看到林挽月立刻迎了上来。

"上马！"

林挽月把缰绳丢给了卞凯，卞凯带着兴奋的神色绕了马一圈，然后拍了拍马的脖子，一翻身上了马。

二人打马前行数十里，林挽月才勒住了缰绳，对卞凯说："你要跟着我可以，但是有些话我必须提前和你说清楚，到时候你要还想跟着我，我就带着你。"

"你看吧，我就说大哥你的身份不一般！你说吧，我肯定跟着你！"

"我叫林飞星，是镇西大元帅李沐将军麾下飞羽营的营长，我是军户，这次是要回军营的，我想你也知道李沐将军的部队，我们常年和匈奴人对抗，伤亡数是整个离国所有部队中最高的。"

"咕咚"一声，卞凯看着林挽月咽了一口口水。

林挽月盯着卞凯继续说道："你能弃恶从善，这很好，如果你不愿意跟着我，我绝不勉强你，这匹马我可以送给你，我还可以给你一些盘缠。但若是被我发现你回去纠缠欧家二老，我绝不轻饶！"

第八章 不翼而飞不得寻

此时此刻卞凯终于明白了，为什么眼前的这人明明看上去和自己差不多大却可以轻松地解决连城一带赫赫有名的黑老虎！

经历过战争的人，爬过死人堆的人，会怕山贼吗？

李沐将军的名声他是知道的，在落草之前，哪家的军户要是被分配到李沐将军的军营，往往是喜忧参半，喜的是李沐将军不仅赫赫有名还赏罚分明，在他的部队里不看家世只看军功，忧的是十个新兵到他的兵营里能活着回来四个就算是万幸……

卞凯直勾勾地看着林挽月，心中暗自掂量，他这么小的年纪就能当上营长，一方面证明了李沐将军确实任人唯贤，另一方面也说明了这林飞星的能力过人，自己做过乞丐，当过小偷，做过马贼，当过山贼，终究不是长久之计，就像黑老虎一样，做了大当家又如何了？不还是被眼前的林飞星一刀就给解决了？

想到这里，卞凯豁然开朗，朗声答道："大哥，你若是不嫌弃，小弟跟你走！"

"好！"林挽月点了点头，这个卞凯倒是有点儿胆量。

"你落草之前是什么户籍？"

"我啊，我就是一个破落户……原本是农户，爹死得早，娘身体不好，卖了地给娘看病也没能救活她，没了地的农户，哪儿还叫农户？我什么都干过，不过大哥你放心，我一定好好跟着你。"

"你若不是军户的话，我不敢保证一定能投军，不过先随我到军营里试一试吧。"

"哎！都听大哥的。"

就这样，林挽月卞凯二人再次上路，复行四日，便出了阳关城。

二人又快马加鞭行了大半天，才到了军营。

走到军营门口，林挽月下了马，掏出了腰牌递给了哨兵，验明正身。

卞凯的哨棒被收走了，他站在林挽月的身后，腰都挺不直，一副紧张的样子，一双手不知道放在哪里好。

"你就是林飞星？"哨兵拿着林挽月的名牌上下打量林挽月。

"是我，有什么不妥吗？"

"哦，没有！"哨兵将名牌还给了林挽月。

林挽月此时还不知道，她已经是整个军营里的大名人了！

早在前几日，从京城来的传诏使就已经将李钊褒奖林挽月的手谕传了过来，传诏使当着三军高声宣颂，说林飞星有勇有谋，恪守忠义，赏赐林飞星千户食邑。

这一下子整座军营里都炸开了锅，之前的林挽月和林宇一夜之间都升了官职，也引起过一阵旋风，但是刮过了也就过去了，可是这次不同了，圣上手谕亲自褒奖林飞星，还赐了他千户食邑！整座军营里好多人都眼红了！

千户食邑啊，那是多少啊？在军营里一个先锋郎将有百户食邑，已经足够让许多人拼了命去挣这个功名了，千户啊，一辈子也花不完了！

在传诏使宣读了诏书之后，军营里所有的人在茶余饭后、操练间隙、去茅房的时候都要谈论谈论这件事情。

"林飞星是谁？"

"你认识林飞星吗？"

这两句话甚至都要成为李沐军营中两人见面的寒暄用语了，仿佛谁要是不知道林飞星就落伍了一般。

与这些人截然相反的是飞羽营的士兵们，林飞星是他们的营长，能在众多刺客中力挽狂澜，护送公主毫发无损地回京，还得到了圣上手谕的褒奖，那可不是谁都能办到的事儿！与有荣焉！整个飞羽营人人面上有光！

连续好几天飞羽营的士兵出了营门都会扬着下巴走路，胸膛挺得高高的，训练也更卖力气了，为什么？日子有盼头！自己的营长就是一个例子，就是榜样，就是奋斗的目标！

"你认识林飞星吗？"

"那当然了，林飞星是我们营长！我们营长才十六呢！"

每当飞羽营的士兵们如是回答，便会得到对方一个羡慕的眼神，屡试不爽。

最高兴的人莫过于林宇、张三宝和蒙倪大三人了。

这些天，他们三人无论是吃饭、走路、操练士兵，甚至骂娘的时候都笑呵呵的，不知道的人还以为他们疯了。

这三人一个是一开始便"慧眼识珠"，认为林飞星迟早会军功拜爵，并且把林飞星当成亲大哥。

另外两个是把自己定位为林飞星第一批重要亲兵的。

卞凯没有名牌不能擅入军营，只好留在营寨门口等着林挽月。

林挽月第一件事便是到李沐的大帐去，拜见大帅。

"飞羽营营长林飞星，求见大帅。"

"进来！"听到林挽月的声音，李沐紧锁的眉头松了松。

"卑职林飞星，不负大帅重托，将公主平安送回京城，平阳侯世子李忠不知所终。"

"起来吧，本帅已经知道了。"

"谢大帅！"

"你做得很好。"

李沐满意地对林挽月点了点头，李娴到底是他的亲外甥女，自己的妹妹去了，若是自己的外甥女再从自己这里离开就出了意外，他定要愧疚一辈子的！

"这是卑职分内之事！"

林挽月斟酌了片刻复又问道："敢问大帅，有其他的兄弟回来吗……"

李沐的回答在林挽月的意料中，但她依旧有些难受。

"你且与本帅说说，刺杀公主的都是些什么人？"

"回大帅，公主一行人在湖州城外受到埋伏，显然有人泄露了公主回京的时间和路线，对方一共有九人，行刺之时对方黑衣蒙面配有弓箭，训练有素，再多的，卑职不知。"

"你说他们只有九人？"

"是。"

"哦……"李沐点了点头，若有所思。

"飞星，谢谢你。"

"卑职不敢，这是卑职分内之事。"

"欸！"李沐冲着林挽月摆了摆手，继续说道，"我不是以元帅的身份向你道谢的，我是在以一个舅舅的身份谢谢你。"

听到李沐的话，林挽月张了张嘴，没有作声。

"飞星，你过来。"

林挽月应声走到了李沐黑案前。

"认识字吗？"

"认识几个字。"

"那好，你看看这份军报。"

说完，李沐将一份小巧的竹简推到了林挽月的面前。

林挽月拿到眼前抖开一看：元鼎二十八年，秋，九月二十五日，大军过冬粮草于湖州城被劫……

林挽月瞪圆了眼睛，抬头看向李沐的时候，却发现李沐竖了一根食指在唇边，林挽月立刻噤声，却依旧压不住心头的惊愕。

湖州城？又是湖州城？

粮草被劫？西北的冬天来得早，这一批就是他们军队几十万大军过冬的粮草，初冬匈奴人为了掠夺口粮会愈发地凶狠，军营里若是粮草不济，再加上北境这荒凉苦寒的气候，试问，他们如何抵挡那不要命的匈奴人？

粮草怎么丢的？被谁劫走的？

一瞬间，林挽月的脑海里闪过了无数个疑问。

九月二十五日，就在她离京的那一天！

"哎……这件事目前也只有你知我知，我连身边的副官都没有告诉，你也不要声张，此时军心若是动摇，身后千千万的百姓就要危险了。"

"是……卑职……一定守口如瓶！"

"嗯，你去搬个凳子坐过来吧，我们商讨一下这件事。"

"是！"

林挽月从帐篷的另一头搬了凳子坐在李沐的案旁，看着李沐随手将竹简丢到火盆里，脸上的惊愕仍旧没有散去。

竹简落入火盆，不一会儿，便传来了"哔哔剥剥"欢快的爆裂声，可是林挽月却怎么也高兴不起来。

匈奴在北，李沐的军队压在边境线上和匈奴军队对峙，粮草一路从南边被运过来，所经之地都是离国的土地，他们几十万大军的粮草，在自己的土地上被人轻而易举地劫走了……而且巧的是朝廷的人会把粮草送到湖州城，便不再向北，李沐将军的押解士兵会在湖州城和朝廷的士兵交接，然后一路向北将粮草运回军营。

湖州，偏偏是湖州！

哪怕再往南一城，粮草丢失这件事就与他们军营无关了！

在交接的城市粮草丢失了，又是一出说不清道不明的糊涂账！

两方的士兵居然看不好那么一大堆粮草，被劫了？

朝廷会不会怪罪？匈奴人会不会得到风声乘虚而入？下一拨粮草何时才能调配到位？

此时此刻，林挽月的脑海中可谓千头万绪，有无数个问题："大帅，对方多少人，我们和朝廷的人伤亡惨重吗？"

林挽月的声音压得很低。

"呵呵，若两方都损伤惨重，本帅倒是好和朝廷交代，可是，现场没有任何打斗的痕迹，守夜的士兵被人捂住嘴巴抹了脖子，无声无息地死了，第二天一早才发现粮草不翼而飞，这是回来的士兵亲口和我说的，你说，本帅若是在奏章上就这么写，陛下会不会相信我？"

营帐里陷入了死一般的寂静。

林挽月看着李沐，才恍然发现这两年来，她以为自己已经在这百次的实战中成长，直到面临了这次大问题，才发现她所知道的东西不过是沧海一粟罢了。

此时如果给她一个匈奴人，她可以想到一百种方法把匈奴人置于死地；如果给她一队匈奴人，她也能用最快的手段克敌。可是如今面对这样事关几十万大军的问题，林挽月发现自己的大脑中一片空白。

林挽月放在膝盖上的拳头紧了紧，想起李娴对她说的话："飞星，为将者，率众克敌；为帅者，运筹千里。"

林挽月无比惭愧，李娴一直说自己有帅才，林挽月这次回来也是信心满满，可是当面对实际的问题时，她才清楚自己究竟有多差……

李沐拍了拍林挽月的肩膀，语重心长地说："你刚回来去休息休息吧，我们明日再议。"

"是！"

林挽月起身，面带羞赧，恭恭敬敬地朝着李沐行了一礼，将凳子放回原处，才从大帐中退了出来。

"哟，飞星回来啦！"李沐的副官正好从帐前路过，看到了林挽月朝她打了个招呼。

林挽月尴尬地笑笑，对着副官行过军礼就转身离开了原地，朝着飞羽营走去了。

"营长好！"

"营长，您回来啦！"

林挽月走进飞羽营，被士兵的喊声吓了一跳，抬眼一看，只见飞羽营中的士兵纷纷停下了手中的事情，无不带着热切的目光注视着自己。

见到这一幕，林挽月有些诧异，问道："怎么了？是有什么喜事吗？"

士兵们见到自己的营长懵懂的样子，均露出了灿烂的笑意，还未等有人回答，林挽月便听到一个熟悉的声音，从远处传来。

"哥！你回来啦！"

林挽月转头一看，林宇正拄着拐杖远远地朝自己快速地走过来。

看到熟悉的面孔，林挽月压抑的心情暂时得到了舒缓，她朝着林宇一笑，迎了上去。

林宇把手中的拐杖一松，给了林挽月一个熊抱。

"哥，你可算是回来了。"

对于林宇的反应，林挽月吓了一跳，习惯性地想要推开，又想到林宇一条腿恐怕不吃重，只能堪堪忍了下来。

"哥，听到公主出事了，吓了我一跳，后来京城那边又传来褒奖你的圣旨，我就知道你不会有事的。"

林挽月听着林宇的声音，心中一暖，反手拍了拍林宇的背，然后慢慢地松开了他，捡起林宇的拐杖递给了林宇："腿恢复得怎么样？有余纨姑娘照顾你，恢复得不错吧。"

林挽月本是无心的一问，却把林宇问了一个大红脸。

林挽月抬头对着林宇眨了眨眼："怎么了？"

林宇面上一窘："我用这些年攒下的银钱和食邑在阳关城内买了一处小院，我已经找人送信给我爹了，准备明年趁着水草肥美匈奴人放牧的时候，就和阿纨成亲……"

"你小子，好事啊！"

林挽月笑着用胳膊肘碰了碰林宇，由衷为自己的这位胜似弟弟的战友开心。

林宇也笑着，脸上洋溢着幸福的神色，他上下打量林挽月说道："哥，我觉得你好像长高了一些……"

"是吗？"

"嗯，你要相信我的观察力，肉片的薄厚我都能发现，更别提你一个大活人了。"

林宇朝着林挽月的头顶比画了两下，继续说道："差不多要长了一寸呢，哥，你快十七了吧？"

"嗯……怎么了？"

"哥，在外面十七岁的男人的孩子都快能跑了！你这光长个头不长心眼儿可不行啊！"

林宇看了看周围，然后凑到林挽月的耳边压低了声音继续说道："哥，你这次入京没找个好郎中看看你那里啊！还能不能治啊！要是没有外伤，你自己弄一弄看看还能不能用，实在不行，你找人去试试……"

"去你的！"

林挽月被林宇说得头皮发麻，连忙向后退了一步，脸色不善地看着林宇。

见自己的大哥恼了，林宇立刻识趣地闭嘴，朝着林挽月讨好地笑了笑，继续说道："你现在都有千户的食邑了，什么时候给我娶个嫂子！"

自己一个女子如何娶妻？

林挽月抿着嘴，用鼻子重重地呼出一口气。

"营长！"

"营长您回来了，真是太好了！"

林挽月抬头一看，蒙倪大和张三宝并排朝着自己这边走来了。

"三胖子，你真不会说话，叫千户大人！"

"小的参见千户大人！"张三宝立刻扭着壮硕的身躯给林挽月行了一礼。

四人围在一起，哈哈大笑。

林挽月缓缓地收敛笑容："还是按照以前的称呼叫我吧，这是军营，称呼还是按照军衔来。对了，三宝、倪大，我离开的这段时间，营里士兵们训练的情况怎么样？"

"回营长，一切都是按照营长的吩咐去做的，效果也很显著，通过这段时间的训练，已经有一半人到了一队，我们飞羽营的战斗力提升了一个台阶！"

蒙倪大挺着胸脯向林挽月汇报着营里的工作，心内对这个营长钦佩不已，这个少年营长虽然年纪不大，但是训练方法非常实用，而且一眨眼的工夫就有了千户的食邑，自己果然没有看错人。

"嗯，你们做得不错。"林挽月点了点头复又问道，"两队谁吃了谁的肉？"

听到林挽月的问题，张三宝的面上一红，答案不言而喻，林挽月也就不再为难张三宝了。

"坏了！"林挽月一拍脑门儿，把卞凯的事给忘了，忘了请示大帅……

"哥，出什么事了？"林宇问。

当下，林挽月将关于卞凯的来龙去脉和场中其他的三人说了。

参军时间最长的张三宝立刻说道："营长，这事你也不用请示大帅，依我看没戏。"

"怎么讲？"

"这卞凯也不是军户出身，虽然改户不是不可以，但是这卞凯就算是个破落户，但是有手有脚，世间三百六十行，他非要选择落草，这样的人大帅怎么可能同意他进军营呢！"

林挽月说道："我看这卞凯本性不坏，而且还有很多不错的品质。先不说老虎寨散了之后他一个人处理了小毛和黑老虎的后事，就说他在连城等了我十多天也算是心诚，而且他的侦查能力很强，在上路之前，我也和他言明利害，他还是跟着我来了。人非圣贤，孰能无过，总抓着一个人的过去实在没有必要，我还是去找大帅问问。"

林宇一把拽住了林挽月的胳膊劝阻道："哥，大帅不知道怎么，这几天心情不好，你别去触这个霉头，为了一个山贼何必呢，实在不行给他点儿盘缠，让他做个小本生意也算是仁至义尽了。"

蒙倪大看了看林挽月，见他脸上的表情坚决，想了想说道："其实营长你要是想招这个卞凯进军营，不用非得过大帅那关。"

"倪大，你有什么办法？"

蒙倪大看了看林宇，继续说道："这就要看林郎将愿不愿意帮忙了。"

林挽月瞥了林宇一眼，自然地说道："你说吧。"

林宇亦齐声附和道："怎么帮？"

"先锋郎将是可以直接聘用帐前书记一职的，若是碰上手下军户没几个识字的情况，先锋郎将可以凭借自己的郎将印鉴给非军户但是有才学的百姓下达告书，此人便可以凭借这告书进入军营，成为郎将营中的书记……"

林宇的眼睛一亮："好，我这就去拿印鉴写了告书给这卞凯。"

林挽月在飞羽营中视察了一圈，所到之处无不受到士兵们热烈的欢迎。

大家越是欢迎她，林挽月心中的羞愧之情便越重，此时此刻的林挽月深深地意识到自己的实力根本承担不起这样的名声。

后悔已然无用，林挽月只是在心里给自己定下了一个努力的目标，她相信在不久的将来，自己一定能名副其实！

卞凯被安排在了林宇的营中，但是他实际上是听从林挽月调配的，等到时机成熟林挽月直接将他调过来就行了。

入夜。

林挽月怎么也睡不着，她坐在营帐中看着案前昏黄的烛光，眉头紧锁。得知了粮草被劫的事情，林挽月连晚饭都没有吃。此时她已经在案前枯坐了两个多时辰，却对粮草失窃一事毫无头绪。

林挽月最先想到的就是匈奴人，可是粮草是在湖州失窃的，在离国的土地上，匈奴人纵有通天彻地之能，也不可能直接越过他们军营的防线将粮草运送到匈奴的地界。

可是又是谁呢？是李沐将军的仇敌，伺机除掉将军？林挽月对朝中之事知之甚少，难道真的如公主所说的，几位藩王为了扳倒太子，先刺杀公主，刺杀不成又想除掉手握重兵的李沐，可是北境边防若破，整个离国的社稷都要动摇，难道为了争夺皇位，他们连江山社稷的安危都可以牺牲吗？林挽月想不通……

她将手伸入怀中，掏出了那块刻有"娴"字的玉佩。

林挽月看着手中的玉佩，喃喃说道："若是公主在这儿，一定能想到办法。"

突然，林挽月的脑海中灵光一闪！

第二天天刚蒙蒙亮，李沐帐前的亲卫便禀报李沐，飞羽营营长林飞星已经在帐外恭候多时。

李沐用净布擦了擦脸："让他进来！"

"是！"

"卑职参见大帅！"

"起来吧，你们先下去。"

李沐来到案前坐了，朝着林挽月摆了摆手道："搬凳子坐过来吧。"

"是！"林挽月搬过昨天坐过的凳子，来到了昨天坐定的地方。

"说吧，这么早来，可是对那件事有了什么想法？"

"是，卑职想了一夜，觉得那么多粮草不翼而飞实在是太过蹊跷，不过，眼下当务之急要做两件事情。"

"嗯，你且说说是哪两件事情。"

"第一件事，属下认为在正式入冬之前，我军应该后撤迁回阳关城。一则，现下各地秋收已经结束，大帅实在不用提供这么长的缓冲地。再则，阳关城城墙总要比我们临时的营墙要坚固许多，正所谓天时不如地利，地利不如人和，粮草自然是要着手去寻，但也要做好最坏的打算，若是寻不到，军心必定受到影响，我们若是失了人和只能退而求地利。三则，后退百里，匈奴来袭时的行军的路线就会更长，我们可以守在阳关城以逸待劳。"

李沐捋了捋下巴的胡子，点了点头。

林挽月继续低声说道："第二件事，卑职愿意带几个得力的人手到湖州城去寻找线索。几十万大军过冬的粮草绝对不可能一夜之间就不翼而飞，之前因为公主在湖州城地界遇刺，湖州太守也因此遭到株连，朝廷尚未委派新太守，湖州城目前没有主事长官；湖州城内里空虚，再加上两方交接，权责不明，看守粮草的军士难免松懈。卑职想劫取粮草的人一定也是看穿了这一点，所以湖州城大为可疑！"

听完了林挽月的话，李沐面露笑意："果真是士别三日当刮目相看，飞星的想法居然和本帅不谋而合，而且你说得有理有据，看来飞星这次是不虚此行了！"

林挽月看着李沐似笑非笑的眼神，突然间，一股没由来的心虚感涌上心头，她坐在椅子上局促不安。

好在李沐并没有看林挽月多久，便收回了目光继续问道："那我且问你，若是粮草未能寻回，飞星可有后手？"

"卑职认为，粮草被劫一事，大帅可以暂时不让军中将士知晓，但是一定要快马加鞭呈书上报朝廷，这粮草丢得蹊跷，大帅及早上书方能争取为自己辩驳的机会，若是让有心人知道，先于大帅禀报陛下，陛下心中恐生疑窦。况且马上就要入冬了，北境苦寒，士兵腹中无食，难挨寒冬，若是卑职侥幸找到粮草，可以再上书朝廷将粮草退还；若是卑职无能，没有找到粮草，早一点儿请求朝廷调拨粮草，将士们便少挨饿一日。"

李沐安静地听完了林挽月的话，露出了欣慰的笑意，他伸出厚重的大手拍了拍林挽月的肩膀："很好，粮草寻回一事本帅就全权交给你去办，想让谁同行帮你，你只管点了去，不必向本帅禀报。"

"是！大帅，卑职稍后回营会写一份详细的奏报给您。"

"嗯，去吧。"

"是，卑职告退。"

林挽月将椅子搬回了原处，退出了大帐。

走出营帐后，林挽月挺起胸膛，如释重负地呼出一口气，因为昨日大脑一片空白什么都没说的羞愧之情一扫而空。

吃过了早饭，林挽月便叫来了林宇、张三宝和蒙倪大，想了想又叫来了卞凯。

五人聚集在林挽月的帐篷之中，林挽月斜眼扫了卞凯一眼，见他虽然满脸疲惫但眼神却比之前明亮多了，心下满意。

林挽月在案后坐定，并叫其他的四人也坐了下来，扫视了一周，才压低了声音说道："接下来你们无论听到什么都不要出声，同样地，我接下来所说的每一个字都是军中机密，不得对任何一个人泄露半句，听清楚了吗？"

"是！"四人皆露出了严肃的表情等着林挽月说下去。

卞凯更是没想到，自己一进入军营就能得到林飞星的赏识，参与这么"机密"的事情，只见他双眼放光地看着林挽月，坐在凳子上的上半身绷得笔直，身体朝林挽月前倾。

"昨天我在大帅的营帐里，大帅给我看了一份密报，密报上写着九月二十五日，大军过冬粮草于湖州城被劫。"

此言一出，不啻惊雷。

除了林挽月之外的四个人均露出了无比震惊的表情，彼此对视，见到的均是其他人眼中又惊又疑的神情。

见状，林挽月轻叹一声，稍微等到四人的情绪平复才继续说道："北境冬天来得早，再过一阵子恐怕就要下雪了，若是在这个节骨眼让将士们得知过冬的粮草没了，恐怕会军心大乱，这个秋天匈奴人都没有得逞过，按照惯例入冬之前肯定会有一场恶战。所以你们几个务必要做到守口如瓶，不得泄露半个字。如果我们的营防被匈奴人破开，我等身死是小，背后千千万万手无寸铁的百姓怎么办？"

林挽月立着眉毛环视一周，见这四人虽然眼中的震惊之色尚未退却，可脸上的表情已然变得郑重，遂放下心来继续压低声音说道："我已上书大帅拔营退守阳关城，一方面拉长匈奴人来袭的战线以逸待劳；另一方面，阳关城的城墙总比营墙坚固得多，我们拒城不出也可以坚守一段时间，北境天寒地冻的，我们便靠着地利和匈奴人耗，最不济就是决一死战！正好杀了匈奴人回来煮了吃。"

"对！"

"大哥说得没错！"

"我听营长的！"

林挽月的一句话一下子便振奋了林宇、张三宝和蒙倪大的信心，脑袋掉了不过碗大的疤，怕甚？没饭吃就吃匈奴人也不错！

唯独初来乍到的卞凯，在听到林挽月要抓匈奴人来煮着吃的时候情不自禁地打了一个寒战。

其实他连人都没杀过，虽然落草做了山贼，但大多数都是负责做做喊话的活儿，喊打喊杀的时候都跑在最后面，唯一动了杀心便是林挽月带着李娴路过的时候，却被林挽月收拾得心悦诚服……

卞凯小心翼翼地打量林挽月，心想这飞星大哥不过十六岁，平时虽然话不多，人倒也算和善，怎的一下子就能变得这般狠厉，说吃人肉连眼睛都不眨……

"今天叫你们四个来，其实是有任务分配给你们。几十万大军的粮草在我离国的境内不翼而飞，肯定不可能消失得这么干净。我已经禀明大帅到湖州城去探查一二，大帅准许我带几个得力的人手。阿宇，你的腿伤尚未痊愈，就留在这营中帮衬大帅。为了稳定军心，大帅暂时不打算将此事通告全军，但到底身边还是要有一个知情的人帮忙办事。"

"你放心吧，哥。"

"嗯，三宝，你身量异于常人实在太过引人注目，也留在军中，我将飞羽营的事宜全权交给你，你可莫要误事！"

"营长，你放心，我若是做不到，您回来打我一百军棍！"

"好！有你这句话，我就放心了。倪大、小凯，你们两个回去收拾收拾行囊，事不宜迟，半个时辰后到我的帐前集合。"

"是！"

"好了，都散了吧。"

四人离开营帐之后，林挽月也开始收拾行囊。

挑了几件不起眼的粗布衣服，钱袋也是必不可少的，林挽月看了箱子里那方用布单独包了的衣服，想了想将它也拿了出来。

林挽月扶着箱子，弯身去从箱子里面拿出了一块木板。

林挽月站在原地，将木板举在眼前，伸出另外一只手轻轻地摩挲上面已经快接近百道的深深浅浅的划痕。良久，才将木板再次放回了箱中，深深地看了一眼，然后关上了箱子。

那块木板曾经是她只要离开帐篷便会背在身上的东西，那是她生活的动力，是她活下去的目的，可是如今……不知道从什么时候开始，一切都变得不同了。

今后会有另外一件物件代替这块木板与她寸步不离……

林挽月将手书的竹简交给了李沐，里面写着一些她对粮草被劫一事更深层的看法和后续的处理意见，辞别了李沐后，林挽月牵过龙冉宝驹与蒙倪大、卞凯会合，三人穿着平常百姓的衣服出了营寨，策马朝着阳关城奔去……

这边，李沐看完了林挽月呈上的竹筒之后，连连抚须点头。

李沐将竹筒放在身后的木箱中，叫来了副官，通知全军收拾细软，明日一早拔营后撤，退守阳关城！

当天，夜幕降临后……

李沐军营外不过十里的山上，海东青的叫声划破寂静的山林，一只海东青挥动翅膀直冲天际，趁着夜色很快便消失在半空中，朝着南边飞去……

第二天，天刚蒙蒙亮，从李沐的军营中便冲出了一名手持令旗、后背竹筒的传信官，快马加鞭地朝着京城的方向赶去……

三天后，湖州城。

打北城门口三人进来了，每个人手中拉着一匹马，看上去像是远客。

且看那位走在正中间打头的少年公子，头上戴着束发嵌宝白玉冠，齐眉勒着宝蓝宽边抹额；身着宝蓝蜀锦广袖大袍，腰系八宝珍珠宽玉带，腰间倒是没有太多繁冗华贵的配饰，只有一块小巧的汉白玉佩打着红色的流苏，远远看去倒是清爽别致。

这位公子足蹬一双烫金玄青虎头履，迈着四方信步，正左右打量着湖州城街道两边的铺子。

观这少年公子通身的打扮和牵着的那匹毛发光亮的黑马，一看便知，世家公子出门游玩了。只是这位公子与素日里街面上见的那些玉面公子哥略有不同，这位竟生着一副黝黑面庞。

他身后跟着的两人皆是布衣打扮，看上去像是这位公子的随从，左边的青年皮肤更黑些，但步子稳健双眼警惕有神，一看就是练家子。

右边那位年龄与这华服公子相仿，一双眼睛亦是四处打量，眼神中带着精明，像是这华服公子的小厮。

这三人正是前往湖州城调查的林挽月、蒙倪大、卞凯。

林挽月临行前想了又想，最终将这身行头带了出来。走到湖州城地界儿，林挽月突然想到了一个主意，便找了一处地方将这身行头换了。

当蒙倪大和卞凯看到林挽月穿着这一身从密林中走出来的时候，两个人的眼睛都直了，其震撼程度不亚于当日的小慈。

蒙倪大更是看着林挽月啧啧称奇道："营长，你穿上这身儿，我看着好像比那个从京城来的平阳侯爷的世子还要贵气。"

林挽月勾了勾嘴角："叫我公子。"

湖州城要比阳关城繁华许多，同时也是一个重要的交通枢纽，但地理位置到底还是有些偏北，跟天都城比就差得太远了。在湖州城里达官贵人是有的，却没有人能穿得如同林挽月一样考究。

林挽月的这身行头，出自宫中的尚衣局，是皇子常服，别说是在这湖州城，恐怕拿到天都城里也是拔尖的。

当林挽月三人进入湖州城开始，她就引起了路人的瞩目。有些眼光毒的铺子老板，更是对着林挽月大声吆喝，推荐自己的东西，欲招揽这位"财神爷"光顾。

林挽月对此却不为所动，领着蒙倪大和卞凯转了转，随便走进了一家茶楼。

肩膀上搭着白色净布的店小二看到林挽月从门口进来，眼前一亮，精神抖擞地来到林挽月的身前，躬着身笑道："哟，贵客光临，这位公子，您上二楼雅间？"

林挽月看了小二一眼，环顾了一周，随意地说道："不了，本公子就在这大厅坐坐。"

"哎，得嘞！"

店小二将林挽月引到一处四方八仙桌前，拽下肩膀上的净布，麻利地将桌凳快速地擦了一遍，才请林挽月落座。

蒙倪大和卞凯看着自己的营长端着一副态度的样子，对视一眼，差点儿憋不住笑。

"公子，小店有川青、滇红、蒙顶黄芽、君山银针、六安瓜片、玉露茶、金凤凰、盖碗茶、半山妖，您看您要点儿什么？"

店小二一口气报出了平时这间店里几乎没有人点的顶级茶叶，报完了茶名，整个大厅所有茶客的目光都注视到了林挽月这桌。

这些人刚听到茶名差点儿没绷住一口气喷出去，心中想着这店小二是在宰外客，当他们看到林挽月这一身行头之后，立刻改变了之前的想法，均心中暗暗奇怪，湖州城什么时候出了这样一位面生的公子？

不少大厅里的人心照不宣地假装喝着茶，却纷纷瞄着林挽月这边。

店小二报完一串茶名之后，卞凯和蒙倪大犹如在听天书，根本不知道他说的是什么，只好盯着面前的桌面默不作声。

林挽月其实也没有比这二人好多少，不过她到底是记住了最后一个茶名，便淡淡地说道："就来一壶半山妖吧。"

"嗯……"

听到林挽月点的茶，大厅中的其他人都倒吸了一口凉气。

店小二的脸都要乐开了花，他们这家店也开了不少年了，点过半山妖的人屈指可数，今天可可真是见到财神爷了，一会儿得找掌柜的领赏去。

"敢问公子您需要什么茶点？"

林挽月沉默了片刻，看着店小二淡淡地问："你们这儿可有玉露玲珑糕吗？"

"嗯……"是一个大厅里坐着的茶客闻所未闻的名字。

店小二也面露难色："公子您稍等，我去问问掌柜的。"

"嗯。"

店小二一溜烟儿跑了，蒙倪大和卞凯刚想张嘴对林挽月说什么，看到林挽月的眼神立刻闭紧了嘴巴。

不一会儿，店小二带着掌柜的回来了，掌柜的来到了林挽月的身边，上下打量了林挽月一眼，立刻赔笑着说道："这位公子爷，真是不好意思，玉露只生长在京城周边，我们湖州离京城太远，做不了您说的糕点，您看您能不能换一样？"

"哟……"京城来的啊！

"哦，那便算了吧。"

"谢谢公子，那您要点儿什么？"

"那便随便来一盘你们有的吧。"

"是，公子，请您稍等。"

不一会儿工夫，一盘精致的茶点和一壶用翡翠茶壶装的茶被端了上来。

"客官，您慢用。"店小二冲着林挽月笑了笑，准备转身离开。

"小二哥，不知可否在我这儿坐坐？"

店小二闻言微微一怔，赔笑道："公子您真是说笑，小的哪儿敢和您同坐，若是您有什么吩咐言语一声便行了，小的在一旁候着。"

林挽月也没有反对，她抬手给自己倒了一杯茶。随着倒茶的声音，半山妖的香气溢了出来，片刻便弥漫了整个大厅。

林挽月在卞凯和蒙倪大的注视下饮了一杯，放下茶杯，林挽月看着店小二轻声问道："小二哥，敢问最近可有大型的商队路过？"

"这个……湖州城虽然不大，但也是一座四方的枢纽，平日里来来往往的商队不少呢，不知公子说的大商队，有多大？"

"上百辆车的车队，可有？"

"哟，这小的可真没见过。"

"小二哥，你再好好想想？不管去哪个方向的都算！"

"嗯……"

店小二为难地搔了搔后脑勺儿，想了良久一拍脑门儿："公子，小的想起来城南边的苏氏布行前些日子好像走了一批大单子，这陆陆续续地搬了好几天，有时候天黑了还在发车，不知道算不算大商队！"

"小二哥可知这苏氏布行的车子往哪儿发？"

"小的见到一律走的都是南城门，怕是卖到南边去了。"

听完了店小二的答复，林挽月皱了皱眉，没有继续追问，想了想她又东拉西扯地问了店小二许多其他的问题，便把人打发了。

林挽月三人从茶楼里面出来，牵了马一路打听着，朝着城南的苏氏布行而去。

林挽月一路上眉头紧锁，直觉告诉她这家苏氏布行大有可疑，可是当她听到店小二说所有的车都往南边走的时候又有些疑惑。

当林挽月三人到了苏氏布行的时候，整个布行已经人去楼空，剩下几个伙计在打扫着空空如也的院子和房间。

见到这一幕，林挽月的眼皮一跳，来到一位伙计面前，问道："小哥，请问这布行不做生意了吗？"

伙计抬眼看了林挽月一眼，悻悻地说道："哪儿呀，掌柜的生意做大了，在京城买了一块地皮，已经迁走布行了，这院子过一段时间就会卖掉。"

三人走出了布行，蒙倪大看着林挽月："公子，我们怎么办？"

林挽月压低了声音回道："我的直觉告诉我，这家苏氏布行大有可疑，他们怎么会走得这么匆忙？刚才那个小二也说了，他们甚至连夜赶路，要是搬家的话也太急了一些吧？"

"那公子的意思是？"

林挽月想了想，对蒙倪大说："倪大，你在这湖州城里盯着，然后想办法把苏氏布行的事情通报大帅，让他再派人手来支援你，若是你发现了大宗的车队突然出现在湖州城里，就拿着大帅的信找到湖州城的巡防营营长，让他们把商队截停检查！"

蒙倪大双手接过了林挽月从怀里摸出的信封，问道："那公子你呢？"

"我带着小凯即刻出发，向南追！"

"是！"

林挽月点了点头，留给了蒙倪大一小袋银钱，上了马背，带着卞凯出了南城门，沿着官道朝南追去！

一只海东青落在了天都城外一座不起眼的农户家院子里的枯木架子上。

佝偻着腰身的老叟，拄着拐棍颤颤巍巍地从架子上捧起海东青，然后从它的腿上解下了一方被折叠了好几次的绢布。

老叟轻轻咳了两声，佝偻着身子，缓缓地回到了房子里，然后在炉灶旁边的那堆柴火里随手拿过了一条木头，不知道用了什么特殊的手法在木头上一掰，只听"咔吧"一声脆响绢布消失不见，老叟的手中只剩下那根柴火。

紧接着，老叟将这根柴火随手丢到没有火焰的灶台下面。做完了这一系列的动作，老叟再次咳了咳，捶了捶佝偻的腰身，转身出了屋子，到院子里晒太阳去了。

天都城，未明宫。

铺着蜀锦的大案上放着文房四宝和鸳鸯笔搁，案子的正中央放了三份四四方方的绢布。

一只白皙的玉手拿起了其中一份绢布，只见上面是密密麻麻的小字：

星驭龙冉，日夜兼程行至三出镇，改走连城，于城门处遇山贼卞凯，凯欲随星同走，星断然拒绝，驾龙冉绝尘而去，至枣子村方停。

先至农户张二富家中，以一百一十株易精米两石，复到农户赵小花家中以六十株易子鸡廿对，赠以村中绝户欧家，欧氏二老感激涕零，留星，宴之。

食未始，凯至。星问所从来，凯具答之。

翌日，星、凯二人同走。

李娴看完这份绢报，情不自禁地勾了勾嘴角，心中流过了一股暖流。

她恍然想起了那对老夫妻，老夫妻曾经给他们提供过一夜食宿，林飞星帮他们劈了柴挑满水，两位老人竟非常喜欢他，还相约日后再见。

李娴放下这份绢布拿起第二份绢报，只见上面写道：

星回营，拜见李沐。出帐，不复神采。

至飞羽营，与众军士同乐。

翌日，复谒见李沐。出帐，面带释然之色，召林宇、张三宝、蒙倪大、卞凯四人入帐议事，一炷香，方出。

同日，星，留书献策与沐，后率卞凯、蒙倪大二人直奔连城。

小人潜入大帐，寻星献之书，未想星字甚丑，无法速辨之，又恐李沐去而复返，遂不能手录呈报主人，遥拜叩首以谢罪……

星一行三人至湖州城，进四方茶楼。

"殿下！"

"进来吧。"

得到了李娴的许可，小慈推开李娴书房的门走了进来，轻声细语来到李娴的面前问道："殿下，晌午了，可传膳？"

李娴继续盯着手中的绢报，回道："今日无甚胃口。"

"殿下！"

小慈跺了跺脚刚想出言相劝，却没想到李娴突然绽放出灿烂的笑颜。

"殿下？"

李娴缓缓地收敛了脸上的笑容，又扫了扫手中的绢报，才抬眼对小慈说道："既如此，你就帮本宫沏一壶半山妖，再做一盘玉露玲珑糕来吧。"

虽然不知道持续几日没有胃口的李娴为什么突然之间便改了口，但小慈依旧面露喜色，打了一个万福："殿下稍等片刻，奴婢这就去准备。"

小慈欢欢喜喜地退出了李娴的书房。

李娴打量着手中的绢报，想起不久前，自己邀请林飞星到未明宫小坐，那段日子，她正被几位藩王暗地的小动作还有其他的事情扰得吃不下饭，也是今日这般，小慈问是否传午膳，自己没有什么胃口，林飞星已经用过，便拒绝了小慈的提议，哪知小慈忧心自己，便说道："殿下，不如奴婢去给您做您素日里最爱吃的玉露玲珑糕如何？"

李娴轻笑，没想到这人却牢牢地记住了糕点的名称，也不知他点这份茶点的时候，存着什么样的心思……

李娴笑着放下了第二份绢报，拿起第三份绢报，这最后一份上面竟然只有寥寥几字：星至樊丽城，夜访青楼……

李娴皱了皱眉，放下了手中的绢报，心中涌起了一丝不悦的情绪。

她想起了之前在军营里的时候，这人轻车熟路地就带自己到了军妓营那种地方，这次又趁着追查粮草一事夜探青楼？

林宇不是说这林飞星……受了伤吗？怎的又会去青楼？

是贼心不死还是已经痊愈了？

青楼……

哼，司掌情报的暗影到底在做什么？若是早知这林飞星是这般好色之徒，本宫又何须如此费力拉拢？

想到这里，李娴拿起了悬在架子上的毛笔，蘸饱了墨，一手提着宫装的广袖，另一只手捏着毛笔在绢布上奋笔疾书……

这话分两头，各表一枝，将时间倒回三天前，且说这林挽月将蒙倪大留在湖州城内继续监视过往的大型车队，然后她带着卞凯从湖州城的南城门出来……

出了城门，林挽月便勒住了缰绳，对身旁的卞凯说："你下去看看，这条路上还有没有什么蛛丝马迹？"

"欸，得嘞！"

卞凯得令翻身下马，来到土路上，猫着腰左右摇晃着身子，向前小小地迈着步子，低头观察着路面上的情况，时而还伸出手在地上摸来摸去，抓抓捻捻。

林挽月之所以带上卞凯，一方面是顾忌到他的山贼出身，怕给欧家的两位老人惹来麻烦；另一方面，从连城到枣子村有众多岔路，卞凯能在这种情况下单凭路上的马蹄印一路追踪到自己，这是最让林挽月欣赏的地方，也是林挽月最终拿定主意带卞凯回军营的重要原因！

弃恶从善是好事，但是若是没有一技之长傍身，林挽月其实也没有必要把他带回军营，还费了那么大的周章留下他。

卞凯保持着这个姿势一路向前走了数百步，才直起了腰，林挽月一直拉着两匹马的缰绳缓缓地跟在卞凯的后面，直到看到卞凯直起腰，林挽月抬了抬下巴将缰绳丢还给卞凯问道："怎么样？"

听到林挽月的问题，卞凯面露得意之色，咧着嘴粲然一笑，翻身上马回道："连城和湖州城可真是比不了，这里出城的车马太多，所以费了些工夫，不过现下也是弄清楚了，公子随我来！"

"嗯。"林挽月满意地点了点头。

林挽月夹了夹马肚，骑着龙冉跟在了卞凯的后面。

越往南走，林挽月心中的疑惑就越大。她本以为这苏氏布行的人走得这么匆忙，很有可能运走的就是那批失踪的粮草，进京只是一个幌子，虽然是出了南城门，可是按照林挽月之前的猜想，车队应该在半路上改道才对……

卞凯一路上带她走的都是官道，而且这条官道确实是通往京城方向的，所以林挽月迷茫了。

林挽月是相信卞凯的能力的，就这样，林挽月和卞凯一路在官道上追了两天，终于，卞凯带她进了樊丽城！

林挽月和卞凯在进入樊丽城的时候，天色已经有些蒙蒙黑了，林挽月拿出了两株钱给了守城的士兵，很容易就打听到了苏氏布行的落脚处——城南最大的仓库！

得到这个消息，林挽月的心中一喜，也顾不得许多，带着卞凯直接朝着城南的仓库赶了过去。

到了城南，正是华灯初上时。

林挽月没想到苏氏布行的东家租用的仓库不仅是四周方正密闭带锁的，门口还守了十多个壮丁。

"这位小哥，敢问这里可是苏氏布行？"

守门的壮丁上下打量了林挽月一眼，见此人一身粗布短打衣裳，遂不耐烦地开始赶人："去去去去……我们苏氏布行迁址京城，这里面都是贵重物品，闲杂人等别靠得太近，免得错伤好人！"

林挽月闻言，为之气结，奈何大帅给的信件又留给了蒙倪大，自己没有证明傍身也不好惊动官府。

林挽月和看门的壮丁好说歹说，壮丁就是不肯通融，最后林挽月也只得带着卞凯离开。

林挽月将手伸入怀中，摸到了那方李娴送给他的玉佩，她回忆起之前在宫门口看到这块玉佩时那两名侍卫的反应。

或许……这块玉佩可以帮自己……

这个念头刚一出来，林挽月就打消了念头，且不说这粮草丢得蹊跷，其中可能牵扯出很多惊天动地的事情，就说李娴当初如此信任地便将玉佩赠给了自己，她便更是不能擅用……

若是一个不小心把李娴牵扯了进来，岂不是连累她在宫中更加举步维艰？

林挽月只好带着卜凯到客栈去暂且住下，第二天林挽月换上了她的那身华贵行头，带上银钱，趁着夜色孤身又到了城南的仓库。

壮丁狐疑地看着林挽月，总觉得他有些面熟，奈何天太黑，这人生得又黑，实在难以辨认，只是看着这身衣服……他便不敢怠慢林挽月。

壮丁当下赔了笑脸，一一俱答。

林挽月拿了几株钱赏了此人，不着痕迹地套了套话，得知仓库的钥匙在苏氏布行东家苏西坡的手上，没有钥匙谁也别想开门。

"不瞒你说，本人家中是做成衣生意的，这次出来办货听说苏氏布行也在樊丽城中，我有意结识贵行东家，不知小哥可否告知东家所在？"

"我们东家今晚该是在百花楼，公子只往那里便可寻得！"

林挽月回到了客栈，嘱咐卜凯到城西的仓库去盯着。

她直奔城西百花楼。

"哎哟！公子爷，来玩儿嘛。"

"哈哈哈哈哈，本公子今天便是来玩的。"

林挽月甩着广袖，离老远便看到了一个声色犬马的去处。门口一排姑娘站着，穿着一袭轻纱，浓妆艳抹，眉眼风骚，暗香流转。

但凡有衣着光鲜的男子打门口路过，这些姑娘无不摇曳着身姿，挥动着手中的帕子，柔若无骨般软趴趴地靠在男人的身上。

被靠住的男人早就已经神魂颠倒的模样，一把抓住摸在自己胸口的手，色眯眯地看着怀中的人，涎着脸问道："你让爷进哪儿去？"

怀中的女人立刻发出一串银铃般的笑声："死相。"

女人拽着男人的袖子，上了台阶，进了这处纸醉金迷的去处。

林挽月皱了皱眉头，眼睁睁地看到了这一幕的发生。她放缓了脚步，心想她一路打听着百花楼过来的，应该是这里没有错吧……

林挽月停在门口，抬眼一瞧，阁楼的牌匾赫然映入眼帘——百花楼！

"哟！公子爷，奴家身体不适，借公子爷的怀抱一用！"

还没等林挽月反应过来，只感觉一股刺鼻的脂粉香气扑面而来，然后一个软软的热热的东西钻到了自己的怀中。

霎时间，林挽月只感觉自己背后一凉，头皮发麻，下意识地想推开来人，没想到入手一片柔软的触感，将林挽月吓得连忙住手，一双手无所适从。

"咯咯咯，公子你好坏呢，好一双贼手。"

没想到怀中的女子根本不以为意，不仅丝毫不在意林挽月无意间的触碰，甚至还反手抱紧了林挽月，挺着胸脯在林挽月的身上蹭了蹭……

林挽月吓得立刻"噔噔噔"地退了三步，怀中的女子一时不慎，只听一声惊叫，眼看着就要和青石板的街面亲密接触。

林挽月没想到会这样，眼疾手快地伸手"捞"起此女子："姑娘……不好意思，你不要紧吧……"

没想到女子只是抬头看了林挽月一眼，目光闪了闪然后便一副弱柳迎风的样子，将手绢一扬，再次倒在林挽月的怀里，一边娇滴滴地说道："公子爷，你好坏，闪得奴家心慌意乱，腿都软了。"

这一幕发生得太快，当百花楼前的姑娘和恩客听到这声尖叫转过头来的时候，这位紫衫的姑娘已经重新倒在了林挽月的怀中，一副柔弱不堪的模样。

大家便看到一位衣着华丽考究的黑面公子怀中搂着一位紫衣佳人，二人身体紧紧贴在一起，亲密无间的样子。

来这里的人多是风月场上的老手，看到这一幕早就见怪不怪，只是见林挽月衣着华丽，便多打量了几眼，想着究竟是谁家公子，然后便笑了笑搂着自己相中的姑娘进了楼里。

倒是这位紫衫姑娘的一众同行看到这一幕，无不搅着手中的帕子，将林挽月从头到脚打量了好几遍，不甘心地咬了咬嘴唇，心中暗恨这样年轻英俊的公子爷，穿着的衣裳又是上等，自己怎么没快点儿下手呢……

林挽月感觉自己的头皮发麻，额头冒出了细密的汗珠，双手张开不敢碰这怀中之人，一时间进也不是，退也不是。

自己的裹胸布绑得够紧吧？

闻着一阵阵刺鼻的胭脂香气，耳边听着莺莺燕燕的欢声笑语，林挽月感觉自己的心跳加速。

她想跑！自己这到底是怎么了……

"姑姑……娘，请你……放手。"

林挽月磕磕绊绊地说完一句话，怀中的人却"扑哧"一声笑了出来："哟，公子年纪轻轻的，原来好这口儿？真是会玩儿，奴家才不要做你的姑姑，奴家要做公子爷的小妹妹。"

说着，紫衫女子伸出手捏了捏林挽月的胳膊，感觉这位公子的两只胳膊硬邦邦的，不像那些上了年岁的老男人，身上要么都是赘肉要么便是鸡皮。

这人年轻俊美，虽然皮面生得黑了一些，但充满了野性的魅力。

这人衣着光鲜，想着也必定是出手大方，也算是彬彬有礼。紫衫女子心头一荡，今天自己算是赚了。

林挽月打了一个哆嗦，连忙伸出手抓住了怀中紫衣女子的肩膀，将人从自己的怀里推开。

"哎哟！公子，你弄痛奴家了，怎的这般不懂惜花！"

这一下紫衫女子倒是没有夸张，林挽月常年生活在军营中，平日里不是训练杀敌就是和一些糙汉子共处，手下力道早就没了深浅，这会儿一紧张，捏着紫衫女子肩膀的双手更是没有深浅，这紫衫女子只感觉自己像被上了大刑一样，被这人一捏，肩膀都要碎了，不由得大声呼痛。

林挽月忙松开了手，就势退了一步，将双手背在身后，讪讪地说道："对不住！"

紫衫女子揉着自己的肩膀，咬着嘴唇，拿眼睛绵绵地横了林挽月一眼，倒也没再责怪。

拉开距离，林挽月如释重负地呼出了一口气，正了正衣冠才开口问道："敢问姑娘，这……这樊丽城中，有几个百花楼？"

"怎么，公子是觉得我们百花楼里的花儿朵儿不够艳吗？还要几个百花楼？整个樊丽城只有我们一家百花楼，奴家花名芍药，不知道公子是不是惜花人呢？"

听到答案，林挽月的冷汗都下来了，她还以为百花楼就是酒楼之类的，没想到竟然是青楼！

林挽月虽然是女孩子，没吃过猪肉也见过猪跑，有些老兵会偶尔趁着休沐去外面采采野花，回来之后就给军营里的新兵蛋子讲，那些新兵蛋子多是雏儿，每到这时候总是三五成群地围着老兵，眼馋地让老兵给仔细说说。

林挽月从不主动打听，但是都在一个营帐住着，也难免会听到一些，久而久之便也知道的要比一般女子多不少。

"敢问……芍药姑娘，苏氏布行的东家，苏西坡今晚有来百花楼吗？"

闻言，芍药微微怔了怔才答道："哟，原来是苏老板的朋友？大官人在里头呢，要奴家带公子进去吗？"

"哦，是这样的，我家中是做成衣生意的，久闻苏氏布行大名，这次出来办货，没想到苏氏布行也路经此地，想着相请不如偶遇，若是能结识这位响当当的苏老板也算一件美事，便打听着过来了，来得匆忙也不曾备下拜帖，就这么上去怕唐突冒昧，不知如何是好。"

"公子爷，您真是多虑了，苏大官人最喜结交朋友，您只管随奴家来，奴家与你挑一处苏老板眼前儿的位置坐了，保管用不了一会儿，苏老板自己就来结识公子您了。"

"若是如此，那便太谢谢芍药姑娘了。"

"呵呵呵呵，快随奴家来吧。"

林挽月最终还是随着芍药进了百花楼。

暗处，一个愤愤的声音响起："余闲姐姐，你看这人，去的都是些什么地方？你能不能上书给公主，换两个人来呀，哼，男人没有一个好东西！"

钿头银篦击节碎，血色罗裙翻酒污。

林挽月只觉眼前一亮，大厅中欢声笑语者有之，放浪形骸者亦有之，还有一些本应在闺房之中耳鬓厮磨的声音突兀地在大厅中毫无顾忌地传来。

林挽月有些紧张，她咽了咽口水，握着拳头，硬着头皮，跟在芍药的身后。

大厅中穿得很少的歌舞伎扭动腰身在台上表演，一楼大厅围着舞台摆的一张张案子上，每一个男人都拥着两位浓妆艳抹的姑娘。

有的姑娘端着酒杯给恩客喂酒，有的手中拈着新鲜蔬果喂到恩客的嘴里，有的则衣领大大开着，一副任君采撷的模样，还有的甚至直接跨坐在恩客的大腿上，两个人的身体用奇怪的姿势磨蹭着，姑娘脸上露出潮红，神情怪异。

林挽月忙别过了眼，心中怦怦直跳，这些画面，还是她生平第一次见，其震撼程度简直要比她第一次砍掉匈奴人的脑袋还要大！

突然，芍药停了下来，自然地挎着林挽月的胳膊，踮着脚伏在林挽月的耳边轻声地说："公子，你看到了吗，二楼'天字一号'雅间里坐着的就是苏老板，我们便坐在这儿，苏老板是精明人，他若是瞧见您这一身行头，定会下来结识你！"

果然如同芍药所言，林挽月和芍药还没坐下多一会儿，苏西坡便亲自从二楼下来了。

苏西坡径直到林挽月和芍药的案前站定："这位公子，在下苏西坡，适才在楼上遥看公子仪表堂堂，不知公子可愿与鄙人到二楼一叙？"

林挽月没想到真的被芍药言中，心中一喜，起身对着苏西坡作揖道："在下林飞，那便叨扰了。"

林挽月站起来的时候，苏西坡立刻注意到了林挽月系在腰间的玉佩，笑着问道："林公子的这块玉佩倒是别致。"

听到苏西坡的话，林挽月的心中立刻警铃大作，不着痕迹地看了看苏西坡，笑道："这块玉佩乃友人所赠。"

"哈哈哈哈，那定是一位佳人了，林小弟好福气！"

就这样，林挽月打着成衣生意少东家的名头，和苏西坡打了一个熟络，并且与苏西坡相约到京城去看看苏氏布行的规模，今后好做些生意。

对于林挽月的话，苏西坡丝毫没有怀疑，拉着林挽月吃酒谈天，不在话下。

最后，这一顿花酒的钱苏西坡非但全包了，并且还给林挽月挑了一个刚被卖进来尚未开脸的姑娘，让林挽月尝尝鲜。

林挽月苦说无果，只好自罚三杯，百般告罪，方在一众大笑声中，狼狈地离开了百花楼。

林挽月本以为寻到了和苏西坡一同上路的由头，就可以顺藤摸瓜发现苏氏布行的端倪，却没想到这苏西坡却一点儿都不着急赶路，在这樊丽城中一下子就停留了十多天，夜夜笙歌，每日醉宿百花楼中。

这十多天，林挽月可谓心急如焚却也无计可施……

一方面，苏西坡明明十万火急地从湖州城连夜搬走，可是到了樊丽城却反倒不着急了，一连夜宿花柳十多天，实在是让人怀疑；另一方面，林挽月又怕自己若是怀疑错了方向，如果这苏氏布行是清白的，那么白白耽误了这十多天，粮草的线索肯定断了！

近日来，林挽月一直有一种非常不好的感觉，一种被人看穿、无所遁形的感觉一直萦绕在心头。

她说不上来哪里不对，可是总是觉得自己好像一开始就已经失去了先机，林挽月愈发地不安起来。

若是找不到阳关城内几十万大军过冬的口粮，后果不堪设想。

林挽月并没有后悔将这件事情揽了过来，她只是害怕因为自己的失误，连累无数的战友挨饿受冻。

然而，林挽月不知道的是，在她与苏西坡周旋的这十多天里，外面发生了好几件大事。

第一件事是平阳侯世子李忠回来了。对于李忠的归来，整个平阳侯府讳莫如深，坊间倒是流传了不少版本……

有的说绑匪只是以为抓到了一个富家公子，没想到是平阳侯的世子，商讨了半天不想惹火烧身便把人放了；还有人说虎父无犬子，平阳侯世子趁着绑匪不注意夺了绑匪的兵器一路浴血奋战杀出一条血路，自己跑了；也有人说是绑匪在平阳侯府拿了天价的赎金，然后把人放了。

总之，众说纷纭，莫衷一是。

究竟哪一个才是事情的真相呢？没有人知道……

第二件事是李沐将军听从了林飞星的意见，将部队连夜撤回到阳关城内据守，整个阳关城虽然腾出了一半的地方给李沐的几十万大军作为安置，但是百姓对此却毫无怨言。

李沐的部队常年镇守在阳关城外与匈奴人对峙，保护整个西北百姓的安全，而且李沐的部队治军严明，是一支仁义之师，深得地方百姓的爱戴，即使是腾出了半座城做部队落脚的地方，百姓非但没有抱怨，脸上反而经常能看到笑容，他们觉得和部队生活在一起，非常有安全感。

第三件事是蒙倪大按照林挽月的吩咐一方面通知李沐，另一方面拿着盖了李沐印鉴的手书到巡防营去借调一支部队。

李沐将军威名远播，看到手书，巡防营的营长立刻戒严了湖州城，吩咐士兵们搜查所有的仓库、米仓、大型私人宅院，包括太守府旧址、过往的大型车队，可是……就是没有找到几十万大军过冬用的那上百车的粮草。

蒙倪大傻眼了，湖州城的百姓也被弄得人仰马翻，一时间议论纷纷民怨四起。蒙倪大压不住场面，只好带着李沐后面派来的人挨家挨户地去给百姓道歉，最后蒙倪大只能把希望寄于林飞星那边，希望那些"消失"的粮草就藏匿在苏氏布行的车队里……

不然他们过冬吃什么？那么多粮草究竟到哪里去了？蒙倪大无论如何也想不通了！

最后一件事，可以说是震惊朝野的一件事，甚至被言官记录在册。

在林飞星离开之后，李沐便后知后觉地反应过来，粮草怕是寻不回来了。

李沐坐在大帐中，脑海里接连闪过了好几个人的身影，最后无奈地发出一声长叹。

李沐无论如何都没有想到，宫廷斗争的硝烟终究还是弥漫到他这北境来了，而且这些人居然如此疯狂，甘心冒着北境被破、动摇社稷的风险，也要下手。

李沐知道这件事情瞒不得了，他不能也拿北境这几十万士兵的生命开玩笑，当即斟酌字眼给当今圣上李钊上书一封，并且八百里加急，呈报京城。

传令官日夜兼程不眠不休、一马接一马地朝着京城赶，差点儿累死，终于在第四天的清晨将奏报送到了李钊的御案上。

李钊看到竹筒上猩红的封泥，心头一惊，莫不是北境失守？

打开一看，李钊沉默了，整个御书房静得吓人。

最后，这次京城方面押解粮草的负责将士被直接判处枭首，所有押解粮草的士兵全部改了奴籍发配到各地终身服徭役。

而李沐……

李钊罚了他三年的俸禄，另外赐了一百军棍了事。

对于李沐这种拥有数千户食邑的人来说，朝廷的俸禄对他而言不过九牛一毛，真正的惩罚其实是那军棍。

作为西北三军总统帅、国舅、一品军侯衔的李沐，在自己的军士面前被打了一百军棍，纵然没有人敢真的用力打李沐一下，但到底，李沐的脸算是丢光了……

为了大局，李沐没有说自己挨打是因为粮草丢了，军中但凡有出言不逊为李沐鸣不平的士兵也都被李沐赏了军棍，于是便再也没有人为李沐出头了，连议论这件事的人都很少。

只是一夜之间，李沐仿佛苍老了许多。丢了这么多的粮草，陛下对李钊的处罚算是轻的了。可是李沐知道，陛下必定已然心生疑窦。

朝廷上，李钊也没有说明是怎么回事，惩罚完了李沐之后，便立刻下旨从国库中紧急调拨了粮草，亲自点了兵，命令其将粮草一路护送到阳关城。

朝中的明眼人一下子便知道是前阵子的粮草出了问题，但是李钊有意压下这件事，也就没有人再提了。

李钊为什么丢了这么多粮草，宁可硬生生地吃了这个暗亏也要选择了秘而不宣，有人明白，有人糊涂。

李钊反反复复地看着李沐的手书，眼睛死死地盯着"不翼而飞，不得寻"七个大字，久久无言。

林挽月千盼万盼，苏西坡终于派人通知她该起程了。

林挽月和卞凯骑着马来到城外的时候，苏西坡已经和车队等在了城外，就等林挽月一到，便出发。

林挽月只觉一阵天旋地转，双手紧紧地抓着缰绳，脸色难看得吓人。

布，布，布！

百十辆车上全都是布，这些布捆在一起，摞得老高，用油布盖着。只有几辆车上装的是箱子，箱子上落了锁，这么点儿箱子根本就不可能装下那么多米！

苏西坡笑吟吟地看着林挽月，问道："林小弟，你的脸色似乎有些不太好，是不是舍不得百花楼里的哪位姑娘？要不要哥哥赎回来送给你？"

林挽月骑在龙冉的背上，看着苏西坡，又看了看城外这首尾相接、一字儿排开的车，感觉自己就像一个被粘在蜘蛛网上的人，挣不开，跑不掉。

"苏……大哥，对不住，小弟身体不适，恐怕不能和大哥一起去京城了……"

"哦……如此，真是可惜！不过青山不改，绿水长流，林小弟，咱们京城再见。"

林挽月咧了咧嘴，露出一个干涩的笑意："京城见。"

苏西坡对卞凯说："照顾好你家少爷。"然后朝着车队一挥手，"出发！"

一时间，车夫的吆喝声、马蹄声、车轮辘辘声不绝于耳。

林挽月一直目送苏氏布行的车队一点儿一点儿地在自己的眼前消失。此时她的心情很复杂，觉得很无力又挫败，追悔又内疚，最后还夹杂着一丝丝的侥幸，只希望蒙倪大那边有所进展！

林挽月身边的卞凯看着车队缓缓离开，突然瞪大了眼睛，脸上闪过惊愕之色。

他倒吸了一口凉气，小心翼翼地看了看林挽月微微有些驼的背影，紧紧地闭上了嘴巴。

林挽月骑着龙冉停在樊丽城宽阔的街道上，看着两旁的商铺和熙熙攘攘的人群，第一次感觉到自己是如此渺小。

自从走出军营之后，她发现当她接触得越多，便愈发体会到自身的渺小和无力。

军功拜爵的誓言犹在耳边，暗暗决定成为李娴的保护伞的心思还是才有的，然而现实狠狠地再一次击穿了林挽月的自尊。

"我在这儿守着，你到湖州去找蒙倪大取来大帅的亲笔手书，我要搜这樊丽城。"

"公子……我看不如咱们回去吧，说不定倪大那边已经有结果了。"

卞凯骑在马鞍上，立在林挽月身后，此时他的表情非常不自然，一副坐立难安的模样，可惜林挽月并没有瞧见。

"你只管去，若是那边出了结果，你们再回来通知我，我们一起回去便是。"

"公子……"

"去吧。"林挽月弯着背，挥了挥手，一副疲惫的模样。

"是！"卞凯张了张嘴，最后还是听从林挽月的命令离开了，留林挽月一个人在这樊丽城里。

林挽月在樊丽城守了整整五日，天亮便出，宵禁方回。

林挽月专门监督这樊丽城内经过的辎重大型货车，但是五日来并无任何收获。

卞凯这次动作倒快，一来一回只用了短短的五天时间，想必也是日夜兼程赶回来的。

和卞凯一起回来的还有张三宝，他带来了李沐的一份新手书。张三宝将手书递给林挽月的时候，小心翼翼地看了看自己的营长，不过一段时间不见，林飞星整个人瘦了一圈。

林挽月拆开了李沐的手书一看，上面只有四个字：速回阳关。

张三宝端详着林挽月的神色，直到林挽月放下了李沐的手书，张三宝才开口说道："营长，大帅让我们接您回去。"

林挽月平静地将手书收到自己的怀中，说道："知道了，你们俩稍等片刻，我这就去收拾行李。"

"营长，我和三宝大哥一路疾行过来的，此时还早，不如今日您再好好休息休息，我们明日再出发吧。"

卞凯说话的时候眼神左右摇摆，不敢看林挽月那张憔悴的脸。

"不了，大帅要我们速回，多耽搁一天也无益，你们俩等我一下。"

说着，林挽月开始收拾行李。半炷香之后，三人骑着马，离开了樊丽城。

粮草不翼而飞，无处可寻。

回到了军营，林挽月双膝跪地，在李沐面前告罪，彼时的李沐刚刚受了一百军棍，然而仍然是正襟危坐，一副铮铮铁骨的大元帅模样。

"大帅，卑职无能，有负大帅所托，甘愿领受军法。"

在林挽月的身后，蒙倪大、张三宝跪着，站着腿脚还没彻底痊愈的林宇，尚未入流的卞凯则远远地守在大帐外面。

"大帅！大帅法外开恩啊，大帅！要不然您打我吧！"

林宇的表情急切，几次都想扔了拐杖跪地帮林挽月说话，奈何腿上实在不便。

张三宝和蒙倪大自问人微言轻，碍于李沐的威压，身体跪得笔直，低着头，一副不敢讨饶但愿意与林飞星同罪的架势。

李沐忍着身上传来的刺痛，盯着跪在地上的林挽月好一会儿，才威严地说道："把头抬起来。"

林挽月应声抬起头，对上了李沐锐利的双眼，她的眼中闪过深深的惭愧之色。

李沐看了看林挽月，低沉地说道："拖出去重打一百军棍。"

"谢大帅！"林挽月毫不犹豫地就领了李沐的军法。

"大帅！不能啊！"

跪不下去的林宇最后选择了五体投地的方式，趴在了地上为林挽月求饶。

在林宇的印象中，自己的大哥林飞星虽然性刚倔强，可是身体一直不是很强壮，再加上数月前伤了重要部位，这一百军棍打下去，非得要了林飞星的命不可。

军令如山，情义亦如山。

"大帅，小的蒙倪大，人微言轻，不敢求大帅开恩，只求和营长一起受罚。"

"小的也是！"

蒙倪大和张三宝不敢像林宇那么放肆，只能将头重重地磕在地上，表明了他们的立场。

所有人都低着头，自然没有人看到李沐眼中一闪而过的欣慰。

"如此，本帅便成全了你们，来人哪，把这四人给本帅拖出去！林飞星重责三十，其余每人二十。"

"谢大帅！不用人拖，我们自己去领罚！"

明明即将挨打，林宇却是一脸激动地从地上爬起来，扶起了林挽月。

"谢大帅！"四人均和李沐道了谢，才先后从大帐里面走了出来。

四个人一字儿排开，趴在凳子上，被军棍打的声音此起彼伏，却没有一个人吭声。

卞凯远远地看着四根小臂粗的军棍高高扬起，然后重重落下，听着"噼里啪啦"的声音，感觉自己汗毛都要竖起来了。

此时的卞凯既庆幸自己没有挨打，同时心中也闪过一丝不安和愧疚的情绪。

挨了打，林挽月的心中却是无比地轻松，她从凳子上起来，蒙倪大和张三宝皮糙肉厚，特别是张三宝，经常挨打，这二十军棍对于他来说就像是毛毛雨，挨了打后不仅利索地从凳子上爬起来，还要送林挽月回营帐。

林宇捂着自己的后臀，拄着拐杖，脸上痛意明显，早就有亲兵过来扶林宇了。

林宇朝着林挽月咧嘴一笑："哥，我先回去了啊。"

"嗯。"林挽月点了点头，目送林宇被亲卫搀着离开。

"倪大，有三宝送我回去就行了，连累你受罚，抱歉。"

"营长，我是粗人，不懂那么多，我只知道你是我营长，我不能眼睁睁地看着你一个人受罚，我却置身事外。"

"谢谢。"林挽月点了点头，心中一暖，蒙倪大的这番话也得到了张三宝深深的认同。

张三宝扶着林挽月往她的营帐走，卞凯亦步亦趋地跟在林挽月的不远处。

蒙倪大适才的那番话被卞凯完整地听了去，他既紧张又惭愧，紧张的是卞凯敏锐地发现李沐的这顿军棍仿佛把挨打的这四个人打成了一个整体，就像四块各自分离的烧红的铁，被铁匠的锤子打在了一起，成为一块钢板，一块无比坚硬、没有缝隙的钢板。

他惭愧的是林飞星真心待他，帮他脱去了落魄户，甚至是山贼的身份，可是因为害怕受到责难，他选择了隐瞒有些事情，好在蒙倪大的话让卞凯悔悟，也让卞凯明白，军营里面的许多事情是与外面不同的。

张三宝一直都知道卞凯跟在后头，但是他选择了无视。

张三宝虽然在军营中经常受到处罚，但到底也是正统的军户出身，祖上也是受过军衔的，林飞星也就罢了，不管怎么说，林飞星的能力让张三宝打心眼儿里折服，但是卞凯就不同了，在张三宝的心里卞凯半道出家就不说了，之前还是个山贼，这会儿了还鬼鬼祟祟的，防谁呢？简直不像个爷们儿。

只不过碍于对林飞星的敬重，张三宝不想多言，不过他恐怕没有那么容易接受卞凯。

张三宝将林挽月安顿好之后转身退出了营帐，并没有立刻离开，而是转了个弯又回到了林挽月的营帐门口，他非要看看这个卞凯要干什么！

林挽月刚刚挨了军棍，坐也坐不下，趴着又失礼，只能忍着疼痛，站在那里等着卞凯说话，却不想卞凯"扑通"一声就跪在了她的面前，把林挽月吓了一跳。

"你这是干什么？快起来！"

"大哥……营长，我对不起你！"卞凯的眼眶立刻就红了。

林挽月看到卞凯这般，脸一沉，道："你说说到底怎么回事。"

"是，营长，其实，其实我瞒了您一件事，我之所以没告诉您，是怕您认为我没用就不要我了！其实……其实……"

帐篷外的张三宝听到卞凯如是说，一股怒火直冲百会。

"直娘贼！亏我们营长真心待你，去了你的贼籍，你居然敢藏心计！"张三宝说完撩开了林挽月营帐的门帘，走进来一脚踹到了卞凯的背上。

张三宝身量本就异于常人，卞凯又无防备，这一脚下去直接把卞凯踹了一个狗啃泥……

"三宝！"

林挽月眼疾手快地挡在了张三宝和卞凯之间，急道："你这是作甚？听他把话说完！"

见林挽月如是说，张三宝只好忍下来，走到一边，指着卞凯说："你小子最好给我一五一十地说，再干藏心计的腌臜事，别怪爷爷我不轻饶！"

张三宝一脸凶相，卞凯立刻口中告饶："好汉饶命，好汉饶命！"一边重新端跪在林挽月的面前，继续说道："大哥，我也想了好些日子了，但是我没想明白，小人以前做过马贼，做山贼的时候也是凭着追踪车马印子的本事立足，从来都没有错过。我们一路从湖州城追那车印子到了樊丽城，小人自问绝无可能出错。可是最后一天，苏大官人带着他的商队离开的时候，小人习惯性地又看了一眼他们车队的车印子，发现马车压在地上的印子的宽窄、深浅，都不对！小人当时就想和大……营长您说的，可是那时候已经过去半月，小人怕……营长你以为小人带错了路，就不要小人了，小人便隐瞒了，求求营长再给我一次机会！小人以后绝不再犯！"

第九章 柔情不知何处起

卞凯说完之后，一个头磕在地上。

张三宝拿眼睛小心翼翼地看着林飞星，见他脸上的神情并无甚变化，还有些奇怪，一时间竟忘了责备卞凯。

"我知道了。"

听到林挽月的声音，卞凯猛然抬头，瞪大了眼睛，简直不敢相信自己的耳朵，他还以为林飞星最少也要打他几十军棍才是，怎的这般轻描淡写便过去了？

卞凯抬起头对上林挽月的眼，顿时心头一凛，这双眸子深邃得吓人，看不到里面愤怒的情绪，甚至看不到任何情绪，却足以将他震慑住。

林挽月悠悠地收回目光，淡淡地说道："卞凯，你记好了，这是第一次，也是最后一次。"

"是！"

"你出去吧。三宝，你也下去吧，好好休息，这几日辛苦了。"

"是，营长。"

张三宝和卞凯一前一后出了营帐，林挽月一手按着后腰，缓缓地来到自己的床铺前面，趴了上去。

粮食到底去哪儿了？大帅为什么不追了？为什么一路按照车印去追最后却如此？卞凯应该是不会出错的，可是对方是如何偷梁换柱的呢？一时间，林挽月的心中闪过了无数个疑问。

她利用有限的线索和经验一点儿一点儿地抽丝剥茧，最后林挽月想到了几个可能，蒙倪大说已经彻底搜查过湖州城，粮草在湖州城内的可能性应该是非常低的，值得信任，那么问题就出在这樊丽城中，苏氏布行这个地方就像是所有疑问的源头。如果此时此刻林挽月还觉得苏氏布行是无辜的话，那么她这顿军棍算是白挨了。

经过分析，林挽月推测出了两种可能，第一种便是苏氏布行和粮草同行，确实到了樊丽城，不过粮草只是短暂地被送到了樊丽城，然后立刻就被人运送到了其他的城门口，留下苏氏布行一行人坐镇樊丽城内，一则引人注目，二则拖延时间。

第二种可能，粮草是在自己到了樊丽城后才被人偷偷转移的，自己被苏氏布行生生拖住十五日，虽然自己每天都让卞凯去盯着，可是一个人的精力毕竟有限，很难面面俱到。

至于粮草还在樊丽城的情况，林挽月基本不考虑，说不上为什么，这是林挽月的一种直觉。

林挽月还有一种感觉，对于粮草丢失这件事，李沐一定知道些什么……

"京城，苏氏布行……"

林挽月一边念叨着这两个名字，一边从怀中掏出了李娴送给她的玉佩，下巴抵着枕木，看着手心里刻着"娴"字的玉佩。

经过了这件事，林挽月渐渐地可以体会李娴所说的举步维艰的日子到底是一种什么样的日子了。

自己远在边陲，一旦牵扯到京中之事尚且如此艰辛困苦，她置身在旋涡之中，又是如何生活过来的呢……

想着想着，林挽月只感觉自己的眼皮越来越沉，越来越沉。

她迷迷糊糊地将玉佩重新放回怀中，然后便沉沉地睡去……

京城，未明宫。

绢布上写着：李沐召星速回阳关，星自请军法，李沐许之军棍一百，闻言，先锋郎将林宇、飞羽营之张三宝蒙倪大三人共同乞饶，沐允。

着重杖星三十，余下之人各二十，张三宝送星回营，卞凯复至。

二人出，星沉睡不醒。

翌日，星内症外伤皆显，拒医不就。

少食，少饮，复睡下，当夜发热。

张三宝请来军医，星拒而不见。

蒙倪大、张三宝苦劝无果，林宇至，将二人劝走。

林宇命人将星抬至其小院，交由余纨照料……

李娴皱着眉头放下了手中的绢报，这人真是讳疾忌医，就那么怕自己不能人道的事情被旁人知晓吗？不要命了？

李娴又拿起了另外一份手书，只见上面写道：殿下台鉴，日前林宇将林飞星接于小院交于奴婢照料，岂料林飞星不许奴婢诊脉，奴婢观其神色，双目赤红、呼吸粗重、体表发热、口不能言，推断林飞星乃内体炎症外散所致，一则奔波劳碌不得息，二则军棍为引。遂开了些清热解毒、消除内火、活血化瘀、安神补眠的方子，命人煎了，与林飞星服下。

至此手书时，林飞星已服三日，效果显著，内热已退，人亦不复沉睡之态。

另殿下交于奴婢之事一切顺利，余纨遥拜。

李娴的眉头缓缓地舒展开来，打开第三份绢报，上书道：沐欲提星为郎将……

李娴拿过一方绢布，捏起毛笔，在上面洋洋洒洒地写了一些字，然后唤来小慈送了出去。

小慈刚刚出去，未明宫管事的太监便立在李娴的书房外面，低声唱道："殿下，陛下有请……"

李娴简单地收拾妥当后，便坐上了轿辇朝着长春殿赶去。

"启奏陛下，长公主殿下到了。"

大殿内，李钶正坐在案前，看着案上摆着的三幅画，听到管事太监禀报，李钶面上一喜："快让娴儿进来。"

"是！"

李娴随着管事的太监走进了大殿，在李钶的案前盈盈一拜，甜甜说道："儿臣参见父皇。"

李钶笑吟吟地看着李娴，大袖一挥："娴儿不必多礼，来，到父皇这里来。"

李娴应声起身，拖着长长宫装走到了李钶的案前。

李娴侧眼看去，李钶今日的心情似乎不错，脸上带着喜色，精神状态也很好，只是鬓间已见微霜。

李娴朱唇轻启，心疼地说道："父皇最近定是又熬夜看折子了，国事是忙不完的，父皇还要爱惜身体才是。"

听到女儿贴心的话语，冰冷的帝王也露出了如同民间慈父一样的神色。

李钶面带欣慰地看着李娴，轻轻拍了拍李娴的肩膀，说道："父皇老啦，这么多年来，父皇对你和你弟弟亏欠太多。珠儿自是无虞，可是我的娴儿一转眼都已经十六岁了。父皇还记得你小时候的样子，粉雕玉琢的，那么大点儿的一个小人儿。每次父皇见你，你都要黏在父皇身边。一眨眼哪，这么多年便过去了，寡人众多儿女，娴儿最得吾心。"

"父皇……"李娴听到李钶如是说，眼眶一红。

李钶看到自己女儿面带伤怀，忙转了话头，重新露出笑意，对李娴说道："娴儿，你且来看看，你的几位王兄这次还算不错，推举了不少世家俊杰上来，寡人与德妃选了好长时间，最终挑中了这三个，你来看看哪个更入你眼？"

李娴听到李钊的话，露出淡淡笑意，便真的低头瞧着案上的三幅画。

短短的时间，李娴心中已然有了计量，德妃育有环、珮两子，环性孤，珮尚幼，且均尚未封王，还不到插手朝廷事务的年纪，况且曾经自己母后与德妃最为交好。

父皇能与德妃商议此事，也算公道……

看来经过上次自己被刺杀的事情之后，父皇到底是对几位藩王有了芥蒂，这很好……

不过……

李娴看着三幅画中之人，勾了勾嘴角，自己的这三位王兄可真的算是贼心不死了。

夏侯无双，军功拜爵，战功赫赫，年二十，是齐王的人。

李忠，平阳侯府世子，年十八，楚王的人。

李渐离，袭恒江王王位的不二人选，太祖一支某庶子之后到李渐离这一代刚好出了五服，勉强算是皇亲一脉，年二十。此人虽然算不上是雍王麾下的幕僚家臣，但因为恒江王的封地与雍王李珝的封地毗邻，这李渐离与雍王李珝终日焦孟不离地厮混在一处，算作雍王的人绝对不为过……

见李娴观画不语，李钊在旁边说道："寡人看这夏侯无双倒是这三人中仪表气质上上者，可惜非士族出身，虽然军功拜爵，但是配寡人的掌上明珠到底还是委屈你了。

"李忠这臭小子，哼，说起来年龄才貌倒是和娴儿相配，之前寡人也考虑过，平阳侯也三番四次地求过寡人，要是没有上次的事情，寡人便允了，这次寡人听听娴儿的意见。

"这李渐离……据报说在恒江一带颇具贤名，性情也温润，不过到底是庶亲之后，血统出身差了些，而且恒江太远，他又是老王叔的嫡孙，实在不好招至京中……"

李钊看了看自始至终都低头不语的李娴，轻声问道："娴儿可有中意之人？"

李娴抬起头，脸上带着七分端庄三分娇羞的笑意，回道："画中之人均是少年英才，娴儿相信王兄们的眼光。但婚姻大事乃父母之命，媒妁之言，女儿不敢妄言，一切均求父皇做主。"

李娴的一番话，直直说到李钊的心坎里。李钊看着李娴露出欣慰笑意，点了点头道："吾儿放心，父皇定为你选一个好驸马。"

"父皇，女儿只有一个不情之请。"

"但说无妨。"

"娴儿想为母后守制，我相信未来的驸马也会应允的。"

李钊看着李娴那张与先皇后七分相似的脸，幽幽一叹："难得吾儿有心，真乃忠孝仁义俱全也，准。"

北境的冬天来得早，尚未到十二月，第一场大雪便来了。

一转眼，距离上次林挽月挨军棍的时候已过去月余，这期间林挽月因为受了军棍、舟车劳顿和一直以来压抑郁结的心情，大病了一场。

病情来势汹汹，林挽月又拒不就医，病情一度变得很危险，林宇等人急坏了。好在随着时间的推移，林挽月已经恢复了过来。

这场病过去之后，林宇感觉自己的大哥似乎变得不同了。

在林宇的心中，之前的林飞星是一个冰冷少言、不近人情的人，而且有的时候颇让人难以理解他的某些行为，好在内里是个重情重义的人。

经过这次大病，林宇敏锐地发现林飞星变了，虽然依旧很沉默，但这种沉默与之前大不相同。

林飞星从前的沉默带着孤绝的气息，给人一种拒人于千里之外的感觉。

此时的沉默，是一种稳重的感觉，是那种退去少年稚气，经历过风雨锤炼而沉淀下来的气质，这种感觉让林宇觉得林飞星愈加地可靠。

之前的林飞星就像一匹孤狼，冰冷又凶恶，周身散发着危险的气息，让人不敢靠近。

现在的林飞星就像一把无锋的重剑，朴实无华，隐去锋芒，乍看上去平淡无奇，实则比从前更加危险致命。

在林挽月生病期间，作为拥有御赐千户食邑的功臣，按照惯例，朝廷为林挽月委派了一位管家。这位管家主要是帮助林挽月将农户的租子收上来，并记录在册。若是林挽月日后自己建府，管家还负责打理林挽月府邸中的一切日常事务。

林挽月刚被封为千户，第一次的食邑要等到来年秋收的时候才能拿到。

好在林挽月离京之前李钧、李珠以及李娴给了她不少银钱赏赐，林挽月将所有银钱交给管家，着管家在阳关城内为她买一座院落。

管家得令去了，在林宇的帮助下，几天后便为林挽月在阳关城城东买了一套三进三出的小院，并且置办了些许家具，添置了门房、厨娘、跑腿的家丁和丫鬟……

当管家把房契还有两张长期的佣工契和两张卖身契交给林挽月的时候，还剩了不少银钱。

林挽月看着手中的五张纸，愣了半天都没回过神来，农户穷苦出身的她从来没想过自己会过上这样的生活。

林挽月在林宇家的东厢房养伤，林宇陪着管家一起帮着林挽月跑前跑后布置她的新房子，张三宝和蒙倪大得闲了也会来帮忙，军队搬到了阳关城里，一切都变得方便起来。

终于，在林挽月彻底痊愈后的某一天，房子也布置妥当了。

林挽月在林宇、张三宝、蒙倪大三人的簇拥下，来到了距离林宇家不过两条街的小院里，管家和卞凯一左一右地立在门口恭候。

卞凯看到林飞星来了，更是一溜烟地跑到林飞星身前，故意学着下人的样子行了礼，说道："小的恭候老爷回府！"

林挽月见状，露出了一排洁白的牙齿，无声地笑了。

身后的三人亦笑得开怀。

管家笑吟吟地来到林挽月身边，恭敬地说道："老爷！家丁、门房、丫鬟和厨娘都在院子里候着了，等着拜见您。"

林挽月点了点头，站在台阶上抬头一看，门楣上有一方小匾，上书：林宅。

管家立在门旁躬身做了一个"请"的手势，林挽月才抬腿迈进了宅门。

进了大宅门，过了游廊，又进了垂花门才彻底进了正院。

院子里，已经有两男两女恭候在那里，见到管家带进来的居然是一位尚未弱冠的少年，几人都有些意外。他们当初只是听说这林宅的老爷是一位千户，却没想到这位千户居然这样年轻。

"见过老爷！"

两个男的朝着林挽月行了跪礼，两个女的打了个深深的万福。

林宇一脸的兴奋，张三宝、蒙倪大和卞凯三人见到这一幕也无不露出了羡慕的神色。

林挽月神色如常，拿眼睛扫了面前的四人一眼，泰然地受了这一拜，才淡淡说道："起来吧。"

站在一旁的管家悄悄地打量着林飞星，见林飞星年纪虽不大，但言谈举止颇为沉稳，举手投足间已具家主风范，在心里也有了计量。

"报上名字。"

岁数最大的门房先迈出一步，来到林挽月的面前躬身垂肩，半低着头回道："是，老爷，小的名叫晋重，祖祖辈辈阳关城人氏，身家清白，原是商籍，后来做生意折了本儿，适逢管家招人便来了。"

"回老爷的话，民妇桂兰，阳关城人氏，十三岁做人妇，到今年做了三十年的饭菜，前几年当家的死了，寡妇无依，幸亏管家心善，招民妇到了府上，日后老爷您想吃什么只管吩咐。"

厨娘说完话之后，管家林子途把话头接了过来："老爷，这家丁十六，丫鬟十四，是签了卖身契的，还请老爷您赐名。"

"嗯。"林挽月点了点头，稍做思考，回道，"既然入了我林家，以后便跟着我姓林，家丁就叫虎子，丫鬟……便叫玉露吧。"

"谢谢老爷赐名！"

这林子途本无姓，是随从府的一名预配奴仆。离国的随从府是专门为各府邸培育管事的地方，比如藩王立府、军队中有军功拜爵的人，或者如同林挽月这样的有了千户以上的食邑的人，朝廷都会从随从府中挑出来一位，送到其府上，供主人调配，从随从府出来的人都是直接和主人签订卖身契，终身为主人服务的，而且随从府里面的所有人只有名字，没有姓氏，日后跟了哪个主子，便随了主子的姓或者等着主子赐姓。

这林子途从小被卖到随从府，学的就是管理杂事、察言观色的那一套，在来之前林子途已经对林飞星的资料有了详细的了解，于是他适时得体地对林挽月说道："老爷，这新宅刚整理好，老爷今日初到，不如由小的替您给他们指了住处吧。"

"嗯。"林挽月点了点头。

林子途得令，向前一步挺直了腰杆对面前的四人说道："门房晋重就在门房里住下，家丁虎和我住在倒座，厨娘桂兰住后罩房，丫鬟玉露住在西耳房方便伺候老爷。"

"我不习惯别人伺候，不如让玉露和桂妈都住在后罩房吧。"

"是，但凭老爷您吩咐，都听见了？"

"是！"

四人齐齐应了，各归各位。

林子途将林挽月一行五人引到正房正厅方躬身告退。

待正厅门关上，林宇立刻兴奋地搂住林挽月的肩膀，高声说道："哥！我就说吧，我们兄弟俩早晚要建功立业，你这院子是真气派！不仅有了管家，丫鬟、家丁、老妈子也一应俱全！哎，我本以为我那院子有个正房，还有两个厢房就挺不错的了，和你这三进三出的一比，真是差远了。"

听到林宇的话，众人皆大笑，林挽月笑着拍掉了林宇搭在自己肩膀上的手，道："子途已经让桂妈做饭了，你一会儿把余纨姑娘接来，这么多天全靠她照顾我了，咱们也别拘束这么多，一起吃个饭。"

"哎！"林宇喜笑颜开地答应了，然后嬉笑着看着林挽月，故意学着林挽月的声音说道，"既然入了我林家，以后便跟着我姓林，哈哈哈哈，哥，你还真威风，不知道的还以为你做了多少年的老爷了！"

闻言，众人复又大笑。

五人围在桌前坐下了，就着茶水吃着干果，一边说些军营里面的事情，卞凯偶尔也壮着胆子给其他人说说外面的事情，每到趣处大家便乐在一处。

丫鬟玉露时不时地会敲门续些茶水进去，这十四岁的小丫头，看到屋子里坐着五大三粗的五位汉子，每每都把头压得低低的，一副怯生生的模样，张三宝本想调笑两句，但看到林飞星后，硬生生地给憋了回去。

林挽月见时辰不早了，便打发林宇去把余纨接来。

当桂妈禀报林挽月饭已经做好的时候，林宇正好接了余纨进了林宅。

一群军营出身的人不似宫廷里的人那般考究，六人围着一张桌子坐了。余纨本不敢与一众男子同席，在林挽月的坚持下，在林宇旁边的位置坐了。

林挽月又吩咐在厨房里摆了一桌，让林子途带着一众下人去吃，不用伺候。

众人千恩万谢地去了，大厅里两个火盆烧得红彤彤的。

林挽月用刀切了大块的猪方肉，配上蒜泥佐料，还有六盘色香味俱全的小炒、两坛酒。

林挽月本不善饮，她现在在阳关城内购了房产，却依旧住在军营内，见张三宝拿出酒来，还想阻止，听说酒是李沐赏的后，只好作罢。

五人拿过酒盏均满上酒，酒盏被五人高高地举起，碰撞到一起，间或有几滴酒被溅了出来。

五人将酒一饮而尽……

第一杯敬朝廷和大帅。

第二杯敬战死的故友。

第三杯敬林飞星一十六岁立宅。

京城。

百姓三三两两地围在了城中布告板前面，只见上面是一张昭告天下的皇榜：

"奉天承运，皇帝诏曰。寡人之长公主淑慎性成，勤勉柔顺，雍和粹纯，性行温良，克娴内则，淑德含章；平阳侯世子李忠，贵而能俭，无怠遵循，克佐壶仪，轨度端和，敦睦嘉仁，特赐长公主与李忠公子得佳姻，待惠温端皇后守制期满，择吉日行大礼，元鼎二十八年十二月十二日，钦此。"

"哟，长公主要出嫁了！京城可是好久都没有这样大的喜事儿了。"

"是啊，这一年真是多事之秋，先是惠温端皇后娘娘先行，然后楚王继妃遇刺身亡，良妃薨逝，这京中许久没有这样的喜事了。"

"圣旨虽然下了，但离公主出守制的时间还有两年多哪。我听说这位长公主殿下最得陛下宠爱，是正宫嫡出的明珠，等到成大礼的时候，陛下说不准会大赦天下呢！"

"平阳侯府的世子爷我见过，倜傥风流，而且你们没听说吗？前一段时间这平阳侯府的世子陪着公主殿下去北境探望李沐将军，说不定啊，就是报告喜事去了，而且回来的时候世子爷为了保护公主被劫匪劫走了，公主安全了之后世子爷又孤身从匪窝里杀了出来，把那些绑匪杀得那叫一个片甲不留！真真是虎父无犬子，还记得当年平行关大战吗？平阳侯一战成名军功拜爵，我看这平阳侯世子更是青出于蓝，与公主殿下真是天造地设的一对璧人呢。"

"你说得这么有模有样的，难道你也参与了绑票不成。"

"呸呸呸，可不敢这么讲，我三叔公是平阳侯府的御马……"

鹅毛的大雪从天空中徐徐飘下，雪沾冠帽，化成水渍。

离国的冬天从北至南一路走来，终于，帝都也迎来了这年冬天的第一场大雪，围在皇榜周围兴致盎然互通皇家辛秘的人也因这大雪最终散去，雪花落得细密，很快便掩去了他们的足迹，天地间一片白茫茫的……

皇宫内院，未明宫。

大殿里的火盆烧得通红，摇曳的橙色火苗释放着温暖，李娴长长的宫装拖地，站在半开的窗前，素手随意地搭在窗栏上，看着眼前鹅毛般的雪花无声地铺满整个未明宫的院子。

小慈双手捧着一件百蝶穿花大红披风，立在李娴的身后，轻声道："殿下，这几天一日寒过一日，您这样立在窗边，沁了寒小心风邪入体。"

李娴并无反应，仍旧站在那里，也不知被窗外哪一处景致吸引了去，一动也不动。

小慈见状幽幽一叹，将手中的斗篷抖开为李娴披上。

"殿下在看什么？"小慈挤到李娴身旁，也顺着半开的窗户朝外看去，却发现并无甚出奇之处，小慈在这未明宫住了十多年，再怎么精致的景色也早就看得乏了。

"启禀殿下，太子殿下来了。"门外传来掌事太监的声音。

李娴这才收回了目光，幽幽一叹，眉宇间竟带着几分无奈，轻声道："珠儿来了，你将他引到书房来见我。"

李娴刚在书房中坐定，小慈便引了李珠来了。

推开书房的门，李珠走了进来，小慈识趣地将门带上转身离开。

李珠今日来得急，下了太学便直奔未明宫，连常服都没有换。此时他头上尚戴着储君珠冠，额上勒着二龙抢珠金抹额，身着玄色储君朝服，外面披着一件蟒白狐腋大氅，上面沾了一些雪花，入得室内雪花都化成了水，却不沾这大氅丝毫，而是凝成一滴一滴饱满剔透的水珠挂在毛梢，摇摇欲坠。

李娴静静地看着李珠，恍然发现自己的弟弟长高了不少，被冻得通红的小脸儿虽然还稍显稚嫩，但身为皇储的气势已经越来越浓。

"这件大氅可是齐王兄所赠？"

李珠微微一怔，倒还是点了点头："姐姐如何知晓？"

李娴轻笑，回道："齐王兄有心，这雪狐极其珍贵，只有在他的封地数量最多，若是换了旁人，别说是大氅，就是做成一件披肩也是不易。"

"姐姐！"

李珠似乎并不想和李娴拉这些家常，他打断了李娴的话，上前一步看着李娴，脸上的表情无比郑重。

见李珠如此，李娴的眉宇间闪过一丝无奈，她安静了下来，看着自己的弟弟，等着他继续说下去。

李珠见李娴如此，也稍显犹豫，但最终还是定下心神，再次上前一步，直接来到了李娴的案前，小小的眉头鼓起一个包，烦躁地说道："姐姐要嫁李忠？"

"父皇圣旨已下，珠儿何必明知故问？"

"可是孤听说，父皇一共给了姐姐三个人选，姐姐为何独独选他，这个楚王的人？"

李娴看着自己的弟弟，听着他口口声声以"孤"自称，心情无比复杂。

"珠儿不喜姐姐嫁给李忠？"

"当然！"李珠挺起了胸膛，一副坚决的样子。

"珠儿可知父皇圣旨已下，绝无更改可能？"

"这……"

"珠儿不喜姐姐嫁他，是因为不喜李忠的为人，还是因为他是楚王的人？"

李娴的语气自始至终都是淡淡的，保持着同一个声调，仿佛说的只是一件无关痛痒的小事一般。

"这……"李珠高高挺起的胸膛已经不知不觉地垮了下来，脸上闪过难堪的神色。

李娴却仿佛没看到一样，对着李珠一如往常地笑了笑，平静地说道："珠儿长大了。"

听到李娴的话，李珠神色一赧，干脆朝着自己的姐姐撒起娇来："珠儿不喜楚王兄。"

"我知道。"

"平阳侯府与楚王府沆瀣一气，前些日子父皇又许了楚王兄兵权，如今李忠又光明正大地打起了姐姐的主意，珠儿不明白，那么多青年才俊，姐姐为何偏偏选他？"

李珠抬眼，对上的是李娴深邃含笑的眸子，立刻便有一种被姐姐看穿了的感觉，心头一紧，便继续期期艾艾地说道："况且……况且……"

"况且什么？"

李珠看着自己的姐姐，心中有些后悔，但他明白，事已至此，扭捏已然无用，便一咬牙一跺脚，仿佛怄气般地说道："况且女生外向，姐姐嫁了人，便算是跟了夫家姓，就算姐姐心疼珠儿，怕也多是对珠儿爱莫能助了。"

李娴听后，从座位上起身，绕过玉案来到了李珠的身边，伸出纤纤玉手轻轻搭在李珠的肩膀上，柔声安慰道："珠儿，姐姐要你记住，你永远是姐姐最亲近的人，谁都取代不了。"

李珠毕竟是尚不足九岁的孩子，得到了姐姐的宽慰很是受用，脸色立刻变得柔和，不复之前紧绷僵硬的姿势了。

李珠乖巧地依偎在李娴的怀里，任李娴用手轻轻地拍着他的肩膀，总算是寻回了失落的安全感。

姐弟俩就这样安静地站着，书房里静悄悄的。好一会儿，李珠才缓缓开口，好似撒娇又好像不放心地问道："姐姐为何选那李忠，真的不能告诉珠儿吗？"

闻言，李娴的心中缭过丝丝忧愁的情绪，沉吟良久最终还是轻声回答道："因为姐姐想留在京城看着珠儿长大啊。"

　　"可是……可是姐姐若是想，嫁给谁都可以留在这京城。"

　　李娴笑了笑，没有说话，她永远都不会告诉李珠，在那三个人中，唯独李忠一人对自己算是情有独钟，也正因为这一点，他日自己说什么，那人便都会应允，若是嫁给其他两人，日后才会被处处掣肘……

　　这便是生为女人的悲哀，无论你是民间女子，还是贵为一国公主，出嫁之后，多多少少都会受到夫家的制约，稍有不慎便会落下刁妇欺夫的恶名。为了李珠，她也绝对不能留下这样的名声。

　　可是这些话啊……李娴却对自己的亲弟弟无从说起。

　　李娴轻抚李珠的肩膀，柔柔地说道："珠儿可还记得母后临终之前对珠儿说过什么？"

　　"记得，母后要珠儿听姐姐的话。"

　　"那便不要再问。"

　　"嗯。"

　　李娴安慰好李珠后，留李珠在未明宫用了饭。

　　送走了李珠，李娴冷着脸回到书房，她没有想到自己不过离开皇宫这么几天，就有人胆敢把手伸到太子身边了。

　　李娴拿过一方绢布眯着眼睛写了数行字，命人送了出去。

　　《离国通年志》是一本编年体的录册，一年集一册，主要记录离国朝中或地方这一年来发生的大事。

　　元鼎二十八年的这本《离国通年志》的最后一页，寥寥几笔记录了在元鼎二十八年离国发生的最后一件"大事"。

　　元鼎二十八年冬，十二月二十八日，太傅凌枫岳于家中食一碗粉蒸豕肉，不察，食噎而卒，终年四十五。上念其教导太子有功，特赐以一品文侯之礼厚葬。其子至孝，悲痛交瘁，于下葬之日突然吐血而死。其妻柳氏不禁亡夫丧子之痛，悬梁自尽……

　　这件事一时间甚至还成为元鼎二十八年百姓茶余饭后的谈资，百姓听闻这太傅喜荤，每日必食一碗粉蒸肉，却没想到吃了几十年最后居然被吃下去的粉蒸肉噎死了，这京城凌家也算是赫赫有名的府邸，不过眨眼的工夫一家三口都死绝了，连年关都没迈过去，真真是世事无常……

　　呼啸的北风迎面吹来，将城墙上的士兵们吹得瑟瑟发抖。

迎风而立的士兵中，有的受不住寒佝偻了身子，看到特意来城墙上视察的林飞星后立刻就又强行绷直了身体。

林挽月越过城墙的石墩，眯着眼眺望，大雪覆盖了林挽月的视线，只见天地间一片白茫茫的景色。

这雪从腊月二十三便开始断断续续地下，到今日已经持续了七日，这样的天气车马难行，匈奴人不会挑这样恶劣的天气来进攻，但林挽月终归要提防着一点儿。

不过，根据经验来看，林挽月知道今天他们北境所有的士兵应该可以过一个踏实的好年了。

关于粮草丢失的这件事，得益于李沐上报得及时，再加上朝廷的重视，在北境几十万大军之前囤积的粮草彻底吃完之前，新的粮草到了。

每一个知道内情的人都有一种如释重负的感觉，除了林挽月。

粮草到底怎么丢的？丢到了哪里？几百辆车子究竟如何做到平白无故地消失在离国境内的？

这些问题一直萦绕在林挽月的心头，纵使她没有再同第二个人提起只言片语……

北风依旧呼啸着，一个家丁打扮的人爬上了城墙，朝着一位站岗的士兵躬身问道："这位军爷，劳驾打听一下，我们家老爷林飞星，您看到了吗？"

士兵抬手指了指，虎子赶快谢过，快步跑到林挽月的身后："老爷，您快随小的回宅里去吧，宫里头来人了。"

林挽月立刻转身同虎子离开了城墙，甚至都没有嘱咐士兵几句。

因为今日是大年三十，往年的今日，大家都是在军营中度过。

今时不同往日，再加上今年是林挽月立宅的第一年，林挽月邀请了蒙倪大、张三宝和卞凯一起到家中来。林宇同样是不堪寂寞，带着余纨早早来到了林挽月家。

一清早起来，林挽月先去祠堂给自己父母和"自己"的牌位上了香，让其他人稍坐，自己到城墙上去巡查一圈。今年三十的巡防轮到了飞羽营，作为飞羽营的营长，自己总要去看一看的，却不想刚到城墙上不久，虎子就追来了。

许是走得有些急了，林挽月感觉自己的心脏怦怦直跳，二人回到林宅的时候，传诏使正坐在林宅的正厅里喝茶。

看到林挽月风风火火地走了进来，传诏使立刻从座位上站了起来，脸上带着笑意，朝着林挽月拱了拱手："林千户，本官奉了陛下的旨意，来北境给李沐将军送常例的赏赐，本应前几日就到的，奈何这一路车马难行，生生给耽搁了。"

"哦……见过这位大人。"

"千户客气了，临行前长公主殿下命本官顺路带些东西来，正好余纨姑娘也在，也省得再跑一趟了。"

说完，传诏使朝着桌上伸手示意，林挽月这才发现自己家的桌上已经摆满了精致的食盒。

看着这些食盒，林挽月情不自禁地勾起嘴角，眼神也变得柔和起来，难得这千里之外公主还惦记着自己，看来……多少是把自己当成朋友了。

传诏使继续说道："公主殿下真是体恤，这八盒糕点您和余纨姑娘一人一半，还有这个是公主殿下专门送给您的。"

传诏使从怀里掏出了用绢布裹着的四方物件。

林挽月伸出双手接过，打开绢布，里面竟然是一本书，名曰《戍边纵论》。

"这是……"

传诏使双手高抬，举过头顶，在半空中做了一个告拜的手势才继续说道："这是李老将军当年所作，老将军故去后，这本书一直存放在京中的大将军府。这是殿下特意命人誊写的手抄本，赠予千户。公主殿下让我转告你，千户若是能守护好北境的百姓，这本书便是物尽其用了。"

林挽月将书捧在手里，低着头看着"戍边纵论"四个大字，伸出手轻轻摩挲这本书，低声问道："公主……殿下，一切还好吗？"

闻言，传诏使脸上露出了喜庆的笑意："林千户回来得晚了一步，本官刚刚宣读了陛下的圣旨，前些日子陛下已经为长公主殿下挑选了平阳侯世子李忠为驸马，京城里皇榜都贴了有些时日了，不过殿下至孝，要为惠温端皇后守制，陛下大为感动，应允了长公主殿下的请求，所以虽然下了这指婚的旨意，但是要等到惠温端皇后守制期满才能举行大礼了……"

林宇脸上堆着笑，从背后捅了捅林挽月，并朝着翻身上马的传诏使殷切地喊道："哎！大人您慢走啊，劳烦您跑一趟！我等同沐皇恩，也谢谢长公主殿下的恩典。"

林挽月转头看了看林宇，然后木讷地抬眼看向传诏使，咧了咧嘴："大人……慢走，恕飞星怠慢……不周，招待不周之罪。"

"保重了，二位林大人。"

传诏使一夹马肚，马儿的鼻孔里喷出两道白烟，然后缓缓地向前走去。

众人均站在林宅的门口，目送传诏使走远，直到传诏使拐过了这条街，林宇才碰了碰林挽月，诧异地说道："哥，你这是怎么了？"

林挽月回过神来，不敢回头看站在身后的几人，而是支支吾吾地说道："我……突然想起来，刚才有任务没布置下去就匆匆忙忙地回来了，你们……回去先坐，我去趟城墙……饭前回来。"

说完，林挽月也不管身后人如何，便头也不回地蹚过厚厚的积雪，踉跄地朝着城墙的方向走去……

林宇盯着林挽月的背影，良久才回过神来，诧异地转头看了看张三宝和蒙倪大以及卞凯，问道："大哥这是怎么了？"

三人闻言，也均是一脸的诧异，齐齐摇头。

唯独站在林宇身旁的余纨遥望着林挽月越来越小的背影沉默不语，一脸了然的神色。

林挽月顶着夹杂了大块飞雪呼啸而来的北风，一口气走上了阳关城的城墙，才恍然发现自己的手上还攥着那本《戍边纵论》……

林挽月大惊，连忙将书翻在手里，见书没有被飞雪打湿才放心地呼出一口气，用绢布仔细地裹了书，揣到了怀里，却不想摸到了怀中的另一件冰凉的物件，触碰到的一瞬间，林挽月便知道那是何物，心里没由来地又是一空。

林挽月将手探在怀中良久，最终还是伸手捏了那方李娴送的玉佩出来。

刻着小小"娴"字的汉白玉佩安静地躺在林挽月布满老茧、冻得通红的手心里，显得愈发通透，红色的流苏随着北风摇曳，异常显眼。

林挽月叹了一声，心想即便是公主也要出嫁从夫，今后她和公主怕是没有再见面的机会了。她又想到自己顶替了弟弟的身份活在这个都是男子的军营里，如今食邑千户，骑虎难下……恐怕要顶着这个身份到死了。

一时间，林挽月也不知道是该恭喜公主，还是该哀叹自己。

想到家中还有人等着自己，林挽月又跌跌撞撞地下了城墙，临走时依旧什么都没有嘱咐。

城墙上的士兵看着他们匆匆离开、去而复返又不告而走的营长，面面相觑……

"哎……"从林挽月的嘴里喷出了一股白烟，很快就被西风打散，再无痕迹。

林挽月迈开步子，深一脚浅一脚地踽踽前行，顶着风雪，在空旷的阳关城里漫无目的地向前走着……

京城，皇宫。

元鼎二十八年最后一次朝会，也是一年中最热闹的朝会之一。

按照惯例，离国的绝大多数王侯都会到场述职，朝拜陛下以示忠心，早晨是朝会，晚上是宫宴，然后便是长达十五日的休沐了。

随着管事太监的唱和，李钏穿着隆重的朝服，甩着袖子从大殿后面走了进来。

"参见陛下！"满满的朝臣站在大殿上，纷纷恭敬地给李钏行礼。

"哈哈哈哈，众卿家免礼。"李钏的心情似乎不错，虽然两鬓的银霜愈发明显，但是精神抖擞、满面红光。

"谢陛下！"

李钏笑吟吟地透过珠帘环顾一周，问道："各地藩王、军侯、将军都回来了吗？"

李珠年龄太小，尚未到参政议政的年纪，作为皇长子的李瑱向中间迈了一步，双手端着象笏回道："回父皇，阳泉侯年迈，其世子代其入京，并带来了阳泉侯的亲笔手书；汝江侯身染沉疴不能面圣，亦派了使臣来送上手书，无双侯被儿臣留在了齐地戍边，以免西戎趁边防空虚伺机进犯……"

"嗯……"听到齐王李瑱如是说，李钊捋了捋花白的胡子，点了点头。

不等齐王李瑱说完，雍王李玼却手持象笏迫不及待地从朝臣队伍中走了出来抢过话头继续说道："齐王兄好像是漏了一个重要的人，弟弟帮王兄补上，父皇，北境李沐大将军未曾入京。"

雍王李玼的话音刚落，朝中的气氛立刻变得诡异起来。

元鼎二十四年与先帝有过八拜之交的李老将军驾鹤西去，皇后李倾城又在二十八年仙逝，这两人故去后，李沐这个皇亲国戚的身份就愈发地显得尴尬了起来。李沐的亲外甥太子李珠尚且年幼，连参政议政的资格都没有。外甥女长公主李娴虽然很受陛下宠爱，但是已经招了平阳侯世子李忠为驸马，满朝皆知平阳侯唯楚王马首是瞻，如今长公主与平阳侯世子结合，虽然还尚未册礼，也让这朝中的局势愈发地莫测起来。

前些日子李沐还挨了一百军棍，虽然李钊并没有大肆宣扬，但也没有下旨封口，能站在这个大殿上的人，哪一个不是消息灵通之辈？

这一百军棍，算是打了李沐的脸了……

雍王李玼在这个节骨眼公然提起李沐，大家都留着心，预备看李钊如何处置，也好根据李钊的态度调整对李沐的态度……

坐在高位上的李钊表情丝毫不变，他静静地看着下面的人，让人无法猜测内心想法。

齐王李瑱接过雍王李玼的话继续说道："有劳王弟费心了，不过愚兄还没有说完，李沐将军确实是没有进京，一则北境距此路途遥远，二则我听说今年秋收匈奴大军并没有得逞，这寒冬难挨，说不定哪天匈奴人饿得疯了，就会骚扰边境。李沐将军总统西北军务，也是我离国北边的屏障，他没能入京算是情有可原的。"

"父皇，儿臣有话要讲。"

李钊抬了抬眼，见到是楚王李玹捏着象笏从队伍中走了出来，良妃死得不明不白，李钊一直对这个儿子心存愧疚，便和蔼地说道："吾儿但说无妨。"

"谢父皇，启奏父皇，儿臣听说前些日子李沐将军突然撤防，退到了阳关城内驻守，北境大军几十万人马，阳关城不过是边陲小城，怎堪重负？李沐居然下令占据了半座阳关城作为北境军队扎营安寨之用的地方，将阳关百姓逼得流离失所，苦不堪言。"

李钊听完了三位藩王的话，却不置一词，依旧坐在高位，俯瞰着场中的一切。李钊不说话，这三位王爷只好微微躬身，捏着象笏站在百官之中。

良久，李钊才缓缓开口道："御史台，几位王爷说得是否属实？"

闻言，从百官最末应声走出一人，只见他不慌不忙地走到大殿中间，手持竹笏朗声答道："回陛下，此事属实，李沐将军确实在日前突然撤防，并且没有回到原来的营寨中，直接退到阳关城内据守。"

话音一落，大殿内落针可闻。

大部分人都眼观鼻鼻观心，做出一副老神在在事不关己的样子，低眉顺眼地看不出脸上有什么情绪，还有一部分人皱着眉头，似乎是在思考些什么，还有的人脸上的表情愈发明快，带着除夕即将来临般的喜色。

唯独，没有人站出来为李沐说一句话。

"父皇，儿臣想着，李沐将军将营防撤回到阳关城内，定是北境苦寒所致，李沐将军年事已高，这西北苦寒，父皇不如召李沐将军回京。自李老将军故去后，京城的大将军府一直空着，不如让李沐将军搬进去。儿臣年少，胸无大志，但愿为父皇分忧，统领北境将士，杀匈奴人护我离国北方太平。"

"雍王殿下孔武善战，也是除了李沐将军之外统领北境军务的不二人选，老臣附议！"

众人循声望去，见发话的是已经白发苍苍的恒江王，恒江王是太祖庶子之后，这么多代分封下来本已没落，不想恒江王年轻时倒也争气，硬是在对抗海寇的战争中立下奇功，被先帝重赏，赐封祖家之爵位，荫荫三代。

论辈分，李钧还要叫恒江王一声王叔……

一时间，明眼人算是看明白了，雍王这是不甘寂寞了，是来要兵权的！

不过也难怪他会如此行事，李钧目前成年的皇子只有三位，齐王李瑱作为皇长子，当年领封地的时候特意挑选了寒冷的齐地，又说出一番"以己封地，为国屏障"的话来，让李钧圣心大悦，赐下了兵权。齐王也争气，这么多年来对抗外敌，未尝败绩，手下也培养了一批军功拜爵的军侯能将。

楚王李玹自幼便颇受李钧宠爱，食邑万户，前些日子李钧又有意册封其母为继后，只可惜这良妃福薄，在册封大典前夕竟然香消玉殒了，只落得一个死后荫封的结局……

若是册封大典顺利进行，楚王此时的身份定会大大不同，说不定可以和东宫呈分庭抗礼之势。李钧为了慰其丧母之痛，许了楚王兵权，虽然与嫡出身份失之交臂，不过楚王的实力依旧不容小觑。

然而，反观这边，同为成年皇子，雍王李珃的处境便一下子就尴尬了起来……

不仅是藩王中食邑最少的，甚至要比长公主李娴还要少了一千户。这也罢了，他的两位王兄陆陆续续地都得到了兵权，唯独他自己，食邑不涨，兵权也没有着落，怎叫他不心急？

如今各地军侯将军多为壮年，他的封地又是一块肥沃之地，四周并无外敌，根本没有名头讨要兵权！不过，雍王虽然自己不善权谋，却养了一批精干的谋士，他们给雍王献计，说是长公主李娴虽然得宠，但不过是一介女流之辈，躲不过出嫁从夫的命运，绝无真正威胁，而东宫太子年幼好欺，另外两位藩王若真的想拔掉东宫，定要先动北境的李沐，况且皇后死后，朝中已无人帮李沐说话，李沐倒台后，李玑可顺势求取北境兵权……

听了谋士的意见，李玑想来想去，决定在李沐身上下手。北境虽然苦寒贫瘠，但驻扎在北境的大军有几十万之多，有兵便有权，而且积累军功和口碑同样可以为自己日后夺储积累资本。

李玑这次借着朝会，暗暗将了李钊一军，这么多双眼睛看着，他不信自己的父皇还能大事化小，而且李玑特意请来了恒江王，虽然两人是远亲，但到底是父皇的长辈，有他老人家帮自己，定是胜券在握。

此时雍王李玑捏着象笏，以一副谦卑的姿态站在两排官员的中央，等待李钊的裁决，却无论如何都没有想到，一个突兀的声音犹自响起："父皇，儿臣有话要说。"

李钊一看说话之人，一直平静的脸上第一次出现了波动，李钊看着李环满眼意外地说道："环儿有何话说？"

当下，不仅李钊，就连几位藩王以及一众京官都露出了意外的神色。德妃娘娘育有两子，一环一珮，环性孤，珮尚幼。整个离国高层士族无人不知无人不晓这皇子环孤僻的性格，不仅从不在大型的宫宴露面，就算陛下强行要求来了，酒过三巡定会告辞，更是从不去皇家私宴。虽然一早就到了参政议政的年纪，但十次朝会有九次不到，唯独来那么一次，也自始至终都沉默着，从未有过任何建树，除了自己同胞弟弟皇子珮之外，和王侯、世家子弟一律拒绝交往，可谓诸多皇子中存在感最低也是最独特的皇子，坊间甚至一度谣传过这环皇子天生哑巴，由此，其性孤之程度可见一斑！

今日这环皇子突然铁树开花，还在各地藩王诸侯齐聚的大朝会上发声，怎么能不让人意外？

对于众人的注视，李环视而不见，只见他捏着象笏走了出来，先朝着李钊躬身一拜，才缓缓说道："父皇，儿臣听说李沐国舅多年镇守北境，儿臣在书中看过，北境贫瘠，匈奴人凶残，国舅爷辛苦了，而且儿臣还听说国舅爷唯一的爱女在前些日子诞下嫡男，不如就看在小娃娃的分上，法外开恩吧。"

李环说完，朝着李钊又行一礼，回到了队伍中，仿佛一切都没有发生过一样……

在场的哪一个不是人精呢？

李环的话虽然措辞并不华丽，甚至语言逻辑也稍显凌乱，但是在场的人都从李环短短的一段话中读到了几个重要的信息：

第一，李沐是国舅，李老将军和先帝乃是八拜之交的异姓兄弟，李家更是被赐了国姓，李沐是惠温端皇后的亲哥哥，如今惠温端皇后尸骨未寒，难道就要因为这么一点儿小事去动了国舅吗？

第二，李沐无子，说白了就是李沐拥有再大的权力、再煊赫的家世，到李沐这一代基本也就是到头了，李沐只有一个女儿，而且女儿已经出嫁。

第三，李沐前段日子做外公了，他的女儿为平东将军府诞下了嫡男，平东将军最近在和海寇作战，未能入京面圣，而且平东将军夫妇俩十分恩爱，可以说李沐这个外孙如果不出意外就会成为下一代的少将军。

第四，也是最重要的一点，李沐都当上外公了，也没有离开北境一步！人家兢兢业业地镇守边疆，如今他们居然在朝中商讨夺取人家兵权的事？这若是传出去……

"陛下请三思，李沐将军多年镇守北境，力抗匈奴，劳苦功高，况且北境之势复杂，李沐将军又无子嗣，派传信官送来手书合情合理。"

"臣附议！北境的局势复杂，况且李沐将军的营防若是被破，别说是阳关城，许多边陲的百姓都会遭殃，况且微臣听说，李沐将军虽然占据了半座阳关城作为军用，但是对阳关城的百姓秋毫无犯，军纪严明，军民相处非常融洽，实不应该论罪。"

"臣以为，李沐将军当赏，谁人不知京城好？北境苦寒，李沐将军在北境一守就是十多年，鲜有回京，就连惠温端皇后薨逝以及李沐将军爱媛诞下嫡男之时，李沐将军都以边防要务为重不曾因公废私，此等忠臣良将，陛下实在应该赏赐。"

"臣等附议，李沐将军劳苦功高，北境万万不能易帅！"

刚刚还一副事不关己模样的朝臣们，不过眨眼间纷纷站出来为李沐求情请赏，这一切的转变都是因为那位被世人评价为性孤的皇子环。

齐王李瑱做出一副轻松的样子，收回了象笏回到了队伍中。

站在场中的楚王李玹、雍王李玔以及被李玔"拉下水"的恒江王的脸色就很不好看了。

雍王和恒江王怎么也想不明白，他们自问很了解当今陛下，也正是利用李玔那种顾忌皇家颜面的心思，在这样的场合提出了李沐的事情，让他无法规避问题。明明一切筹划得都很好，楚王甚至都破天荒地出来帮忙"扳倒"李沐……

可是，不过眨眼间！那些本来一副置身事外的朝臣都帮李沐说话！

眼看着到手的兵权，没了……

齐王李瑱捏着象笏，转头看了看站在队伍中位置略微靠后的李环，心中愤懑不已。这个"小哑巴"平时连招呼都不会打，今天也不知道吃错了什么药，居然在这样重大的场合站出来帮李沐说话，若不是这李环十六年来几乎从不与人来往，楚王甚至要怀疑这李环的居心了……

李玔渐渐平复了心绪，只见他坐在高位上大袖一抬，场中的朝臣立刻闭上了嘴巴。

李玔特意了看站在队伍里"低眉顺眼"的李环，那个他一直忽略甚至有时候会忘记的儿子，心中有些感慨。

李钊看了看他另外两个儿子，冷冷地说道："你们几个，先回去。"

"是，父皇。"

"是，陛下。"

楚王李玹、雍王李珋两兄弟以及恒江王灰溜溜地回到了自己的位置上。

李钊又开口说道："诸位卿家言之有理，国舅这么多年来的确劳苦功高，来人哪……"

"陛下……"拟旨的内臣立刻来到李钊身边。

"记下，李沐将军忠义克敦，固以嘉劳而慰功疏荣，擢升李沐为国公，赐字镇，食邑抬至八千户，另赐玉如意一对、玄甲一副，念李沐无子，擢其妻陆氏为顾山夫人，其女为莘郡主，再特赐其免入京谢恩。"

"陛下圣明！"听到李钊给李沐的赏赐，朝臣们立刻清楚地明白，李家虽然子嗣凋零，但依旧颇受盛宠，看来这春节的礼单要改一改……

"嗯。"李钊点了点头，继续说道，"吾儿环，出列。"

"是，父皇。"

李环从队伍中走了出来，来到大殿正中，端着象笏恭恭敬敬地给李钊行了礼，安静地站在那里，等待李钊发话。

李钊看着李环，心头一时感慨万千，不知不觉间这个儿子居然已经这么大了，他捋了捋胡子，想要弥补一下这个自己忽视了多年的儿子。

"吾儿李环，恪守孝道，懋静知礼，加赏食邑千户，其母德妃教导有方，赐玉如意一对。"

就这样，元鼎二十八年最后一次朝会落下了帷幕，元鼎二十九年的大幕缓缓拉起。

在元鼎二十八年的最后一天里，一个一直被所有人认为孤僻古怪的皇子李环用"恪守孝道，懋静知礼"八个字颠覆了人们对其之前的认知。

竹外桃花三两枝，春江水暖鸭先知。

蒌蒿满地芦芽短，正是河豚欲上时。

一转眼，冬天便已过去……

就连苦寒的北境也迎来了春的生机，冰消雪融，大地回春。

李沐的军队又平安度过了一个严酷的寒冬，南风拂过，嫩绿的新草浅浅地拱出地面。

李沐的军队也在冬天结束之后撤出了阳关城，搬到了距离阳关城外不过五十里远的军营中去了，李沐让自己的亲兵挨家挨户给被暂时征用了房屋的阳关百姓送了自己的食邑过去，拿到补偿的百姓无不称赞李沐的军队是一支仁义之师，此事也算是落得皆大欢喜。

在元鼎二十九年的上元节，余纨和林宇成亲了。

在林挽月和众多战友的见证下，在林宇那一方小院里，林宇迎娶了他的新娘。

那天晚上，不胜酒力的林宇喝得酩酊大醉，他抱着林挽月的手说什么都不撒开，泪眼婆娑地对林挽月说："大哥，小弟十四岁入军营，若是没有大哥你多次在战场上救我，我早就死了，若是没有大哥，我当不上这先锋郎将，若是没有大哥，我也娶不到阿纨这么好的姑娘，大哥，你放心……你就是我的亲兄长，日后我若是有了儿子，定会过继给大哥一个……你我做一辈子的兄弟，一辈子……"

听了林宇的话，林挽月也很动容，回忆起参军以来的事情，一晃匆匆三载，一幕幕回忆在眼前浮现。

最终，林宇醉得厉害了，被他的两个亲兵架到了新房里，剩下的人则是一边喝酒一边击节而歌，雄浑而又带着北境特有的那股子苍凉的军歌响彻在林宇的小院中……

另一边，自从林挽月得到了李娴派人赠给她的《戍边纵论》之后，彻底地脱胎换骨了，她不再注重于自己杀了几个匈奴人，也不再去过度地对自己进行疯狂的训练，而是会在训练的空闲之余拿出这本书来看一看。但凡遇到不懂的地方林挽月先自己琢磨，若是琢磨不透便会到李沐的大帐去虚心请求李沐赐教。

李沐最初看到这本由他父亲写的《戍边纵论》时愣了愣，李沐没有儿子，他拿着这本书看了林飞星良久，在心里暗暗地下了一个决定。

李沐耐心地给林挽月讲述这本兵法，林挽月不仅好学，还是个融会贯通的人。到后来，林挽月甚至能和李沐在沙盘上进行推演，偶尔还会说出一些让李沐都颇有受益的话来。看到这样的林飞星，李沐愈发感到惊喜。

元鼎二十九年，林挽月十七岁，这是她投军李沐帐下的第三年，邑千户，拜先锋郎将……

升到先锋郎将之后，林挽月每月休沐的日子提高到了四天。此时正值春天，是匈奴人放牧的季节，鲜有匈奴人来犯。今日正值休沐的日子，因为营帐距离阳关城不过五十里距离，每逢休沐，林挽月都会回到她阳关城的宅子里来，这里对于她来说更安全，可以好好地泡泡澡，换换裹胸布……

林挽月刚刚洗漱完毕，穿好了衣裳，用净布擦着头发，敲门声响了起来。

"老爷，奴婢与玉露做了些糕点，老爷您要不要尝尝？"

林挽月检查了一下自己的仪容，放下净布，回道："进来吧。"

随着一声推门的声音，一位丫鬟打扮的女子手上端着一个放了两盘糕点的托盘，笑盈盈地走了进来。

林挽月看着眼前的丫鬟，想起了去年冬天下大雪的时候，一位父母双亡的女子到阳关城投亲不成，饥寒交迫之际昏倒在了她家门前，正巧被余纨发现救了进来。余纨本是医女，本着医者父母心，就想将这姑娘治好。

林挽月家房间多，余纨就求林挽月把这姑娘安顿在了林宅。

后来，林挽月派人一查，这落难姑娘要投奔的远房堂叔在两年前就死了，林挽月看着眼前声泪俱下的人，没法子，只好收留了她，日后再想办法替她找一个容身之所。

就这样，林宅里多了一个丫鬟，说起来也巧，这丫鬟不仅是被余纨救的，康复之后二人极为投缘，而且这姑娘还和余纨是同姓的本家，闺名叫余闲……

"老爷，糕点还热着呢，您尝尝？"

余闲将装了糕点的托盘放在了桌上，示意林挽月尝尝糕点。

林挽月点了点头，拈起一块糕点，放到嘴里，满意地眯起眼："很好吃。"

听到林飞星的肯定回答，余闲很高兴，连忙道："老爷，您若是喜欢这糕点，奴婢每天都给您做。"

听到余闲的话，林挽月皱了皱眉，心中本能地生出一种排斥感，淡淡地回道："那倒不必，我不是很注重口腹之欲，若是想吃，我会告诉你的。"

余闲碰了一个软钉子，也不恼，笑盈盈地看着林挽月，眼中透出淡淡风情。

"你还有什么事吗？"林挽月问。

"奴婢告退。"余闲拿着托盘识趣地从林挽月的房中走了出来。

林挽月看着被余闲带上的门，沉默无言，她伸手从怀中掏出那方李娴送给她的玉佩，放在手心里注视良久，又用力地攥了攥，才悠悠地叹了一口气，将玉佩重新放在怀中。

林挽月已经熟记了那本不薄的《戍边纵论》里的全部内容，并且在李沐的帮助下，将这本书的内容逐渐运用到自己的作战策略中，这本书甚至改变了林挽月的思考方式……

在离国，书是一种珍贵的资源，因为它的内容很难被传播出去。若想将一本好的书籍内容传播出去，只有手抄一条途径，而且纸张也很珍贵。从前林挽月的父亲虽然是教书先生，家中不过也只有几捆竹简而已……

不过现在不同了，林挽月已经拥有了千户的食邑，林子途果然是管理宅院的一把好手，考虑到林飞星的银钱不多，特意到供养林飞星的那些农户家里去预先收了两成食邑，吩咐了农户们秋收之后再交七成即可，农户们听到自己可以免掉一成的税收，乐呵呵地就交了粮，林宅也得以维持富足的生活。

林挽月常年生活在军营里，虽然有了钱，日子却和之前没有太大的差别，唯独有所变化的是林挽月开始慢慢地通过各种途径去买书了。

几个月的时间内，林挽月通过各种途径买到了不少书籍。李沐听说了林飞星的这个爱好之后，还送了不少书给林飞星。

此时的林挽月早就成了军营中的一位新贵人物，众人皆是有目共睹李沐对她的赏识，十七岁就能够拜授先锋郎将的人不是没有，但是像林飞星这种大帅会耐心到教授读书写字的先锋郎将，恐怕是空前绝后的了。

很多人见林飞星喜欢书，也纷纷投其所好，托了不少关系和途径将各种书籍送往林宅里头。也多亏了这些人，不过短短几个月的时间，林挽月的书房已经有了一定的规模，不仅有了许多手抄本，还有不少珍贵的竹简，甚至孤本。

林挽月书读得多了，气质也在逐渐地改变。

她虽然依旧穿着朴素，皮肤黝黑，但是那种读书人的气质已经逐渐地散发了出来，再加上林挽月无论站在何处都挺拔着身姿，配合上这股子书香气之后，林挽月的气质愈发独特迷人了。

虎子迈着大步，来到了林挽月的房门外，轻轻地敲了敲林挽月房间的门，恭敬地说道："老爷，有客到。"

闻言，林挽月挑了挑眉，看了看铜镜中刚刚梳好头发的自己，问道："是谁？"

"是阳关城的何姑，老爷，小的将何姑安排到客厅？"

"嗯。"

虎子应声去了，林挽月觉得有些奇怪，自从自己立了宅子之后，除了营里的弟兄之外，家里鲜有生客，这何姑是何许人也？

当林挽月来到客厅的时候，看到玉露和余闲已经给这位生客奉了茶，摆上了今天新做的糕点，并且乖巧地站在了后面。

看到林挽月迈了进来，二人立刻朝着林挽月盈盈下拜："老爷……"

"嗯。"林挽月抬眼打量这何姑，发现她并没有见过此人，这人看上去要有四十多岁的年纪，脸上搽着厚厚的脂粉，点着一指宽的红唇，身上的布料虽然不是很华丽，但是穿红搭绿，异常地喜庆……最有特色的是，此时不过初春，北境的天气还有些许寒意呢，此人的手上已经捏了一把绢扇，扇面上好像画着一对戏水鸳鸯，此时这何姑正坐在客位，摇着手中的绢扇。

林挽月走了进去，还未等她这个主人开口，这何姑已经喜笑颜开地朝着林挽月盈盈一拜，说道："哟，林老爷，奴家何姑，这厢有礼了。"

林挽月摆手让何姑坐下，自己也在主位坐下了，身后的余闲立刻给林挽月奉了茶，然后再次安静地退到了林挽月的身后。

"不知何姑……有何指教？"

"哎哟，林老爷，敢问林老爷您今年贵庚几何啊？"

林挽月第一次看到这么反客为主的人，不过见对方年纪远长于自己，又是女性，便如实回答道："免贵，今年十七了。"

"哟，几月生人啊？"

"……四月……二十九。"

“哟哟哟，大富大贵，大富大贵，正合适，正合适！”

听到林挽月报出自己的生辰八字之后，何姑用手中的绢扇挡住了半边脸，不过任谁都看得出她正笑得开怀。

林挽月从来没有见过这样的架势，玉露小丫头年纪小也不明白，不过守在一旁的余闲和林子途倒是看得真真儿，这何姑就是个保媒的……

何姑笑好了，见林飞星一脸诧异又不好深问的样子，勾了勾嘴角，继续说道：“林老爷啊，这个我们阳关城南呢，有一户农户刘家，身家清白，祖祖辈辈都是阳关城人氏，家里有二十亩水田，这刘老爷家里有一个小女儿，闺名丹丹，年芳十四，刘老爷说了……若是您嫌弃他们家门楣低也不要紧，可以先娶过来做小，他日为林家开枝散叶诞下长男，林老爷您心情好再抬了位分也可，不抬也可……”

听到这里，林挽月彻底明白了，这何姑居然是媒婆！

这位媒婆保媒居然保到自己头上来了！

林挽月“嚯”的一下从座位上站了起来：“不必了！”

林挽月如此斩钉截铁地拒绝，何姑的笑容僵在脸上，有些下不来台……

想她何姑牵线拉媒这么多年了，还没遇到过这样的主儿呢，虽然刘家是有点儿高攀的意思，可是人家已经说了可以做妾了，一般男子听到这话，肯定笑呵呵地就应了，妾而已，人家又是十四岁的大好年岁，哪有人会断然拒绝这样好年岁的女子呢？

是，你林飞星此时此刻是这阳关城中的新贵，是炙手可热的人物，大家都知道李沐大帅赏识你，可是你这也太自视甚高了吧？

不过何姑只能在心中嘀咕这些话，她自然是万万不敢说出口的，还要拿捏着表情，笑吟吟地说道：“哟，我说林老爷，您今年也有十七了，膝下也无一儿半女的，您这个年岁合该孩子都会跑了。那刘家娘子奴家见过，腰身结实，一看就是能生养的，娶过来啊，包您三年抱俩！”

听到这话，林挽月的脸上“唰”的一下就热了，表情也变得有些闪躲，这一切都没有逃过余闲的眼睛。

“不好意思何姑，恐怕要让您白跑一趟了！”

想了想，林挽月又解释道：“我林飞星身无长物，配不上丹丹姑娘，而且我身负血海深仇，北境一日不定，匈奴一日不亡，飞星无以为家！虎子，不，子途，你亲自把何姑送出宅子去。”

“是，老爷！”林子途来到何姑身旁，做了一个“请”的手势，对着何姑说道，“何姑，请。”

何姑的脸上一阵红一阵白，可是又不敢得罪林飞星，只好偷偷拿眼睛剜了林飞星几眼，然后摇着扇子甩着手帕，跟着林子途从客厅走了出去。

除了余闲自始至终都保持着淡淡含笑的表情之外，玉露和虎子早就已经噤若寒蝉，立府这么长时间了，自家老爷虽然不经常回来，但是对待下人最是和善，规矩也不多，如此盛怒的林飞星，他们还是第一次见……

"虎子！"

"哎！"听到林飞星突然喊人，虎子吓得双膝一软"扑通"一声就跪下去了。

林挽月见状，神色一缓，眼中闪过一丝无奈："你起来回话。"

"是！"虎子从地上爬起来，依然猫着腰一副诚惶诚恐的样子，也无怪虎子如此，像他和玉露这种签订了卖身契的家奴是不受官府保护的，生杀大权全掌握在主人的手中，主人要是打死他们这种家奴，最多赔几个银子便过去了……

"以后，但凡有媒婆登门，就说我不在家。若是媒婆非得进来等，你就让她等在门房里，不用通报我！"

"是。"

京城，未明宫。

不知道从什么时候开始，李娴收到的有关于林飞星的绢布越来越大，内容也越来越多……

从最开始不过巴掌大的绢布，到此时用的绢布已经慢慢地越来越大了。

林飞星的变化一点一滴都被记录在了绢布上，然后绢布经由最快的途径被人送到了李娴的手里。

李娴虽然久居深宫，连参政议政的资格都没有，但是这天下间的事情，只要她想知道的，就不会有什么不能知道的。

李娴只见这方绢布上书道：殿下台鉴，属下已经顺利进入林宅，林宅内一众下人背景简单，目前已经排除包括林子途在内所有人是暗桩的可能，请殿下放心。

自属下进入林宅之后，林飞星每月休沐四日，这四日几乎不与任何外人接触，偶尔有军营之人前来拜会，林飞星不曾与来访者密谈。

自二十九年始，林飞星开始四处购买书籍。李沐将军闻之，送给林飞星手抄本、竹简等，共一百一十册。北境诸多军士也投其所好，送给林飞星书籍共计四十二册。林飞星虽照单全收，但未与任何赠书人有私下交往。

属下已查阅过这些书籍，多是兵书、策略之书，古籍史书亦有，还有三本杂文秘史。

林飞星每次回到宅内，必沐浴，而后便进入书房，手不释卷，不唤不出。

二十九年三月初八，阳关城媒婆何姑登门为城南农户刘家之女保媒拉聘，以妾许之，被林飞星断然拒绝。

后，各家媒婆又到林宅数次，门房晋重遵林飞星之言，将众人打发。

三月二十二日，属下为林飞星浣洗脏衣，少顷，星慌忙而至，从脏衣怀中摸出一方玉佩，后如释重负，安然离去。

属下多次试图探查此方玉佩，发现林飞星似乎一直贴身收藏这块玉佩，林飞星之警觉，异于常人，属下终无功而返，办事不力，在此遥拜叩首告罪……

李娴看着绢报上的内容，不知不觉地勾了勾嘴角，深邃的眸子里透出淡淡的笑意，她伸手打开一方锦盒，将绢布放在其中，然后拿起了第二份绢布，上书道：

主人垂鉴，元鼎二十九年，二月初一，沐，通报三军，授星为先锋郎将。

后星常携《戍边纵论》至大帐，俯身侧耳以请。

沐，每至此时无不倾囊相授。

星字甚丑，难辨。

沐赠星文房四宝，耐心嘱之。

星甚慧，虚心而知礼，举一而反三，已绝非昔日白丁。

沐星二人，实为上下，形同父子，此消息已不胫而走，望主人早做打算。

李娴安静地看完手中的绢布上的内容，依旧将它叠好放在了锦盒中，此时的锦盒里已经有了不少绢布。

李娴拿过几张干净的绢布，一口气写了三张，然后将这三张绢布叠好，派人送了出去……

李娴从书房中出来，信步游走，竟然走到了未明宫的后花园。在游廊下，李娴远远地看到林千里正在甩着尾巴悠然地吃草。

恍惚间，李娴想起当日的场景，彼时，这驴子也是这般悠然地吃草，林飞星尚未离宫，他摸着驴的脖颈，笑道："就叫它林千里吧。"

如今一瞥，几个月已经过去了，这几个月来，暗影每隔十五日便会统一送来有关于林飞星的绢报，李娴每次看到绢报，心中都会有一种欣喜的感觉。

她当初是看中了林飞星有朝一日可以替代自己舅舅李沐的位置统领北境几十万大军，成为太子李珠手中的一把利剑。

李娴最开始在心中给林飞星预留的时间是十年，一则自己的父皇身体康泰，珠儿年纪又小，再则，李娴很清楚自己舅舅在北境的威望，就算林飞星想要代替他成为新一代的元帅，至少也需要十年时间。

可是每一次，当新一张绢报被呈上来的时候，李娴都觉得既意外又惊喜，虽然没有亲眼见证，但是李娴从各个暗桩的绢报中看到了林飞星非常明显的进步和成长。

慢慢地，林飞星用他自己的实力引起了李娴的注意。为了全方位了解他，李娴将余闲直接安插到了林宅中。甚至就连林飞星和李沐在沙盘上的推演，李娴都想办法弄到了一份……

她要知道林飞星真实的才学，她要知道这把她为太子李珠准备的宝剑究竟可以有多锋利。

当然，林飞星带给她的感觉都是无一例外的惊喜。

林飞星的推演虽然还有些许不足，但是在李娴看来，能在瞬息之间就想到这样的对策，对于一个年仅十七岁且之前没有受过任何军事教导的人来说已经非常难得了。

离国边关，北境。

元鼎二十九年，四月二十日，正值林挽月休沐的日子。

是日，天朗气清，惠风和畅，林挽月从书房窗户边看向天空，天空一片湛蓝，云卷云舒。

林挽月放下了手中的竹简，不知不觉间居然已经过去大半天，她伸了伸胳膊，决定出去走走。

林挽月推开书房的门走了出去，站在书房门口等待吩咐的虎子立刻殷勤地上前，来到林挽月的身边，弯腰垂肩地说道："老爷，您读好啦？"

"嗯，我看今日天气不错，想出去走走。"

"那老爷，我陪您去！"

"嗯。"林挽月点了点头，带着虎子出了林宅。

走在阳关城的城内，街上还算热闹，这得益于李沐及其几十万北境大军多年来的努力，这阳关城虽然毗邻匈奴的城镇，但是匈奴已经多年不曾进到这里一步，百姓的生活还算安逸。

"角子！糖角子！热腾腾的糖角子，一株两个！两株五个！"

听到吆喝声，林挽月驻足，想起弟弟飞星最爱吃甜食了，于是从钱袋里掏出四株币递给虎子："你去买十个糖角子，回去给宅里人都尝尝。"

"是，老爷！"

虎子年纪也不大，是穷苦人家出身，后来又沦为奴籍，小时候从来没吃过这样的零嘴儿，一听林飞星是买给全宅人的，高兴地咧开了嘴，攥着林飞星给的四株钱飞也似的朝着糖角子的摊上跑。

不一会儿，虎子一溜烟地跑回来了，手上拎着用大叶子包好的糖角子，咧嘴笑着说道："老爷，买好了！"

"嗯。"林挽月点了点头，继续朝前走，虎子跟在后面。

走到一处成衣铺，林挽月想起自己除了军营里发的衣服之外，似乎没有常服单衣，于是便拐了个弯走进了成衣铺。

成衣铺分为两个区域，一个区域专门卖成衣，另一个区域专门卖布匹，也会收购布匹，林挽月走进成衣铺，正好和两个卖完布匹的妇人碰了个头。

两妇人忙给林挽月让路，林挽月点头谢了，走进了成衣铺，却不想两个妇人从成衣铺里走出来之后，没有立刻离开，而是停在了门口，两个人互相扯着袖子，偷偷把另外一只手缩在袖子里，朝着林挽月的背影指指点点。

"你不是问那个男人的样子吗，就是他！"

"这么年轻哪？"

"可不是，要不是年轻又拜了将，那些人也不会找了那么多媒婆也要把自家姑娘往他的宅子里送啊！"

"啧啧啧，这么年轻有为的一个少年，看起来也踏实稳重的，我听桂妈说这人也是和善的性子，对下人很好呢！怎的就得了这么一个病啊，真是可惜。"

"可不是吗，这病不好看医，讳疾忌医的人多着呢。"

虎子拎着糖角子跟在后面，林挽月进了成衣铺的时候，虎子正好在门口，看到两个妇人对自家老爷指指点点的，虎子就佯装拐弯，将两妇人的话听了个清清楚楚，当下怒火中烧来到两妇人面前，怒道："你们二人，这青天白日的！嚼什么舌头！"

两妇人抬头一看，是一家丁打扮的年轻后生，便横了虎子一眼："哟，管天管地，管好自己家的一亩三分地，谁家的奴才，还管我们两个老婆子扯话头啊？"

虎子听罢怒目而视："小爷我就是林宅的大家丁！怎的？是管得管不得？"

两个婆子一听，被人家奴才给听到自己议论别人的话了，纷纷心虚地噤声，食邑千户的先锋郎将对于她们两个来说就是天一样的存在了，她们当然不敢惹先锋郎将。

两人于是双双以袖掩面，一个朝东走，一个朝西走，倒腾着小碎步离开了原地。

虎子气得不行，自家主子莫名其妙地被两个妇道人家说道，自是气不过的。

奈何二人已经分开走了，也无法再理论，况且这事闹大了对自家老爷无益，只好作罢。

林挽月在成衣铺里也听到了虎子的声音，循声出来的时候，正好看到两个妇人掩面而走的一幕，脸一沉，她最讨厌仗势欺人的人了。

"虎子！"

听到林飞星的声音，虎子一转头，三步两步跑到林飞星面前道："老爷，您挑好啦？小的进去拿？"

林挽月沉着脸说："尚未，刚才究竟是怎么回事，那两个妇人怎么掩面而走了？"

虎子一听这事惊动了自家老爷，脸色也有些难看，看着林飞星，眼神闪躲。

"还不快说？！"

"老爷！"

虎子为难地跺了跺脚，但见林飞星态度坚决，只好服软，先是朝着四周看了看，才小心翼翼地踮着脚，凑到林飞星的耳边，轻声道："老爷，也不知道是哪个婆子瞎嚼舌根，她们在传您……您不举！"

林挽月听完虎子的话，脸色变了几变，沉吟良久最后拍了拍虎子的肩膀，却没有对自己不举的传言做任何解释。

林挽月从钱袋里捏了几株钱，也没数，便递给了虎子，说道："你忠心护主，这是赏你的银钱。"

虎子面露喜色，拢起双手接过了林飞星递过来的株币，谢道："谢谢老爷的赏赐，小的一定对老爷您忠心不贰。"

林挽月点了点头，反身回到成衣铺中，挑了几身衣裳让虎子抱了，又随便在街上逛了逛，买了一些小玩意、小吃食，才带着虎子回到了林宅。

林挽月回到林宅之后又到书房里看书去了，今日这件事情林挽月完全没有放在心上，也许从前的她会患得患失一番，担心自己的身份暴露……

随着书读得越来越多，林挽月慢慢地发现有许多她曾经担心不已的事情，对现在的她来说早就已经不再是问题。

曾经的林挽月谨小慎微地活着，为了保全自己所谓的秘密远离人群，如今的林挽月虽然依旧会注意自己的身份，但是她学会了顺其自然，学会了波澜不惊，更学会了以不变应万变。

林挽月已经明白，自己越是谨小慎微地活着，在别人的眼里就会越特别，大家虽然远离你，不与你交往，但不代表不会留意你，还不如就表现得坦坦荡荡来得平安。

林挽月越来越觉得当初李娴数次开导自己时说的那番话十分在理，一直以来，自己只想着婵娟村那一百一十八条人命，确实是……太狭隘了。

夜深人静时，林挽月也会回忆起从前的自己，许多事情仿佛就发生在昨天一样，很多时候林挽月都会笑自己当初稚嫩的心智。

李娴在选择逃亡路线的时候，对她说的那个思考问题的方式，时至今日林挽月才算是彻底地明白了。

每当想起李娴，林挽月对她都是既思念又钦佩。

林挽月时常在内心中感慨，她们二人都是女子，又是同年生人，怎的两人的眼界竟然差了那么多……

林挽月很感谢李娴，若是没有李娴点拨了她一番，她今天也不会是这个样子。

林挽月知道自己是不能娶亲的，早晚都会有流言传出，既如此，早点儿流传出来也没什么不好。

不过另外一个人就不是这么想的了，那个人就是今天和林飞星共同经历这件事的虎子。

虎子遵照林飞星的要求将他们一路买的一些小吃食分给宅子里所有的人。到了桂妈那儿，虎子的脸直接就耷拉了下来，一副不情愿的样子，将糖角子和炸圈塞到桂妈的手上，还冷哼了一声。

桂妈的当家男人虽然死了，没奈何出来做了下人，但到底也只是签了帮工契约，并没有卖身为奴，再加上桂妈年岁已经不小，怎么受得了被虎子这样半大的小子这般对待，当下把炸圈和糖角子往边上一放，又起腰中气十足地吼道："虎子，你怎么对我这个态度呢？"

虎子一听桂妈这个"吃里爬外的"还敢这么理直气壮，一下子也来了火气，直接将剩下的吃食往边上一搁，撸起袖子指着桂妈就嚷道："你吃着林宅的，喝着林宅的，一日就做三顿饭，银钱不少拿，还敢到处说咱们老爷的坏话，你有脸吃啊，我都没脸给！"

桂妈被虎子的话顶得呼吸一滞，立刻涨红了脸，眼泪在眼眶子里打转："虎子，你把话说清楚，我什么时候干过没脸皮的事？我桂妈什么时候对不起林府了？"

虎子看桂妈如此也有些心虚，其实今日在街上的两妇人的对话他也没听得太真切，就是清清楚楚地听到了"桂妈"还有"不好治""讳疾忌医"几个字，回来的路上前后一联想，断定是宅子里出了内鬼了。可是这会儿，桂妈的反应这么激烈，虎子又有点儿迷糊了，但嘴上仍旧没有让份，继续说道："哼，你自己嚼过什么烂话头儿，你自己知道！"

虎子说完转身欲走，却被桂妈一把扯住，只见桂妈怒道："放你的屁，你个小崽子，今天不把话说清楚，没个完！"

"你怎的拉拉扯扯，没个顾忌吗？"

虎子一边说一边试图挣脱开桂妈的桎梏，奈何桂妈力气甚大，虎子甩了好几次也没甩开。

桂妈听到虎子这话，一张老脸白了又红，红了又白，最后干脆一手拽着虎子的胳膊，抡起另一只蒲扇一样的大手，朝着虎子头顶招呼："老娘打死你这个小娘养的杂种！敢说老娘不要脸，老娘的岁数当你娘都绰绰有余了，今天不说清楚，我就打死你！"

虎子一看桂妈真动手，立刻慌了，一边躲闪一边大喊，最终成功地将本就在不远处的余闲和林子途引了过来。

二人循声进入伙房，看到桂妈正"啪啪"扇着虎子的脑袋，连忙拉开二人，林子途更是呵斥道："你二人这是作甚？没有规矩了不成？"

林子途作为管家，在林宅说话还是有分量的，桂妈立刻收了手，虎子也一溜烟地躲到了余闲的身后，从余闲肩膀后头探出半个头，后怕地看着桂妈。

"虎子！到底是怎么回事？"

虎子见有人给他撑腰，立刻从余闲背后蹦出来："桂妈吃里爬外，说老爷的是非，这些流言都传到宅子外面去了！"

"你放屁，你血口喷人！"

桂妈也急了，说主家是非到哪里都是大忌，一个不小心是会被赶出宅子的，她一个死了当家人的妇人，没了营生活不下去。

"都别吵，到底是怎么回事？虎子你倒是说说，你可有桂妈搬弄是非的证据？"

虎子犹豫了片刻，看了看林子途最后还是决定实话实说："今儿，老爷带我去街上，老爷进了成衣铺，我在外头候着，就听见了两个妇人在对老爷指指点点，嘴里念念有词，我拐过去一听，就听见了桂妈的名字，然后这两个妇人又说……又说……我们老爷不举！"

虎子的话音刚落，伙房中立刻陷入了寂静。

桂妈一张老脸通红，林子途的表情也有些奇怪，虎子不好意思地摸了摸头，余闲倒是淡定，但白皙的双腮上还是染了淡淡的红晕。

"咳咳……嗯！桂妈，虎子说的……事情，可是属实？"

听到林子途的话，桂妈的眼泪立刻就下来了，一边抹着眼泪，一边赌咒说道："管家，我桂妈虽然只是林宅的帮工，但是我从来没做过一件对不起林宅的事儿，我要是做了不得好死！再者说，老爷不举的事情，我……我一个寡妇如何知晓？"

说完，桂妈捂着脸，"呜呜呜"地哭了起来。

听到桂妈的解释，林子途横着眼睛扫了虎子一眼，虎子吓得双膝一软立刻跪在了地上。

不过这次，不等虎子开口，余闲把话头接了过去："管家，我觉得虎子和桂妈都没有错。"

"哦？此话怎讲？"

"我想，老爷现在已经是先锋郎将，在这阳关城内也是有头有脸的人物，凭他两个农家妇人怎敢捏造老爷的谣言，刚才虎子和桂妈不像在撒谎，二人都有委屈。我便想，近些日子自从何姑来过我们林宅之后，这一个多月来阳关城的媒婆都要把我们林宅的门槛给踩烂了，老爷从来都没有招待过这些媒婆，这些个三姑六婆全靠一张巧嘴维生，也许是因为老爷屡次不见她们，她们气不过传出去的吧。"

林子途听完了余闲的话，点了点头："你说得有道理。"

桂妈和虎子也因为余闲的一句话找回了各自颜面，双双朝着余闲投去了感激的目光。

余闲淡淡一笑，继续对林子途说道："管家，还有一句话不知当讲不当讲。"

"你只管说来听听。"

"老爷对我有救命之恩，余闲便大胆妄言了。老爷呢，可谓少年有为，这不用我多说，大家都知道，如今在这阳关城里也算是有头有脸的人物，我相信老爷的前途一片光明，也正是因为如此……一般人被传出这些不实的传闻也就罢了，可是对我们老爷来说，传出这种传闻还是损失挺大的。"

林子途点了点头："嗯……你说得不错，可是咱们做下人的也不好打探老爷的私事，你说说该如何是好？"

"要我说，不如劳烦管家您给物色着，咱老爷宅子、地位什么都不缺，人品也是有目共睹的，这阳关城里有大把的姑娘巴不得嫁进我们林宅，再者说老爷今年也十七了，在我们老家这个年岁的男人早都当爹了，宅子里总是没有个女人怎么行？早晚都要出闲话的，趁着如今闲话还没传出更远之前，老爷哪怕是娶一房妾室进宅也好，用不了多久，就可以从根儿上杜绝这流言。咱老爷年轻，一心想着打仗，可能也不在乎这些事情，但是咱们做下人的，身家性命都系在老爷的身上，老爷不操心，咱们得上心！"

"嗯……言之有理！"

忠心耿耿的林子途确实将余闲说的事情当作了一件头等大事。

在林挽月不知情的情况下，偷偷拿了林挽月的生辰八字找了好几家八字和林挽月相合的姑娘，还拟了一份名单拿去给林挽月过目……

谁知一向对待下人不错的林挽月在看到这份名单之后，破天荒地发了脾气，并且叫来了全府所有的下人，严正声明以后林宅之内这种事情不许再发生了。

至此，整个林宅内终于没有人再操心林飞星的终身大事了。

上门的媒婆因为无一例外地被林子途打发了，整个阳关城的媒婆都知道林挽月是一颗软钉子了。

慢慢地再有人找她们去林宅保媒的时候，媒婆们无不拒绝，而且为了证明不是自己的能力的问题，往往还会说上一句："哎呀呀，别看林宅是个好地方，就着急把自家姑娘往里送，这林飞星不举的，闺女进去了就等同是守活寡啊……"

之后，再也没有媒婆来拜访林宅了，而林飞星不举的事情却成了阳关城内百姓众所周知的事情。

是日，林挽月照例来到李沐的大帐。

"大帅，新兵的名字已经全部记录在册，安置妥当了。"

说着，林挽月双手抬高，捧着一本厚厚的名册递给了李沐。

"嗯。"李沐随手将名册接过去，并没有翻看，只是放在了案上。

"搬个凳子过来坐。"

"是。"林挽月搬过凳子，坐在了李沐的面前。

李沐打量着面前的林飞星，沉吟良久才斟酌着开口道："老夫……最近在阳关城内听说了一些流言……你听说了吗？"

林挽月点了点头，淡然地回答道："是关于末将的吧？自是听说了。"

"嗯……你今年也有十七了，老夫没记错吧。"

"大帅记得没错。"

"大好男儿，该成家总是要成家的。"

闻言，林挽月朝着李沐微微一笑，拱起手坚定地回道："匈奴不灭，何以为家？"

李沐听完，先是爆出一串大笑声，然后笑着对林飞星说道："你这小子年纪不大，志气倒是不小，就连老夫也不过是发愿守护这边疆而已，你居然要灭了匈奴？"

"是！灭了匈奴，永绝后患。"

李沐看到林飞星坚定的神色，知他说的绝非玩笑，不禁面露感慨的表情，开口说道："匈奴占据着广袤的北边草原，由多个部落组成，游牧为生，没有固定的城池，自我离国建国之初匈奴便已存在，这么多年了，多少忠臣良将的一生都耗在这北境，也没有真正彻底解决匈奴的问题。老夫很欣慰你能说出这样的话，但是你要知道，若是北境的儿郎们都像你这么想，那我北境的军户岂不是都成绝户了？这到了年纪，该成家还是要成家的。若是你暂时不想娶正妻，聘几门小妾回去也是可以的。就这么定了，老夫也帮你留意着。"

"大帅……"

林挽月张了张嘴，想要说些什么，却被李沐打断了。

只听李沐继续语重心长地对林飞星说道："你不要在这件事情上犯糊涂，要明白千里之堤毁于蚁穴的道理，你的成就绝对不会止步于一个小小的先锋郎将，老夫当年也是若你这般意气风发，以为作为一位将军只要守护好百姓带好军队就行了，不用顾忌太多其他的事情。后来老夫活了大半辈子才恍然明白一个道理，人心难测，要想成为一个顶天立地的将军，就不能有任何被公之于众的弱点，这流言就像那堤防上的蚂蚁一样，看似很小，一个不小心就能让千里堤防溃于一旦。你若是自己不挑，过几日我亲自挑几个姑娘给你抬到宅子里去。"

听到李沐坚决的话语，林挽月"嚯"的一下从凳子上站了起来，对着李沐拱着手鞠躬到底，诚恳地说道："末将多谢大帅好意，可是这妾小人真的纳不得！"

"哦？为什么？难道说……流言是真的吗？"

林挽月抬起头看着李沐，心中快速权衡，没有立刻回答。

"莫不是林宇那小子说的是真的？这也过去不少时日了，若是外伤也该好得差不多了，你找大夫看了吗？这种事可不能讳疾忌医啊，不然老夫给你找个好大夫好好瞧瞧再说？"

林挽月听李沐这么说，冷汗都下来了，无比庆幸自己没有就此承认这种事情。她看着李沐，李沐亦打量着她，二人僵持良久，最终林挽月败下阵来。

只听林挽月一声轻叹，也放松了绷直的身体，她看着李沐，无比认真地说道："大帅，末将不纳妾，并非重伤未愈，也不是外面传的那样，而是……而是，末将心有所属，今生今世非她不娶，末将这辈子不需要平妻，不需要小妾，也不要那些乱七八糟的丫头，唯她一人足矣。"

李沐听完林飞星的话，微微一怔："你坐下说。"

"谢大帅。"

"虽然男儿三妻四妾实属平常，但你若这么说，老夫亦能理解，没想到林郎将还是一枚痴情种子，哈哈哈哈哈哈！"

林挽月闻言，脸上一热，倒也跟着笑了出来，不过笑容中带着几丝苦涩，自己如何以女子的身份娶妻？但大帅这边总要有个交代才好……思来想去能理解自己并帮自己一把的人也只有她了。

再说，待到先皇后守制期满，公主便要出嫁了，定然是与自己无缘的，自己正好可以在大帅面前搪塞一番，发个终身不娶的誓言什么的，也未为不可，而且……大帅必定会顾忌公主的声誉，不再提及这件事，林挽月越想越觉得有道理，虽然这么做有些对不起公主，但林挽月相信……有朝一日与公主说开了，公主会体谅自己的。

"既然有心仪之人，为何迟迟不见你下聘？是阳关城内哪户人家？"

林挽月摇了摇头："她并非阳关人氏，末将……身份低微，怕是配不上她的。"

"不是阳关人氏？你这一直在军营中……莫不是，在护送公主回京的途中所认识的人吗？"

林挽月点头。

李沐了然："噢……京城的？"

林挽月点头。

"若是京城官家小姐的话，以你目前的身份是稍微低了一点儿……不过你不用气馁，你是我北境大军十六路先锋郎将中最优秀的一位，而且你绝对不会止步于此，况且你还有陛下亲赐的千户食邑，配一般官家小姐也够了，若是上卿家……那几个老东西，哼，如果你需要，老夫可以亲自为你保媒！"

听到李沐的话，林挽月心中一暖，可是她明白李沐这个媒是万万保不成的……不过是权宜之计罢了。

林挽月想用公主来作为自己拒绝大帅保媒的借口，但事关公主的清誉，不到万不得已，林挽月不打算说出来。

"多谢大帅……大帅之恩情，末将没齿难忘。不过……末将还是想凭借自己的能力娶她过门。"

林挽月怕李沐再盘问，便只好撒谎了。

"嗯，如此，你放心，阳关城内有关你的传言，老夫自有办法让它消失，你且把心放宽。"

"谢大帅。"

"去吧。"

"是！"

林挽月从大帐中退出来，抬头望天，看着北境那湛蓝的天空，心里空落落的。

当天晚上，在李沐军营十里外的荒山上，一只海东青趁着夜色起飞，很快便消失在了黑夜里……

京城，未明宫。

李娴手持一方绢布，看到那段：星之神色坚定，朗声答曰："末将心有所属，非她不娶，今生今世唯她一人足矣。"

李娴的心头一跳，涌出了一股异样的感觉。

李娴自问对林飞星掌握得可以说是无比地详细了，自从她对林飞星起了招揽之心以后，林飞星每天做什么，李娴几乎都清清楚楚，所以，看着林飞星说的这段话，聪慧如李娴这样的人，立刻就明白了林飞星所说之人正是自己。

心有所属，非她不娶，今生今世，唯她一人……

李娴又看了一遍林飞星说过的话，眼前仿佛显现出了他那认真的神情。

这次的绢报就像是一根针，这根针在李娴的心上轻轻地刺了一下。

李娴捏着绢报久久无言，这位运筹帷幄的长公主殿下，生平第一次不知所措了。

第十章 醉卧沙场君莫笑

春去秋来，一眨眼的时间又到了即将秋收的日子。

今年是风调雨顺的一年，整个离国的收成都会很好，似乎所有人都很开心，朝廷可以收上来不少的税收。

农户忙碌了一年，终于可以享受收获的喜悦。拥有食邑的人，也到了一年一度收税头的时节。

唯独北境……整个军营似乎还没有从上次秋收大战的疲惫中彻底恢复过来，新一轮的大战又要来临。

不少新兵也进了飞羽营，林挽月虽然晋升了先锋郎将，但是李沐依旧将飞羽营交给她统领。

正逢大战时期，林挽月又要训练飞羽营的新兵，又要布置自己先锋营里面的新战术，一时间忙得不可开交，已经一个多月没回过阳关城林宅了……

林挽月回到了飞羽营，一众士兵看到林飞星，无不暂时停下手中的动作，恭敬地朝着林飞星行礼。这大半年下来，林飞星在飞羽营中的威望已经极高。

校场中，蒙倪大正在扯着嗓子给新兵讲秋收之战的重要性。

因为飞羽营的将士们不用冲锋陷阵，历来伤亡不大，所以补进来的新兵也不多，蒙倪大一个人训练新兵便已足够。

蒙倪大看到林飞星回来，嘱咐了新兵们几句后，才来到了林飞星的身前："营长，您回来了！"

"嗯，新兵训练得怎么样？"

"这一批一共进来了一百三十多人，大家的素质良莠不齐，有十几个人居然连一石弓都拉不开，让我调配到步兵营去了，我又从步兵营里挑了几个不错的补了过来。"

"嗯。"林挽月点了点头，经过这一段时间的相处，她对蒙倪大已经非常放心了。

蒙倪大又开口说道："对了营长，刚才林宇兴冲冲地来找过您，我告诉他您去大帅那里了，他又回去了，说等您回来派人通知他一声，好像是有什么重要的事要和您说，您看我是这就派人通知还是？"

"嗯，我知道了，不必派人通知，我一会儿自己过去一趟，三宝呢？"

"三宝带了一小队人到营外射靶去了，再有个一两个时辰该回来了。"

"嗯，我知道了，你去忙吧。"

"是！"蒙倪大朝着林飞星行了礼，继续给新兵训话。

林挽月在营中走了一圈，看了看情况，便从飞羽营出来，直奔林宇麾下的先锋营。

李沐军中的先锋营主要还是以骑兵为主，像林挽月和林宇这种不谙马术却被破格提拔成先锋郎将的人也是少数。

好在有了条件之后，林挽月和林宇二人都很勤奋，此时两人的马术已经很不错了。

林挽月到了林宇营中的校场时，林宇正手持一把丈八矛骑在高头大马上绕着校场奔驰，一手抓着缰绳一手提着丈八矛朝着校场中的桩子上招呼。

林挽月远远地看着林宇的动作很满意，自从成亲之后，林宇仿佛一夜之间便长大了，也在明显地进步，看着此时林宇的动作，林挽月觉得她可以放心了。

随着年龄的增长，男人和女人的身体差异愈发明显，即使林挽月已经非常努力地通过练习去弥补后天的不足了，但是她发现自己还是不如林宇刚猛有力，此时林宇将手中的丈八矛使得虎虎生风，每一次刺中桩子时整个矛头都会完全没入桩中，这一点林挽月自问也可以做到，但是却不如林宇这般自如。

林挽月的马上动作多走偏锋，胜在一个"巧"，再加上林挽月的弓法不错，如果用一石弓的话已经可以左右开弓，所以这么看来，林挽月和林宇算是各有所长吧。

林宇纵马绕着校场跑完了一圈，次次命中，没有略过一桩，场中观看的士兵们发出了潮水般的喝彩声。

林宇的亲兵一早就看到了林飞星，在林宇勒马减速的时候，他已经一路小跑来到林宇附近："郎将！林飞星郎将来了。"

林宇闻言，勒马一望，看到了站在远处的林飞星，露出了灿烂的笑容，直接一夹马肚，朝着林飞星这边骑了过来。

行至林飞星面前五步开外，林宇勒了缰绳，翻身从马背上跳下，一路小跑地来到林飞星的面前，满脸幸福喜庆的笑容，道："哥，你来了！"

林挽月也被林宇这样快乐的笑容感染，情不自禁地露出了笑意，回道："有什么好事要告诉我？"

"嘿嘿！"林宇笑着搔了搔头发，一把扯着林飞星的胳膊说道，"哥，你跟我来！"

林挽月随着林宇来到了林宇的帐篷中，林宇殷勤地给林挽月搬了凳子又倒了水，一切准备就绪，突然林宇的脸上闪过了一丝害羞的神色，缓了一会儿，才对林挽月说道："哥……前几天，阿纨告诉我……她……有喜了。"

闻言，林挽月微微一怔，随后也露出了兴奋的神色道："太好了！"

"嗯，哥，我要当爹了！"

林挽月拍了拍林宇的肩膀，心里由衷地为林宇感到高兴。

"哥，你放心，等我和阿纨有了第二个孩子，我就将这第一个孩子过继给你，我们约好的。"

林挽月却摇了摇头："好好对阿纨，关于孩子的事情现在说还太早，你也要问问阿纨的意思，毕竟十月怀胎的人是她。"

没想到林宇却无比认真地回道："我一早就和阿纨说好了，她没有意见。哥，我的命都是你救的，你也快点儿把嫂子娶过门，以后若是你和嫂子有了孩子，我们便定下娃娃亲，若是……我定会遵守你我兄弟二人的承诺，绝不食言。"

林挽月看着林宇认真的表情，心中感动，到底没有再拒绝。

看到林飞星点头，林宇脸上严肃的神色立刻消失得无影无踪，又换上了那副幸福而又期待的表情对林飞星说："哥，你说这孩子是男孩还是女孩？"

林挽月笑着反问："你喜欢男孩还是女孩？"

"我和阿纨其实都盼着这个孩子是个女儿。"

"为什么？"

林挽月有些意外，林宇几代单传的，怎么会盼着是个女儿呢？

"哥，你说咱们都是军户，若这孩子是个女儿，我便不用那么担心了，只要和阿纨看着她长大，然后尽最大的努力给她找一户好人家，看着她一辈子平安便好了，可是若这孩子是个男孩儿，那么十四年后他就要上战场了。我自己是块什么料我自己心里清楚，想要成为封妻荫子的人只怕很难，但是我依旧会努力的，等到有朝一日我军功拜爵了，可以让我的儿子不用上战场，所以我希望这儿子晚点儿来，再给我点儿时间。"

林挽月静静地听着林宇的话，心中涌起淡淡酸涩和感慨的情绪，这便是离国一个军户最真实、最直白的心声了。

离国庞大的军户用自己的血肉之躯，一代又一代地守护着离国百姓的安宁，什么时候军户可以不用再打仗，享受一份安宁呢？

参军三载，林挽月的心中第一次涌起了一股对和平的向往。

京城。

每年的秋收时节，李钊都会安排一次狩猎大会。一来这是离国立国以来从太祖那里传下来的传统，旨在告诫后人勿忘李家马背上得到的天下；二来呢，是可以给诸多皇子、藩王、各大世家子弟一次展示自己实力的机会，朝廷也可以从中发现人才，着重培养，以便于日后委以重任。

元鼎二十八年是个多事之秋，惠温端皇后和良妃先后辞世，李钊也不得不在那年暂停了狩猎大会。

元鼎二十九年，整个离国都没有什么大事发生，算得上是风调雨顺国泰民安的一年了。李钊钦定了日子后，满朝文武皆为秋猎做好了准备。

到了出发的这日，一支浩浩荡荡的队伍从京城里驶出了。

李钊钦点了两位年事已高的朝廷肱股之臣留在朝中共同代理国事，所有的皇子都去了猎场。

就连成年的藩王，李钊也让他们直接到猎场等候。

甚至李娴、李嫣二位公主也被陛下批准随行，倒是只带了德妃一个伴驾的妃子。

自从良妃在册后大典前夕不明不白地薨逝后，李钊这大半年来也没有再提立继后的事情。朝中倒是也有不少朝臣提出过这一问题，李钊都压了下去，立后的事情便没有再提上日程。

除了李钊、德妃、李娴和李嫣之外，李钊令其他人全部骑马。

李珠今年不过九岁，再加上从小身体孱弱，行了大半日便觉得浑身酸痛，遂趁着队伍休整的时候来到了李娴的四乘马车前。

"参见太子殿下。"立在马车外面的宫婢看到李珠立刻行礼。

李珠挥了挥手，就往马车上跳，结果上车一看，李忠居然坐在自己姐姐的马车上，二人正在共读一卷书，挨得很近，李忠那副谄媚的神色正好被李珠瞧了去。

"珠儿！"李娴倒是平静，放下手中的书，拍了拍身边的位置招呼自己的弟弟过来坐。

"太子殿下！"李忠也快速地收回了目光，朝着李珠行礼。

谁知李珠既没有过去，也没有回李忠的礼，而是站在车厢门口背过手，拿出了东宫储君的架势，微微扬起下巴看着李忠，冷哼了一声。

李忠脸上的笑容瞬间僵住，这样的事情已经不是第一次了。自从陛下指婚的旨意下了之后，这位东宫太子殿下不仅丝毫不把他当成未来的姐夫看待，而且已经先后数次让他在长公主面前下不来台了。

李娴看着自己的弟弟，深邃的眸子里闪过一丝无奈，她只得转头对李忠说："世子，本宫想同太子说几句话，不知世子可否行个方便？"

听到李娴的话，李忠的脸色好了许多，他含情脉脉地看着李娴，温柔地答道："公主吩咐，忠自然无所不从。"

李忠从马车的软座上起身，抖了抖袖子，对着李珠拱了拱手，出了马车。

直到李忠的脚步声彻底消失，李娴才再次拍了拍自己身边的位置，对李珠说道："珠儿还不过来？"

这次李珠才收起了他那东宫的架势，乖巧地坐在了李娴的身边，往身后的软垫上一靠，略带了点儿撒娇的语气说道："父皇有旨，一众男儿都要骑马到猎场，他倒是聪明，躲在姐姐车里不去骑马，等下珠儿要去告诉父皇。"

对于李珠的话，李娴不置可否，从怀中拿出一方绢帕，轻轻地拭去了李珠额头上细密的汗珠。

幼年丧母的李珠，很是喜欢姐姐温柔地为自己擦汗，眯着眼睛，微微抬起头一副享受的表情。

李娴给李珠擦完了汗，收起绢帕，又打开了一方精致的食盒，里面有一碟玉露玲珑糕和鸳鸯绿豆糕。

"走了大半天，珠儿也饿了吧？吃吧。"

李娴温柔地说着，一边还翻过案上的茶杯，亲手给李珠斟满一杯水。

"谢谢姐姐。"

李珠从软垫上直起了身子，拈起一块糕点就往嘴里送，再也不提去李钊那里告状的事情了。

李娴坐在李珠的身边，眼中带着快要溢出的笑意，看着李珠大快朵颐。

李珠一口气用了三块，又把李娴给他倒的水喝光了，李娴抬手又给李珠续了一杯茶，才悠悠开口看似漫不经心地问道："珠儿，新太傅每日都教你些什么？"

"嗯……新太傅除了教珠儿读书练字之外，还教了珠儿帝王之道。"

"哦？那珠儿且说说，你觉得什么才是帝王之道？"

"太傅说，民乃国之根本，朝之基石，要以仁义治理天下，民安则国泰，民富则国强。"

李娴点了点头，李珠又继续说道："太傅又说，乱世当用重典，为君者亦不能太过宽厚仁慈，才能不被下臣欺瞒愚弄。"

"哦？那珠儿从太傅的教导里领悟到什么了？"

"珠儿觉得，所谓帝王之道，就是要学会刚柔并济，掌握好柔和刚的尺度，才能成为一个好皇帝。"

听完李珠的话，李娴轻轻地拍了拍李珠尚且稚嫩的肩膀，说道："珠儿说得很对，但是珠儿知不知道这只是为君之道的一部分？百姓固然重要，但是朝廷诸多机构亦需要很多人才？"

李珠听完李娴的话，眼珠一转，双腿悬空着往前踢了踢，嘟起了嘴巴低声地说道："珠儿知道姐姐要说什么，可是珠儿就是不喜欢……"

李珠最终没能说完想说的话，李娴在最后关头伸出了纤纤玉指点住了李珠的嘴唇，后者也立刻恍然大悟，止住了话头。

李娴见李珠会意，眼中满是欣慰之意，姐弟二人在这密闭的车厢里默契地相视一笑。

李娴对李珠说："珠儿，父皇有旨，所有男儿皆要骑马到猎场去，姐姐知道你辛苦，但是你必须坚持到最后，知道吗？"

"姐姐放心，珠儿只是趁着休整的时候来看看姐姐，这就走了。"

"嗯。"李娴帮着李珠正了正衣冠，才目送他离开了车厢。

李珠走后，李娴推开了马车的车窗，目送李珠小小的身影渐渐变小，看着远处的一抹蔚蓝的天空，想起了自己的母亲李倾城，心头滑过一丝酸痛，母后，珠儿长大了，您在天上瞧见了吗？您放心，我定会倾尽全力保护珠儿一世安康……

半个时辰之后，李钊一声令下，车队再次上路。过了不一会儿，李忠又钻进了李娴的马车。

李娴看着李忠说道："珠儿还小，若有礼数不周之处，还请世子见谅。"

李忠来到李娴身边的位置坐定，深情地看着李娴，温柔地说道："公主言重了，于公他是太子殿下，一国储君，我是臣下世子；于私，陛下已经指婚，他便是我的内弟，我怎会介怀这点儿小事。"

听完李忠的话，李娴朝着李忠淡淡一笑，没有说话。

秋猎的队伍浩浩荡荡地行了整整三天，终于到了重冈皇家猎场。

正是落英缤纷的时节，也是这猎场中的动物吃得最好的时候，是个非常适宜狩猎的好时候。

齐王李瑱、楚王李玹、雍王李玥已经换好了胡服，在重冈猎场中恭候多时，几人远远地便见到了李钊的銮驾，三位藩王立刻站得规整了，待到马车停在他们的面前，三人立刻规矩地跪在地上："儿臣恭迎父皇圣驾！"

李钊从马车上出来，在管事太监的搀扶下走下了马车，朝着三人摆了摆手："都起来吧！"

"谢父皇。"

李珠协李娴来到了李钊的身后，三位藩王见到李珠立刻行君臣之礼，而李珠朝着三人回了一个兄弟之礼。

"母妃，您慢点儿！"突兀的声音响起，李娴回头看去，见到皇子李环正在扶着德妃下马车，李娴淡淡地笑了笑，转过了头。

随后便是皇室内部及各路宗亲世子互相见礼的时候。

因现下已经是日暮时分，李钊下令所有人休整一日，明日正式开始狩猎……

第二日，晴空万里，秋高气爽。

李钊同德妃站在猎场前的高台上，穿着一袭宫装的李娴以及换了一身胡服的李嫣站在身后，台子只见清一色骑着高头大马的男子，皆脱下了平日华丽的常服，换上了胡服，身后背着弓，几桶箭挂在了马背上，微微仰起头等待李钊发话。

"台下的儿郎们，我离国太祖从马背上打下了这片万里河山，如今虽值太平盛世，但弓马之术不能废，这场中的所有人，无不是我离国的青年才俊，国之栋梁，在接下来的日子里，寡人要你们拿出真本事来，胜者，重重有赏！"

李钊话音一落，骑在马背上的人无不露出了兴奋的表情，胯下的战马也似乎与主人心心相通般打着响鼻蹬着前蹄，一副跃跃欲试的模样。

"去吧，儿郎们！"随着李钊的大袖一挥，战马的嘶鸣声不绝于耳。

所有人都铆足了劲儿打马向前。

一向孔武善战精攻骑射的雍王李珝更是一骑当先，由他一人形成的第一梯队整整领先第二梯队一个马身的距离，雍王骑在马背上兴奋地驰骋着，享受着这风驰电掣的感觉给他带来的满足感，同时还不忘回头看看身后的人，见第二梯队里有楚王李玹的身影，雍王李珝还特意大声地吼道："来呀！看今日猎场，是谁家天下！"

说完，雍王狠狠地抽了一马鞭，坐下的白蹄乌一声嘶鸣再次加快了速度，雍王李珝很快便第一个消失在了重冈猎场的森林中……

早就换好了胡服的李嫣见人群已经在视线中消失，便莲步急移到了李钊的身边，撒娇地说道："父皇！父皇！女儿也要去，您就让女儿去嘛！"

李钊转头看向自己的小女儿，眼中闪过慈爱，却故作严肃地说道："胡闹，你去干什么？留下来陪你皇姐，姑娘家家的，进去干什么？连弓都拉不开。"

"嘻嘻，父皇你看，我让小落给我做了这个。"李嫣说着从背后拿出了一把精巧的小弩，不过半臂长。

李钊拿过了李嫣的小弩向前放了一矢，射程大约在十几米，矢头没入土中。

"嗯，还不错，虽然射程不远，但是胜在轻巧，姑娘家用用倒合适。"

李嫣从李钊的手中拿回小弩，骄傲地仰着下巴，继续说道："父皇，女儿绝对不往林子里面走，就在外面转转打打野兔之类的。父皇，让他们也看看嘛，您的女儿巾帼不让须眉！"

"哈哈哈哈哈，你呀你呀。好吧！"

"谢谢父皇！"

"不过你这么去可不行，我派两个人陪着你。"

四名侍卫应声而出，已经有人牵过了李嫣的小红马，李嫣兴致勃勃地从高台上走了下去，在内官的服侍下跨上了马背，四位侍卫早已准备就绪，李嫣背着小弩带着四名李钊的侍卫朝着林子里奔去……

李嫣安静地站在高台上，远远地望着树林的方向，心中涌起了一股担忧的情绪。虽然她已经让两个身手最好的暗影扮成李珠的贴身侍卫保护了，可是珠儿毕竟才九岁，还没有马背高，其他的皇子都是到了十二岁才开始参加秋猎的，也不知自己的父皇这次钦点太子必须参加秋猎是什么心思……

李嫣最近总是有种隐隐不安的感觉，虽然从收到的消息中可以看出各处都风平浪静的。

李嫣总觉得从她回宫以来，处处都透着一股说不出的诡异，她有一种非常不好的感觉，可是即便李嫣动用了手上的全部力量去调查，也没有发现任何异样……

无奈，李嫣只好选择静观其变。

早些日子，李嫣听说了皇子李环在朝堂上"铁树开花"的事情，李环不仅一举颠覆了所有人对他之前的印象，并且也让自己的父皇认为德妃教子有方，赐下了不少恩宠，就连这次狩猎也独独带了德妃一人。

李嫣还是相信德妃的为人的，她是个聪明人，也是整个离国后宫目前最与世无争的人，可是李环……

李嫣便有些犹豫了，事情已经走到了这一步，她绝对不可能因为德妃端正的品行，就直接跳过对李环的怀疑。

在李环"铁树开花"之后，李嫣立刻启动了埋在德妃宫中的暗桩，结果传回来的消息却说李环依旧是老样子，深居简出不与任何人有私交，除了和皇子珮交流之外，甚至不与旁人交流。

可是就在昨天，李环亲自扶德妃下马车，这一幕恰巧被自己的父皇瞧了去，当所有人都在忙着和三位藩王打招呼的时候，李环的这一行为就有点儿扎眼了……

德妃是李环生母，如此做也无可厚非，可是……李环没有同自己的同胞弟弟李珮一起过来，在李嫣看来就有点儿耐人寻味了。

李嫣眯着眼睛，看向湛蓝的天空，天空中一队大雁正向南飞去。

且说雍王李玑一骑当先，冲进树林中跑了一会儿之后，便放慢了速度。

重冈皇家猎场可不是一般的地方，据说有大量的猛兽出没，李玑虽然自命身手不凡，但总要小心些，同时李玑也有些跃跃欲试，若是能在这次秋猎中打到一只虎或者一头熊献给自己的父皇，那该多风光……

李珠虽然年纪小，第一次参加狩猎的他内心也有些雀跃，在前后各两名侍卫的簇拥下进了树林，从背上拿下了匠人特别为他制作的一石轻弓，一手勒着缰绳，目光凌厉地观察树林中的情况。

突然！一只灰色的野兔听到了马蹄声，从草丛中窜出，以非常快的速度向前奔跑，将李珠环在中心的四名侍卫立刻搭弓瞄准，却听李珠一声大喝："让孤自己来！"

李珠快速地搭弓射箭，随着"嗖"的一声，箭矢破空而去……然而，千钧一发之际那野兔竟生生转了方向，箭矢擦着它的身体钉在了土里……

野兔很快便跑远了，李珠放下了金丝弓叹了一口气："真是可惜……"

身边的侍卫立刻说道："太子殿下第一次参加狩猎就能做到如此程度，已经绝非常人可比了。这重冈猎场听说是一块风水宝地，所以太祖才将它圈了起来，周围也没有人家居住，所以这里的动物也比外面的狡猾强壮，您刚才的那一箭若射的是外面的野兔，定会射中的。"

李珠点了点头，轻轻地一夹马肚："我们走吧！"

"是！"

另一边，雍王李玼一路走走停停，倒是看到了些野兔山鸡之类的动物，但他一向眼高于顶，自然是看不上这些东西，高兴了便伸手拉一弓，射死了也不捡猎物，更多时候压根儿就装没有看到。

突然，远远地传来闷闷的马蹄声，李玼定睛一看，居然是楚王李玹纵马而来！

这离国每年的秋猎有两样是最引人注目的，一便是有人猎杀了熊、虎这种猛兽，将毛皮献给陛下，在晚上烤了猎物的肉，众人分食。

二是有人可以抓到一只活鹿，在篝火宴会上能让一众人喝到自己抓来的鹿勾兑的鹿血酒，这也算是一种荣耀。

虎、熊一类的猛兽可遇不可求，但能抓到一头完好无损的活鹿也说明此人骑射之术高超。

毕竟毫发无损地活捉小鹿要比直接猎杀它难得多……

楚王李玹运气不错，刚进林子就发现了一头成年雄鹿，这可是做鹿血酒最好的材料！

于是，楚王李玹一路策马从林子的那头儿一直追到了这边，与雍王李玼碰上了。

雍王李玼作为成年的藩王，本来就对齐王和楚王两个人心存妒忌，齐王也就罢了，毕竟是皇长子，待遇比他好一些也属平常。可是李玼一直觉得他和楚王李玹同是非长非嫡，母亲也同列四妃一角，凭什么两人在待遇上就差那么多？

父皇疼爱李玹，许他万户食邑，还许他兵权。

藩王非诏不得入京，自己偷跑回来就要挨骂，而楚王偷跑回来父皇就说他有一片孝心，凭什么？

于是，当雍王李玼看到楚王李玹策马逐鹿的时候，他立刻勒下了缰绳，朝着那只雄鹿奔了过去。

李玹此时已经追了这头鹿好长时间了，这只鹿已经露出了疲态，李玹正准备拿出绳索套鹿的时候，远远地看到李玥来了。

李玹只好将绳索暂时捏在手里，冷着脸喊道："你来做什么？"

闻言，李玥哈哈大笑："这是猎场，本王想去哪里，便去哪里，父皇上了年纪，这生鹿血是最补的东西，这头鹿弟弟我要了。"

"哼，大言不惭。"

"那不如今日便来比一比，看究竟鹿死谁手！"

被雍王这么一激，楚王李玹也燃起了斗志，只见他双足蹬着马镫，双腿紧紧地夹着马身，竟然在马背上站了起来。

楚王李玹左手的手腕一翻，将缰绳绕在手臂上，并将套鹿索的一头捏在左手，右手则握着绳索摇晃了起来——准备套鹿了！

雍王李玥见状心头一急，他的位置要比楚王李玹远了一点儿，没占到地利，若是这一下被楚王套成了，自己立刻会成为大大的笑话！

于是雍王李玥一咬牙，搭弓瞄准，"嗖"的一声，箭矢破空而去，钉在了雄鹿面前的地上。鹿受了惊，立刻扬起蹄子哀嚎一声，然后改变了方向，慌不择路地继续逃跑。

因为李玥的这一箭，楚王李玹的绳索套空了。

雍王李玥见自己成功阻止了楚王，并且让他丢了脸，立刻得意地哈哈大笑了起来，挑衅地看了楚王一眼，然后一拉缰绳从楚王的身边过去了。

楚王李玹阴着脸，快速地收起绳索，看着雍王李玥逐鹿的背影，恨得牙痒痒。

他拉了缰绳也跟了上去，虽然两人都是庶出，但李玹从来就没有把李玥放在眼里。

楚王李玹很快就赶上了雍王李玥，在他的身边与他并驾齐驱说道："真是个可怜虫。"

"你说什么？"

"本王知道你有什么妄想，你也不称称你自己的斤两，真是癞蛤蟆想吃天鹅肉，我看用不了几天，就连那个哑巴环的地位都要超过你这个成年的藩王了！"

楚王李玹一下子便击中了雍王李玥的痛处，只见雍王李玥颈项上的血管凸起，脸也憋得通红，转头看着楚王李玹怒吼道："你说什么！"

没想到李玹见李玥如此，只是回应了一个有恃无恐的轻蔑笑意，冷哼道："本王母妃若是不死，本王现在便可叫你为贱妾生的小杂种了，即便如此，军权我有了，你呢？机关算尽只不过徒惹人嫌罢了，别说你母妃不受宠，就算你母妃死了，父皇最多抬一抬你的食邑，想要军权，做梦去吧，驾！"

楚王李玹说完，感觉心头爽快了些，积压的怒火也一扫而空，这些话其实他早就想说了，只是苦于一直没有机会说出来，正好这猎场四下无人，让他有了这个说真心话的机会。

李玹说完，心头大悦，看着雄鹿越跑越远，干脆将绳索一丢，拿下背后的弓，搭弓瞄准，"嗖"的一声，雄鹿哀嚎，倒在了地上。

李玹心中冷笑，鹿死谁手？呵，我抓不到活的，你也别想要。

雍王李玾早已停下了马，耳边一遍遍回响着楚王李玹刚才讽刺他的话语，委屈的往事也一幕幕地在眼前闪过。

李玾死死地盯着李玹的背影，目眦欲裂，双目赤红。

李玹却浑然不觉，依旧打着马，一路小跑地准备去收了那只躺在地上垂死的雄鹿……

雍王李玾缓缓地举起了手中的三石弓，从箭筒中抽出了一支箭，搭弓，瞄准楚王李玹的后心，牙咬得紧紧的，双腮高高隆起，此时他只有一个念头，那就是让李玹死。

"嗖——"

"嗖——"

两声箭矢破空的声音几乎同时响起！

李玾刚刚松开拉弦的手，只感觉随着一股刮脸的罡风吹过，一支箭几乎可以算得上是斜擦着他的脸飞了过去！

雍王李玾根本来不及反应，这支箭近到几乎要刮破他的脸！

说时迟那时快！

这支从李玾斜后方飞过去的箭，无比精准，非常及时地在半空中射中了雍王李玾朝着楚王李玹后心射过去的那支夺命箭的箭头！

只听"叮"的一声，是箭支高速撞击的清脆声。

李玾的箭居然被这横空射出的箭一撞，在半空中生生地转了两圈，然后失力"啪"的一声掉在了地上。

那支"无名箭"则继续向前飞，"噗"的一声扎在了前面的树干上，箭矢没入其中。

这一幕发生得很快，快到当李玹听到"叮"的一声后，缓缓转过头来的时候，只看到一脸惊愕的李玾，以及在雍王李玾身后不远处还举着弓一脸严肃的——

齐王李瑱。

齐王李瑱见自己的这一箭成功阻止了雍王李玾，呼出了一口气，深深地看了一眼尚且还一头雾水的楚王李玹，然后放下了举着弓的胳膊。

"嗒嗒嗒……"

雍王李玾听着越来越近的马蹄声，缓缓地转过了头，看到的是穿着一袭高领宽边白色胡服的皇长兄齐王李瑱。

没等雍王李玾开口，齐王厚重的大手先拍到了李玾的肩膀上，用力地捏了一下他的

262

肩膀，雍王李玥居然感觉到自己的肩膀被捏得生疼。

楚王李玹也没有再管那只已经一动不动光流血的鹿了，而是一拉缰绳，掉转马头，反身往回走。

楚王并不是笨人，他看到了一支掉在地上的箭，再结合刚才听到的声音，心中也猜到了大致的情况。

楚王环顾四周，果然在不远处的树干上发现了齐王李瑱射出的那支箭，脸色立刻难看起来……

楚王的心中又惊又怒又怕，怒的是李玥居然胆大如斯要杀他！惊的是这个谋害他母妃的人居然会出手救他，怕的是这么近的距离，若是齐王李瑱不救自己，按照雍王的弓法和力量，他必死无疑！

思索间，马儿已经驮着楚王李玹来到了另外两位藩王的面前，李玹的胸膛有着明显的起伏，他几乎想都没想举起弓就朝着雍王李玥的脑袋上招呼！

这一下下去，李玥的脑袋必定开花！

雍王因为之前暗射楚王不成，自知理亏，自己的罪行又被皇长兄撞破，心中害怕，一时间居然忘了闪躲！

眼看着楚王李玹的弓就要砸到雍王李玥的脑袋上，"啪"的一声，一把精致的黑弓拦住了楚王李玹挥过来的弓！

楚王李玹与齐王李瑱双双举着弓，在雍王李玥的头顶僵持着。

过了一会儿，齐王李瑱缓缓开口，平静地直视着楚王李玹的眸子说道："你刚才说的话，我都听到了，若是玥弟想要禀报父皇，我会做证的。"

楚王最终收了弓，勒马离开了，连那只已经死透的公鹿都不要了。

齐王目送楚王走远，也准备打马走人，却被雍王叫住。

"王兄……请留步。"

齐王闻声勒住了缰绳，转过头平静地看着雍王。

"谢谢……齐王兄。"

"无妨，不过你适才射出那一箭的时候太莽撞了。"

齐王的语气很平淡，让人觉察不出他心中的想法。

"是……"

雍王不敢为自己出言辩白，虽然大家同是庶出，但齐王是长子，地位和他不太一样。

"不过，玹弟说的话的确很过分，试问这天下间又有谁能听到自己的母亲受辱而无动于衷？玥弟，你说是吧？"

"嗯……"

"况且你虽然出箭射他，但却没有成功，而且谁知道你这支箭想要射在哪里呢？你说是吧？珝弟。"

"齐王兄的意思是……"

"我并没有什么意思，我还是那句话，我是出手阻止了你射出的箭，同样我也听到了玹弟的话，若是你想禀告父皇，我会为你做证的。"

听完齐王的话，雍王的心中豁然开朗：是啊，自己虽然出箭想要射杀楚王，可是并没有成功，届时自己就说想射楚王的腿，反正楚王又没有证据，自己说什么就是什么，若是齐王愿意给自己做证的话，楚王辱骂嫔妃的罪名可大可小。

当雍王李珝回过神来的时候，齐王已经打马走远。

雍王最终没有忍住心头的疑惑，朝着齐王的背影喊道："齐王兄为何帮我？"

听到雍王的声音，齐王勾了勾嘴角，没有停住脚步，亦没有回头。

第一天狩猎结束的时候，虽然没有人打到虎、熊一类的猛兽，但是几乎每一位参加狩猎的人都打到了獐子、鹿、狐狸、野鸡、野兔这类动物。

就连年纪最小的太子李珠也打到了两只野兔，这对于一个第一次参加狩猎、年仅九岁的孩子来说，已经是不错的成绩了。

李钊龙颜大悦，命御厨挑了一只肥的烤了，送到他和德妃的案子上。

成年的藩王成绩明显要好一些，到当天傍晚的时候，齐王打到了一头野猪，雍王打到了一只鹿，楚王打到了一只獐子。

皇子李环打到了两只野鸡和一只兔子，李珮打到了一只兔子。

第一天的秋猎在暮色中结束，之后便是篝火晚宴，随行的御厨把打上来的猎物处理过后便将猎物放在架子上烤得金黄脆爽、香气扑鼻。

每年秋猎的时候其实也是贵族们娱乐的时候，因为在野外不像室内，规矩也不像在宫宴的时候那么多，大家吃着自己打来的猎物，喝着酒，场中的篝火熊熊燃烧，空气中弥漫着烤肉的香气，天上有皓月繁星，李钊也会放下架子与一众青年同乐，众人谈天说地，载歌载舞好不快活。

元鼎二十九年的秋猎一共进行了七日，因为第七日的夜里暴雨骤降，结束了持续数日的清凉天气。

地上全是泥泞，天气也开始变冷，原定十日的秋猎不得不提前结束。

饶是如此，众人已经尽兴。

然而不得不提的是，之后楚王到底是抓到了一头毫发无损的活鹿，献给了李钊。李钊命人放了血做成鹿血酒分给众人喝。

雍王李珝打到了一只通体没有一根杂毛的火红狐狸，雍王也将它献给了李钊。李钊欣喜，夸赞了雍王李珝几句，然后将毛皮赐给了随行的德妃，命人给德妃做一条火狐围巾。

最令所有人意外的是年仅十七岁的皇子李环，在秋猎的第六日，居然打到了一头熊。

当李环带着人将那头熊抬回来的时候，引起了不小的轰动。

那天，李环跪在李钊与德妃的面前，朗声道："父皇母妃，儿臣有幸打到一头熊，儿臣想着马上就要入冬了，想将这熊皮送给父皇。"

听到李环如是说，人群中立刻又激起了不小的骚动，送皮一般都讲求送整皮，特别李钊还贵为天子，若是毛皮上有洞那可是大大的不敬！

身为皇子的李环绝对不会不明白这个道理，那么也就是说……

众人立刻将熊围了起来，发现一支箭几乎整根没入熊的右眼当中，除此之外这头熊身上再没有一支箭！

李环居然是一箭射中了熊眼？果然是整张熊皮！

一时间，所有人都对李环投去了钦佩的目光，猎熊可是需要胆识的，而且能一箭射眼致命，这环皇子不仅胆识过人，弓马之术也定是一绝！

李钊带着德妃直接从高台上走了下来，他绕着熊走了一圈，朗声大笑道："好好好，吾儿环果然是一鸣惊人！"

李钊当即宣布了李环是这一年秋猎的优胜者，并赏赐给李环一把匠人最新制造出来的三石阴阳弓，这阴阳弓可是大有来头。

这弓身是被天下至阳之木所造，而弓弦则是在东海里得到的至阴生物的筋所造，遂名阴阳弓。

虽然李环现下尚不能开三石弓，但是这也代表了李钊对李环寄予了厚望。

队伍拔营的那天，秋雨绵绵，黑云厚重。

一望无际的低矮黑云压得人喘不过气。

这天，雍王李玾走进了龙帐，片刻后李钊又召见了齐王李琪，又过了一会儿，楚王李玹也被召了过去。

那天在龙帐外面站岗的某位士兵听到了李玹朗声的辩解和对齐王、雍王二人的怒骂声，然后便听到了杯盏被摔碎的声音，再是听到陛下怒不可遏地痛骂了"不孝不仁不义，狼子野心"之类的话，然后便传来的重重的巴掌声，也不知道陛下这是打了哪位王爷……

元鼎二十九年七月十四，重冈猎场阴雨绵绵，道路泥泞不堪，李钊下令回京。

一连举行了七天的秋猎终于结束了。

京城，未明宫。

这一路上车队都是冒着秋雨回来的，去的时候用了三天，回来的时候用了整五日。

这一路上，李娴一直觉得有些心神不宁。

回京的当天，楚王和雍王就被陛下削减了两千户的食邑，李钊还正式下诏斥责了两人一通，勒令两人回到封地闭门思过半年……

李娴回到未明宫，连沐浴更衣都未做便先招来了小慈。

二人来到李娴的书房，小慈心照不宣地从书房的暗格中拿出了一沓绢布。

"殿下，这些都是您不在的这些时日从各处送进来的绢报，奴婢都给您管着呢，这些东西日日都会被送过来，殿下何必如此着急，还是先沐浴更衣了再看吧。"

"还是先看完再说吧，拿来给我。"

"是。"小慈将绢布双手奉上，然后默默地从书房退了出去。

李娴坐在案前仔细阅读了这阵子积压下来的绢布，随着积压绢布的减少，李娴一颗悬着的心也慢慢放下。想来也是，那些她所怀疑的人都和她一同离京狩猎去了，还能出什么幺蛾子？自己还是绷得太紧了……

李娴面带笑意地拿过了一份新的绢报，展开，然后笑容慢慢凝固、缓缓消失，直到眉头开始紧锁……

李娴一遍又一遍地看了绢布上的内容，直到绢布被自己攥得发皱。只见上书道：元鼎二十九年，七月七日夜，匈奴士兵百人趁夜突袭北境军营，匈奴人此番动机尚在调查中，匈奴百人在北境军营中拼死厮杀，竟无一人逃走，直至最后全部战死。北境士兵死伤逾三百，李沐将军帐下先锋郎将林宇，守卫大帐浴血奋战最终不幸战死。先锋郎将林飞星背中一刀，星抱林宇之尸首数时辰，喃喃自语，拒不就医。

良久良久，李娴才缓缓地放下了手中的绢布，拿起了第二封来自北境的绢布。

元鼎二十九年，七月十日。李沐元帅亲自出席林宇之葬礼，星大恸，悲伤不能自持。背伤龟裂，坚持至葬礼毕。李沐元帅体恤，赐星于家中好生休养调理。星捧林宇之牌位归林宇宅，见余纨后昏厥。

这是关于北境的最后一封绢报。

李娴面无表情地坐在自己书房的案前，脑海中恍然想起她曾经问过林飞星的一个问题："你最后一次哭，是什么时候？"

林飞星说："是我第一次杀匈奴人的时候……"

不知道怎的，李娴就犹自想起了这句话，当初听的时候觉得有些不解，后来每次回忆起来，都会觉得心头泛起阵阵凄凉。

李娴将两份已经皱得抚不平的绢布并排放在案上，低着头注视良久，就这样低着头，无声地看着，看着看着，看着看着，便觉得她跳动在胸腔里的那颗心先是一揪，然后便酸酸地痛了。

殿下台鉴，元鼎二十九年，七月七日匈奴夜袭北境军营，先锋郎将林宇战死。

元鼎二十九年，七月十日林飞星伤痛交加昏厥于属下家中，属下发现其脉搏怪异非常，后处理林飞星背后伤口时，惊天发现林飞星实乃女儿身……

"啪嗒"一声，余纨手中的毛笔掉在了案子上！

余纨伸出一只手轻轻地抚在了已经微微隆起的小腹上。

就在刚刚，她肚子中的那个小家伙第一次动了动。

"啪嗒。"

"啪嗒。"

"啪嗒。"

大颗大颗的眼泪一滴一滴重重地砸在余纨身前的木案上。泪滴四散飞溅，一不小心就氤氲了绢布。

寂静的房间里，终于传出了低低的呜咽声，那是一种强自压抑后仍忍不住哭泣的声音，蕴含着浓浓的悲伤，让人闻之心碎……

余纨的自白：

很久很久之前，我叫小兰。

自幼父母双亡，是作为赤脚郎中的二叔将我养大。

二叔很喜欢我，常教我一些医理，但二婶却很少给我好脸色，所以我一直努力地学习医术，干杂活，只为了讨她的欢心。

直到几年后我才明白，二叔家并不富裕，家中还有一位兄长，两位弟弟，加上我这个吃干饭的"包袱"，日子过得愈发艰难。

九岁那年，二婶带我去逛庙会，却在这时候背着二叔将我卖给了人牙子，大哥已经到了婚配的年纪，二叔家中无多余的银钱……

这也改变了我的命运，我被人蒙着眼睛，几经辗转被人送到了一个地方。

当有人拿开我的眼罩的一瞬间，我看到了一个美得简直不似凡人的女子，只是这女子的脸色异常苍白，我心知她这是亏了内里。

我仗着年少，大胆与她对视，她的眸子让我这一生都无法忘记，那是一双闪烁着柔光又深邃得让人沉溺的眸子。

她并未责怪我的失礼，只是淡淡地笑了笑，问我："孩子，你会些什么？"

"劈柴、挑水、缝补，还懂些医理。"惊觉失仪的我忙低下头，支支吾吾地答了。

她安静地听完，对我说："以后你便叫余纨，既然懂些医理，本宫便安排你做明桩，记住了。"

我懵懂地点头，从那以后我便成了余纨，而小兰早已经在她被二婶卖掉的那一刻就在这个世上消失了。

我被安排到了宫外的医馆行医，有了新的名字身份，后来我成了医女，又顺利地进了宫。

进宫很久后，我才知道那位美得就像神仙一样的女子，居然是皇后李倾城……

我也知道了，那日她之所以面色如此苍白，是刚刚诞下太子不久血亏气虚。

"你是明桩"，我一直牢牢地记得这句话，却从来不与任何人提起，这就像是我与皇后娘娘两个人之间的秘密一般。

当我被内廷司调任到未明宫的时候，我慢慢懂得了明桩的含义。

有明桩，便有暗桩，至于有多少桩，我是不知道的，也许除了皇后娘娘和长公主殿下之外，没人知道。

有一天，公主带我出了宫，目的地是北境。

一日，公主对我说："余纨，本宫有个任务要交予你。"

终于到了启用我的时候了，终于到了报答皇后娘娘的时候了，可惜那个倾国倾城的女人已经不在了……

公主说，让我务必勾上林宇，准我以色侍之。

林宇比我要小上几岁，看上去呆呆傻傻的，却有着几分宫中的人所没有的憨厚淳朴的气质。

我知道公主是在下一盘大棋，置身局中，我心甘情愿。

这个任务似乎比我想象中的要简单多了，这个林宇单纯到我说什么他都相信。

于是我成功地留在了北境，不久后又传来了公主的密函，她要我留在林宇身边，首要任务是要我潜移默化地改变林宇，让他对追逐功名利禄一事开始上心；第二个任务便是尽可能多地打探关于林飞星的消息，定期将林飞星的消息汇报给公主。

直到这时我才明白，原来长公主殿下看中的棋子并不是林宇，而是林飞星。

只是我不懂，既然看中了林飞星，为何要绕了这么大的圈子让我去侍奉林宇而不是林飞星？而且为什么要让我潜移默化地改变林宇？林宇自觉地追逐名利，又和林飞星有什么关系呢？

我是愚人，百思不得其解。我是棋子，没有资格统筹全局。

和林宇在一起的日子，我对他谈不上爱，甚至谈不上喜欢。

我只当他是我的任务，对他没有其他的感情而言。

我并不钟情于床笫之事，他便依我，偶尔被他缠得烦了，也会从他。

日子不咸不淡地继续过着，我动用了一切方式去打探有关林飞星的消息。

林宇口中的林飞星，是和我想象中完全不一样的林飞星，我利用林宇打探出林飞星的所有消息，并把这些消息悉数上报给了长公主殿下。

某一天，我的癸水没有如约而至，起初我并未放在心上。

直到第二个月它依旧没来，我便悬了心，捏了捏自己的脉搏，发现我居然怀了林宇的孩子!

那天,我摸着平坦的小腹,沉默良久,脑袋里乱糟糟的,想了很多,我没想到这个孩子居然来得这样快。

当我把这个消息告诉林宇的时候,他高兴得像个孩子,他那欣喜又明媚的笑容烫到了我的心。

我决定开始好好地和他过日子,毕竟我们有了孩子,有了这个神奇的小生命,我要做娘了。

我开始去了解林宇,开始对他敞开心扉,我发现其实他很好。

有一天,我从林宇的嘴巴里得知林飞星居然不能人道!林宇还想以后过继一个孩子给林飞星,我自是不愿的,哪有孩子的爹在孩子尚未出生就商讨着要把孩子送人的道理?

那天,林宇给我讲了许多他和林飞星令人动容的过去,我到底还是依了他。

次日,我便将林飞星不举的情报报了上去。

我是林宇的妻子,我也是皇后娘娘留下的明桩,长公主殿下的棋子。

元鼎二十九年,七月初七。

我的肚子一天天地隆起了,也要着手准备孩子的衣服了。

突然,我的手指被针尖扎破了,看着冒出来的血珠,我的心头狂跳。

置身在空旷的屋子里,我第一次开始思念林宇,若是他在家就好了。

第二天一早,林宇的亲兵来了。

他说,林宇战死了。

亲兵是什么时候离开的,我不知道。

我没有哭,一滴眼泪都没有掉,这只是一场戏,一个任务。

林宇是为守护大帐而死的,他们不能将林宇的尸体带回来,他被大帅厚葬了。

据说是匈奴人组成的百人死士夜袭军营,整个军营一百多人都阵亡了,还有一百多人受了伤,因为下葬人数众多再加上我有孕在身,我便留在了家中。

七月十日,刚过晌午,林飞星来了。

他的脸色苍白,神情憔悴,步履蹒跚,一身素缟,手中捧着林宇的牌位。

看着牌位上林宇的名字,我的心才后知后觉地泛起了撕裂般的痛。

为什么?我明明不爱他的,明明只是一出戏而已,为什么会心痛?

林飞星将牌位交给我,还未等我深想缘由,他便昏厥了。

我吓了一跳,刚刚积起的泪花也散了。

我撑着已经显怀了的腰身,将林飞星拖到了床上,令我没有想到的是,林飞星的个头也不低,怎么并不重?

搭上林飞星的脉搏后,不消片刻我便瞪大了眼睛,这怎么可能?

我生怕自己判断错误，特意仔细地诊了又诊。

林飞星居然是女人？

我惊愕到说不出话，这个发现颠覆了我的认知，我找不到任何语言来形容我那天的心情。

很快，我又从脉象上发现了好多问题，林飞星的脉象非常糟糕，一方面是因为长期忧思压抑所致的气血不滞；另一方面，林飞星的体内怎么会有一股冰冷的奇毒？

我放下林飞星的手，观她脸色苍白，眉头紧锁，再结合适才那无力的脉象，她的身上应该有外伤，可能是怕自己的身份暴露，没有就医。

我脱下了她的衣服，看到了她的身子，哑然失笑，难怪这人可以在军营中隐藏身份，居然是这样的身材。

我翻过她的身体，看到背上一道长长的伤口，从右肩开始一直斜着蔓延到左侧腰际。

或许是知道了这人是女子的缘故，看着这样狰狞的伤口，我的心情复杂。

虽然不知林飞星到底为何混入军营，但是这些年，她一定受了很多苦吧。

好在林飞星的伤口虽然很长，却并不深，想来应该是及时闪躲的缘故。

不过，因为没有及时处理伤口再加上天气炎热，林飞星的伤口微微发炎了。

我处理完她身上的伤口，还没来得及给她包扎，她便醒了。

我们四目相对，除了她最开始眼中闪过了惊慌之意外，我还从她的眼中读到了满满的悲伤。

她用那样悲伤的眼神看着我说："对不起阿纨，我没有保护好阿宇，让你失了相公，孩子没了爹，对不起。"

然后，她便落泪了。

我回忆起曾经阿隐抓着我兴奋地夸赞林飞星是何其坚强隐忍，阿隐在她胳膊上缝了那么多针，别说流泪，林飞星就连呼痛都不曾……

此时，我看着她的眼泪，想着林宇，心痛再次蔓延。

林飞星泰然地让我给她处理了伤口，也将她的故事娓娓道来。

林宇不曾和我说起的，更久远、更详尽的故事……

听完了林飞星，不，是林挽月的故事，看着她依旧打着赤膊几乎缠满了绷带的上半身，露出来的两个胳膊上有不少暗疤，左臂上更是有两条蜈蚣形状狰狞的疤痕，这哪还是女人的身体呢？

余纨从回忆中回神，脸上眼泪已经干了。

氤氲的绢布依旧静静地躺在满是泪滴的案子上。

余纨一手捂着隆起的肚子，呆呆地看着案上的绢布，心情复杂。

自己若是将这封绢布送出去，她不能保证林挽月是死是活。

林宇尸骨未寒，林挽月数次救过林宇，自己真的要如此吗？

还有孩子……

就在刚刚，余纨第一次真切地感受到了这个新生命的成长。

若是自己将这封绢报送出去，公主自会厚待自己，就算林挽月被斩首，公主依旧会很好地安置自己，可是这个孩子呢？

这个孩子会不会沦为新一代的"桩子"呢？

余纨轻抚自己隆起的小腹，她从来不后悔自己成为李倾城的明桩、李娴的棋子，可是她不想让自己的孩子尚未出世，命运就被决定了！

想通这里，余纨按着腰从椅子上缓缓起身，一手抓过绢布，擦干了桌面上的泪滴，慢慢地走到了厨房。

拿起坐在炉子上的水壶，将绢布丢在了炉灶里。

摇曳的火舌快速地吞噬了绢布，余纨低头看着绢布彻底成灰，才重新将水壶放回原处。

殿下台鉴，元鼎二十九年七月十日，林飞星昏厥于属下家中，属下为其处理背伤，伤口极长，由右肩至左腰处，所幸伤口不深，现已无虞。

观林飞星之脉象，惊觉其体内有一股奇毒，属下惭愧，不知林飞星所中为何毒，此毒属寒，并不致命。

另，因林宇新丧，属下怀有身孕，林飞星邀属下迁至林宅，属下当如何答复？请殿下明示。

遥拜叩首。

李娴看着最新一封余纨传过来的绢报，眉头紧锁。

到底是谁会给林飞星下毒？还有他的伤……这人，又受伤了。

李娴又看了一遍绢报，心头没由来地涌上了一股烦躁的情绪，于是拿过一方绢布，挥毫书道：静待自宅，勿动。另，解毒。

北境，林宇旧宅。

余纨一边给趴在床上的林挽月上药，一边说着："你这伤口已经长新肉了，这几日可能会痒得难熬，千万不要抓，可记好了？"

"嗯，这几天背上确实发痒，好几次都想抓来着。"林挽月闷闷答道。

"你且忍忍吧，这么长的口子，怕是要落疤了。"

林挽月趴在床上，偏着脑袋笑着回道："没关系，我自己又看不到。"

"一个女子，身上尽是些狰狞的伤疤，以后可怎么嫁人。"

听到余纨的话，林挽月收了笑容。

见林挽月不再言语，余纨沉默了片刻继续说道："将来还是找机会离开这个地方吧，你一个女子，终日和那些糙汉子厮混在一处也总不是办法，况且刀剑无眼，若是伤了哪里，军医只要一摸你的脉搏就会发现问题的，到时候怕是要掉脑袋的。"

林挽月安静地听完余纨的话，摇了摇头："我已经没有回头路了，我也不想回头，全村一百一十八口人，还有阿宇，我与匈奴的仇不共戴天，不过我现在的想法也和以前不同了，我已经不求手刃匈奴人了。曾经有一个人告诉我，一个人就算再勇武，凭借一己之力终究杀敌的数量有限，所以我要努力成为将军，统率更多的军队，找机会给匈奴人以重创！甚至将匈奴人尽数歼灭，这笔血海深仇，我定要匈奴人百倍偿还！"

余纨看着林挽月背上的伤口，听着她的话语，她说话时不自觉释放出的那股气场，让余纨心惊！

余纨缓了好一会儿，才平复自己莫名感到害怕的心情，继续说道："可你到底是女人，这条路多苦，你看看你这身上，就单说你这背，若是你当日躲得哪怕再慢一点儿，恐怕现在……"

"说起来我还要谢谢你呢，阿纨，若是没有你，我这伤还不知道什么时候才能好。"林挽月真挚地说道。

余纨知道自己多说无用，只好收了话头："药上好了，坐起来。"

"好嘞！"

林挽月麻利地从床上爬了起来，自觉地抬起双手，余纨一手按着自己的后腰，撑着身子来到桌前拿起绷带，回到床边开始给林挽月包扎，说道："这是最后一次换绑绷带了，这些日子注意一些，莫要沾水，动作也要小心些，别扯开伤口，等到新肉彻底长出来，结痂掉落就全好了。"

"知道了。"

"对了，你体内的那股阴毒真的不要解吗？虽然不致命，但是留一股毒在体内，积年累月的总是要出问题的。我虽然医术不高不能判断出你到底中了什么毒，但是我可以试着开些温补的方子，慢慢去掉你体内的毒性。"

林挽月摇了摇头，说道："我知道是什么毒，这个毒是我自己服下的。"

"为什么？"余纨大惊，还有人自己吃毒药的？

"因为我……嗯，来了癸水，第一次，我觉得这是一个大问题，小时候我们村里有个老郎中，他和我说过这药王花是一种极寒的药材，专门治疗火毒，不过若是女子单独服下药王花可能会失去做母亲的能力，癸水也自然不会来了，我特意找到了这种草药，服下之后癸水确实没有再来过，只不过会时不时地觉得冷，也很少出汗了，喜欢晒太阳，别的倒是没发现什么不好。"

听完林挽月的话，余纨轻叹一声，继续麻利地往林挽月的身上缠绷带，直到最后打了一个漂亮的结，才悠悠说道："你这又是何苦？不过没想到在你们村中还有高人，这药王花就连我这个医女都闻所未闻。"

林挽月笑着回道："也不是什么高人，不过是一个怪老头，想来是某种偏方吧，你不知道也没什么奇怪的。对了，阿纨，上次我和你说的事情，你考虑得怎么样了？"

"我想了想，我还是不要去你那里叨扰了吧，就留在这里挺好的。一来我一个寡妇，你宅中又没有女主人，传出去对你的名声不好；再则，这个小院挺清净的，我一个人可以在这里生活，你不用担心。"

"可是，你这肚子一天天大起来了，一个人恐怕会有不便，要是出了什么岔子，或者有个不舒服的时候都没有人照顾你，那怎么行呢？再说你知道我是女子，怕什么？"

"嘘，小声些，这话你也敢高声胡说！我是知道，可是外人不知道，我知道你是一片好心，但总要有些顾忌，不早了，你回吧。"

林挽月张了张嘴，见余纨脸上的表情坚决，也只好把到嘴边上的话咽了回去，拿过搭在架子上的衣服默默穿上，然后离开了林宇的家。

第二天，林挽月将自己宅中的丫鬟玉露派了过来，全天候照顾余纨的饮食起居。

又过了些日子，林挽月的伤彻底好了，她来到了军营。

匈奴人那次夜袭留下来的痕迹已经被彻底地抚平，这便是军营，这里的人早已见惯了死亡，死了的人便是死了，留下的只有那块木牌，那块木牌被挂在军营里固定的位置上，风一吹，会发出叮叮当当的脆响声。

定期会有人把它们送走，送到固定城池的公示板上，有的有人领，有的无人认。

林挽月站在李沐大帐的门口，朗声禀报道："林飞星，求见大帅！"

"进来吧！"

林挽月走进李沐的大帐，李沐坐在案后一路打量着他进来。

"嗯，不错，气色恢复得很好。"

还没等林挽月说话，李沐倒是先开口了。

"多谢大帅体恤，末将的伤才能好得这么快。"

"那点儿小伤算什么，不过是划破了点儿皮肉。我给你时间，是让你疗养心伤的，我知道林宇的死带给你的打击很大，不过很好，你没有让本帅失望，这才像个有担当的男子汉。"

听到林宇的名字，林挽月的心头划过一丝痛意，不过她的表情却是平静的，任李沐也看不出任何端倪。

"你说说吧，对这次匈奴人夜袭军营有什么看法？"

"回大帅，末将想了想，觉得此事大有蹊跷，而且像这种蹊跷的事情已经持续了很长时间了。"

"哦？你搬凳子坐近了说。"

"是！"

林挽月反身搬过凳子坐在李沐身边，低声说道："大帅可还记得去年的秋收之战？那一仗，十六路先锋郎将几乎折损殆尽。"

"嗯。"

"末将在战后特别统计了伤亡人数，发现在那一战中，我军总体伤亡人数竟比以往少，当时末将也不明白为什么会这样。照理说，先锋郎将的折损都到了如此程度，应该一般士兵的伤亡数量会更大才是，后来末将想明白了，敌人是有预谋地针对我军的先锋郎将。"

"你继续说。"

李沐点了点头，心中甚是满意，林飞星的想法和他的几乎不谋而合，难能可贵的是这林飞星不过十七岁就已经有这样的眼界和心思。

"大帅可还记得去年秋收之前，我军遇到匈奴人突袭那次匈奴人撤退的号角声？我想匈奴军营中的变化就应该是从那次号角开始的。"

李沐回道："不错，自从那次号角之后，匈奴人不仅在战斗时有了章法，而且比从前更难对付了。"

"末将最近读了不少书，匈奴人自古以来都是我离国北方的游牧民族，而且匈奴内部分为诸多部落，每年因为草场土地之争，匈奴各个部落之间还会发生大规模的冲突甚至战役，而且匈奴人之所以会掠夺我边境，也是因为有一些比较弱小的部落没有肥美的草场，导致这些小部落的人没能囤积够过冬的粮食，所以总有那三五个部落联合起来一起掠夺我离国边境的物资，他们主要是为了抢过冬的口粮。"

"没错。"李沐点了点头，笑着捋了捋下巴上的胡子，他很满意林飞星的进步。

"可是，自从那次奇怪的号角声响起之后，匈奴来进攻的部队愈发彪悍团结了，在此之前，匈奴的部队都很松散，打大仗时简直没有章法可寻，只是凭借单兵的作战能力厮杀。可是，从那次号角声响起之后他们变得不同了，末将对此比较担心，我怀疑有其他国家暗中资助匈奴，甚至朝廷里有人私通匈奴人！"

林挽月说完之后，故意顿了顿，观察李沐的表情，却见李沐的脸色丝毫不变，林挽月心头一沉，自己恐怕是猜对了。

林挽月看着李沐，李沐亦不动声色地回看着林挽月。

此时的林挽月早已不是吴下阿蒙，那个会低下头不敢直视元帅的大头兵已经被时光淬炼重生了。

大帐里，死一样地寂静。

李沐与林挽月就这样互相注视，互相试探着对方的底线。

一边是心存疑虑，势必要揪出"真相"的已经能独当一面的先锋郎将。

一边是有意试探前者深浅器量，已经统领北境几十万大军十几年的大元帅。

二人就这样僵持着，互不让步。

过了一会儿，李沐才缓缓开口说道："凡事光凭你一人推断可不行，他国是否暗中支持匈奴本帅不知，但你说朝廷有人私通匈奴，可要拿出证据来。"

听到李沐的话，林挽月微微一笑，似乎早就预料到一般，回道："末将自然是不敢在大帅面前信口开河的，大帅，末将只想问，去年冬天丢掉的北境几十万军士过冬的粮食到哪儿去了？"

李沐亦笑，看着林飞星回道："你倒是问起本帅来了？我记得去年你因为寻粮草不得力，还挨了板子。"

闻言，林挽月收敛起笑容，此时她已经知道李沐定是有难言之隐，心中便越发地难受，粮草丢失得不明不白，李沐作为北境统帅最是脸上无光。她自己虽然也挨了打，但那根本就无足挂齿。可是，李沐作为北境的元帅，当朝的国舅，在三军将士面前因为粮草的事情挨了一百军棍！

林挽月沉吟了片刻，继续说道："大帅，末将虽然参军不过三个年头，各方面的经验不及大帅万分之一，但是末将记得参军第一年的冬天，天比现在冷，雪比去年厚实多了。匈奴人为了抢一口过冬的粮食，甚至不少人生生冻僵冻死了，可是去年冬天，匈奴人却一次都没有来犯，就算我们退至阳关城，让战线延长了不少，可那也说不通！我们在秋天刚丢了粮草，冬天匈奴人便一次都没来。大帅，末将记得您说过，在战场上没有巧合的事情会发生。"

李沐听完林飞星的话，沉默了，甚至有些颓唐，脸上的沟壑也深了不少，仿佛一瞬间苍老了好几岁。

林挽月抬眼看去，恍然发现李沐的双鬓上已生了白发。

作为三军的统帅，士族出身、统御北境几十万大军十几年的李沐，早在粮草丢失后不久就想明白了其中的关键之处，这也是为什么李沐会召林飞星回来，拒绝他再查粮草的原因。

李沐生怕林飞星追得太紧，一旦查出什么蛛丝马迹，幕后的"黑手"会将林飞星杀人灭口。

粮草丢失后，其实最伤心的人莫过于李沐了，他舍弃了京都的繁华，牺牲了整个青春时光驻扎在北境这块苦寒之地，结果却被朝廷的人出卖了。

李钊，这位和自己从小一起长大的兄弟，自己亲妹妹的夫君，离国的天子，为了所谓的皇家颜面，硬生生地将事情压了下来，为了令自己封口，还赐下了军棍。

李沐一个人承受着这个秘密，还要眼睁睁地看着自己麾下那些不知情的将士继续为朝廷抛头颅、洒热血。说句大逆不道的话，李沐觉得不值。可是能怎么办呢？就算不值，依旧要坚守。

自己和将士们若是因为一时意气而离开这里，北境的边防将被破，遭殃的还是百姓。

匈奴人是无论如何也打不到京城去的！

这件李沐本以为会被他带到棺材里去的秘密，居然被一个十七岁的少年洞悉了，并且说了出来。

一时间，李沐的心中又悲又喜，五味杂陈。

李沐抬起手拍了拍林飞星的肩膀，说道："这件事情不要再提。"

"是。"

林挽月点了点头，隐约觉得事情似乎并没有这么简单，似乎还有更深的真相等待着她去挖掘，可是林挽月自知如今的她并没有涉足其中的能力和心智。

真相还需她用漫长的时间去等待，而且她这次来也并不是为了丢失粮草这件陈年往事。

"大帅，末将最近有一个小小的作战计划，希望大帅可以准许末将着手布置。"

"哦？你且先说来听听。"

"是，末将认为，这次匈奴人组成的百人死士夜袭军营的目的很可能有两个，一为了烧毁粮草，二为了刺杀大帅。匈奴那边应该是出了一个高人，这些策略兵法绝非匈奴蛮夷能想出来的，只不过很可惜，他们有一个厉害的军师，却没有有能力执行军师计谋的良将。"

"此话怎讲？"

"我想这批匈奴死士最开始一定是抱着这样的目的来的，匈奴人骨子里就有那种逞凶斗狠的本能，末将大胆推测，他们定是在与我军士兵厮杀的时候杀红了眼，最后竟然忘记了自己本来的目的，一味地只知道逞凶斗狠地砍杀我军的士兵了，最后闹得一个全体被歼灭的下场，也没能完成任务。"

李沐点了点头，问道："说说你的计划。"

"属下的计划很简单，以其人之道，还治其人之身。"

"具体说说。"

"是，属下的计划是，由属下亲自带一队人马，潜入匈奴境内，随机应变，当然，主要的目的是销毁匈奴人过冬的口粮。马上就要到冬天了，这次秋收我们没有让匈奴人得逞，如果这个时候我们毁了他们的口粮，到了寒冬将会饿死冻死一大批匈奴人！"

说完，林挽月的眼中闪过一丝决绝的光。

李沐却皱了皱眉说："这恐怕不妥。一则，我离国礼仪之邦怎能和蛮夷之地行同样的苟且之事？二则，这么多年来，我军都是以‘守’为第一要务，你贸然毁掉匈奴的粮草，这很危险暂且不说，一旦成功了，势必会造成很大的反弹，匈奴人没了过冬的粮食，会不惜一切代价地反扑我边境，届时怕是会有更大的伤亡。"

听完了李沐的话，林挽月"嚯"的一下从凳子上起身，绕到李沐面前"扑通"一声跪了下去，腰板挺得笔直，朗声说道："大帅，匈奴之蛮夷，如若卧在我北境榻下的一头狼，卧榻之下岂容野兽酣睡？大帅仁慈，末将愿冒天下之不韪与匈奴决战到底，对付匈奴人。'守'是永远守不完的！我们离国牺牲了无数将士，数位将军终其一生守在边疆，匈奴人依然持续不断地每年都要侵扰边境数次，多少大好男儿死在他们的手上！结果呢？我们的忍让迁就并没有换来丝毫的和平，他们反而还派来了死士夜袭我军营！既然如此，末将认为，只有杀光他们的战马，烧光他们的粮食，歼灭全部有作战能力的匈奴男人，将所有的匈奴妇女全部羁押统一管理，才能够彻底根除匈奴之患！哪怕是退一步只看眼下，我们烧了匈奴人的粮草，杀了他们的战马确实会一时迎来他们的反扑，可是我们可以继续退至阳关城，拒守不出，占据地利和匈奴人干耗，他们没了粮草补给，光靠一时之勇呼啸而来，若是得不到回应必定会一击扑空，再而衰，三而竭，那便更好了！我军大可趁着彼竭我盈、天寒地冻之际大开城门，将侵犯我境的匈奴人全部歼灭！"

李沐听完了林飞星的话，犹自心头一跳，他面露惊愕地看着眼前这个跪得直挺挺的少年；看到了他眼神中的决绝，听到了他话语中的坚定，怎么也没有想到，一个年仅十七岁的少年，居然有这样……这样的手腕和心肠！

李沐看着林飞星，回忆如潮水般涌出。

李沐记起，三年前，也是在这大帐里。一个衣衫褴褛、消瘦憔悴的半大孩子跪在了自己的面前。那孩子也是如同今日的林飞星这般，脸上带着倔强的神情，平缓而低沉地诉说着自己全村皆戮的始末经过，却没有掉一滴眼泪。

正是因为李沐在那仅十四岁的半大孩子的脸上没有看到一滴眼泪，才决定收留他。

如今时光轮回，一转眼，三载光阴匆匆而逝。

三年后，那个半大的孩子已经长成少年，他跪在自己的面前，用坚定而决然的语气，告诉自己他要杀光匈奴的战马，烧光匈奴的粮草，歼灭匈奴的士兵。

李沐自然知道，林飞星所言不错，对付匈奴这样的蛮夷民族，歼灭或者根本性地重创它可以令自己国家安稳很多年，可是……

在李沐这样的年岁，他已经能看到更加遥远的未来……

至此，对于北境的军务，李沐和林飞星出现了明显的政策上的分歧。

李沐已经老了，英雄迟暮，特别是被打了一百军棍之后，更是萌生了退意。

李沐千挑万选，选中林飞星做自己的接班人，悉心教导和培养他。

哪怕是再倒退两年，李沐也不会同意林飞星的计划的。

可是如今的李沐已经有心让林飞星接替自己的军务了，李沐也想看看，与自己在治军方略上截然不同的林飞星，会给北境带来一个怎么样的未来。

　　李沐还想再顶个三五七载的，若是这次林飞星的计划失败了或者效果不好，自己也好从旁指正，若是效果不错，自己也能借此看看林飞星真正的能力！

　　想到这里，李沐点了点头。

第十一章 军功拜授裨将军

京城，未明宫。

李娴坐在书房里，纤纤玉手中捏着一方绢布。

在雍容华贵的正红色宫装的映衬下，白如羊脂的脸颊显得愈发娇艳欲滴，美丽不可方物。

可是，这倾城的脸庞上，两弯柳叶眉却似蹙非蹙地微微隆起。

究竟是何人惹得如此倾城美人心中不快？这样的表情出现在这完美的脸庞上，简直让人观之心痛，甚至为了博美人一笑，做什么都在所不惜！

李娴看着手中的绢布上的内容，难展笑颜。

星至大帐与沐密谈。

初不得闻，后听星朗声说道：欲带人潜入匈奴境内，杀匈奴之战马，烧匈奴之过冬口粮，以重挫匈奴元气，且北境天寒地冻，若成功匈奴必定死伤无数。

沐初不允，二人激辩数句，星慷慨陈词曰：唯杀光匈奴之战马，烧光匈奴之粮草，绝匈奴之兵丁，囚匈奴之妇孺，方可永绝后患！

沐沉吟良久，终允……

星，出帐，行百步，肆意大笑，返回飞羽营。

李娴看了一遍又一遍这封短短的绢报，心中涌起说不出的滋味。

李娴了解自己的舅舅，整个大楚将军行列中，论儒将之风，李沐堪当翘楚，无人可出其右。

而林飞星提出的治军方略，可以说是从根本上颠覆了舅舅最基本的治军原则！而且这样主动而决绝的治军策略与自己舅舅的可以说是完全背道而驰的！

李娴怎么也没有想到，舅舅居然会答应林飞星的提议。

这说明了什么？这说明了李沐已经萌生退意，已经想交出北境的军权了，如果不是这样的话，李沐绝不可能允许任何人改变他最基础的治军思想。

看来，粮草丢失后，父皇的处理方式真的是伤了舅舅的心。

自从上次在北境舅舅正式拒绝支持太子李珠后，李娴其实已经着手去计划找人取代舅舅在北境的位置，李娴千挑万选的人就是林飞星。

一则，林飞星身上有一股超脱物外的气质，李娴很喜欢，而且林飞星是有能力的，江山易主之后自己的弟弟也需要名臣良将的辅助，才能坐稳这片江山。

二则，林飞星够年轻，又没有背景，这样年纪的林飞星不会居功自傲，也可以和自己弟弟同时成长，同步衰老；而且林飞星没有背景，这就意味着，比起那些士族之人，林飞星将更容易被自己驾驭和摆布。

不过，这会儿李娴察觉到自己舅舅的心思时，她还是没由来地难过了。也许这便是人性的复杂之处吧。

当然，真正让李娴如此不悦的人其实并不是李沐，而是林飞星。

对于北境的事情，李娴早就有了自己的计划，而此时林飞星做出这样的举动，很可能会打乱李娴的布局。

早就已经习惯了掌控一切、预设一切的李娴，第一次面临计划被打乱的危机，而且这危机还和林飞星有关！

李娴有些烦躁，这林飞星明明是她棋局中的一子，已经被她摆在了一个重要的位置上。可是此时此刻，李娴觉得自己正在执子下棋，一子一子稳稳地落了盘，每下的一子都算无遗策，棋局一步一步稳健地进行着，突然有一枚棋子"活了"，对自己挥了挥手说："你先下着，我暂时离开棋局做点儿其他的事情，回不回来不一定，你就不用等我了。"

"啪！"的一声，李娴将绢布重重地拍在了案上。

守在外面的小慈听到声音吓了一跳，忙隔着书房的门问道："殿下，有何吩咐？"

"无事！"李娴的声音中带着明显的不悦。

门外的小慈噤声不言，心中却涌出了浓浓的疑问，到底是谁这么大的本事，居然能惹得一向风轻云淡的公主殿下如此不快？

小慈与李娴一同长大，对李娴的脾性是最了解不过的了。

公主的性子更像皇后娘娘的，但是要比皇后娘娘略微少了几分亲和之力，多出几分持重的威严来，这么多年来，小慈一直贴身伺候李娴，无论人前人后李娴都很少将自己内心的情绪外泄……

想到这里，小慈对这个能惹公主殿下失控动怒的人愈发地好奇了。

书房中的李娴浑然不知小慈的心思，她又看了几次绢布，越看越烦，便将绢布揉成了一团，丢在锦盒中，眼不见为净！

"唉……"

良久，李娴也只能轻轻地叹了一口气，心中充满了无奈。

北境至此路途遥远。这封绢报上写的已经是数日之前的消息了。恐怕林飞星此时早已行动，自己再怎么生气也于事无补了。

况且，自己在这里白生气，人家却一点儿都不知情，那自己这气生得有多无趣？

罢了。

李娴舒展了眉头，轻轻勾起嘴角，虽然她被林飞星这种行为给"冲撞"到了，但是李娴静下来仔细想想也别有一番趣味。

一直以来，李娴都要一一掌握控制身边的所有事情，甚至所有的下属才心安。可是这个林飞星呢？通过这件事，李娴明白了，这个林飞星和其他所有的人都是不同的……若那些人是棋子的话，则形容林飞星为种子更加贴切。

这是一颗李娴无意发现的不知名的种子，是她一时性起去悉心栽培的种子，自己为了这颗种子可以"茁壮成长"简直费尽了心思。可是，当这颗种子破土而出的时候，李娴发现，他生长的方向、速度等诸多因素自己都不可控制了。

虽然有些不习惯，但是李娴想了想觉得这样也挺好的，且看这颗种子究竟会长出什么来吧！

李娴从座位上起身，发现自己的腿居然已经坐得发麻了，她缓缓地走到书房的窗边，推开窗扇，看向远方，此去凶险异常，林飞星你可一定要活着回来，本宫拭目以待。

北境。

林挽月得到了李沐的批准后，立刻去自己营帐中点了两个她目前为止最信任也是最得力的手下——张三宝和蒙倪大，另外还有一个是林挽月认为这次行动最不可缺少的一个人——卞凯！

林挽月将三人召至自己的帐中，简单地说了这次的任务，当然也点出了此行的凶险程度。

讲完后林挽月又补充道，害怕危险不想去的人可以不去，她不会强求他们！

林挽月特意看了看卞凯，这次卞凯的反应让林挽月非常满意，只见他立刻挺直了腰板，认真地表示愿意尽自己所能走这一趟。

林挽月满意地点了点头。

一转眼卞凯也入伍快一年了，自从上次粮草丢失的事情过后，林挽月虽然原谅了卞凯，但是再也没有给过卞凯任何任务，只是把卞凯晾在了林宇那里。

元鼎二十九年初，林挽月拜授先锋郎将，特意点名将卞凯要了过来，也再没有给过他任何任务。

经过一年的淬炼，卞凯的气质已经与之前有了明显的不同，就连一直都瞧不上卞凯的张三宝也已经在不知不觉中接受了卞凯。

一切准备就绪。

次日，四人出发。

林挽月为了这一行，还特意让余纨帮她乔装打扮了一番。

在林挽月的要求下，卞凯贴上了两撇胡子还戴上了毡帽。

匈奴人天生就长得粗狂高大，不修边幅，这四人中只有张三宝的体貌最接近匈奴人的，蒙倪大次之，卞凯和林挽月则最不像匈奴人。

林挽月四人换上了特意弄来的皮袄马靴，骑着马朝着北边赶去。

此时林挽月的脸上贴着连鬓络腮的狮子胡，嘴唇上还贴了两撇胡子，整个人的气质立刻粗犷了许多，加上那黝黑的脸庞和穿着一身羊皮袄子，看上去还真有些匈奴人的样子。

越往北走，越是一望无垠，枯黄的草仿佛一路连到天的尽头。

西风呼啸而来，将迎风御马的四人的面皮刮得生疼，但是每个人的脸上都是坚毅的神情，每个人都在迎风狂奔，毫不退却。

林挽月骑着龙冉宝驹走在最前面，卞凯几乎与林挽月并驾齐驱，随时观察着四周和地面的情形，不时与林挽月说些什么，而张三宝和蒙倪大则一左一右跟在林挽月的身后，做出一副誓死追随林挽月的模样。

林挽月的怀中有不少她自己琢磨研制的暗器，腰间还别了一把匕首，马身左边布袋下面藏着一把佩刀，右边的布袋里则藏着绳索，还有用油纸包好的火折子。

"公子！等一下！"

听到卞凯的话，林挽一拉缰绳，四人小队停了下来，卞凯翻身下马，蹲在地上朝着被枯草覆盖的土地上摸去，又捏起一块草皮来放在鼻子底下嗅了嗅。

张三宝和蒙倪大还是第一次见卞凯这身追踪的本领，无不惊奇地看着几乎趴在地上又摸又瞧又嗅的卞凯。

片刻后，卞凯从地上起身，翻身上马对林挽月拱手说道："公子，这附近应该是有匈奴的一个部落扎营，而且人不少，这些马蹄印都很新，最多也就是两三天前的，属下的意思是先找个地方避一避，等到天黑属下再去探查一番，带了情报回来，公子再做打算。"

林挽月闻言点了点头，她骑在马背上极目望去，看到西南方向有个小山包，在这一望无尽的草原上这个小山包显得很是突兀，也最方便藏身，于是一声令下，四人转马向西,朝着小山包奔去……

月明星稀,云朵就像天空中斑驳的影子,随风前行不知终点何处。

在北境更加深入、更加荒芜的大草原里,某座不知名山包下的一处树丛中。

一匹马被拴在了树上,在马匹的不远处,可以听到低声的私语,须得看仔细,才能借着柔柔洒下的月光看到三个朦胧的身影。

三人没有生篝火,就那样摸黑围在一起坐着,一个清脆的音色响起,像是在对另外两人交代什么。又过了一会儿,那低沉的声音也停了下来。

除了呜咽的风声,还有马匹偶尔发出的声音外,整个树林里静得吓人。

三人静声不语,即便看不真切他们此时的样子,也能感觉到充斥在这三人周围的紧张气氛,也不知这三人在等待些什么。

又过了小半个时辰,月升中天,夜已深沉。

"嗒嗒嗒。"

"嗒嗒嗒。"

马蹄踏在枯草上的闷响声远远地传来,这声音在这寂静的树林中显得尤其清晰!

"嚯!"的一声,这是羊皮袄子摩擦的声音,围坐的三人中的一个络腮胡子的黑影第一时间从地上站了起来,另外两个影子也紧随其后,从地上站了起来。

"公子!"其中一个高大身影压低了声音对中间的人说了话。

"应该是小凯回来了,你们也别大意,三宝、倪大,你们俩先把缰绳解开。"

"是!"

两个黑影应声而动,只剩下那有着络腮胡子的身影站在原地不动。若是有人趁着月色仔细观察这人,就会发现这人的脸上有一双明亮的眼,浓郁的夜色也无法将这双眼睛的光彩给掩盖住。

随着马蹄声越来越近,林挽月已经可以确定回来的人就是先去探路的卞凯了。

果然,当骑马的人转入树林之后,勒住了缰绳,一翻身从马背上跳了下来,然后压低了声音唤道:"公子!"

张三宝和蒙倪大听到卞凯的声音后都松了一口气,要知道,他们现在已经正式进入了匈奴人的地盘,此地离离国军营至少有百里路,一旦卞凯被抓或者他们被发现,活着回去的可能性几乎为零……

卞凯牵着马快速地来到林挽月的身边,喘着粗气兴奋地说道:"公子!"

"怎么样?"

两人说话的工夫,张三宝和蒙倪大也走了过来,四人再次成了一个圈子,卞凯的胸膛快速又明显地起伏着，咽了一口口水兴奋地说道："公子，咱们发了！他们有好多马，好大一片帐篷！"

言语间，卞凯的贪婪本质暴露了，但林挽月听得明白，卞凯这一去恐怕是有大发现！

"你先别急，详细说说什么情况？"

"是！小的奉命去那匈奴军营打探，趁着夜色远远地看到营帐中的火光，我便小心翼翼地继续往前走。小人也不了解匈奴人，怕被他们发现坏了大事，离着老远便停了脚步。可是即使这样，我还是闻到了浓浓的牲口味！那味道，往少说也有个上千匹马、几百头牛羊，我不会闻错的！"

听完了卞凯的话，林挽月沉吟片刻，开口说道："带路！"

"好嘞！"卞凯咧嘴一笑，扯着缰绳往外走。

出了树林，四人翻身上马，之前林挽月已经将任务交代得很清楚了，四人一路沉默不语地赶着路，卞凯在最前面带路，林挽月牵着龙冉宝驹紧随其后，蒙倪大和张三宝次之。

黑夜中的林挽月紧紧地攥着缰绳，表面上看似很平静，其实她的心里早已是翻江倒海的光景了。

往事一幕幕浮现在她的眼前，那些断壁残垣、血流成河的场景，还有堆尸如山的婵娟村。

甚至还有那焚烧尸体后产生的焦煳味也清晰地涌现了出来，还有至死手中还握着扁担的父亲，以及被串在一起的母亲和弟弟。

还有……被人抹了脖子的林宇。

林挽月找到林宇的时候，他的血都已经快流干了，身体发凉，连医治的必要都没有了，就那样永远地离开了自己。

林挽月扯下了林宇的名牌，她不想林宇被挂在那里，林宇父亲的腿脚不好，当初他们约好的，若是林挽月死了，林宇就拿着木牌到婵娟村帮她烧了；若是林宇死了，等到战争真正胜利的一天，林挽月要亲自把他的牌子送回去。

林挽月怎么也没有想到，当初他们说的一句戏言转眼间便一语成谶了。

往事一幕幕地闪过，林挽月愈发坚定了自己的信念，即使知道这一趟很可能自己就回不去了，她却从没有想过退却。

"爹娘，弟弟，阿宇……"

又过了小半个时辰，林挽月看到不远处的火光。

"停下！"林挽月一声令下，剩下的三人齐齐勒了缰绳。

蒙倪大和张三宝在远距离观察匈奴人的帐篷群之后，立刻看向了林飞星，并异口同声地叫道："公子！"

看到匈奴人的帐篷，林挽月也是心头狂跳。

不同于卞凯这个半路出家又几乎没参加过实战的人，剩下的三人都是从死人堆里一次又一次爬出来的人。他们三人拥有的作战经验和眼力是卞凯不能比拟的。

这会儿，远远地看向匈奴的帐篷群，三人都是心头狂跳，这是一个大部落！至少这里也有几万人！

这是一个几万人的部落，这个部落已经算得上是匈奴的一方霸主了！

他们只有四个人，到底闯不闯？

风停了，乌云闭月。

马蹄声止，四周静得瘆人。

三人都注视着林飞星，等待着一个抉择。

"咚咚。"

"咚咚。"

林挽月清晰地听到了自己的心跳声。

要回头，还是继续前行？

没想到他们居然找到了这么大的部落，而且这个部落离他们的军营不过百里，这支匈奴部队想要干什么？

这么庞大的队伍，若是他们行动成功了的话也意味着更大的收获。

可若是失败了……

没有人说话，所有人都在等待着林飞星的抉择。

即便是刀山火海，只要林飞星一声令下，他们依旧会向前冲锋。

这便是军人。

"一切按照原计划进行。"林挽月终于开口，语气平静，让人听不出情绪。

"是！"

这一次，林挽月一骑当先地跑在了最前面。

当火光越来越近的时候，林挽月放缓了龙冉宝驹的脚步，一翻身从马背上跳了下来。

"在这里等我！"林挽月拍了拍龙冉的脖颈，而龙冉也非常通人性地朝着林挽月打了一个响鼻。

"我们走！"

林挽月打头，卞凯和蒙倪大走在中间，身材最高大的张三宝殿后。

趁着夜色，四人朝着匈奴帐篷的火光处走了过去，距离匈奴的帐篷越来越近了，近到甚至可以看清楚匈奴人的帐篷尖。

已经到了这个距离，他们居然连岗哨都没看到，蒙倪大和张三宝对视一眼，均看到了对方眼中的意外和惊喜。

没想到有几万人的匈奴部落的防御居然如此松散！

这里没有营墙，没有明哨、暗桩，甚至都没有几个守夜的士兵，只是帐篷外面的宽敞过道里有几根木头捆成的一个架子，架子上面放了一口锅一样的容器，里面燃烧着火种，风一吹便作响……

若不是空气中弥漫着浓浓的"牲口味"的话，林挽月甚至要怀疑这是一座空营了！

其实这也不怪林挽月，在林挽月的印象中，军营就是守卫森严的，军营中必会有营墙、卫兵、岗哨，以及巡逻的士兵，特别是这种实力雄厚、兵力充足的部落更应该如此才对……

可事实是中原文明和匈奴的这种部落文明其实还是有很大差距的，两边信奉的东西不一样，百姓的生活方式自然也有差距。

离国人讲究兵法谋略，讲究天时地利人和，讲究万事都要防患于未然。

匈奴人则要简单得多，他们只信奉苍天上的鹰和草原中的狼。

一方面，林挽月一行人误打误撞地碰到了当时草原上匈奴诸多部落中比较富足强悍的一支，在草原中一直以来只有他们欺凌别人的份，只有别的部落听到他们的消息后望风而逃的，从来没有哪个部落敢主动攻击他们的；另一方面，也要得益于李老将军和李沐元帅这对父子几十年来一脉相承的治军思想。

几十年来，在这二人的统御下大军一直都是以"守"为主，从来没有主动攻击过匈奴部落，这也给匈奴人一个致命的错觉，他们只觉得离国这懦弱的"小羊"只会守，不会攻击他们这只草原上的鹰。

无巧不成书，当无数个巧合碰撞到一起的时候，便成全了林挽月今夜的谋划。

林挽月这一生，和匈奴作战数百次，当很多年后，一切都尘埃落定时，林挽月也难免会回顾她的戎马生涯，每次回忆起今天这场令人难忘的一仗时，林挽月都要露出笑脸，这是她最痛快也最不敢相信的一次人生经历。

当然，经过林挽月这次对匈奴人彻底的"打劫"之后，改变了匈奴人的生活习惯，这种匈奴人特有的舒适逍遥的日子也至此宣告结束。

据《稗官野史》记载：林飞星因为这件事情居然被一直以来都对离国打家劫舍的匈奴人称为"卑鄙的强盗"！

当几年后，林飞星名声大噪，率领军队一次又一次打得匈奴人仓皇鼠窜的时候，匈奴各部的可汗为了安抚手下的勇士，还会把今日的事情拎出来，借此痛骂林飞星的罪行。而神奇的是这招居然每次都能起到安抚手下的作用。

于是，在更久远的未来，后人会发现一件很有趣的事情，在离国的各种史书中，以及匈奴人少得可怜的文献中，有一段时期"林飞星"这个名字经常会出现在这些文献上，不过两边对"林飞星"的评价却大相径庭。

林挽月四人距离匈奴部落的帐篷群已经越来越近了，却依旧没有发现巡逻守夜的士兵，不过可以听到从某些帐篷里隐隐传出的鼾声。

林挽月的心头狂跳，却没有停止前行的脚步。

起风了，那些大锅中火苗随风摇曳，发出"呼呼"的声响。

林挽月一摆手，卞凯立刻来到了林挽月的身边，按照最先的计划，卞凯此时的任务是快速地找到牲口棚。

卞凯动了动鼻翼，试图捕捉空气中牲口味的源头。

此时，四人已经正式地进入了匈奴部落的帐篷群内，危险仿佛就潜伏在黑夜中，张着狰狞的獠牙大口，随时都在寻找着吞噬四人的机会！

此时此刻，哪怕是有一个匈奴人发现他们，然后大喊一声，他们便完了。

他们置身在帐篷群中，一旦被人发现，绝无生还可能。

四人已经从怀中掏出了事先准备好的匕首，把匕首捏在手里，放轻了脚步，跟着卞凯朝着帐篷的深处前行。

突然，林挽月一把捏住了卞凯的胳膊，身后的张三宝和蒙倪大也停住了脚步。

随着林挽月一行人的不断深入，不知不觉间他们已经穿过了平民的帐篷群，来到了贵族们的帐篷群里了。

一路走来，小帐篷变成了大帐篷，帐篷和帐篷之间的距离也变得越来越远。

立在地上的火架子越来越多，光线愈发充足了，也代表着他们更加危险了。

林挽月之所以拽住了卞凯，是因为她发现在一顶不小的帐篷外面居然有一名匈奴士兵抱着弯刀坐在那里，看样子是睡着了。

卞凯一直在专心致志地闻着空气中的气味，并没有看到那名士兵，当他被林飞星一把抓住，回过神定睛一看，险些腿软了。

林挽月一挥手，三人默契地躲到一处帐篷后面藏身，林挽月则是眯着眼，竖起耳朵，捏着手中散发着寒光的匕首，快速而轻盈地向打盹的匈奴士兵奔了过去！

匈奴士兵抱着弯刀靠在一处木桩上，仰着头，嘴巴微张，嘴里传出细密的鼾声。

突然，这鼾声戛然而止！

睡梦中的匈奴士兵只觉得自己的呼吸有些困难！

林挽月死死地按住了匈奴士兵的口鼻，另一只捏着匕首的手熟练而利落地朝着匈奴士兵的脖子一扎！

这一系列的动作在电光石火间完成了！

"噗！"的一声，匈奴士兵温热的鲜血喷涌出来，溅了林挽月一身。

匈奴人瞪着惊恐的眼睛，想要呼痛，却发现自己的口鼻仿佛被一把钳子钳住了！

一个有着络腮胡子头戴羊皮帽、身穿羊皮袄子的黑汉子倒映在匈奴士兵惊恐的眸子里。

匈奴士兵的瞳孔一缩，奈何却发不出声音，也无法摇头，自己的头被死死地固定着，让他不得不目不转睛地注视着眼前要他命的人！

匈奴士兵又怕又疑，临死还想不明白自己到底得罪了谁，这个人是趁着黑夜来复仇的吗？为何不和自己决斗呢？

还是其他部落的人……不可能的，谁敢偷袭图克图可汗的部落，这只草原上的雄鹰……

林挽月就这样用膝盖重重地抵着匈奴士兵的胸口，一只手死死地捏着匈奴人的脸，迫使他一直看着自己，直到这名匈奴士兵不甘地闭上了眼睛。

林挽月看着死透的匈奴人，心中冷哼，下辈子别再做匈奴人了。

林挽月松开手，重新将这匈奴士兵的尸体摆成了一个正在打盹的姿势，将毡帽拉低，盖住了已经死去的士兵的半边脸。

麻利地做好这一切后，林挽月一挥手，躲在暗处的三人走了出来。

林挽月朝着卞凯打了个手势，后者立刻会意，继续追寻那股牲口味。

接下来的一路上，卞凯负责寻找路径，林挽月负责侦查把控行进速度，一旦发现哨兵，无论是睡着的还是醒着的，蒙倪大和张三宝就会按照林飞星刚才的手法，死死地捂住匈奴人的口鼻，然后将其摆出瞌睡的姿势。

一路下来，他们已经处理掉了七个匈奴士兵。

林挽月再一次停住了脚步，因为一个无比巨大豪华的帐篷在他们的面前出现了！

而且这帐篷的周围有点着的火把，门口还守着两位提着弯刀的匈奴士兵。

林挽月知道，这是匈奴可汗的王帐！

四人躲在了一处帐篷后面，远远地看着匈奴可汗的王帐。

林挽月再一次面对抉择。

今夜行动的第二次抉择！

按照林挽月最初制订的计划，他们这一次只为毁掉匈奴人的口粮，或者杀死匈奴人的战马。

如果他们能活着回去最好，回不去也要杀匈奴人杀得够本儿。

可是谁也没有想到，在这个几万人的匈奴帐篷群里，他们一路走过来遇到的守夜的士兵居然不超过十个，十个中有半数还是在打盹儿！

林挽月做梦都想象不到匈奴人的防御方式竟然这样松懈又简单！

现在，林挽月又面临一次选择，是按照最初的设定做完这次任务后悄悄地离开，还是顺道刺杀匈奴王帐里的可汗？

大帐门口只有两名守卫……

匈奴可汗的人头，别说是林挽月，就连其他三人也跃跃欲试地想要去取之。

假如他们真的可以取下一颗匈奴可汗的头颅，且不说值多少军功，就说哪一个北境的士兵不梦想着手刃匈奴部落中某位可汗呢？

这是一个很大的诱惑！

这是林挽月参军以来第一次面临这样致命的诱惑，它就摆在眼前，看起来唾手可得。

四人默默地躲在帐篷后面，没有人说话。

三人都安静地看着林飞星，眼中闪烁着兴奋的精光，就等林飞星一声令下，他们便先解决了两个守卫，然后砍下王帐中熟睡的匈奴可汗的头颅！

感受到三人目光中的渴望，林挽月深深地吸了一口气，憋在肺里好一会儿，才缓缓地吐了出来。

这片刻的工夫，林挽月已经做了诸多的思考和权衡。

最后，林挽月朝着卞凯做了一个手势，见状卞凯的眼中闪过一丝明显的失望，但还是点了点头继续寻找关牲口的地方。

张三宝和蒙倪大也第一次对林飞星露出了质疑的神色，张三宝甚至一把抓住了林飞星的胳膊，张了张嘴想说些什么。

不过，当他对上林飞星那不容置疑的眼神之后，又闭上了嘴巴，转头看了看同样面带不甘的蒙倪大，张三宝无可奈何地松开了林飞星的胳膊。

四人安全地绕开匈奴可汗王帐，朝着牲口棚去了……

除了林挽月之外，每个人的心中都弥漫着浓浓的不解甚至抱怨的情绪，但他们亦知道，此时不是纠缠询问林飞星的时候，林飞星是他们的营长，他们只有服从林飞星的决策。

匈奴的帐篷群就像是一个圆，以匈奴可汗的王帐为圆心，地位身份越高者，帐篷越大，周围的帐篷越少，越接近圆心，过了圆心越向外走则是反过来的。

林挽月一行人穿过了"圆心"，越往前走，就愈发地轻松，空气中的牲口味也越浓。

终于，又过了小半个时辰，四人走出了匈奴人的帐篷群！

此时月已偏西，再过一会儿，天就要亮了。

黎明前，夜色最浓。

四人复行数十步。

两座占地面积极大、粗木头围成的两个牲口圈出现在了他们的眼前！

一边关着羊，一边圈着马！

空气中充斥着浓郁的牲口味儿！卞凯看到这两个大得没边儿的牲口圈，眼睛一下子亮了起来。

蒙倪大和张三宝也是面上一喜，暂时忘记了因林飞星放弃刺杀匈奴可汗而产生的不快，眼中闪烁着惊喜的神色，心想居然有这么多的牲口！

林挽月一挥手，四人立刻分成了两拨，卞凯和张三宝一组，蒙倪大和林挽月一组！

林挽月来到羊圈前，手一撑，从栏杆上跳了进去，羊群里立刻传来羊不安的"咩咩"声，林挽月的心提到了嗓子眼儿，还好羊群很快恢复了平静。

林挽月置身羊群中，掏出怀中的火折子，吹亮火折子，借着微弱的火光在羊群中寻找着什么！在没有遮挡的空地上点火，这很危险！但是林挽月必须这么做！

蒙倪大守在羊圈旁，一会儿看看林飞星，一会儿看看远处的帐篷，焦虑的神色溢于言表。

终于！林挽月盖上了火折子，她找到了！

林挽月摸出怀中的绳索，往一只羊脖子上一套！另一边张三宝也急速跑过来，对着蒙倪大打了一个手势，蒙倪大立刻将信号传给林挽月！

好！

林挽月今晚第一次露出了笑容。

林挽月和卞凯在找什么？

这羊有羊头，马有马王！

林挽月是农户出身，卞凯又做过几年的马贼！寻找羊头、马王对他们来说并不是难事。

林挽月牵着头羊，来到了羊圈的门口，领头羊一动，剩下所有的羊全部有序地跟在了后面！

林挽月回头看了一眼跟上来的羊群，心中一喜：自己果然没有看错！

林挽月从怀里拿出匕首，割开了绑着圈门的绳索。蒙倪大立刻从外面拉开了圈门，一丈多长的圈门被快速地拉开了。

林挽月牵着头羊，羊群也跟着从羊圈里走了出去！

一切按照计划进行！林飞星先向西绕开匈奴的帐篷群，再向南走！

蒙倪大原路返回，取了马匹接应林飞星。

卞凯和张三宝需要等到林飞星彻底离开后，再打开马栏，由卞凯骑着马王将匈奴这个部落的所有的战马全部放走！匈奴人失去了脚力是不可能追上卞凯他们的！

他们不能将马群带回北境军营，但是可以将马群赶散，匈奴人找起来也要费些工夫，待马群散了，张三宝和蒙倪大再骑了马往回跑！

两个小队不必会合，直接在军营里见！他们能不能活着回去，就靠自己的能耐了！

蒙倪大反身，用极快的速度向匈奴部落的帐篷群走去！他要争取用最快的速度与林飞星会合！

剩下的两人目送林飞星牵着羊群消失在了黑夜中，每个人都为林飞星悬着心。

其实谁都知道，牵着头羊、靠步行逃脱的林飞星是他们四人中最危险的！

一旦中间任何一个环节出错了，他们三人都有可能逃生，独独步行的林飞星只要被人发现，必死无疑！

制订计划的时候，张三宝和蒙倪大都反对林飞星做这份任务！他们都希望可以和林飞星换，但是被林飞星义正词严地拒绝了。

卞凯和张三宝目送林飞星彻底地消失在了黑夜中，彼此对视一眼，他们要再等等！

夜色已经越来越淡了，东方吐白，卞凯和张三宝都清楚，每多待一刻都是危险，可是他们依旧拼死想再等一会儿！

等！等林飞星走远些，再走远一些！

卞凯和张三宝站在北境军营的门口望眼欲穿。再过一会儿就要到午时了，林飞星和蒙倪大还没有回来。

"胖哥，你说……郎将不会出事了吧？"

"闭上你的乌鸦嘴，营长吉人天相，肯定不会出问题的！"

顿了顿，张三宝咬了咬牙对卞凯说道："你在这里等着，我去禀报大帅，看看是否领一队人手，去……接营长回来。"

张三宝本想说去营救林飞星，又觉得不吉利，便硬生生地改了口。

临走前，张三宝还回头深深地看了一眼前方那一望无际的地平线，却什么都没看到。

昨夜就在林飞星牵着羊群消失在夜色后不一会儿，羊群的蹄子声到底还是吵醒了住在距离牲口圈最近的一些人。

当他们揉着惺忪的睡眼出了帐篷，尚未弄明白是怎么回事，只是站在帐篷边上用匈奴话对着张三宝他们喊些什么。

卞凯和张三宝一看不妙，立刻割开了马栏的绳索，卞凯骑着马王带着马群冲出马栏，那场景真叫一个万马奔腾！

卞凯带着马群朝着林飞星离开的反方向死命地跑，当匈奴人反应过来大喊的时候，卞凯和张三宝已经带着马群跑了好远。

他们二人一口气跑了近百里路，才停下。

卞凯面带可惜地看着这些马，最后和张三宝掏出匕首刺伤不少马，受惊的马儿嘶叫四散，卞凯和张三宝换了两匹马一路返回北境的军营。

可是当他们回来的时候却傻了眼，林飞星和蒙倪大没有回来。

便出现了适才的那一幕……

不消片刻，随着"轰隆隆"的马蹄声，张三宝带着一队骑兵冲出了营帐。

李沐听到张三宝的汇报，毫不迟疑地点给了张三宝五百骑兵。

这五百人由张三宝带领向着更北的方向极速前进，去寨十几里，却看到打远处涌过来一片白花花的东西。

张三宝大喜，朝着身边的人吼道："可能是我们营长回来了！"

张三宝一边说着，一边狠狠夹了一下马肚，朝着天边的那片白奋力赶去。

林挽月坐在龙冉的背上，脸上虽然带着明显的疲惫的神色，但目光却熠熠生辉！

听着越来越近的马蹄声和张三宝的喊声，林挽月更是绽放出了灿烂的笑颜，对身边的蒙倪大说道："是三宝，他们也平安回来了！"

据《林飞星列传》记载：元鼎二十九年八月七日，林飞星率卜凯、张三宝、蒙倪大四人夜闯匈奴图克图可汗部，一路杀掉卫兵七人，驱散图克图部战马无数，牵羊千余只，四人皆平安归来。

次日，八月八日，李沐元帅授林飞星裨将军一职，食邑加封五百户，另特许林飞星破格统领四部先锋营加飞羽营。

其余三人亦功不可没，蒙倪大受封先锋郎将，食邑百户。

张三宝为飞羽营营长，卜凯赐军户身份，过往之事既往不咎，归入林飞星亲兵行列。

《离国通年志》有书云：林飞星，大泽郡下婵娟村人氏，农户出身。

元鼎二十六年，年十四，婵娟村遭匈奴洗劫，除星之外一百一十八口，无一幸免，星独驱百里至北境军营投军。

乃初为步兵士卒年余，默默无闻耳。

元鼎二十八年，星开二石弓，破格擢升飞羽营营长。

同年，星千里独护长公主殿下回宫，上甚悦，赐千户食邑。

元鼎二十八年十一月十一日，于北境立宅。

元鼎二十九年初，林飞星一十有七，拜授先锋郎将，加封食邑百户。

元鼎二十九年七月七日，匈奴组成百人死士夜袭北境，星浴血奋战，重伤，至家休养月余。

同年八月七日，星仅率部众三人，夜潜匈奴图克图部，驱散战马万匹，牵羊羔千余只，次日拜授裨将军，复加封食邑五百户。

……

如果你仔细看这本《离国通年志》，就会发现上面有一些由某些后来人批注上去的小字：林飞星凭卑鄙之躯，以十七岁之龄，成为非士族出身中最高官阶、最高战功、最多食邑者，此先河壮举，可敬可叹。

林飞星这一次行动从某种角度来讲改变了整个匈奴社会的历史进程。

《蛮狄夷戎杂记》是一本记录南蛮、北狄、东夷、西戎各地风土人情的书籍，也是一本专门记录少数民族各方面事情的史书。

关于林飞星这件事，书中就有非常明确的记载。

林飞星误打误撞闯入了当时匈奴社会中堪称一方霸主的图克图部，并且驱散了图克图部落的万余战马，偷走了图克图部大量的入冬口粮，导致图克图部在元鼎二十九年十月被匈奴的四小部联军一举剿灭。

这四部联军中有一位女可汗名叫曼莎，不知道她用了什么样的手段，居然收编了图克图部大部分的兵力，从而使得曼莎女可汗部借助这一战的东风一举替代了图克图部成为匈奴社会中的新霸主。

这一次的行动也令林飞星名声大噪，被各部誉为"卑鄙的强盗"。

至此，由于图克图部的崩塌，各部可汗均寻找各种理由扩大自己的疆域领土，从而取得更大的利益。

战火在更北边的草原上快速蔓延起来了。

元鼎二十九年下半年，甚至到了元鼎三十年初，草原上的匈奴各部之间打得不可开交！

整个匈奴社会的旧秩序彻底被打破了，要么是大部落堂而皇之地兼并毗邻的小部落；要么是几个小部落联合起来推翻了压在头上已久的腐朽的大部落，还有一些在夹缝中的小部落转而投靠融入进大部落……

自草原上起了战火后，北境军营中的士兵们度过了一个难得安稳的秋收时期，林飞星在军队中的威望也越来越高了。

不过，在阳关城内则是另外一番景象了。

自从林挽月的真实身份被余纨知道后，在余纨面前林挽月愈发觉得特别地轻松，她可以做最真实的自己了。

再加上余纨不肯搬去林挽月的宅子，今年在秋收时期又没什么战事发生，林挽月经常往林宇的旧宅跑。

林挽月每次去林宇旧宅，必定会带上补品和精致的食材。

阳关城本就不大，一来二去，林宇的宅子慢慢地就被外界人誉为林飞星的外宅。

只是他们不明白，一般来说开外宅的官老爷们，都是用外宅来纳妾的。

这林飞星家中又无正妻，立一个外宅做什么呢？

古往今来，人们的好奇心总是很旺盛的！再加上林宇这座小院的地段不错，就算有心人每天都打那门前路过，也显不出什么奇怪的地方，于是各种来这里打探消息的人便愈发地肆无忌惮起来。

此时余纨已经有了八个月的身孕，再过一段时间就要生产了。

林挽月将桂妈也打发了过来，专门给余纨做饭，甚至还请了个稳婆，让她住过来以备不时之需。

林挽月可从来不会顾忌世俗眼光，林宇已经死了，善待他的遗孀和遗子是她应尽的责任。

阳关城里有名的稳婆也就那么两位，当这位周稳婆被林挽月找人用小轿抬了到林宇旧宅的时候，整个阳关城差点儿翻了天！

"这林飞星不是……不是不举吗？听说是天阉的，怎的找稳婆到私宅里去？"

"哟，媒婆的话你们还能信？一张嘴两片皮，说不定啊，媒婆就是因为保媒不成，往人家林裨将身上泼脏水呢！"

"其实我听说，这林将军之所以屡次拒绝媒婆的说亲啊，是因为他有中意的姑娘了，听说是京城的官家小姐，林将军自知配不上，所以也没敢求亲，说是等到建功立业就要去迎娶人家呢！"

"真的啊！没想到这林将军还是个痴情之人，这也差不多了吧？一千六百户的食邑啊！又是裨将军，我的老天爷，谁家的小姐娶不得啊？"

街头百姓如火如荼地议论着，瞧见巡街的衙役走了过来，立刻默契地散开各做各的事情去了。

由于林飞星请了稳婆入住私宅，所以和林飞星所谓的"不举""天阉"有关的各种传闻彻底消弭了。

不过，在阳关城的百姓心中此事尚有"诸多疑点"，比如林飞星家中并无正妻，为何要立私宅养别的女人？

就算是宅子中养的女人身份低微，哪怕是个伶人吧，现在人家都要生了，可以把她接回大宅去了，待孩子生下来，若是男孩，抬个妾也不过分吧……

如此这般，又过了些许时日，阳关城传出了一个惊天动地的消息，那就是林飞星为什么不把私宅中的女人接回家呢？因为这女人是个寡妇，据说还是原先锋郎将林宇的正妻！

消息一出，整个阳关城的人们都炸了。

只有极少一部分人认为孩子可能是林宇的遗腹子，林飞星只是尽同袍之谊帮忙照顾她。

剩下大多数的人都痛骂林飞星和余纨是不知廉耻的奸夫淫妇，特别是余纨就应该浸猪笼！

余纨夫君还尸骨未寒就和夫君的同袍走在了一起，不……算算日子，应该是林宇还活着的时候，林飞星就睡了别人的正妻，给自己的兄弟戴了绿帽子，说不定啊，林宇就是被这对奸夫淫妇给害死的！

好事不出门坏事传千里，不过几天的工夫，这些传言便传遍了大街小巷，就连出门买菜的妇人碰到相熟的人都要议论几句这件事，末了还要重重地啐上一口这两人。

没有不透风的墙，消息也多多少少传到了林挽月的耳朵里。

不过此时的林挽月可没有工夫管这么多，今日玉露跌跌撞撞地跑回宅子告诉她，余纨要生了！

林挽月听到这个消息后，立刻丢掉了手中的书，急速冲出了林宅，将玉露远远地甩在后面。

林挽月的宅子和林宇旧宅离得很近，饶是如此林挽月跑到门口的时候依旧直喘粗气。

"啊……"

撕心裂肺的叫声从院子里传出来，听到余纨的叫声，林挽月正要推门的手顿了顿，心中莫名地泛起了一股紧张的情绪。

林挽月进了院子，桂妈正在伙房里烧水，余闲正好端了一盆水从伙房里出来，看到林飞星，余闲打了一个万福，然后端着水盆进了产房。

在余闲推门进入产房那极短的工夫里，余纨的痛呼声，还有稳婆焦急的声音无比清晰地传入林挽月的耳朵中。

即使已经见过无数血腥，甚至手刃数十名匈奴人的林挽月听着这样的声音手心里还是渗出了冷汗。

林挽月来到了产房门前，余纨一声高过一声的叫喊声从里面清晰地传出来，玉露也回来了，加入了端水打杂的队伍中。

林挽月站在门边，眼睁睁地看着一盆盆冒着热气的清水被端进去，然后变成带着腥气的一盆血水被端出来……

她从来不知道，原来女人生孩子是这样的辛苦。

想到这里，林挽月心中有点儿庆幸自己不用经历这种痛，须臾间也没有那么介怀服用药王花这件事了。不过，心里更多的感受是心疼刚受了苦的余纨。

在林挽月的心中，余纨是一个极其特殊的存在，她不仅仅是林宇的遗孀，更是第一个发现她真实身份的人。

在余纨的面前，林挽月可以做最真实的自己，无须顾虑什么，无须掩饰什么，在她面前自己可以活得无比轻松畅快，在与余纨相交的短短几个月内，林挽月有一种回到了婵娟村的感觉，那是一种自由而又安心的感觉。

林挽月也可以和余纨说好多以前自己不能说的话，余纨完全可以充分地理解林挽月曾经的一些想法和行为。

如果说林宇是林飞星的兄弟，那么余纨便是林挽月的朋友。

她是自己唯一的，也是非常要好的朋友，虽然两人相识未深，但是却相见恨晚。

"小娘子！用力！用力啊！再加把劲儿！"

房间中余纨的呼喊声突然弱了下去，林挽月心中一紧，立刻隔着产房的门对里面吼道："怎么样了！"

"吱嘎"一声，余闲从产房中走了出来，给林飞星打了一个万福说道："老爷，余纨姑娘昏过去了，稳婆开了方子，我这就去抓来煎了。"

"药方拿来！给我……我去！"

"老爷，您还是留在这儿吧，奴婢去！"

余闲欲言又止，不等林挽月再说话，便揣着药方一路小跑地朝着门外去了。

过了一会儿，产房的门被稳婆推开，一股血腥味立刻从产房内飘了出来。这大冷的天，却见稳婆额头上满是细密的汗珠。

稳婆也顾不上许多，只用袖子一擦汗后，便来到林飞星的面前说道："老爷，产房里小娘子的情况不是很好，您要有准备。"

林挽月皱起眉头，不安地问道："什么叫情况不好？什么准备，你说清楚。"

"回老爷，房中的小娘子是第一胎，胎儿的位置不正，一直出不来，已经有些见红了，而且生产的时辰太久对胎儿也不利，婆我已经让小丫鬟去按照我祖传的方子抓药去了，这会儿让小娘子休息休息也好，待小娘子将那碗汤药服下去，若是小娘子能顺利生产最好，若是胎儿还出不来……恐怕老爷就要做决定了。"

林挽月心中升腾起一股强烈不安的感觉，压抑着颤抖的声音问道："什么决定？"

"就是……保大还是保小。"

"你！你！你！"

林挽月几次抬手想抓稳婆的领子，手抬到一半儿硬生生地给忍住了。

此时的林挽月却除了一个"你"字什么都说不出来。

稳婆今年五十多，干这一行也有三十多年了，这种情况她见得也不少，林挽月的心情和反应都在她的意料之中。消息传达到了，稳婆也不想和情绪不稳定的林挽月多交流，于是便垂头打了一个万福，反身回到了屋子里。

其实稳婆心中跟明镜儿似的，阳关城里早就传遍了林飞星的事情，他私宅里养了个没名没分的寡妇，不管这个孩子是不是林飞星的，他也定会是保小不保大了，没有留着寡妇不要遗腹子的道理。

"哎……"

周稳婆自己也是女人，看着床上脸色苍白、昏睡中还皱着眉头的余纨情不自禁地叹了一口气，可惜了这小娘子，模样俊俏，年纪轻轻就做了寡妇。如果能母子平安最好，恐怕就算最后生下这个孩子，小娘子活下来后也会亏了内里，以后怕是干不得重活儿了，若是孩子没保住，一个亏了内里的寡妇独活于世，该多艰难呢？希望这个林裨将可以好好待她吧。

半个多时辰后，余纨终于悠悠转醒，草药也煎好了。

余闲端着药碗坐在余纨的床边，一勺一勺地把汤药喂到余纨的嘴里。

二人彼此对视，眼神中均带了些许复杂的意味，谁都没有说话。

当余闲端着空碗从产房里走出来的时候，房间中余纨的呼痛声再次传了出来。

林挽月看了看天上的日头，太阳的位置已经有些偏西了。

她紧紧地攥着拳头，心中暗暗祈祷，希望苍天有眼让这可怜的孤儿寡母都能活下来。

参军三年了，林挽月从未祷告过什么事情。无论面对什么样的艰难险阻，林挽月从未想过去祈求神鬼之力。可是这次，林挽月站在门外将她知道的满天神佛，甚至自己父母、林宇都求了一个遍，她希望大人和小孩都可以活下来。

可是，还不等林挽月祷告完，产房的门再次被推开了。

稳婆从里面走了出来，对林挽月说："老爷，老婆子我实在是尽力了，二者只能保全一个，您尽快给个答复吧，越快越好，再拖下去大的小的都没了！"

稳婆的话对于林挽月来说犹如晴天霹雳，林挽月摇晃着身体向后直直退了两步，最后还是条件反射地伸出手，扶住了产房的窗栏才稳住了身子。

在林挽月的脑海里，自己与林宇相交的往事一幕幕地闪过。同时，与余纨成为朋友后的场景也时不时地涌现。

一边是等同自己亲弟弟一样的人的遗腹子；另一边，是她以林挽月这个身份交到的唯一的朋友。

若是林宇还活着，自己一定会力劝林宇保大，可是林宇死了，这份抉择便落在了她的肩膀上。

"让我进去……"林挽月缓缓地开口，声音沙哑而疲惫。

稳婆却一下子张开了双臂挡住了林挽月，义正词严地说道："老爷，您可不能进去，产房不是男人进的地方，会冲撞了您呀！"

林挽月的眉梢下垂，耷拉着眼皮，微微低着头，原本明亮的眸子变得黯淡无光。

她没有说话，而是伸出那粗糙的手轻轻一拨，就将稳婆推到了一边，稳婆险些跌倒。

林挽月进入了产房，稳婆大惊，刚想追进去，却一把被余闲拉住："婆婆，你让老爷进去吧。房中的姑娘是老爷在军营里感情最好的兄弟的遗孀，腹中的孩子是他兄弟几代单传的遗腹子，我们老爷才十七，虽然顶着偌大的家业，官职也不小，但是这事儿对我们家老爷来说真的挺难的，您说呢？"

空气中弥漫着浓浓的血腥味，比记忆中的婵娟村的血腥味还要浓。

烧得通红的四个火盆被人摆在了房间里，林挽月迈着沉重的步子绕过了屏风，看到了躺在床上苍白如纸、一脸汗珠的余纨。

林挽月在床边的凳子上坐下，轻声唤道："阿纨。"

迷离的余纨听到熟悉的声音，缓缓地睁开眼睛，首先映入眼帘的便是一滴饱满滚圆的泪珠缓缓地溢出了林挽月的眼眶。

这一幕似曾相识，几月前，林挽月昏厥在这里醒来的时候，她也如现在这般悲伤。

余纨笑了笑，露出一个苍白又脆弱的笑容，余纨是医女，不用林挽月说，她自己早已明白是什么情况。

"可否，答应……我……一件事？"

"你说。"林挽月的眼眶通红，声音颤抖。

"请……把我……和阿宇，葬在一起……"

悲伤的情绪终于将林挽月的身体击穿、撕碎。

林挽月的双手十指紧紧地绞在一起。

她低着头，大颗大颗的泪滴"啪嗒啪嗒"地往下掉，余纨帮她做了选择，却比林挽月自己做决定更让她痛彻心扉。

林挽月的下唇被自己咬得渗出了血珠，可是那低沉而又哀伤的呜咽最终还是从林挽月的嘴里溢了出来。

这如同受伤孤狼的低沉哀号，比号啕大哭更加有重量，那夹在哭声中太多太多复杂的情绪，让每一个听到这哭声的人都不禁鼻子一酸，跟着流下泪来。

突然，林挽月感觉到一只冰凉的手搭在了她的手背上。

林挽月反手握住了余纨的手，凝噎着相顾无言。

余纨喘了好几口气，看着林挽月的眼神很复杂，余纨突然觉得眼前的这个人比她还要可怜。至少从今以后自己便自由了，而她……哎。

在生命的最后一刻，余纨好想告诉林挽月一切的事情，可是余纨知道，如果自己说了，恐怕林挽月也活不了多久。

千言万语，最终只能化成一句话："飞星，以后……千万要小心，孩子，便交给你了……"

说着，余纨重重地捏了一下林挽月粗糙的手，那些没说出来的话啊，都凝在这一握之中了。

"笃笃笃。"

"老爷，时间不等人啊，您快出来吧！"

"去吧……"余纨对林挽月露出了一个安慰的笑容。

其实她还想说能给林宇生下这个遗腹子，她一点儿都不后悔，其实她早就爱上了林宇，只是太过后知后觉罢了……

可是，余纨已经没有多余的力气，也没有那么多的时间了，她要留下最后的力气把这个孩子生下来……

孩子是个女孩，一出生便成了孤儿。

林挽月给她取名叫林白水。

元鼎三十年。

林挽月是穷苦人家出身，发达了之后也一直过着勤俭的生活，但是自从小白水来到她的身边之后，林挽月打心眼里疼爱这个孩子，不舍得让她受一丁点儿的委屈，光奶妈就给小白水请了两位，还有两名伺候她的丫鬟，想了想又怕自己不在时小姑娘孤单，又命林子途辗转了好几个地方从人牙子手里买来了两位七八岁的小丫头，作为林白水的玩伴，专门陪着林白水长大。

林挽月自己也不过才有余闲和玉露两个丫鬟，加上一个家丁虎子，而林白水这个还没满周岁的小丫头，已经有了六个人伺候……

现在整个阳关城都知道北境裨将军林飞星是个疼爱女儿的爹。

余纨已经去世很久了，慢慢地，也再没有人讨论林飞星扑朔迷离的情史，只是城中百姓看到一个当兵的糙汉子居然这样疼爱自己的女儿时，无不啧啧称奇。

要知道在离国，若非正妻所出的女儿是很少会被父亲重视的，就算是正妻所出的女儿，也很少会受到这么多父亲的疼爱。

林挽月对此风俗仿佛浑然不知，总是想把最好的都给林白水。

林挽月甚至考虑到随着小姑娘一天天长大，未来恐怕还要考虑到给她找伴读、教书的先生，还要给她找一个专属的厨子……

眼看着林宅添加了这几个下人之后已经"人满为患"，林挽月干脆命人直接在城南一处幽静的地方买了一块地皮，在上面建了一座新宅院……

新宅子的占地面积是原来的几倍，都是请的最好的匠人，工钱给得足，匠人们干起活来也用心。

林挽月特意给小白水划出来一大片院子，院里有养了鱼儿的小池塘，有一片竹林，还有小花园。

二层的闺阁还铺设了地龙，京城官家嫡女受到的待遇也不过如此了。

时间如白驹过隙，一转眼小白水已经八个月了。

宅子建好了，上匾的前几天林挽月收到了一份礼物，就是来自李沐亲笔手书的"林府"两个大字的匾额。

离国有一套严格的礼法制度，当上了裨将军的林挽月已经具备了脱宅为府的资格。

是日，林挽月休沐的日子。

八个月的小白水已经可以咿咿呀呀地说一些叠词，在林挽月悉心的呵护下，小姑娘长得白嫩水灵，一双水汪汪的大眼睛流光闪闪，别提有多招人喜欢了。

在离国，男人是不能抱孩子的，这可苦了林挽月了。八个月来林挽月能抱小白水的次数屈指可数。

不过现在好了，小白水和林挽月特别地亲，自从小白水长硬实之后，每次看到林挽月都咿咿呀呀地朝着林挽月伸出两个短短如藕瓜的小手臂，主动索求抱抱。

每到这时，林挽月便会眯着眼睛，笑呵呵地满足女儿的要求，抱着怀中小小软软的新生命，林挽月别提有多满足了。

这天也是如此，林挽月直接把林白水抱进了书房，把女儿搂在怀里一边看书一边哄女儿。

却没想到这时候虎子来报，军营里来人了，让林挽月马上回去一趟。

听到消息，林挽月皱了皱眉头，现在不过六月，等到秋收时期还要一些时日，会是什么事儿呢？

自从匈奴去年短暂地沉寂了一段时间之后，今年边境的形势可以说是暗流汹涌，前些日子匈奴人居然偷偷越过了岗哨，偷袭了边境的一户小村庄。时隔四年，婵娟村的事件再次上演。

林挽月带兵赶去的时候，在村庄的一处柴房中和另外一户的米缸里共计发现了两位妇人，并带回了军营等待他日再安置。

大帅这次匆匆叫自己回去，又是什么事呢？

林挽月骑在龙冉的背上朝着军营一路狂奔，心中的疑惑越来越大。

"吁！开门！"

来到军营门口，林挽月心下大骇，现在不是战时，大门居然都落下了，营里绝对是出事了！

"是林将军，开门！"

上面的岗哨认识林飞星，大喊了一声，随着"咔咔"声，营门缓缓地打开了。

林挽月牵马入营，立刻有士兵飞也似的跑到林挽月的面前："将军，不好了，刺客刺伤了大帅！"

"你说什么！"林挽月心头一紧，重新翻身上马，也顾不得许多，骑着马朝着李沐的大帐赶了过去。

好几层手提长矛的士兵守在了大帐外，这些人见了林飞星纷纷行礼，林挽月却没空搭理他们，目不斜视大步流星地走进了李沐的大帐。

地上有两摊血迹，鲜血染红了地毯，尤为显眼。

林挽月皱了皱眉，抬头看到了李沐穿着中衣坐在案前，军医正在整理药箱，虽然此时李沐的脸色有些苍白，但精神状态不错，也没有看到他有明显的外伤，林挽月大大地舒了一口气。

"大帅！"

李沐朝着林挽月摆了摆手，先转头对军医说："不许声张，你先下去吧。"

"是！"军医提着药箱走了出去。

李沐才示意林飞星坐下。

"大帅，怎么回事，哪来的刺客？"

"咳咳咳……那两个妇人。"

听到李沐的话，林挽月的脑袋"嗡"的一声，连忙起身跪在了地上："末将死罪！"

"你起来，这不怪你，坐下，本帅还有事情要托付给你。"

"是！"林挽月坐回到椅子上，脸上的愧疚之色却愈发明显。

李沐看了看林飞星，宽慰道："这件事不怪你，两个妇人家而已，若是本帅亲自安置那两人的话，也会先将这两人带回来，谁会想到她们居然是刺客呢？你不必放在心上。"

"这两人难道是匈奴人吗？"

"其中有一人是匈奴人，我们在她的腰上找到了图腾刺青，另外一个却不是。"

闻言，林挽月瞪大了眼睛，却在看到李沐的手势后闭了嘴。

"老夫稍后会上书一封，向陛下详细汇报今日的情况，从去年开始，我便已萌生退意。一则老夫只有一女，如今看她夫妇琴瑟和谐，我便安心不少；二则确实有人嫌我在元帅这个位置上碍眼，不如借此急流勇退，回到京城颐养天年吧。"

"大帅！万万不可，北境离开您怎么行？"

"老夫虽然上书陛下，但陛下也绝对不会允许老夫立刻就卸任的。一是马上就要到秋收时期；二是北境军务与江山社稷息息相关，这封奏报上去，恐怕我也要再顶个三年五载，等陛下物色好新的统帅才能卸任。"

听到李沐如是说，林挽月安稳了下来，重新坐到椅子上。

李沐看着一脸如释重负的林飞星忍俊不禁笑着问道："你就没有什么想法？"

林挽月愣了愣问道："什么想法？"

李沐注视林飞星良久，感慨地叹了一口气，脸上也露出欣赏的神色，说道："老夫自问一生阅人无数，无论是少年时，还是接手了北境的军权后，见过的人里，如你这般特别的还是头一个。"

李沐抬起手拍了拍林飞星的肩膀继续说道："如此老夫也放心了，我这伤虽然不重，但老夫年纪大了，总要好生休养才能恢复元气。这期间北境的军务就全权交给你处理了，若非事关生死存亡的大事，不必禀报老夫，明白了吗？"

"大帅？"

"好了，不必多说，也不必怀疑你自己，放手去做吧，老夫相信你。"

"谢大帅信任，末将定当不负所托。"

"嗯，我稍后会颁布军令的，你先去吧。"

"是。"

李沐一直目送林飞星离开了大帐，过了好一会儿才捂着嘴巴咳了起来。

咳嗽过后，李沐拿下捂在嘴上的手，手心里有一小摊血，若是仔细观察就会发现血迹中带有一点儿暗青色。

李沐拿过桌子上的净布擦干了手上的血迹，他没有告诉林飞星，虽然他只是被划伤了手臂，但是匕首上被淬了毒。

当天下午，林飞星暂代北境军务的军令消息便传遍了三军，一时间整个军营里都热闹了起来。

林飞星早就已经是北境无人不知无人不晓的人物了，毕竟自从离国立国以来，一向是只有匈奴人来抢他们的情况，而林飞星仅靠着四人之力就驱散了图克图部万匹战马，牵回千余头羊，可谓空前绝后。

他带回来那么多羊后也改善了整个军营的伙食，每一个吃过羊肉的人，都要念一句林飞星的好，他想不出名也难！

再者，林飞星不过十八岁，就已经是食邑一千六百户的裨将军，瞎子都能看出来他日后绝对不会止步于此。

下级的军官对于李沐的军令基本上都是持支持的态度，但其他人就不同了，特别是军衔比林飞星高、参军年头久的那些老牌的将军……包括李沐的副将，他们接到军令之后都不约而同第一时间赶到了李沐的大帐，试图请李沐收回成命。

就算李沐不将军权交给他们代理，他们也不能让一个毛头小子骑在他们的头上！没有这个道理！

李沐是怎么处理的，不得而知。

但最后，林飞星还是暂时接掌了北境的军权……

又一日，林挽月坐在林府花园的石凳上，手中握着一方刻着"娴"字的汉白玉佩，轻轻地摩挲着上面的字，这样的动作林挽月已经不记得做了多少次，若不是这玉佩的质地好，恐怕那个"娴"字已经被磨平。

两年了，她与李娴分别已经两年了，自己好像已经完成了她们当年的那个约定，成了一位独当一面的将军，只可惜不知道两人今生今世还有没有见面的机会。

前几日，昭告天下的圣旨到了北境。

长公主李娴和平阳侯世子李忠的大婚之期正式定了下来，观天司上奏李钊，元鼎三十一年上元节，是百年中最大的吉日。

李钊听后大悦，明年正好公主也出了守制期，又是黄道吉日，又是上元节，在那天举办婚宴简直是双喜临门，于是李钊派人向全国各地传了诏书，并且免了一年的赋税，普天同庆。

北境虽远，诏书还是到了。

托长公主殿下的福，今年不用上税了，每个人的脸上都洋溢着喜悦的神色，离国的百姓同沐长公主恩典。

有些人家甚至特意买了爆竹，以此来庆祝和感谢皇家恩典。

林挽月则平静了许多，林挽月见过公主和未来的驸马，她总觉得以公主的风姿，李忠是配不上的。

她不仅想到当年护送公主回京的时候，公主并不担心李忠失踪一事，一路上也几乎没有提起过……

对女子而言，嫁人是一生中最大的事情，林挽月觉得公主的心并不在李忠的身上，却要奉旨嫁给那样一个人，不免替公主感到惋惜。

新官上任三把火。

当林挽月接到李沐暂时授予她的半块兵符之后，当天就颁布了两条极具有轰动性的军令。

第一条：北境数十万大军全部迁至阳关城内据守。

第二条：北境军营内设立考核司，考官共计七名，由将领们抽签决定谁担任考官，每年轮换一次考官，此考核每年进行两次。

考核司的主要职能是将以往由长官任命调任的形式改为凡是参军满一年想调换作战兵种的士兵，便可以到考核司参加考试。

这一条是林挽月做了两年的步兵士卒后亲身体会、总结出来的一条军令，底层出身的林挽月对北境下层制度上弊端的了解，比那些士族出身只需成年便能当上将军的人要更加深刻。

对于普通军户出身的士兵来说很难得到升迁。这条军令给了那些最底层的步兵更多的机会，死亡率最高、最难得到升迁的步兵营的士兵们大多是没有背景的普通军户家庭出身的。

拥有过半基数的步兵们听到了这条消息无不欢呼雀跃走相告，虽然只是平级调动，但是林飞星的这条军令是给了他们一条凭借自己能力有效升迁的希望，一时间他们成了林飞星最夯实也是最忠诚的拥戴者。

北境军营里站在金字塔顶端的那批人对这条军令的反应非常激烈，几乎无一例外地表现出了反对态度。

上品少寒门，下品无士族。

离国立国这么多年，非士族出身，能够立于朝堂或者军营中一个较高位置的人是屈指可数的。

自李钊登基以来，普通军户出身的能够军功拜爵的也不过两人耳。

一位是平阳侯，一位是齐王李瑱麾下的无双侯。

即使林飞星很特殊，先是得到陛下赐的食邑，后得大帅的青眼，但这并不代表那些上层允许林飞星去侵犯他们的利益。

考核司若是成立，他们的权力便会被削弱。

于是，军令一出，李沐的大帐险些被各路将军们挤破。

不过让所有人都想不到的是本身就是含着金汤匙出生的李沐，在士族中也是贵族般存在的李沐，居然毅然决然地支持了林飞星的军令！他甚至痛斥了不少人，说："本帅之前已经言明，在本帅带病休养期间，林飞星颁布的军令，就是本帅颁布的，违令者，军法处置。"

士族将军们铩羽而归，他们自然是不敢拿李沐怎么样，却也并没有因此咽下这口气。

奈何，林飞星此时风头正盛，他们也只好暂时忍下。

北境的将士们刚刚执行完林飞星的第一条军令，数十万大军连夜拔营进入阳关城内驻防，林飞星颁布的第三条军令便来了。

开饭的号角吹响后，各什长整齐划一以号角为令，宣读林飞星的军令，整个军营里宣读军令的声音此起彼伏。

自即日起，岗哨延伸至百里，城外每十里驻军一道，共分成五道，每一道两千人。

取轮换制，每十日一轮换，剩下所有北境之军士分为两拨。其一与阳关城内徭工一起修筑城墙，余下之人开垦山田，以做他日之用。

对于林飞星的第三条军令，很多人是迷惑的，不明白林飞星要做什么。

当然，一定会有人懂的，林挽月从来都不缺伯乐。

如此这般又过了十数日，阳关城内的工匠人手不够了，林挽月拿着手书到李沐的大帐去盖了帅印，由各地调拨来的工匠们陆陆续续地已经进了阳关城，林挽月的新阳关计划不日就要启动了……

只是，最近几天林挽月觉得有些蹊跷，已经过去十多天了，照理来说大帅的伤势也应该痊愈了才是，为什么大帅还在大帐中避而不出，而且上次自己到大帐中请帅印的时候，看到李沐的脸色依旧很差，这到底是怎么回事呢？

林挽月偷偷问了军医，结果军医一口咬定李沐只是被匕首划伤了胳膊，脸色不好是因为积劳成疾，旧疾复发所致。

林挽月放心不下，便决定到大帐去看看李沐。

林挽月得到李沐的允许后走进了大帐，此时李沐刚吃过药，坐在案前正在看书，脸色苍白，眼底带着青色，林挽月如从前一样搬过凳子坐到李沐的身边，先是给李沐汇报了他近期的工作和军营内的情况。李沐听后只是笑笑，对林飞星说："老夫说过了，营中之事全权交与你，你只管放手去做，不必事事禀报。"

"是……"

顿了顿，林挽月才切入了这次来的主题："大帅，那刺客是伤到您其他的地方了吗，若只是伤到手臂，按照您的身体应该早就恢复了才是，怎么末将看大帅的气色……"

听到林飞星的疑惑，李沐淡淡地笑了笑，反问道："林宇的孩子最近可好？"

一想到自己的女儿，林挽月心头一软，脸上的表情也柔和了起来，回道："小白水前些日子已经会叫爹爹了，奶娘说小白水比其他孩子早了月余叫人，是个聪明的孩子。"

听到林飞星的回答，李沐的脸上也露出了慈父般的笑意："改日你把丫头抱过来给老夫瞧瞧。"

"是。"

"还有，老夫听说了一些流言，阳关城里有人猜测丫头是你亲生的，你怎的也不解释？纵使你疼爱孩子，也要顾及下你自己的名声，你的路还很长！"

林挽月闻言，沉默了片刻，斟酌字眼回道："嘴巴长在别人的身上，别人要怎么说，末将是防不住的。再说流言这种东西，只要末将没有回应，他们说的话便永远都是一些没有事实依据的猜测，若是末将站出来解释，反而助长了某些人的气焰。我置若罔闻，那些百姓嚼舌头的时日长了，总会觉得无味，也会消停了。而且……白水一天天长大，我和阿宇是同姓的本家，这也给我免去了许多麻烦，我不想让小白水在还不能真正面对挫折的时候，就知道自己孤儿的身份。阿宇不在了，末将想着，尽我所能给白水一个无忧无虑的童年。待到他日，小白水长大了或者出嫁了，再告诉她真相也不迟。至于大帅说的名声，末将不在乎，阿宇和阿纨……死者已矣，我相信他们亦会理解我的。"

李沐听毕轻声一叹，心中暗道：难得林飞星小小年纪可以活得这般通透、淡然。

"以后你可能会越来越忙，小孩子只有奶娘丫鬟婆子陪着总不是办法，你就没想过赶快娶一房回家？上次你不是说中意了京城官家的小姐？这一转眼两年也过去了，莫要人家姑娘等太久，以你现在的官阶威望，老夫为你保媒，就是上卿家的姑娘也娶得，那帮老家伙还是有眼光的，说不定巴不得你娶他们家的姑娘，今天你也别藏着掖着了，说吧，是谁家的姑娘？"

李沐捋了捋胡子，等着林飞星答复。

林挽月只感觉一颗心悬在了嗓子眼儿，一颗心因为紧张而快速跳动着，且还说不出话来了。

见林飞星不说话，李沐调笑道："怎么？你不会是喜欢上有夫之妇了吧？"

此时的林挽月根本经不起李沐这么打趣，只见她"腾"的一下从椅子上站了起来，慌忙摆手："没有没有，绝对不是。"

"老夫现在很好奇，究竟是谁家的女儿让你如此讳莫如深？男子汉大丈夫，别扭扭捏捏，难道还让老夫一个一个猜吗？"

林挽月看着李沐，见李沐正盯着自己，心知今日是躲不过去了，于是便干脆闭口不言，心中暗自决定：李沐若是猜到，自己干脆"招"了，若是猜不到，她打死也不说！只能在心中默默给公主殿下道个歉了，正所谓男大当婚女大当嫁，可自己一介女子……拉任何人垫背都不合适，好在公主婚期在即又是李沐将军的亲外甥女，即便是捅破了这层窗户纸，李沐将军也不会声张。自己只要装作一副苦恋长公主殿下而不得的模样，相信今后大帅也不会再逼迫自己成亲了。

李沐看着林飞星，将他的变化尽收眼底，心头也是一凛，一口气说了好几位朝中位高权重老臣的名字，却见林飞星一副迷茫的样子，显然是并不认识自己说的人。

李沐沉下心来，仔细想了想林飞星可能在京城认识了谁家的姑娘，一个答案呼之欲出！

"你……不会是想娶公主吧？"

被李沐猜中了心思，林挽月有些忐忑，可事到如今也别无他法了，再一次在心中向李娴告了罪。

"你可知，陛下只有两个女儿，娴儿已经订了婚？"

林挽月的拳头紧了紧，没有说话。

李沐想了想继续说道："要说……你这想法虽然大胆，但也不是不行……"

林挽月瞪大了眼睛看着李沐，仿佛不相信自己的耳朵。

李沐又继续自顾自地说道："娴儿明年上元节出嫁的时候已经十九了，算是成亲比较晚了，二公主算一算……今年也有十六了，到了该出阁的年纪。

"只不过，你想过没有，二公主李嫣是楚王的同胞亲妹妹，你娶她会让一切变得复杂……你，可想清楚了？"

番外一 从前·某年

　　洛伊背着药箱骑着一头小毛驴行在天都城的街道上，小毛驴迈着轻快的步伐，撞击着石板路，发出"咔嗒"的清脆声响。

　　洛伊的兴致不高，一路上她有些累了，自从老药王打了洛伊一巴掌后，洛伊这一路上都不敢再行医，背着药箱也是因为铭记师父的教诲：医者，药箱不离身。

　　老药王的话就像被施了什么魔咒般，每日每夜在洛伊的脑海里回响。

　　洛伊并不觉得自己错了，虽然不敢对与对自己有养育之恩的老药王心怀怨怼，但多少还是觉得老药王太过古板。

　　"什么医者父母心，医者父母心……孩子也要分好人和坏人吧？那种恶事做尽、心怀鬼胎的人，生病中毒难道不是老天爷对他们的惩罚吗？为何还要一视同仁地去救治？"洛伊带着委屈嘟囔了几句，全然没有注意到身边的风景已然不同。

　　十六岁的洛伊，自幼被老药王捡去，在药王谷里长大，得了老药王半生真传，这普天之下除了老药王恐怕难有医术高于洛伊的人，只是这做人的学问……洛伊好像还不如谷外的孩童。

　　她有太多的不解，太多的困惑。

　　一想到师父痛心疾首的失望模样，还有那火辣辣的一巴掌，洛伊再度委屈起来。

　　"站住！"

　　洛伊被一声呵斥拉回了神，她看到几位身披铠甲、威风凛凛的军官已经竖起了手中的兵器，戒备地盯着自己。

"大胆，还不速速下来，皇宫禁地，岂敢擅闯？"没等洛伊开口，那军爷又吼道。

洛伊抬眼看了看眼前雄浑的建筑，又看了看随时准备出手的军官，余光瞥到一旁的告示牌上贴着一张盖了印的榜单。

洛伊跳下驴子，信步来到皇榜前，只见上面的字。

"奉天承运，皇帝诏曰：中宫沉疴不愈，御医束手无策，布下皇榜召集天下能人异士入宫为中宫诊治，成事者，赏黄金万两，食邑千户，封妻荫子……"

洛伊的唇边划过一丝讥笑，她斜眼看着气势汹汹朝自己奔来的军爷们，随手撕下了皇榜。

须臾间，军爷的气势全无，纷纷来到洛伊面前单膝跪地。

洛伊笑了。

这，才是药王谷的人应有的礼遇。

洛伊一路畅通无阻进了宫，看到了那传说中的天子，却并无惧怕之意，慵懒地靠在椅背上，啃着手中的苹果。

李钊眯了眯眼，看着眼前的少女，身后的太监已怒斥道："大胆，见了陛下还不跪下？"

洛伊不屑轻哼，除了师父，我谁都不跪，更何况还是有求于我的病人？

李钊没说什么，示意太监住口，亲自带洛伊来到了后宫。

洛伊抬头，看着匾额上烫金的三个大字：凤藻宫。

进了大殿，洛伊听到天子疼惜地说道："倾城，你起来作甚？"

洛伊抬眼，便看到了面色苍白却仪态不减的中宫，真真是担得起这"倾城"二字，她只是静静地站在那儿，仿佛就给这空落落的大殿增添了几许光辉。

"陛下。"李倾城却没有错过站在一旁的洛伊，那双顾盼生辉的眼眸里带着淡淡的笑意。

尊贵的一国之母，却与洛伊入宫以来遇到的所有人形成了鲜明的对比，她并没有无视洛伊的存在，更没有因为洛伊年少且衣着朴素而心生怠慢。

李倾城的身上虽然穿着宽大的华贵的宫装，但凭借着自幼积累的医术，洛伊还是判断出中宫有身孕在身，而且……通过她面色和声音来断，估计也不是什么所谓的"沉疴"，而是中毒。

李倾城安慰好李钊，将盈盈目光转向洛伊，柔声道："这位，想必就是揭皇榜的人了吧？"

"母后！"随着一阵银铃般的喊声，从柱子后面跃出一位小女孩，看起来不过六七岁的年纪，眉宇间与皇后竟有七分相似，带着灿烂的笑脸朝着李倾城跑来，看到了站在不远处的李钊，女孩立刻收住脚步，双手叠在身前扣在小腹的位置上，慢慢走了过来，请安道："娴儿，参见父皇。"

见状，洛伊忍不住勾了勾嘴角，心道：帝王家的孩子果然不同，这么小便会看眼色了。

四人来到内殿，洛伊为皇后诊了脉，本来是该用金线的，但李钊觉得洛伊是医女并不会冲撞到皇后，便免了金线。

洛伊的心头一跳。

她的耳边回荡起老药王不时对她说的话："行医一途，无穷无尽，需知天外有天，人外有人的道理，别以为你是我的亲传弟子便可自满。"

至少给皇后娘娘下毒的人，手段便不在洛伊之下……

洛伊慎重地拿出了药王令交给李钊，见到后者眼中的欣喜，洛伊的心中却无比沉重。

"皇后中了毒。"洛伊说道。

"来人哪，将公主带回去。"

"是。"

洛伊打量着李倾城，她是如此的平静，仿佛中毒的人不是她一样。

"神医，皇后的毒，你可有破解之法？"

"若是拿掉孩子，由我开一副方子，调养个两三年，皇后的身体可以恢复如初。若是执意生产，在生产当日毒素会侵入皇后的五脏，孩子一出生就会带毒，不过孩子倒是可以平安长大，皇后则会短寿。"

令洛伊没想到的是，不等皇帝开口，皇后率先说道："本宫要生下这个孩子。"

她的声音很轻，柔和悦耳却带着一股让人不敢违逆的气魄和坚定。

……

皇帝和皇后为此大吵一架，胜利属于后者，洛伊因此留在了凤藻宫，专司解毒。

洛伊发现这位皇后娘娘一点儿架子也没有，通过数日的相处，洛伊得知皇后娘娘的闺名叫李倾城。

她是西北大将军李沐的亲妹妹，已与陛下孕有一女，就是那日的小姑娘，名叫李娴。

……

"母后，母后，你快来。"李娴牵着一只纸鸢在御花园里肆意奔跑，李倾城柔声唤道："慢些，别摔了！"

洛伊追上明显加快了步子的李倾城，劝道："你还是慢些吧，你这病本该静养的。"

李倾城一手捂着小腹，转头笑道："有你在，我放心。你看，娴儿多开心啊。"

洛伊轻哼出声，目光顺着李娴那小小的背影，看着她那一跳一跳的发髻，也勾起了嘴角。

来到湖心亭，李倾城屏退左右，看着不远处在放纸鸢的李娴，对洛伊说道："这孩

309

子，还要劳烦洛神医拂照一二。"

"公主的身体好得很。"

李倾城嫣然一笑，回道："我是说，待我走后，还请洛神医多帮衬帮衬我的女儿。"

洛伊皱眉，不悦地说道："我们药王谷，又叫阎王殿，到了我们手上的病人，生死我们说了算，你不要说这些个丧气话。"

李倾城笑而不语，一只手却不着痕迹地轻抚着略微隆起的小腹，远眺李娴的方向，一副淡然之色。

另一边，李娴提着纸鸢跑了一路，身后只跟着两个与她年纪相仿的小宫婢，还有几位内侍远远地跟着。

皇后娘娘有令，公主殿下玩耍的时候，除了贴身近侍外，其余人不必靠得太近。

李娴跑过一处浓密的古树，纸鸢挂在了树冠上……

李娴停下脚步扯了几次，纸鸢却纹丝不动，一名小宫婢上前说道："殿下轻些吧？再用力纸鸢怕是要被树枝刮破了。"

"怎么办？这是母后亲手做的纸鸢……本宫才玩了一次呢。"李娴的一张小脸涨得通红，额间挂着几滴饱满的汗珠。

"奴婢这就去叫人来，请殿下稍等！"

"嗯，你快去。"

小宫婢慌忙离开，李娴急得在树下团团转。片刻工夫，一个少年的声音传了过来："皇妹在这儿做什么？"

看到来人，李娴眼前一亮，唤道："齐王兄，二皇兄！"

来人正是李娴的两位庶出的兄长，被唤作齐王兄的皇子名曰李璜，已经弱冠，生得身长玉立，风度翩翩。

被唤作二皇兄的皇子名曰李玹，虽未及弱冠，但已初具大人模样，同样生得英气逼人。

李玹来到李娴面前，蹲下，掏出绢帕为李娴擦去汗珠，笑道："你身边伺候的人呢？怎么跑得满头大汗？"

李娴指了指树上的纸鸢，说道："去叫人了，我的纸鸢……"

"哦，挂得有些高，再叫人做一个就是了。"

"这是母后亲手给我做的。"李娴有些委屈地撇了撇嘴。

李玹直起身，看了看李娴又仰头看了看挂在树冠上的纸鸢，唤来身边的内侍，以内侍的脊背为踏，飞跃上树，几步便踏上了树枝，不过距离树顶的纸鸢尚有些距离。

齐王甩开折扇遮住阳光，说道："玹弟，小心些。"

"不妨事，不过是爬个树而已。"李玹的身手奇佳，李娴还没有看清楚他的动作，只听"哗啦"一声，李玹已经拿着纸鸢从树上跳了下来，只是脚下的鹅卵石路面不平，脚下一滑摔了一跤。

"二皇兄！"

李玹坐在地上笑了一阵，将纸鸢递给李娴："喏，给你。"

齐王上前来拉起李玹，随后对李娴说："天色不早了，皇兄送你回去吧？"

"好。"

齐王弯身抱起李娴，与李玹一起朝着凤藻宫的方向走去。

[未完待续]

完结篇预告：离国边境战事吃紧，林挽月暂掌帅印，彻底打响"秋收之战"。京城之内，风起云涌——君王衰老，太子锋芒毕现，各地藩王、皇子纷纷露出獠牙，步步紧逼；长公主李娴婚事在即，为稳固朝堂时局继续暗自筹谋。

终于，到了动用林挽月这枚棋子的时候……

然而落入棋盘之中的究竟是她，还是她？

敬请期待《女将军与长公主 2·完结篇》